陳墨文化金庸 上

陳墨——著

陳墨 文化金庸（上）

目錄

引言／5

上卷　文化知識錄

小引／25
第一章　史／29
第二章　地／51
第三章　易／69
第四章　儒／89
第五章　佛／107
第六章　道／129
第七章　兵／151
第八章　典／171
第九章　政／193
第十章　武／217

第十一章　醫／239
第十二章　詩／257
第十三章　琴／285
第十四章　棋／303
第十五章　書／319
第十六章　畫／335
第十七章　花／351
第十八章　酒／367

引言

有一位金迷朋友，同意我的「金庸是二十世紀中國文學史中少有的小說藝術大師」之說，問了我一個很有趣的問題：金庸能不能得諾貝爾文學獎？

對此問題，我的回答是：能，但卻不會成為現實。

說金庸能夠得獎，是指他的文學成就和藝術造詣與任何一位諾貝爾獎得主相比都毫不遜色。這位當代的關漢卿、曹雪芹，也完全可以與西方文學史上泰斗式的人物如莎士比亞、托爾斯泰相提並論。金庸的《鹿鼎記》、《天龍八部》等作品，是二十世紀中國文學史上無與倫比的傑作。但金庸還是不大可能真的獲得諾貝爾獎。這是因為，金庸是中國文化的奇妙產物，而諾貝爾獎則是西方人評選的獎項。具體地說，有以下幾方面的原因。

第一個原因，是翻譯的問題。

要想把金庸的武俠小說翻譯成西方語言文字，在目前的條件下，幾乎是不可能的。若要硬譯，也必將面目全非。不要說別的，僅是「武」和「俠」兩個字就難以在西方語言中找到準確的譯詞。現在對「武（術）」的通行譯法是「中國功夫」，可這又是什麼玩意兒呢？而對「俠」的翻譯，則更令人頭疼了。學貫中西的美國史丹佛大學教授劉若愚先生出版過一部英文著作，名為《中國之俠》，對「俠」的譯法便很感為難。他將「俠」譯為Knight-errant（**中文的意思是：四處遊蕩的騎士**），卻又不能不在該書的「序」中解釋道：

關於單詞「Knight-errant」的運用需要作些解釋。這個詞漢語寫成「遊俠」或「俠」（**hsia是現代北京話的發音**）。「遊」的意思是「遊蕩」，「俠」（**早些時候的發音為入聲**）和動詞「挾」是同源的，意為「強迫」或「挾持」。「遊俠」是指闖蕩江湖、打抱不平的一類人。我稱他們為「Knight-errant」並不意味著他們和歐洲中世紀的Knight完全相同；他們究竟如何以及和西方騎士有何不同正是我想說明清楚的部分內容。其間，我要讀者接受「Knight-errant」這個詞只是為了方便而已。（**這個詞的其他譯法是**「cava—lier」、「adventurer」、「soldier Of fortune」和「under-world stalwarts」，第一種譯**法太優雅，這優雅和俠無關，其他幾種譯法似乎含有謀利的目的，而「俠」是決不圖謀錢財的**）毫無疑問，本書所描述的這類遊俠及其行為將震驚許多西方讀者，他們同騎士相差太遠了，但是，如果我通篇用音譯詞hsia（俠）或是在「Knight-errant」或「Chivalrous」上每次都打上引號，也就太不像話了。……所以，當我寫「Knight-errant」、「chivalrous」等詞時，應理解為「中國人所謂的 Knight-errant」，「中國人所認為（或曾經認為）的 chivalrous」等等。[1]

——只一個「俠」字，就有如此這般的麻煩，而且還要西方讀者時時謹記「中國人所謂的 Knight-errant」或「中國人所認為的 chivalrous」，這不是叫人為難麼？這種做法，像《中國之俠》這樣的學術著作裡或許還馬馬虎虎行得通，但在小說作品的翻譯時就未必行得通了。

更何況金庸的武俠小說中難以翻譯的，遠遠不止是「武」或「俠」這兩個字而已。還有諸如江湖義氣、佛老禪玄、太極八卦、陰陽五行、內功內力、任脈督脈、穴位經絡……等等常見的概念，都會讓譯者感到頭疼不止，而又會讓外文的讀者眼花繚亂。

第二個原因，是東、西方文化的差異。

這種文化的差異，首先當然體現在文字上，其次是概念，再次是價值體系和審美趣味的差異。甭說別的，在現代西方人看來，江湖與武林恐怕就是怪誕的、難以理解和接受的。進而，武俠小說中的江湖故事，更可能會使西方人產生「何不去找律師、上法院」的疑問。「劫富濟貧」與「快意恩仇」在中國人看來乃是俠義的行徑，而在西方人看來，則會被看成是「犯罪」：你「劫」的不論是否富人、壞人，這一行為本身就是犯罪。而你隨意地殺人放火，那就更不用說是犯罪行為了，不論你是仗義還是行俠。

1 劉若愚：《中國之俠》的《漢譯本序》，周清霖譯，上海三聯書店一九九一年九月第一版。

那麼，使中國人如癡如醉的武俠故事、英雄氣概，在西方現代人眼裡或許會被看成是野蠻行徑、蒙昧的表現、醜陋的形象。

自十九世紀開始，西方人看中國的目光，已由以前的仰視改為俯視，由重視改為輕視乃至蔑視。西方中心主義成了他們不可動搖的信念，乃至成了不自覺的意識。二十世紀以降，東西方科技文明發展的差距越來越大，包括中國在內的第三世界國家確乎進入了一種「全球性殖民語境」。中國文化的地位早已被推向了世界的邊緣。

在這一語境下，文化的溝通和交流很難說得上平等、平衡。在主流與非主流、中心與邊緣、正宗與非正宗之間，怎麼能談得上平等或平衡呢？

西方人對中國的興趣，一部分是出於好奇，一部分出於現實利益關係，而在文化上則總不免帶有俯就之態，而這一姿態本身就是不平等與不平衡的表現。就連中國文化的近親日本，從甲午戰爭之後也不再將往日的宗師之國放在眼裡，對中國文化的尊敬，早已成了如煙往事。

我這樣說，並不是要激起民族仇恨，而是想說明一個事實：中國與西方世界的文化有著不同的源流，而這兩種源流的交匯絕不是想像的那麼簡單。在人類還沒有變得真正的聰明之前，總不免會自以為是，以自我為中心。十八世紀之前的西方人看中國，將我們誇張成了「東方樂土」與「天堂之國」，甚至中國的君主專制也被看成是文明的象徵，進而連中國女人的小腳也被他們讚歎。[2]這並不表明我們真的那麼好，其實不過是西

2 參見[澳]麥卡林著：《西方人看中國》，中國廣播電視出版社一九九二年版。

方人一廂情願的誤解，其目的不外是借中國的「文明發達」去比照與批判他們本國的文明弊端。

十九世紀之後，這種誤解與誤讀又隨之發生了根本性的轉變，視角不同，心態不同，評價不同，對象自然也就大不相同了。往日的「天堂之國」變成了「蒙昧之鄉」，過去的「東方樂土」變成了需要「文明開發」的「野蠻之地」。

我們自己何嘗不是這樣？自十八世紀以前的「中央之國」，變為今日的「邊緣之地」，說到底也是自己對自己的誤解與誤讀。

這並不奇怪。伏爾泰時代將中國的《趙氏孤兒》（**法譯《中國孤兒》**）看成了傑作。如果那時有類似於諾貝爾獎的獎項，《中國孤兒》非得獎不可。而今，即便是關漢卿、王實甫、馬致遠、白樸等人再生，恐也難以被提名。正所謂此一時也，彼一時也，三十年河東，三十年河西。東和西中間的河，則不捨晝夜地自在奔流。

再舉一個例子，美國作家賽珍珠因《大地》等描寫中國的小說作品獲得諾貝爾獎，這並不表明她真的透徹地瞭解中國、完美地表現了中國文化與中國人的生活與精神世界，更重要的是她以西方人的眼光看中國，以西方人的方式表現中國。一個中國作家，寫得再卓越，恐也難以獲此殊榮。林語堂先生用英文寫的關於中國的作品，無疑比賽珍珠筆下的中國更道地，且思想更透徹，表現形式也更圓潤，但那又有什麼用呢？林語堂先生如此，金庸先生自不必多說。

第三個原因，是中國人恐怕也不會推薦金庸的武俠小說。

這也不難理解，金庸的武俠小說是通俗文學，而且還是民間文學——武俠故事是中國獨有的文學形式——這樣的作家作品推薦出去，豈不讓人笑話？幾時聽說中國的京劇、民歌獲過西方歌劇、音樂大獎？

中國人自己看不上自己的民族文學及其民族文化，這已不是什麼秘密了。「到西方取經」成了近一個多世紀的價值取向，甚至「中學為體，西學為用」也早已成了過時的、保守主義的思想觀念而被拋棄。如今是「唯西是舉」及「唯洋是舉」的時代。

對諾貝爾文學獎過份熱切的期盼，也正是這種心態的突出表現。總覺得只有得了諾貝爾獎，才算是獲得了世界的承認，或者說是獲得了中心的認可。

不得諾貝爾獎又如何？

沒得諾貝爾獎，金庸小說的價值與成就便無從體現了麼？

金庸能否獲諾貝爾獎，這只是一種假設話題，虛擬的語氣。只是一種「引言」而已。在某種意義上，金庸的小說不能獲得諾貝爾文學獎，正是它的特色與價值的體現。——我說的是民族文化的特色與價值。

金庸的武俠小說暢銷不衰，讀者億萬，以至於「凡是有中國人的地方，就會有金庸小說流行」，這正是金庸小說的文化特色和文化價值的體現。其次才是文學藝術獨創性的成就與魅力。「凡有中國人……」這話也可以反過來說：「凡沒有中國人的地方，恐怕就很難有金庸小說流行。」為什麼？文化不同或不通。

金庸小說能夠吸引中國人，無論是本土的還是海外的，從小學生到大學教授，顯然不僅是由於它在藝術上的雅俗共賞，更主要的乃是因為它能撥動中國人民族文化精神世界的隱秘心弦。

從文學自身的格局看，金庸的小說無疑是通俗文學作品；而從世界文學與文化的角度看，金庸又是一位道道地地的民族文學作家。金庸的創作，使武俠小說這種中華民族特有的古老文學形式奇蹟般地大放異彩。

讀金庸小說，可以有不同的層次和角度。可以讀其武打；也可以讀其俠義；可以讀它曲折的傳奇故事，也可以讀它精彩的細節描寫；可以讀它人物形象的卓越塑造及對人物心理、人類本性的深刻表現，也可以讀它敘事規範和藝術形式方面的獨創性和探索性及其成就；可以讀其江湖世界的浪漫情調，也可以讀其對中國歷史真相所作的種種獨特、寓言性的深刻揭示……無論你怎麼讀、讀什麼，你面對金庸的武俠小說，實質上是面對著一種中國文化的奇觀：其中有中國傳統文化的種種形態與神韻，也有現代人對傳統文化的反思、改裝傳承和流播。

梁守中先生的《武俠小說話古今》一書中，有奇文《武俠小說——華僑子女的中文課本》一篇，記載了海外「奇聞」：

> 曾聽一些留學生說，不少世代旅居外國的華僑子女，由於從小便學當地語言，因此對居住國的語言文字頗為熟悉，但對中文卻比較陌生。他們的父母便用金庸、梁羽生的武俠小說來吸引他們，讓他們在閱讀中提高中文水準，不忘

祖國的燦爛文化。結果這些華僑子女，果然從武俠小說中學到了不少中文文字，而且還對中國的傳統文化產生了濃厚的興趣。他們後來所具有的漢文化知識，大多數不是從老師、家長中學得，而是從武俠小說中領略到的。[3]

這事驟聽似頗奇怪，細想卻有道理。由於武俠小說情節曲折，懸念迭起，武功神異，打鬥緊張，因此吸引著不少初通漢語的華僑子女。他們一部一部看下去，越讀越有興味，認識的字多了，接觸的中國傳統文化也多了。如儒家思想、老莊哲學、佛經道藏、詩詞曲賦、琴棋書畫、醫卜星相、陰陽八卦、五行生克等等內容，在金庸、梁羽生的武俠小說中，是隨時可以見到的。

看武俠小說而順便學習傳統文化，真可謂一箭雙雕。港、台原版的金庸作品集，每一冊的前面都附有與小說內容相關的名勝古蹟、書法碑帖、琴譜、棋譜……等大量圖片，無疑加強了金庸小說的文化品味。

這就是寓教於樂了。

而這一形式本身，又恰恰是傳統文化突出的特徵之一。孔子講《詩》，不僅說它「可以興，可以觀，可以群，可以怨」，還能夠「遠能事君，邇能事親」，進而還能「多識花木鳥獸之名」。也就是說，《詩》不僅是文藝作品，同時還是倫理、政治作品，又

3 梁守中：《武俠小說話古今》，江蘇古籍出版社與中華書局［香港］聯合出版，一九九二年第一版。

是自然、博物學的教科書，如此一石三鳥，難怪孔子要將它列為儒家經典之首，稱為《詩經》。孔子的做法，成了一種經典規範，大大地影響了後世。所以曹雪芹的小說《紅樓夢》被人稱為「傳統文化的百科全書」便不足為奇了。因而，金庸、梁羽生的武俠小說成為華僑子女的中文——文字、文學、文化——課本，也就容易理解。

在同一篇文章中，梁守中先生還寫道：「說老實話，筆者在讀初中時，也曾從金庸、梁羽生的武俠小說中領略了不少傳統文化知識」。這句「老實話」，想必能引起不少有心的讀者共鳴。肯定有許多人是由讀金庸、梁羽生的武俠小說而受到傳統文化的啟蒙教育。

這就是說，不僅海外的華僑子女需要以金庸等人的武俠小說為文化啟蒙的讀本，海內的讀者也是一樣。

北京大學教授陳平原先生寫道：在二十世紀的中國，佛、道因其不再在政治、文化生活中起重要作用而逐漸為作家所遺忘。除了蘇曼殊、許地山、林語堂等寥寥幾位，現代小說家很少以和尚道士為其表現對象，作品中透出佛道文化味道的也不多見。倒是在被稱為通俗文學的武俠小說中，佛道文化仍在發揮作用，而且取得了前所未有的成就。以致可以這樣說，倘若有人想借文學作品初步瞭解佛道，不妨從金庸的武俠小說入手。[4]

4 陳平原：《千古文人俠客夢》第七十六頁，人民文學出版社一九九二年三月版。

北京師範大學教授王一川先生則說：金庸作品的特點是用通俗手法表現極深的意義。情節和細節雖然荒誕，但寫出了中國古代文化的魅力，對儒釋道兵等古典文化的神韻有了重新構建，而且作品體現了人的理想性格和對人性的考察，他與別的武俠小說作家不同，靠的是文化。[5]

人民大學中文系冷成金先生則更進一步，他說：金庸的武俠小說為什麼會有那麼多讀者？主要就是它把中國的文化傳統雕刻成了一座玲瓏剔透的雕像任現代人觀賞。在許多地方，金庸把中國的傳統提煉為各種理念，再通過形象把理念表現出來，超越了細節的真實，直接訴諸人們心靈的最高層次。[6]

以上引述，從讀者接受的角度和金庸小說本文分析的角度，提示了金庸小說廣受歡迎的原因，在於它表現了中國傳統文化及其魅力。當然，這種魅力只有對中國人才有效果。不過，如果說海外華僑子女通過金庸小說來學習傳統文化尚屬可以理解，那麼，本土的讀者也要通過金庸小說來學習傳統文化，就不免令人感慨。況且，能夠通過金庸小說學到的傳統文化，決非佛道二學而已，廣至儒家學說，琴棋書畫、詩詞歌賦、典章文物、歷史地理、醫藥數理……等等，皆可以從金庸小說裡窺見一斑。

如此，應該使我們想到的問題，就不那麼簡單了。

5 冷成金：《武俠小說與中國文化傳統》[講座]。
6 王一川語，參見《中國青年報》一九九四年八月二十五日第五版文章：《金庸可能當大師？》。

我們應該注意到，當陳平原先生提到「在二十世紀的中國，佛、道因其不再在政治、文化生活中起重要作用，而逐漸為作家所遺忘」，以及「倘若有人想借文學作品初步瞭解佛道，不妨從金庸的武俠小說入手」時，口氣是那麼輕鬆，似乎「佛道」的被遺忘有如一塊用舊了的抹布，而誰要想拾起來——比如從金庸的武俠小說中拾起——亦無可無不可。這樣來想這個問題，說這個問題，未免太簡單了些（**當然，我並沒有要與陳平原先生爭執的意思，因為像他這樣想、這樣說的人實在太多了。甚至可以說是一種思想潮流，而且是主流思想**）。

有兩個問題：一是佛道之於中國文化，不僅是一種宗教，甚至也不僅是一種哲學，而是中國文化精神的一個極為重要的組成部分，是一筆極為寶貴的文化遺產；不僅在千百年文人學者的精神生活及其傳承中是極為重要的脈絡與精髓，而且也是世俗生活的一種重要的組成因素。因此，佛道的被遺忘決不是一件正常的事，更不是一件輕鬆的事。

第二個問題，被我們遺忘的，又何止是佛道而已?!傳統中國文化許許多多的東西，都被我們輕而易舉地遺忘了，甚至丟棄了。難道它們都是不再起重要作用麼？

這一切其實是人為的。或者說，是一種歷史的產物。

現在，在二十世紀只剩下短短最後幾年的時候，[7]有些問題應該認真地想一想、好好地說一說了。其中最重要的問題，就是應如何對待中國傳統文化。或者說，應該怎樣

7 這部書稿寫作於一九九三至一九九四年，出版於一九九五年，所以說二十世紀還有幾年的時間。現在，二十世紀已成過去矣。

正確地對待中國傳統文化。也許有很多人以為這個問題已經解決了。然而明智的人都知道，這一問題遠沒有解決，它已經困擾了我們差不多一個世紀，如果得不到真正的解決，勢必在下一個世紀還將繼續困擾我們。

二十世紀中國的主要文化思潮，或者說主流意識形態，是對傳統文化的批判與揚棄，在心理上則多輕視、仇恨和否定。具體地表現為，上半世紀中轟轟烈烈的「新文化運動」和下半世紀中史無前例的「文化大革命」。這兩次文化運動固然不可同日而語，其歷史影響和應有的歷史評價也應大不相同，然而它們對傳統文化的態度卻有某種相通之處，甚至可以說是一脈相承，連成了一個世紀的主流意識形態。

這是一個極複雜、極易引起爭議的問題。我不想引起爭議，所以想小心翼翼地說。「新文化運動」當然有其值得肯定的地方。考慮到十九世紀中期以來的歷史背景，考慮到中國知識份子急切而真誠的救國心態，對「新文化運動」的產生，應該完全能夠理解。

一個多世紀以來，中國人，尤其是知識份子的覺悟，大致有以下幾個階段或層次。

第一階段是對落後的覺悟，認識到——其實是明擺著的——敵人船堅炮利（**即技術的進步和發達**）。於是我們也造船、造炮。

第二階段或層次，是進了一步，覺得光是造船造炮還不管用，就要深入到西學了。即不僅認識到西方技術的發達，還認識到其科學、學術的發達。

第三是進而認識到社會體制問題。所以先有光緒的變法改良，後有慈禧太后的新政，再後來又有辛亥革命，徹底推翻了帝制，當然同時又驅除了異族統治者。但是，還是不行。

第四階段，或者說第四層次，也是最深的層次即文化的層次。從新文化運動，到改造國民性，都是這一運動的動機和目標。這一運動，隱隱約約的有兩個思想基礎，一是認識（？）到了「中國百事不如人」；二是推論出「幾千年的中國歷史（**文化**）是吃人的歷史（**文化**）」。

眾所周知，在「新文化運動」期間，文化革新派與文化保守派有過激烈的爭議。結果是以陳獨秀、胡適、魯迅為代表的新派人物勝了。而保守派如吳宓、胡先驌、章士釗等人成了文學史、文化史上的反面人物。而陳寅恪、馬一浮、熊十力、柳詒征……等更多的國學大家則長期淹沒無聞。

新文化運動之後是國民戰爭。

歷史繞了一個圈子，又逆轉回去：由文化的分野造成了政治的分野，後又由武力來解決問題。蔣介石尊孔祭孔，在政治上、軍事上卻歸於失敗。毛澤東勝利了，共產黨人扛起了「新文化運動」的大旗，繼承了魯迅的遺志。

既然中國的歷史都是「吃人」的歷史，中國文化以「吃人的禮教」為核心，那麼，好，就來一個徹底的大掃除，徹底的批判、否定、遺忘、剷除，那就是空前絕後的「文化大革命」的根本動機了。就純粹一廂情願的理想而言，「文化大革命」的產生，也是可以理解的。那是為了要創造出一個嶄新的、乾淨的、理想的、前所未有的新世界。

十年浩劫過後，祖國一片廢墟。百廢待興之時，文化的復甦夾在政治的撥亂反正和經濟的改革開放之間，經歷了奇妙的歷程。繁華一陣又被冷落了。有外在的原因，也有內在的原因。其結果，是傳統文化離我們越來越遙遠，或者說，被遺忘的越來越多。

直至九十年代以後，才有人想起了七十年前的「新文化運動」的主將之一胡適先生的「整理國故」來。於是有出古籍、讀古書、談國學的現象產生。文化的歷史繞了一個大彎子，又回到了七十多年前的那個起點。我們又要開始尋找和建立自己的文化價值的規範了。舊的已經被打破、被遺忘，新的卻不知道在哪裡。世紀末的中國文化人實在不輕鬆。

照直說，「新文化運動」也好，「改造國民性」也好，固然有它積極、進步的意義，有它的必然性、必要性，同時也有一定的負面作用，或者說消極影響，那就是有些人不免將髒水連同孩子一起拋掉。比如說「中國百事不如人」，說「幾千年的歷史——文化都是吃人、混帳」，這顯然太絕對、太情緒化、太缺乏理性了。

至於「文化大革命」的反理性的惡果，那更是遺害後世、流毒無窮。

問題的複雜性在於，文化急進主義固然有其缺乏理性、情感用事的一面，而文化保守主義卻也並不是無懈可擊。當今有人要從一個極端走向另一個極端，依然是非黑即白、非此即彼的簡單推理，同樣缺乏理性基礎。

有人說。「新文化運動」及「文化大革命」造成了斷裂——當然是文化的斷裂——問題恐怕也不那麼簡單。那不是什麼斷裂，而是另一種方式的連接。也就是說，「新文化運動」及「文革」的產生與發展，也是中國歷史與文化的一種必然產物，甚至可能是文明蛻變、文化沿革的一種「必要的代價」。它們是因，卻又是果。

「新文化運動」的缺陷和「文化大革命」的錯誤在於：（1）絕對化了，將髒水與孩子一起潑掉；（2）情緒化了，沒有充分的理性基礎；（3）理想化了，甚至有想當然、一廂情願的成份，以為僅憑人的主觀能動性便可以解決問題，結果當然不能不事與願違；（4）片面化了，發動者以為寄予觀念能解決問題是一個好辦法，以為觀念改變了，一切都會改變；（5）盲目了，想要打破舊的規範，而又沒有更新且更好的規範可以代替，其結果是，要麼舊的已經打破而新的又沒有建立（**知識份子多如是**）；要麼是表面上破了舊而骨子裡的舊東西又沉渣泛起，改頭換面或換湯不換藥地出現了（**世俗社會如是**）。「文革」是破除了一些舊的東西、壞的東西，但卻又冒出了一些更舊的東西、更壞的東西。而「文革」之後，原先被破的東西又有了變本加厲的復興。

當然，全面地、深入地總結二十世紀中國歷史及其文化發展史，研究和分析「新文化運動」及「文化大革命」的是非功過、結果緣由，並不是本書的任務，甚至也不是現在能夠完成的。

說了這麼一大通，只是想給「金庸與中國文化」這一話題提供一個背景。

這可以歸結為兩個問題：一是傳統文化被我們遺忘得太多太久了；二是如何對待傳統中國文化（**它還不是鐵板一塊**）乃是我們不可逃避的問題。

說到對傳統的遺忘與輕視，我們不免有這樣的奇怪感受：

最熱愛傳統文化並「最像中國人」的人是海外華僑，尤其是世居海外的老華僑。

其次是有殖民地背景的香港人。

再次是孤懸海外的台灣人。

最後才是中國大陸本土人（**經歷了「文化大革命」的本土人**）。

這樣說，顯然有偏頗之處。但它是否有些值得我們重視、值得我們警醒的成份呢？

當代一流的漢學家、中國文化、歷史學家是海外華人（**我不說洋人，以免引起同胞的民族情緒，儘管平時的民族感很少，民族性很淡薄，但一提到華洋之分，我們的民族本能就出來了**），如李歐梵、林毓生、黃仁宇、余英時……等等，而祖國大陸本土的學者多少有些相形見絀。這不能不引起我們的憂慮。

至於武俠小說，超一流作家如金庸在香港，一流作家如古龍在台灣，祖國大陸作家至多三流、四流，則是不爭的事實。

對此，僅僅歸結為被「文化大革命」耽誤了（**雖然有一部分原因是如此**）恐怕是不行的，僅僅歸為祖國大陸作家不屑於寫通俗文學作品，恐怕也不行。

其中有文化背景、文化環境及個人的文化修養因素。也有對民族傳統文化的態度、認識的問題。

中國是落後，中國歷史是有缺陷，中國文化是有消極的影響，尤其是面臨十九至二十世紀這樣前所未有的變局，這種落後、缺陷、消極影響或會更加明顯。但這決不等於傳統一無是處。更不是中國歷史徹底混帳，中國文化需要剷除。一個民族的傳統文化不僅是其生長歷史的產物，而且也是這個民族屹立於世界民族之林的根本性的支柱和保證，同時也是它內在的血脈與外在的養份。面對落後的局面，一時的手足無措、怨氣沖天、情緒偏激是可以理解的，而長期的渾渾噩噩、盲目偏執、浮躁自棄卻是可悲而又可鄙的。

值得慶幸的是，我們的民族從來就不乏有識之士。八〇年代以來，學術界出現過文化熱，文學界出現過尋根熱，電影界出現「第五代」**（他們也在進行文化尋根）**。也許他們在向西方學習的同時，也發現了日本、韓國的經驗，發現了這兩個新興的經濟強國在發展科技文明的同時也弘揚了民族的文化——也許這二者之間有某種深刻的內在關係——此外，也慢慢地重新認識了新加坡、香港、台灣等海外華人世界。在文學上，無疑還受到了拉美文學及其民族文化的啟示。只是，由於經濟改革的發展及商業化浪潮的衝擊，由於文化這個東西概念過於抽象而定義又極其多樣**（不同的定義與解釋達一百六十種以上）**，由於我們遺忘了太多太久而**（民族）**文化的底子太薄，因而文化熱、尋根熱、第五代的成就不那麼盡如人意。但畢竟有了這麼一個開端。

或許，金庸的小說創作能給予我們一定的啟發。

這也正是我要寫這部書的緣由。

關於「金庸與中國文化」，有些問題需要在此做些說明。首先是文化的定義問題，我不擬專門討論。前文中已經提到，有人做過統計，關於文化的定義有一百六十種以上，我自覺到難以在這些已有的定義之外別出心裁，而又不願意為此捲入有關這一問題的爭訟。所以只能採用最一般的概念意義，即指人類在歷史社會過程中所創造的物質財富與精神財富的總和。尤其側重其精神財富及其心理積澱，自然包括主流與非主流、雅與俗、文治教化與風情習俗，並且將它看成是一種歷史現象，即既有一脈相承的一面，又有不斷隨時代歷史發展變化的一面。所謂「中國文化」及「傳統文化」亦以此類推。

其次，我在前面說了那麼多傳統文化的重要意義，卻不願意給人造成一種傳統衛道士的印象。這在後文中當然能看得出來。既然文化是一種歷史現象，它的發展變化、繼承與揚棄當屬正常，死抱道統不放，以為它應一成不變，那是荒謬的。問題恰恰是既不能全盤肯定，又不能全盤否定（這是我們過去所犯的老毛病）。繼承什麼、揚棄什麼、借鑒什麼、發展什麼，這才是更具體，也更重要的。

再次，我此前曾經寫作和出版過許多關於金庸小說的書和文章，雖沒有專門從文化的角度去論述，但卻有不少章節涉及到文化內容或文化的問題。因而在這部書中，難免要對某些舊話進行新證，重提之時，難免給人以重複之感——我當然會儘量避免重複。

最後，「金庸與中國文化」是一個複雜的課題。金庸及其武俠小說既是中國文化的產物，同時又是中國傳統文化的傳播者、塑造者、表現者、思考者、批判者。文化既是一種研究問題的角度與方法，同時又具有具體的內容與形式。同時，金庸的小說不僅與傳統文化有關，也與現代化、乃至西方文化有密切的關係。此外，又還有筆者我看金庸、我看中國文化的問題。

因此，這部書擬分為下列二卷：上卷為《文化知識錄》，下卷為《文化精神論》。

上卷

文化知識錄

小引

金庸小說之所以能雅俗共賞，是因為他不僅有講述驚險曲折的武俠故事的卓越才能，而且有豐厚的傳統文化修養。這使他的小說不僅有十足的武俠味，並且還有十足的書卷氣。

梁羽生先生在《從文藝觀點看武俠小說》一文中說，武俠小說家必須具備多方面的知識，如歷史學、地理學、四裔（**按指民族學**）、民俗學、宗教學等等。[8]武俠作家對這些知識，當然是懂得越多越好。梁羽生先生就是這樣的，金庸也是這樣的。而且，金、梁二位具備的知識，遠不止上述幾類。金、梁小說中所展現的文化內容與形式，也不止這幾類。

在某種意義上，金庸、梁羽生的武俠小說堪稱中國傳統文化的「小百科全書」——如果不能稱為「大百科全書」的話——這一點我們在後面即將看到。它們成為海外華僑子女的中文課本，實在毫不稀奇。

武俠小說寫得有書卷氣並非易事。這需要有足夠的

8 見《梁羽生及其武俠小說》，香港偉青書店一九八〇年版。

文化修養作為保證，同時還需要有足夠的才華來消化。古龍的聰明才智是有目共睹的，但他的傳統文化修養難以與金、梁相比，只好另闢蹊徑，專寫沒有歷史背景的故事，並引進西方通俗文學的寫作規範與技巧，使他的武俠小說現代化。缺少了一份書卷氣，給人的感覺是招式很有特色、出新出奇、有異有變，而內力則嫌單薄了一點。

另一些作家想學金、梁，卻是現炒現賣，大段抄書，不說有賣弄之嫌，至少也是一種累贅。這是掉書袋而不是書卷氣。原因就是不化。抄書人人都會，那有什麼稀奇？現炒現賣並不說明有真正的文化修養。不少新一代作家也這麼做，到頭來還只是招式的摹仿，內力卻沒有、也無法貫通。

當然，金、梁也是要抄書的，並且將此作為武俠小說的一些點綴，以提高武俠小說的品味，增加它的豐富性及閱讀樂趣。

之所以形成了書卷氣，一是因為他們不僅注重其形式或內容，而且注重其神韻；二是將它們點綴得恰到好處，符合環境、人物身分及故事要求；三是把握分寸，決不故意賣弄以至於畫蛇添足（**在這一點上，金庸做得比梁羽生更好。梁羽生小說中的人物吟詩，有時有些過火，近乎賣弄，因而效果不佳**）。

說金、梁小說是傳統文化的「小百科」而非「大百科」，原因是金、梁的武俠小說雖然內容豐富近乎「百科大全」，但卻不是、也不可能像「大百科」那樣枝枝葉葉都從根說起，即它們不可能是完整與系統的，而是零星的、點綴式的、恰到好處的。武俠小說畢竟不是百科知識的講義，這一點應該不難理解。稱金、梁小說為傳統文化的「小百科」，那也只是形象的說法，而非學術的論斷。

雖然如此，只要有心，我們還是能從金庸、梁羽生的小說中看到、學到豐富的文化景觀、文化知識。既可以觀賞，也可以學習。

這裡只說金庸的武俠小說。

需要說明的有以下幾點：

一是金庸小說的文化景觀中的百科知識是零星的，散見於各書、各章之中，我們只能按照一定的名目將它們集中起來說。因為零星，要想說全是困難的，大約也不一定有那個必要。

二是在金庸的小說中，詩詞歌賦與琴棋書畫等等，固然有單獨出現，但有許多卻是雜交，如詞與音樂、詩與書法。至於武功與詩詞歌賦、琴棋書畫、醫藥機械等等的交織就更是金庸獨創的文化景觀。因而在涉及這樣一些景觀之時，我們只能選其重點進行某一側面的引證，將它們從雜交的形態中分離出來。這樣做無疑會破壞金庸小說的整體藝術效果，但按照我們分科敘述的原則，不得不如此。比如「詩歌武功」，我們或許放在「詩歌」中說，也可能放在「武功」中說。餘以此類推，不一一說明。

三是本卷的內容以引述為主，分條輯目，條目順序略分輕重主次，對有關的條目與例證進行適當的介紹、補充、考證、分析或解釋，視情況而定。限於篇幅，引述和解說都不可能十分詳盡，大多只能點到為止。中國文化博大精深，源遠流長，金庸小說雖零星點綴亦已成洋洋大觀，若是一一引述解說，那不是本書所能容納得了的。老實說，筆者的學力也不夠。

四是金庸小說畢竟是武俠小說，因而我們不僅要注意它的書卷氣，當然也要注意它的草莽氣，不僅要看到廟堂文化，也要看到其江湖文化。即不僅要涉及雅文化，更要涉及俗文化，包括民族風情、地方習俗、江湖內幕、幫派規程等等。

第一章 史

面對武俠小說而來談史，這多少有些讓人尷尬，但又不能不談。

因為要談到金庸小說與傳統文化的關係，不能不涉及中國歷史。再一個原因，是金庸具有較深的史學修養，而他的小說又涉及了大量的歷史人物、歷史事件及歷史知識，所以就不能不談，而且還要從這個題目開始。

武俠小說有一個基本限制，是它的時代背景要限制在以冷兵器為主的時代，因為俠客的內功、輕功再好，再加上十八般兵器樣樣皆通，也無法與槍、炮、手榴彈、炸彈等等火器（熱兵器）抗衡。所以武俠小說基本上是以古代歷史為背景的。

當然，可以有明確的時代背景，也可以沒有。

金庸的小說大部分都有明確的時代背景。除《白馬嘯西風》、《連城訣》、《俠客行》、《笑傲江湖》等幾部作品外，其他的作品都有明確的時代背景。

進而，不但有明確的時代背景，而且還出現歷史人物，並涉及一些歷史事件。金庸小說的特點，是人物不僅活動於江湖之間，而且還活動於江山之間，參與重要的歷史事件，甚至進入朝廷，與許多歷史人物發生緊密的聯繫。

一開始，金庸還只是將歷史作為其武俠小說的一種包裝手段，至多是作為小說情節結構的一種線索或框架，但寫到後來，金庸小說的歷史內容越來越多，以至於要以揭示歷史真相作為小說創作的審美追求和思想焦點。這樣一來，金庸小說與歷史的關係就更加緊密了。

金庸的第一部小說《書劍恩仇錄》就寫到了一個歷史人物，即清朝的乾隆皇帝。作者虛構了一個重要情節，說乾隆是浙江海寧人陳世倌（**實有其人**）的兒子；又虛構了一個重要的人物，即小說的主人公，陳世倌第三子，乾隆的胞弟陳家洛；還虛構了一個情節，說回部美女香香公主喀絲麗是歷史上有名的乾隆寵愛的香妃。這些虛構，惹得一些歷史學家大為惱火，而作者金庸卻說：「歷史學家當然不喜歡傳說，但寫小說的人喜歡。」（**《書劍恩仇錄・後記》**）公開表明態度，當然也得到了讀者的諒解和歡迎，覺得金庸對歷史是非不能也，不為也。原因是傳奇小說有自己的規律。

剛開始的時候，金庸把歷史人物當成一種引信，為的是要讓讀者覺得可信。因而故意讓其筆下的人物——虛構的傳奇人物——與真正的歷史人物攀親道故，拉上關係，叫人不能全信，卻又不能不信。於是作者的目的就達到了。

其實金庸在寫作一部小說之前，總是要熟悉與小說有關的那段歷史，至於用多用少，則要看具體情況而定。例如他的第二部書《碧血劍》就與第一部書大不一樣了。這部書大規模地接觸歷史人物，並以歷史事件為背景、依據及小說的大框架。甚至小說一開頭就顯示出了明確的歷史風貌：

……大明成祖皇帝永樂六年八月乙未，西南海外渤泥國國王麻那惹加那乃，率同妃子、弟妹、世子及陪臣來朝，進貢龍腦、鶴頂、玳瑁、犀角、金銀寶器等諸般物事。成祖皇帝大悅，嘉勞良久，賜宴奉天門。

那渤泥國即今婆羅洲北部的婆羅乃又稱汶萊（**渤泥、波羅乃、汶萊以及英語Brunei均係同一地名之音譯**），雖和中土相隔海程萬里，但向來仰慕中華。宋朝太平興國二年，其王向打（**即蘇丹，中國史書上譯音為「向打」**）曾遣使來朝，進貢龍腦、象牙、檀香等物，其後朝貢不絕。

麻那惹加那乃國王眼見天朝上國民豐物阜、文治教化、衣冠器具，無不令他喜歡讚歎，明帝又相待甚厚，竟然留戀不去。到該年十一月，一來年老，二來水土不服，患病不治。成祖深為悼惜，為之輟朝三日，賜葬南京安德門外（**今南京中華門外聚寶山麓，有王墓遺址，俗呼馬回回墳**），又命世子遐旺襲封渤泥國王，遣使者護送歸國，賞賜金銀、器皿、錦綺、紗羅等物。……（**第一回**）

這一段史家筆法，寫的也是史實。這樣開頭，為的是要介紹渤泥國與中國交往的歷史，進而寫張朝唐的仰慕中華文化而赴中國求學位功名；進而寫明末衰敗氣象，兵匪一家，張朝唐遭官兵之劫；進而寫到張朝唐躲進主人公袁承志等人的住處。這樣由遠及近，海外而至海內，明初而至明末，想像中的仰慕而至眼見身處的危境，將明朝中國的歷史勾勒出一個剪影。在巨大的落差之中，寫到主人公袁承志的出現，層層推進，絲絲入扣，叫人不能不信。

其後的故事當然有實有虛。袁承志的故事當然都是虛的，但他在書中擔任了雙重角色，一是報仇雪恨的主人公（**虛構**），一是歷史的導遊。書中詳細地介紹了袁崇煥的事蹟，以及袁崇煥的舊部薊鎮副總兵朱安國等人成立了「山宗」（**即袁崇煥之「崇」字拆開**）；介紹了農民起義軍領袖李自成及其部下李岩、劉宗敏、牛金星、田見秀；寫到了明朝皇帝崇禎及誠王、太監曹化淳；寫到了滿清首領皇太極、多爾袞及明朝降將洪承疇、祖大壽及范文程、寧完我……等人，一共寫了數十位歷史人物。

而且書中寫到了皇太極之死、李自成進京、崇禎自殺、吳三桂引清兵入關等重大的歷史事件。至於袁崇煥當年往事，雖由側面憶及，卻是有頭有尾，甚至連戰況、奏章、死因、死時情形以及死後的種種線索都寫到了。不僅將明末清初的歷史概況寫得清清楚楚，將明、闖、清三方面的政治、軍事勢力也寫到了。甚而還不時地抽出空來介紹一些更詳細的歷史背景及歷史人物的生平資料。如書中寫到袁崇煥部下抗清大將孫祖壽（**書中人物孫仲壽的哥哥，小說由其弟寫到其亡兄**）時道：

> ……孫祖壽慷慨重義，忠勇廉潔，《明史》上記載了兩個故事：
>
> 孫祖壽鎮守固關抗清時，出戰受傷，瀕於不起。他妻子張氏割下手臂上的

肉，煮了湯給他喝，同時絕食七日七夜，祈禱上天，願以身代。後來孫祖壽痊癒而張氏卻死了。孫祖壽感念妻恩，終身不近婦人。

他為大將時，有一名部將路過他昌平故鄉，送了五百兩銀子到他家裡。在當時原是十分尋常之事，但他兒子堅決不受。後來他兒子來到軍中，他大為嘉獎，請兒子喝酒，說：「不受賄金，深得我心。倘若你受了，這一次非軍法從事不可。」《明史》稱讚他：「其秉義執節如此。」（第一回）

這不僅不像是武俠小說，甚至也不像是歷史小說，而乾脆是歷史資料。《碧血劍》中，像這樣的段落有多處。

只不過，作者過多地關注歷史和歷史人物，固然使我們談史時眉飛色舞，但小說本身卻不免要大受影響。作者對小說中的傳奇主人公的形象本身關注得不夠。幾乎變成了歷史人物及歷史事件的附庸。因此這部小說的藝術水準不算太高。

第三部書《雪山飛狐》又從一個極端走向另一個極端，乾脆避開歷史人物，專寫江湖傳奇。作者在小說的敘事技巧上也下了不少功夫，雖然寫得還算不錯，但畢竟沒有發揮作者的真正長處，即與歷史的大背景結合起來，寫出從江山廟堂到江湖民間的廣闊時空，任大手筆縱橫馳騁。所以，嚴格地說，這一部書也算不得金庸的代表作。

到第四部書《射鵰英雄傳》，金庸才算找到了自己的用武之地，對歷史與傳奇的結合，更加得心應手。小說的主幹，是南宋時期的江湖故事，但從靖康之恥到武穆（岳飛）蒙冤，以及宋、金對抗的歷史背景都是一清二楚。南宋朝廷偏安一隅，君臣醉生夢死，金朝統治者野心勃勃，氣勢洶洶，對比分明。如書中有這樣一段：

……只聽完顏洪烈道：「我大金正隆年間，金主亮見到柳永這首詞，對西湖風景欣然有慕，於是當派遣使者南下之時，同時派了一個著名畫工，摹寫了一幅臨安城的山水，並圖畫金主的狀貌，策馬立在臨安城內的吳山之頂。金主在畫上題詩道：『萬里車書盡混同，江南豈有別疆封？提兵百萬西湖上，立馬吳山第一峰！』」楊康贊道：「好豪壯的氣慨！」郭靖聽得惱怒之極，只捏得手指格格直響。

完顏洪烈歎道：「金主亮提兵南征，立馬吳山之志雖然不酬，但他這番投鞭渡江的豪氣，卻是咱們做子孫的人所當效法的。他曾在扇子上題詩道：『大柄若在手，清風滿天下』，這是何等的志向！」（第二十三回）

《射鵰英雄傳》中真正寫得完整而又出色的，是蒙古部落統一的歷史。成吉思汗及其部將博爾術、博爾忽、木華黎；者別（書中寫作哲別），成吉思汗的兒子術赤、窩闊台、察哈台、拖雷，成吉思汗的政敵王罕、札木合……等蒙古史上數十位著名的歷史人物，在書中都被寫到了。從成吉思汗（鐵木真）發跡之前、家族衰落、妻小蒙難，以至最後統一蒙古；征伐四方，基本上都是按史實寫的。書中還專門寫了成吉思汗召見長春真人丘處機的一段史實，連成吉思汗寫給丘處機的信也按原件錄下不誤。

金庸寫史，雖然只是作為傳奇小說的一種結構框架、外層包裝、情節因素，但具體而微，卻是一絲不苟，不論是包裝、框架或情節，關鍵之處都加上注釋、說明。這在一般的武俠小說中是少見的。如《射鵰英雄傳》中第三十七回寫到成吉思汗遠征西域大國花剌子模國時，回後有注：「花剌子模為回教大國，國境在今蘇聯南部、阿富汗、伊朗一帶。撒麻爾罕城在今蘇聯烏孜別克共和國境內。據《元史》載，成吉思汗攻花剌子模國舊都玉龍傑赤時，曾以石油澆屋焚燒，城因之破」。

在寫到成吉思汗召見長春真人丘處機這一情節時，先是在書中注明信是據史籍抄錄，後又注道：「據史籍載：丘處機與成吉思汗來往通信三次，始攜弟子十八人經崑崙赴雪山相見。弟子李志常撰有《長春真人西遊記》一書，備記途中經歷，此書今尚行世。」

《神鵰俠侶》中雖少寫到宋、金朝廷及其歷史人物，但仍繼《射鵰》之體系，寫了全真教主王重陽及全真七子等歷史人物，還寫了蒙古王子忽必烈（**此即中國元朝的創立者**）及蒙古皇帝蒙哥，在寫到楊過用石頭擊斃蒙哥的情節之後，書中加了一個長注：

……《元史・本紀》卷三載：「憲宗諱蒙哥，睿宗拖雷之長子也……九年二月丙子，帝悉率諸兵……丁丑，督諸軍戰城下……攻鎮西門、攻東新門、奇勝門……攻護國門……登外城，殺宋兵甚眾……屢攻不克……癸亥，帝崩。帝剛明雄毅，沉斷而寡言……御群臣甚嚴。」《續通鑒》：「蒙古主屢督諸軍攻之，不克……蒙古主殂……史天澤與群臣奉喪北還，於是合州圍解。」《續通鑒考異》：「元憲宗自因頓兵日久，得疾而殂。《重慶志》謂其中飛石……今不取。」

依歷史記載，憲宗係因攻四川重慶不克而死，是否中飛石，史書亦記載各異。但蒙古軍、宋軍激戰最久，戰況最烈者係在襄陽，蒙古軍前後進攻數十年而不能下。為增加小說之興味起見，安排為憲宗攻襄陽不克，中飛石而死，城圍因而得解。（第三十九回）

這一段簡直像史學論文之注，表明金庸既要讓讀者讀到好的傳奇故事，又不願混淆歷史是非。表明金庸並不只是完全不顧歷史來虛構傳奇的故事。金庸有時直面歷史，表現出了驚人的準確性及嚴格要求。

小說《倚天屠龍記》中對明教的描寫就是一例。這部以明教教主張無忌這一虛構人物為傳主的小說，自然少不了對明教——魔教——的描寫。一開始可謂雲遮霧罩，使讀者又以為是荒誕不經的虛構傳奇。到了第二十五回書，明教光明左使楊逍向張無忌出示了他的《明教流傳中土記》一書，才使讀者（包括張無忌）看到了明教的真相。

明教源出波斯，本名摩尼教，於唐武后延載元年傳入中土，其時波斯人拂多誕持明教「三宗經」來朝，中國人始習此教經典。唐大曆三年六月二十九日，長安洛陽建明教寺院「大雲光明寺」。此後太原、荊州、揚州、洪州、越州等重鎮，均建有大雲光明寺。至（唐）會昌三年，朝廷下令殺明教徒，明教勢力大衰。自此以後，明教便成為犯禁的秘密教會，歷朝均受官府摧殘。明教為圖生存，行事不免詭秘，終於摩尼教這個「摩」字，被人改為「魔」字，世人遂稱之為魔教。小說中接著寫道：

……張無忌讀到此處，不禁長歎，說道：「楊左使，本教教旨原是去惡行善，和釋道並無大異，何以自唐以來，歷朝均受慘酷屠戮？」

楊逍道：「釋家雖說普渡眾生，但僧眾出家，各持清修，不理世務。道家亦然。本教則聚集鄉民，不論是誰有甚危難困苦，諸教眾一齊出力相助。官府欺壓良民，什麼時候能少了？什麼地方能少了？一遇到有人被官府冤屈欺壓，本教勢必和官府相抗。」

張無忌點了點頭，說道：「只有朝廷官府不去欺壓良民，土豪惡霸不敢橫行不法，到那時候，本教方能真正的興旺。」

楊逍又道：「本教歷代均遭嚴禁，但始終屹立不倒。南宋紹興四年，有個官員叫做王居正，對皇帝上了一道奏章，說到本教之事，教主可以一觀。」說著翻到書中一處，抄錄著王居正那道奏章。

張無忌看那奏章中寫道：「伏見兩浙州縣有吃菜食魔之俗。方臘以前，法禁尚寬，而事魔之俗猶未至於甚熾。方臘之後，法禁愈嚴，而事魔愈不可勝禁……臣聞事魔者，每鄉每村一二桀黠，謂之魔頭，盡錄其村鄉姓氏名字，相與詛盟為魔之黨。凡事魔者不肉食。而一家有事，同黨之人皆出力相賑恤。蓋不肉食則費省，費省故易足。同黨則相親，相親則相恤而事易濟……」張無忌讀到這裡，說道：「那王居正雖然仇視本教，卻也知本教教眾節儉樸實，相親相愛。」

他接下去又看那奏章：「……臣以為此先生導其民使相親相友相助之意。而甘淡薄，教節儉，有古淳樸之風。今民之師帥，即不能以是為政，乃為魔頭者竊取以簪惑其黨，使皆歸德於其魔，於是從而附益之以邪僻害教之說。民愚無知，謂吾從魔之言，事魔之道，而食易足、事易濟也，故以魔頭之說為皆可信，而爭趨歸之。此所以法禁愈嚴，而愈不可勝禁。」……（第二十五回）

由於種種原因，摩尼教在延續了一千多年後開始衰落，到十五世紀已基本消亡。令人不解的是，這個很有影響的教派——專家認為，摩尼教當時是我國外來宗教中影響僅次於佛教的第二大宗教——彷佛一下子就從地球上消失得無影無蹤，既沒有遺跡，也沒有遺物。即使在其故鄉波斯，也找不到一絲它曾經存在過的實證。以至於在本世紀之前，人們研究摩尼教，只能依據原來與它作對的某些基督教徒或伊斯蘭教徒的記載中所提供的間接資料。

二十世紀以來，摩尼教的研究有三次大發現，一是一九〇二年和一九〇四年，德國人在我國吐魯番地區發現了一處摩尼教遺址和用六種中亞古代文字抄寫的上千件摩尼經典殘本。

第二次大發現是三十年代，人們在北非再次發現了大量的摩尼教早期書寫文獻，其中有書信、語錄、讚美詩，也有著作注釋和教會早期歷史的概述。

第三次大發現，則是中國北京大學考古系副教授晁華山於一九八八至一九九二年對吐魯番的勝金口、伯茲克里克和吐峪溝三個洞窟群的大約兩百個洞窟一一進行認真的考察，發現了生命樹、死亡樹、日月合璧圖、七重寶樹圖等典型的闡述摩尼教教義的壁畫，找到了一些摩尼教的題記和大字榜文，也發現了被佛教覆蓋和被塗抹、改建的痕跡，最後終於將九座寺院七十多個洞窟從近百年來的誤解中澄清出來，證明它們就是湮沒千年的摩尼教占刹。

著名考古學家宿白教授等斷定，這是一個極為重要、值得深入研究的發現，是「本世紀以來關於摩尼教的第三次大發現，甚至比前兩次的意義更加深遠，不僅對於研究失傳幾百年的摩尼教具有開創意義，而且對於世界宗教史和其他相關學科也是一件大事。」

——《人民日報》於一九九三年十二月十一日發表了長篇報導：《摩尼教千年古刹揭秘——火焰山下新傳奇》（**記者曲志紅、李斌**）。該報導不僅記述了晁華山副教授考古發現的過程及意義，還令人驚奇地寫下了下面一段文字：

晁華山在確認了摩尼洞窟後，曾特此致函金庸先生說，《倚天屠龍記》中對摩尼教教義的闡述和許多教規、習慣的描寫，真是難得的準確。[9]

一位考古學家稱讚一位武俠小說作家，說其小說中有「難得的準確」，這不能不說是一件令人驚奇的事。金庸的小說為何這樣準確？材料從何而來？進而，金庸的武俠小說能否被稱為填補空白之作？是否對考古學家有所啟發或影響？……認真地研究這些問題，應該有十分重要的意義。

這當然是金庸小說創作中較為光彩的一筆，也是一個典型的事例。金庸在小說中實際上還提供了使考古學家、歷史學家都大為頭痛而又難以找到的，有關明教何以在中國屢遭禁止與迫害，何以會在十五世紀終於消亡的答案。關於遭禁與迫害的原因，楊逍的書中已經提及，而明教在明朝建立後反而消亡，是因為明朝的創立者朱元璋等人更知其中的利害，於是「飛鳥盡，良弓藏」了。

《倚天屠龍記》不只寫了明教的歷史及文化淵源，還寫了元順帝、察罕帖木兒、張士誠、韓山童、劉福通、韓林兒、郭子興、徐壽輝、陳友諒，以及朱元璋、湯和、徐達、鄧愈、常遇春等一系列歷史人物。此外，書中的張三丰、彭瑩玉（彭和尚）、周顛、張中等人，也都是在歷史上實有其人。《明史》中還為張三丰立了傳，而當時民間傳說中的張三丰簡直是一位神人，金庸則在書中將他還原成了一個真實可信的人物形象。書中的彭瑩玉、周顛、張中同為明教的五散人之列，雖不盡與史實相符，但其生動

9 見曲志紅、李斌：《摩尼教千年古剎揭秘——火焰山下新傳奇》，《人民日報》一九九三年十二月十一日第八版頭條。

鮮明的人物形象及其真實可信的個性心理，卻比歷史傳說中更為完整而真實。如彭瑩玉由於經常用礦泉水替附近農民治病，被江西袁州、湖南瀏陽一帶的農民當成活神仙，稱之為「彭祖」。而傳說中的周顛（**真名已不可考**）更是神乎其神。他十四歲時得過一場病，精神有些失常，流落到南昌，乞討為生，因說話不著邊際，顛三倒四，被人稱為周顛。他的傳說不少，連《明史》中都寫了不少奇事，民間傳說的離奇，更是可想而知。而金庸卻按照自己的理解，寫出了《倚天屠龍記》中的人物形象。

可以看出，《倚天屠龍記》已非為傳奇而傳奇，而是力圖探尋歷史與人性的真知與真相。

此後，金庸寫了幾部更加離奇、時代不明的書，直至《笑傲江湖》，都是在為探尋歷史文化及其人性心理的秘奧而創作。

如在《天龍八部》中，作者的目的，是要表現一種表面荒誕而實質真實的人性特徵及人物心態，提供對人世的注釋，因而將書名為《天龍八部》。

「天龍八部」是佛經中的詞，為的是借神道精怪來「象徵現世的人物」。這部書無疑是要寫奇中之奇，可是在（**釋名**）（**楔子**）一章中，作者在介紹完「天龍八部」這八種非人的神道精怪及自己的寫作目的後，筆鋒突然一轉，又寫道：

……這部小說以「天龍八部」為名，寫的是北宋時雲南大理國的故事。

大理國是佛教國家，皇帝都崇信佛教，往往放棄王位，出家為僧，是我國歷史上一個十分奇特的現象。據歷史記載，大理國的皇帝中，聖德帝、孝德帝、保定帝、宣仁帝、正廉帝、神宗等都避位為僧。《射鵰英雄傳》中所寫的南帝段皇爺，就是大理國的皇帝。《天龍八部》的年代在《射鵰英雄傳》之前，本書故事發生於北宋哲宗元佑、紹聖年間，西元一〇九四年前後。

這一段說明，完全像是歷史小說的題記。而作者所關注的眾多大理歷史上皇帝出家這一奇特的歷史現象、文化現象，視角十分獨特。而這本身就是一個重要的、少有人關注的歷史學、文化人類學的課題。金庸的小說對此課題提出了自己的思考解答，而其提出問題本身，就是對歷史學的巨大貢獻。

這一貢獻當不小於《倚天屠龍記》對明教的記述和研究。以後若有史學專家、佛學專家、文化學專家對此課題進行研究，金庸的小說是一種重要的參考資料。

《天龍八部》的寫法十分奇特，簡單地說，是江山、江湖一體化，即居於朝廷的皇帝官員都是武林高手，或本身像是江湖人物；而反過來，江湖人物之中又有不少本是皇家子弟（如段延慶、慕容氏父子），且以「王霸雄圖」為追求的目標。作者徹底地打破了朝廷與江湖、事實與虛構、寫實與寓言之間的界限。

雖說作者聲明是要寫大理國的故事，但作者之筆卻不由自主地縱橫天下，寫到了大理之外的大宋、大遼、西夏等國，而且還旁涉吐蕃、追述大燕皇統，並記錄了女真人的興起，寫到了完顏阿骨打等歷史人物。

其中，不僅女真族的領袖是真實的，大燕國的歷史也是真的：「太祖文明帝（慕容）諱㿥」，「烈祖景昭帝諱儁」，「烈宗惠湣帝諱寶」，「開封公諱詳」，「趙王諱麟」，「中宗昭武帝諱盛」，「昭文帝諱熙」……等都非虛言。

寫到遼國，其中遼國皇帝耶律洪基等都是歷史人物，而且書中寫到的耶律重元為皇太叔、天下兵馬大元帥，其子耶律涅魯古謀弒遼道宗（**耶律洪基**）並公然叛反，都是歷史真實。只是這次叛亂並不是由蕭峰平息，而是耶律洪基派遣耶律仁先率軍平叛的。

寫到西夏，書中寫道：「西夏疆土雖較大遼、大宋為小，卻也是西陲大國，此時西夏國王早已稱帝；當今皇帝李乾順，史稱崇宗聖文帝，年號『天佑民安』……」（**第四十四回**）等，當然是根據史事而寫的。

作者一直未寫到北宋朝廷，但到了第四十九回卻筆鋒一轉，寫出了下面的一幕：

……就在這時候，數千里外北方大宋京城汴梁皇宮之中，崇慶殿后閣，太皇太后高氏病勢轉劇，正在叮囑孫子趙煦（**按：後來歷史上稱為哲宗**）：「孩兒，祖宗創業艱難，天幸祖澤深厚，得有今日太平。但你爹爹秉政時舉國鼎沸，險些釀成巨變，至今百姓想來猶有餘怖，你道是什麼緣故？」

趙煦道：「孩兒常聽奶奶說，父皇聽信王安石的話，更改舊法，以致害得民不聊生。」

太皇太后乾枯的臉微微一動，歎道：「王安石有學問，有才幹，原本不是壞人，用心自然也是為國為民，可是……唉……可是你爹爹，一來性子急躁，只盼快快成功，殊不知天下事情往往欲速則不達，手忙腳亂，反而弄糟了。」她說到這裡，喘息半晌，接下去道：「二來……二來他聽不得一句逆耳之言，旁人只有歌功頌德，說他是聖明天子，他才喜歡。倘若說他舉措不當，勸諫幾句，他便要大發脾氣，罷官的罷官，放逐的放逐，這樣一來，還有誰敢向他直言進諫呢？」

趙煦道：「奶奶，只可惜父皇的遺志沒能完成，他的良法美意，都讓小人給敗壞了。」

太皇太后吃了一驚，顫聲問道：「什……什麼良法美意？什……什麼小人？」

趙煦道：「父皇手創的青苗法、保馬法、保甲法等等，豈不都是富國強兵的良法？只恨司馬光、呂公著、蘇軾這些腐儒壞了大事。」太皇太后臉上變色，撐著要坐起身來，可是衰弱已極，要將身子抬起一二寸，也是難能，只不住的咳嗽。趙煦道：「奶奶，你別氣惱，多歇著點兒，身子要緊。」他雖是勸慰，語調中卻殊無親厚關切之情。

太皇太后咳嗽了一陣，漸漸平靜下來，說道：「孩兒，你算是做了九年皇帝，可是這九年……這九年之中，真正的皇帝卻是你奶奶，你什麼事都要聽奶奶吩咐著辦，你……你心中一定十分氣惱，十分恨你奶奶，是不是？」

關於宋代的「三冗」（冗官、冗費、冗兵）「二積」（積弱、積貧），以及宋神宗時著名的王安石變法，一直是歷史研究的一個重大課題。王安石變法是好是壞，是對是錯？至今仍眾說紛紜。金庸從一個獨特的角度對此做出了自己的評價和判斷。並且創造了一種獨特的——性格衝突——模式，指出了宋神宗的性格與心理的弱點，進而又揭示了高氏太皇太后與其孫子宋哲宗趙煦的性格衝突、理想衝突及價值衝突。

既然中國歷史上的權力構成並無體制上的完善實施的保障，執政者（皇帝或太后）的性格、心理、觀念等，及其衝突，自然就成了一種歷史的決定性因素。這一點一直被忽視了，至少沒有得到足夠的重視，因而我們的研究往往難以深入而切合實際。金庸寫這麼一段，看似有些突兀，不僅與小說的情節聯繫不太緊，而且與小說的敘事形式也不盡相符，但聯繫到遼皇耶律洪基虎視眈眈，大宋邊民苦不堪言，以及最後的蕭峰之死，我們還是能夠看到這麼寫的必要性。且寫的角度特別，也表示了金庸穩重保守的歷史觀，其中大有貢獻之處，是他對歷史人物的個性與心理的注意和研究。《天龍八部》追究的是特定的文化背景下的人性的真實，而通過人性及其政治人物的個性探究，從一個新穎的角度揭示歷史的部分未被人注意的秘奧和真相。

寫到最後，金庸對歷史的興趣越來越濃，最後的長篇蓋頂之作《鹿鼎記》及短篇精品《越女劍》，在某種意義上都可以稱之為歷史小說。

短篇小說《越女劍》寫的是春秋時代後期吳、越兩國衝突，越王勾踐被吳王打敗後矢志復仇、臥薪嚐膽的故事。其中寫到了吳王夫差、吳國名臣伍子胥，越王勾踐、越國名臣文種、范蠡，越國美女西施等著名的歷史人物形象，如寫范蠡道：「范蠡本是楚國宛人，為人倜儻，不拘小節，所作所為往往出人意表，當地人士都叫他『范瘋子』。文種來到宛地做縣令，聽到范蠡的名字，便派部屬去拜訪。那部屬見了范蠡，回來說道：『這人是本地出名的瘋子，行事亂七八糟。』文種笑道：『一個人有與眾不同的行為，凡人必笑他胡鬧；他有高明獨特的見解，庸人自必罵他糊塗。你們又怎能明白范先生呢？』便親自前去拜訪。范蠡避而不見，但料到他必定去而復來，向兄長借了衣冠，穿戴整齊。果然過了幾個時辰，文種又再到來，兩個相見之後，長談王霸之道，投機之極，當真相見恨晚。」

小說中的故事情節，基本上是按史實寫出的，包括文種向越王勾踐獻上的「滅吳九術」等等，都一一寫在作品之中。

此外，這部小說還寫了一段「鑄劍史」，將我國鐵器時代的鑄劍名師干將、莫邪、歐冶子、風鬍子、薛燭等人的傳記和傳說一一寫出。

小說的女主人公越女阿青，也不完全是作者虛構的，東漢趙曄的《吳越春秋》中記載了越女的故事。金庸小說依此記載寫成，且其重點，並非在越女、越女劍，而在於那一段歷史本身。因此，這篇小說中沒有江湖人物及故事，全都是廟堂人物及歷史故事。

金庸的武俠小說大多是取材於北宋至清初這幾百年的歷史，唯《越女劍》取材於春秋時代，之所以如此，我們從金庸所著的《三十三劍客圖解》中關於《趙處女》的一段文字中或可看出些端倪：

……江蘇與浙江到宋朝時已漸漸成為中國的經濟與文化中心，蘇州、杭州成為出產文人和美女的地方。但在春秋戰國時期，吳人和越人卻是勇決剽悍的象徵。那樣的輕視生死，追求生命中最後一剎那的光采，和現代一般中國人的性格相去是這麼遙遠，和現代蘇浙人士的機智柔和更是兩個極端，在那時候，吳人越人血管中所流動的，是原始的、狂野的熱血。

吳越的文化是外來的。伍子胥、文種、范蠡都來自西方的楚國，勾踐的另一個重要謀士計然來自北方的晉國。只有西施本色的美麗，才原來就屬於浣紗溪那清澈的溪水。所以，教導越人劍法的那個處女，雖然住在紹興以南的南林，《劍俠傳》中卻說她來自趙國，稱她為「趙處女」。

但一般的書籍中都稱她為「越女」。（《趙處女解》）

金庸是浙江人，吳越文化的古今變異，吳人越人性格氣質的改變，大約使作者感到很震驚，亦不無遺憾。所以寫了《越女劍》，不僅是要講述一段血與火的歷史，更在於要表現一種勇決剽悍的文化精神和人格氣質。

再說長篇小說《鹿鼎記》。

這部小說中寫到了清朝康熙年間的一系列歷史人物及一系列歷史事件，並以此為經緯，組成了小說情節結構的基本框架。

小說中寫到的歷史人物，如清朝皇帝康熙、大臣鰲拜、蘇克薩哈、遏必隆、佟國綱、索尼、明珠、索額圖、吳三桂、尚可喜、耿仲明、孔有德、施琅、趙良棟、張勇……等數十位文臣武將；寫到了反清勢力中的鄭經、鄭克塽、陳近南、蔡德忠、方大洪、馬超興、吳六奇以及天地會中的許多歷史人物；還寫到了明末清初的漢人學者顧炎武、黃宗羲、呂留良、查繼佐；以及李自成、陳圓圓、莊廷瓏、噶爾丹……等數十位各方面、各階層的歷史人物，如若作一統計，《鹿鼎記》中所寫到的歷史人物當超過百人。而書中虛構的人物，則不到此數。

更重要的是，小說中寫到了康熙親政之後十幾年間一系列重要的歷史事件，從殺鰲拜開始，直到中俄簽訂《尼布楚條約》大都正面寫到了。

而小說的第一回，以史家之筆，完整地寫出了清康熙初年（鰲拜掌權時）的一場歷史上著名的文字獄，即浙江人莊廷瓏的「明史」一案（即《明書輯略》一案），因其中不少地方用了明朝年號，被人告發，不僅使莊廷瓏開棺戮屍，莊家數十口人，十五歲以上的盡皆處斬，妻女發配瀋陽，給滿州旗兵為奴。而且使前禮部侍郎李令皙因為該書作序而被凌遲處死、四子處斬；書中列名參校者江南名士茅元錫等十四人同日被凌遲處死。當地官吏松魁、朱昌祚入獄候審，幕客程維藩凌遲棄市，歸安、烏程兩名學官處斬。湖州府知府譚希閔到位還只半月，亦與推官李煥、訓導王兆禎同時處以絞刑。而所有雕版的刻工、印書的印工、裝釘的釘工、以及書賈、書鋪的主人、賣書的店員、買書的讀者，查明後盡皆處斬。此案使多少人家破人亡，難以計數。

小說的第一回書寫這一場「文字獄」，依據史實，的確不像是武俠小說，而像是道道地地的歷史小說。讀完這部書，對清初康熙時代的朝政、外交、風俗、官場及種種歷史事件，都會有大致的瞭解。

作者說此書「毋寧說是歷史小說」的另一條理由，是「在康熙時代的中國，有韋小寶那樣的人物並不是不可能的事」（《鹿鼎記．後記》），主人公韋小寶當然是虛構的，小說所寫的就是這一虛構人物在真實的歷史時空及文化氛圍中的一番歷險和奇遇，表面甚奇，細思卻真。這當然不能使歷史學家滿意，金庸還是堅持了「歷史學家不喜歡傳說，而寫小說的人喜歡」這一傳統，將虛構的人物及傳奇的情節與真實的歷史人物及歷史事件結合得天衣無縫。其技藝可謂爐火純青。只不過，在關鍵處，金庸還是加了大量的夾註與註腳，幫助讀者分清真假，認識歷史。

《鹿鼎記》是涉及歷史人物、歷史事件最多、最深的作品，也是夾註、註腳最多的作品。在小說的後面，居然還附上了許多大臣寫給康熙的奏摺，一如歷史小說的體例。雖說它不一定能稱為歷史小說，但它的意義與價值，卻比一般的歷史小說要大得多。

關於這部書，我們在後面還要專門論及。

第二章 地

武俠小說不僅可以寫上下千年，而且還可以輔之以縱橫萬里。因為中國不僅歷史悠久，而且還地大物博，可供小說家及其筆下人物縱橫馳騁。當然，這也要求武俠小說作家不僅要熟悉歷史，還必須熟悉地理。

我們在小學時就學過「歷史悠久、地大物博、人口眾多」這樣的知識，但如何闊大如何廣博，卻又不是人人都能瞭解。即便是瞭解，也不大可能真正地走遍全國，大部分人只有借助書籍進行神遊。進而，又由於歷史悠久，使我國的山川城鎮都具有獨特的歷史文化特點，有自己獨特的故事。

若無一定的知識，即便是到此一遊，也只能知其然而不知其所以然。

這裡所說的「地」即地理，不僅指自然地理，而且包括歷史地理、文化地理。

自然地理不必多說，指的是山川河海，地形地貌。

歷史地理相對比較複雜一些，指的是城鎮鄉村的歷史來源，以及時代變遷、版圖變化、行政區劃的改變等等不同的原因，地理地名也隨之改變。例如北京，在不同的時代有不同的名稱，如薊、幽州、燕京、中都、大名、大都、北平、北京等等，當然這些名稱下的地理位置及行政規劃也略有不同。再如《書劍恩仇錄》中的「陝西扶風延綏鎮總兵衙門」（第一回）及《射鵰英雄傳》中「這一日來到京東西路襲慶府泰寧軍地界」（第十一回）等，都是歷史地理的範疇，前者是清朝時的行政及軍事單位區劃，鎮是軍事單位，不同於一般的城鎮之鎮。後者則是宋代的行政區劃，「路」「府」「軍」是宋代行政建制名稱，與後代不一樣。在這些方面，金庸都寫得一絲不苟。如《碧血劍》中提到「南七北六，一十三省」。那是明朝時的行政區劃，全國只有十三個省，南方七省，北方六省，這與今天當然大不相同。歷史地理，就是要掌握歷史沿革中的地理概念內容的變化。

文化地理，是由於人文歷史的發展與積澱，給自然地理塗抹了濃重的文化色彩，進而決定了自然地理的性質與形式。如許多名山大川及風景名勝等等，已經不純是自然形式，而是被人們賦予了豐富的人文歷史內容。例如（1）被古代帝王所封；（2）被佛寺、道觀所占；（3）被名人所遊歷、題詠……等等，使得這些地方成了特殊的文物，讓人在遊覽之時，又能發思古之幽情。

金庸小說的地理背景十分廣闊，內容十分豐富。寫到了廣東、福建、雲南、貴州、西藏、四川、陝西、山西、甘肅、新疆、河北、河南、北京、蒙古、遼東（包括東三省）、山東、江蘇、浙江、安徽、江西、湖北、湖南、台灣等地，差不多每個省都寫到了，而且還不是泛泛而寫。進而還到國外，如《射鵰英雄傳》寫到成吉思汗的發祥地是外蒙古，更寫蒙古軍遠征中亞腹地；《倚天屠龍記》中寫到金毛獅王謝遜與張翠山夫婦飄流到北極冰火島；《鹿鼎記》中又寫到韋小寶隨俄羅斯公主蘇菲亞遠赴莫斯科……

其次，中國的名山、勝地，金庸也寫到了不少，天山、崑崙山、嵩山、泰山、衡山、恒山、華山、無量山、龍虎山、武當山、峨嵋山、青城山、武夷山、雁蕩山……每到一處，自有一番說法。

再次，金庸每寫到一處，常常要將這一處的風景名勝順帶寫出，進而寫到它的歷史風物。如《射鵰英雄傳》中黃蓉與郭靖，到太湖遊覽，自然便要提到春秋時越國大夫范蠡與美女西施「泛舟五湖」的傳說；到洞庭湖遊覽，自然便要登上岳陽樓，提及宋代政治家、軍事家、文學家范仲淹的《岳陽樓記》及其生平典故。

如此，隨金庸筆下人物而遊覽中國地理風光名勝，是一份額外的收穫，不失為人生的一大樂事。

例子太多，我們不可能一一盡錄，只能信手拈來，希望讀者朋友能夠舉一反三。先從《書劍恩仇錄》看起。書中有一段寫陳家洛到杭州遊西湖：

……陳家洛也帶了心硯到湖上散心，在蘇堤白堤散步一會，獨坐第一橋上，望湖山深處，但見竹木陰森，蒼翠重疊，不雨而潤，不煙而暈，山峰秀麗，挺拔雲表，心想：「袁中郎初見西湖，比作是曹植初會洛神，說道：『山色如娥，花光如頰，溫風如酒，波紋如綾，才一舉頭，已不覺目酣神醉。』不錯，果然是令人目酣神醉！」

他幼時曾來西湖數次，其時未解景色之美，今日重至，才領略到這山容水意，花態柳情。凝望半日，雇了一輛馬車往靈隱去看飛來峰。峰高五十丈許，緣址至顛皆石，樹生石上，枝葉光怪，石牙橫豎錯落，似斷似墮，一片空青冥冥。陳家洛一時興起，對心硯道：「咱們上去看看。」峰上本無道路可援，但兩人輕功不凡，談笑間上了峰頂。

仰望三竺，但見萬木參天，清幽欲絕，陳家洛道：「那邊更好。」兩人下峰，緩步往上中下三天竺行去。……（**第七回**）

短短的一段文字，將西湖風景寫活，讓人如臨其境，將蘇（**東坡主修**）堤、白（**居易主修**）堤、第一橋、靈隱、飛來峰、上中下三天竺全都寫到。值得一提的是，古人詠西湖的詩詞歌賦不知有多少名篇，金庸卻未在此顯擺，不說人耳熟能詳的句子，故意讓陳家洛「想」到袁宏道（**即袁中郎，一五六八至一六一〇，明文壇名噪一時的「公安派」的領袖，「三袁」之一，另二袁是袁宏道之兄袁宗道、弟袁中道**）的散文，讓人耳目一新。又，這一段中沒有細寫西湖之水，那是因為陳家洛與乾隆不久將有一次西湖夜遊。那也是一段精彩的文字，讀者可自己去看。

再看一段陳家洛與乾隆在浙江海寧觀錢塘海潮，時為八月十八日（**這一天海潮最大，陳母恰好這一天生日，故名「潮生」**）：

……這時潮聲愈響，兩人話聲漸被淹沒，只見遠處一條白線，在月光下緩緩移來。

驀然間寒意迫人，白線越移越近，聲若雷震，大潮有如玉城雪嶺，際天而來，聲勢雄偉已極。潮水越近，聲音越響，真似百萬大軍衝鋒，於金鼓齊鳴中一往無前。……

……潮水愈近愈快，震撼激射，吞天沃月，一座巨大的水牆直向海塘壓來……

月影銀濤，光搖噴雪，雲移玉岸，浪卷轟雷，海潮勢若萬馬奔騰，奮蹄疾馳……

但潮來得快，退得也快，頃刻間，塘上潮水退得乾乾淨淨。……

乾隆轉頭對陳家洛道：「古人說『十萬軍聲半夜潮』，看了這番情景，真稱得上天下奇觀。」陳家洛道：「當年錢王以三千鐵弩強射海潮，海潮何曾有絲毫降低？可見自然之勢，是強逆不來的。」……

……乾隆說道：「潮水如此沖刷，海塘若不牢加修築，百姓田廬墳墓不免都被潮水捲去。我必撥發官帑，命有司大築海塘，以護生靈。」……轉頭向白振道：「明日便傳諭河道總督高晉、巡撫莊有恭，即刻到海寧來，全力施工。」白振躬聲答應。

潮水漸平，海中翻翻滾滾，有若沸湯。（第八回）

這一段不僅寫了著名的錢塘大潮，還寫到了乾隆修築海塘、造福於民。又提到了錢鏐（即錢王，八五二至九三二，五代十國時吳越國的建立者）以三千鐵弩強射海潮的典故，一句「十萬軍聲半夜潮」將此潮的聲勢寫出，可謂切題。

杭州、海寧都是金庸的舊遊之地，那裡是他的故鄉。故鄉名勝，寫起來自然格外的動情，也格外的動人：但金庸並非只寫故鄉名勝，也不是只有故鄉景物才寫得好。《書劍恩仇錄》中，有一段寫陳家洛的西域之行，向來為人稱道：

……不一日已到肅州，登上嘉峪關頭，倚樓縱目，只見長城環抱，控扼大荒，蜿蜒如線，俯視城方如斗，心中頗為感慨。出得關來，也照例取石向城投擲。關外風沙險惡，旅途艱危，相傳出關時取不投城，便可生還關內。行不數里，但見煙塵滾滾，日色昏黃，只聽得駱駝背上有人唱道：「一過嘉峪關，兩眼淚不乾，前邊是戈壁，後邊是沙灘。」歌聲蒼涼，遠播四野。

一路曉行夜宿，過玉門、安西後，沙漠由淺黃變為深黃，再由深黃漸轉灰黑，便近戈壁邊緣了。這一帶更無人煙，一望無垠，廣漠無際，那白馬到了用武之地，精神振奮，發力奔跑，不久遠處出現了一抹崗巒。

轉眼之間，石壁越來越近，一字排開，直伸出去，山石間雲霧瀰漫，似乎其中別有天地，再奔近時，忽覺峭壁中間露出一條縫來，白馬沿山道直奔了進去，那便是甘肅和回疆之間的交通孔道星星峽。

峽內兩旁石壁峨然筆立，有如用刀削成，抬頭望天，只覺天色又藍又亮，宛如潛在海底仰望一般。峽內岩石全係深黑，烏光發亮。道路彎來彎去，曲折異常。這時已入冬季，峽內初有積雪，黑白相映，蔚為奇觀。心想：「這峽內形勢如此險峻，真是用兵佳地。」

過了星星峽，在一所小屋中借宿一晚。次日又行，兩旁仍是綿亙的黑色山崗。奔馳了幾個時辰，已到大戈壁上。戈壁平坦如鏡，和沙漠上的沙丘起伏全然不同。凝眸遠眺，只覺天地相接，萬籟無聲，宇宙間似乎唯有他一人一騎。他雖武藝高強，身當此境，不禁也生栗栗之感，頓覺大千無限，一己渺小異常。

（第十三回）

這一段將回疆大漠的西域風光寫得出神入化，嘉峪關乃古長城的西端，這一投石、一聞歌，將其蒼涼之意微妙地傳出，使人產生古風撲面、遼遠曠寂之感。而後寫星星峽、寫大戈壁，無不極為傳神，讓人如臨其境。自然的奇觀，一經陳家洛的加入，便變成了一種奇特的人文風景。星星峽的確是古用兵之地，而大漠朔風，亦不知多少次傳來廝殺之聲。

再看《碧血劍》中寫到泰山日出的一段：

……谷中一片平廣，數畝石場，光潔異常，相傳是古代高僧講經之所。山石上刻有八分書金剛經，字大如斗，筆力雄勁。

……這時山谷間忽吐白雲一縷，扶搖直升，良久，東邊一片黑暗中隱隱朱霞炫幌，顏色變幻不定，或白或橙，緩緩的血線四映，一吐一耀，轉瞬間太陽如一個大赤盤踴躍而出。下面雲彩被日光一照，奇麗變幻，白虹婉蜒。群豪盡皆喝采。……（第十一回）

只是袁承志文化水準不高，又東奔西走，少有閒情，所以雖走過不少的地方，但卻很少有那一份心緒來欣賞風景名勝。所以《碧血劍》這部書中，這一方面就大為簡約。雖然如此，上面兩段也自不凡。

袁承志比不上《射鵰英雄傳》中的黃蓉，黃蓉所到之處，金庸也筆底生花。因為黃蓉不但有審美欣賞的情趣和很好的文化修養，而且也有那一份閒心，再加上時常與郭靖結伴而行，心情舒暢，更是「登山則情滿於山，觀海則意溢於海」。《射鵰英雄傳》中的例子太多，我們且選擇一個較為特殊的例子，即黃蓉、郭靖被困洞庭湖中的君山之頂。且看書中所寫：

……黃蓉定了定神，要先摸清周遭情勢，再尋脫身之計，側過身來，更是驚得呆了，原來竟是置身在一個小峰之頂，月光下看得明白，四下都是湖水，輕煙薄霧，籠罩著萬頃碧波，心道：「原來我們已給擒到了洞庭湖中的君山之頂，怎地途中毫無知覺？」再回過頭來，只見十餘丈外有座高台，台周密密層層的圍坐著數百名乞丐，各人寂然無聲，月光尚未照到各人身上，是以初時未曾發覺。

過了良久，群丐仍是毫無動靜……只見一盤冰輪漸漸移至中天，照亮了半邊高台。黃蓉心道：「李太白詩云：『淡掃明湖開玉鏡，丹青畫出是君山。』他當日玩山賞月，何等自在，今夜景自相同，我和靖哥哥卻被縛在這裡，真是令人又好氣又好笑！」月光緩移，照到台邊三個大字：「軒轅台」。黃蓉想起爹爹講述天下大江大湖的故事，曾說相傳黃帝於洞庭湖畔鑄鼎，鼎成後騎龍升天，想來此台便是紀念這回事了。

只一盞茶時分，那高台已全部浴在浩月之中……（第二十七回）

黃蓉畢竟是黃蓉，雖身處非常之境，仍不急不躁，而能平心靜氣地觀察周圍的形勢，等待時機，再做決斷。在這一過程之中，居然將李白詠洞庭君山之詩句，以及關於君山軒轅台的傳說一一想起，使讀者得益。若是換了郭靖，那當然是無論如何也不行的，他只能當聽眾。

再看《射鵰英雄傳》中寫到郭靖上華山：

……那華山在五嶽中稱為西嶽，古人以五嶽比喻五經，說華山如同《春秋》，主威嚴肅殺，天下名山之中，最是奇險無比。兩人來到華山南口的山蓀亭，只見亭旁生著十二株大龍藤，夭矯多節，枝幹中空，就如飛龍相似。……

忽聽丘處機道：「華山是我道家靈地，這十二株大龍藤，相傳是希夷先生陳摶老祖所植。」郭靖道：「陳摶老祖？就是那一睡經年不醒的仙長麼？」丘處機道：「陳摶老祖生於唐末，中歷梁唐晉漢周五代，每聞換朝改姓，總是愀然不樂，閉門高臥。世間傳他一睡經年，其實只是他憂心天下紛擾，百姓受苦，不願出門而已。及聞宋大祖登基，卻哈哈大笑，喜歡得從驢子背上掉了下來，說道天下從此太平了。宋太祖仁厚愛民，天下百姓確是得了他不少好處。」

……兩人將坐騎留在山腳，緩步上山，經桃花坪，過希夷匣，登莎夢坪，山道越行越險，上西玄門時已須援鐵索而登，兩人都是一身上乘輕功自是頃刻即上。又行七里而至青坪，坪盡，山石如削，北壁下大石當路。丘處機道：「此石叫作回心石，再上去山道奇險，遊客至此，就該回頭了。」遠遠望見一個小小石亭。丘處機道：「這便是賭棋亭了。相傳宋太祖與希夷先生曾弈棋於此，將華山作為賭注，宋太祖輸了。從此華山上的土地就不須交納錢糧。」（**第三十九回**）

有丘處機這位大名人作導遊，郭靖和讀者自能增加不少有關華山歷史、文化知識。

再看《天龍八部》中的大理古剎天龍寺——即著名的崇聖寺：

……天龍寺在大理城外點蒼山中嶽峰之北，正式寺名叫作崇聖寺，但大理百姓叫慣了，都稱之為天龍寺，背負蒼山，面臨洱水，極占形勝。寺有三塔，建於唐初，大者高二百餘尺，十六級，塔頂有鐵鑄記云：「大唐貞觀尉遲敬德造。」相傳天龍寺有五寶，三塔為五寶之首。

段氏歷代祖先做皇帝的，往往進位為僧，都是在這天龍寺中出家，因此天龍寺便是大理皇室的家廟，於全國諸寺之中最是尊榮。每位皇帝出家後，子孫逢他生日，必到寺中朝拜，每朝拜一次，必有奉獻裝修。寺有三閣、七樓、九殿、百廈、規模宏大，構築精麗，即是中原如五台、普陀、九華、峨嵋諸處佛門勝地的名山大寺，亦少有其比，只是僻處南疆，其名不顯而已。……（**第十回**）

再看一看《笑傲江湖》中的恒山懸空寺：

……（**令狐冲**）當下吩咐儀和、儀清等弟子分別招待賓客，向方證、沖虛道：「下此峰後，磁窯口側有一座山，叫作翠屏山，峭壁如鏡。山上有座懸空寺，是恒山的勝景。二位前輩若有雅興，讓晚輩導往一遊如何？」

沖虛道人喜道：「久聞翠屏山懸空寺建於北魏年間，於松不能生，猿不能

攀之處，發偌大願力，憑空建寺。那是天下奇景，貧道仰慕已久。正欲一開眼界。（**第二十九回**）

令狐沖領著方證大師和沖虛道長下見性峰，趨磁窯口，來到翠屏山下。方證與沖虛仰頭而望，但見飛閣二座，聳立峰頂，宛似仙人樓閣，現於雲端。方證歎道：「造此樓閣之人，當真妙想天開，果然是天下無難事，只怕有心人。」

三人緩步登山，來到懸空寺中。那懸空寺共有樓閣二座，皆高三層，凌虛數十丈，相距數十步，二樓之間，聯以飛橋。

飛橋闊僅數尺，若是常人登臨，放眼四周皆空，雲生足底，如身處在天上，自不免心目俱搖，手足如廢，但三人皆是一等一的高手，臨此勝境，胸襟大暢。方證和沖虛向北望去，於縹緲煙雲中，隱隱見到城郭出沒，磁窯口雙峰夾峙，一水中流，形勢極是雄峻。方證說道：「古人說一夫當關，萬夫莫開，這裡的形勢，確是如此。」

沖虛道：「北宋年間楊老令公扼守三關，鎮兵於此，這原是兵家必爭的要塞。始見懸空寺，覺鬼斧神工，驚詫古人的毅力，但看到這五百里開鑿的山道，懸空寺又渺不足道了。」令狐沖奇道：「道長，你說這數百里山道，都是人工開鑿出來的？」沖虛道：「史書記載，魏道武帝天興元年克燕，將兵自中山歸平城，發率數萬人鑿恒嶺。通直道五百餘里，磁窯口便是這直道的北端。」……（**第三十回**）

這三個人中，自然要算沖虛道長最有學問。令狐冲雖說是導遊，但對此山、此寺、此道的來龍去脈並不瞭解，典型的只知其然，而不知其所以然。所以他只能讓位，乖乖的待在一邊，讓沖虛道人來解說。沖虛道人不負期望，居然能大掉書袋，說出了懸空寺的來歷，北宋楊家將楊令公（楊業）的事蹟，以及五百里直道的來由。

說到寺廟，我們索性來看一看《鹿鼎記》中對五台山及其寺廟的講解。五台山是與安徽的九華山、浙江的普陀山、四川的峨嵋山齊名的佛教四大名山之一。小說中寫到康熙派韋小寶到五台山清涼寺尋找出家的老皇帝順治，此事雖係小說家言，但五台山卻是實打實地走了一遭。書中寫道：

……不一日來到直晉兩省交界。自直隸省阜平縣往西，過長城嶺，便到龍家關。那龍家關是五台山的東門，石徑崎嶇，峰巒峻峭，入五台後第一座寺院是湧泉寺。

韋小寶問起清涼寺的所在，卻原來五台山極大，清涼寺在南台頂與中台頂之間，自湧泉寺前去，路程著實不近。

……一入五台山，行不數里便是一座寺廟，過湧泉寺後，經台麓寺、石佛寺、普濟寺、古佛寺、金剛寺、白雲寺、金燈寺而至靈境寺。當晚在靈境寺借宿一宵，次晨折向西北，到金閣寺後向西數里，便是清涼寺了。

清涼寺在清涼山之巔，和沿途所見寺廟相比，也不見得如何宏偉，山門破舊，顯已年久失修。（第十七回）

……佛光寺是五台山上最古的大廟，建於元魏孝文帝之時，歷史悠久。當地人有言：「先有佛光寺，後有五台山。」原來五台山原名清涼山，後來因發現五大高峰，才稱五台山，其時佛光寺已經建成。五台縣的名稱，也至隋朝大業初才改。在佛教之中，佛光寺的地位遠比清涼寺為高……（第十七回）

五台山共有五座高峰，峰頂各有一廟。五台山是佛教中文殊菩薩演教之場，峰頂每座廟中所供文殊名號不同。文殊菩薩神通廣大，以不同世法現身。東台望江峰，建望江寺，供聰明文殊；北台業鬥峰，建靈應寺，供無垢文殊；中台翠岩峰，建演教寺，供儒童文殊；西台掛月峰，建法雷寺，供獅子文殊；南台錦繡峰，建普濟寺，供智慧文殊；……（第十八回）

《鹿鼎記》的第十七、十八兩回書中，差不多將五台山的主要寺廟都介紹了一遍，它的來龍去脈也略述出來。上引幾段，只是其中的一部分而已。

看了湖、關、山、寺，山川文物的例子想來不必再舉。再來看看金庸筆下的城市。

《碧血劍》中寫明朝的南京：

……那金陵石頭城是天下第一大城，乃太祖當年開國建都之地，千門萬

戶，五方輻輳，朱雀橋邊簫鼓，烏衣巷口綺羅，雖逢亂世，卻是不減昔年侈靡。……（第八回）

就這麼短短的一段話，將明代南京城的地位、特點及城市規格、主要景點街巷都一一點了出來。

《射鵰英雄傳》中寫到的城市很多，筆墨也同樣簡明扼要。如寫南宋時的嘉興：

……那是浙西大城，絲米集散之地，自來就十分繁盛，宋室南渡之後，嘉興地近京師，市況就更熱鬧。（第一回）

寫張家口：

……張家口是南北通道，塞外皮毛集散之地，人煙稠密，市肆繁盛。郭靖手牽紅馬，東張西望，他從未到過這般大城市，但見事事透著新鮮……（第七回）

再看北京：

……一路無話，這一日到了中都北京。這是大金國的京城，當時天下第一形勝繁華之地，即便宋朝舊京汴梁、新都臨安，也是有所不及。郭靖長於荒漠，哪裡見過這般氣象？只見紅樓畫閣，繡戶朱門，雕車競駐，駿馬爭馳。高櫃巨鋪，盡陳奇貨異物；茶坊酒肆，但見華服珠履。真是花光滿路，簫鼓喧空；金翠耀日，羅綺飄香。只把他這從未見過世面的少年看得眼花繚亂。所見之物，十件中倒有九件不知是什麼東西。（**第七回**）

寫臨安（**杭州**）不大好寫，此前的《書劍恩仇錄》中又已寫過，在這裡乾脆以一首宋代著名詞人柳永的詞作《望海潮》來代替：

「東南形勝，江湖都會，錢塘自古繁華。煙柳畫橋，風簾翠幕，參差十萬人家。雲樹繞堤沙，怒濤卷霜雪，天塹無涯。市列珠璣，戶盈羅綺競豪奢。

「重湖疊巘清佳，有三秋桂子，十里荷花。美管弄晴，菱歌泛夜，嬉嬉釣叟蓮娃。千騎擁高牙，乘醉聽簫鼓，吟賞煙霞，異日圖將好景，歸去鳳池誇。」

（**第二十三回**）

不必再舉，我們從以上所寫的幾座城市中，能看出金庸的一些寫作特點。那就是簡明扼要，將不同城市的不同特點、出產寫出，或將其商貿、軍事的作用寫出。而且寫作的筆法，不斷地變化，或客觀敘出，或由主人公眼內見出，或乾脆借前人現成的詞作。

不論怎樣寫，都在簡短的筆墨中，透出當地的歷史、文化的資訊。

《射鵰英雄傳》中還有這樣的段落：

……此時中國之半已為金人所占，東劃淮水，西以散關為界，南宋所存者只兩浙、兩淮、江南東西路、荊湖南北路、西蜀四路、福建、廣東、廣西，共十五路而已，正是國勢衰靡，版圖日蹙。這一日兩人來到江南西路界內，上了一條長嶺……（**第二十六回**）

這是典形的歷史地理的寫法，其中還包含了民族歷史的情緒憂憤。為人物活動的舞台標出空間的疆域，同時也為小說的內容和主題提供（**歷史地理學**）依據或基礎。

金庸小說中類似的例子甚多，例如《天龍八部》中寫西夏國：

……西夏疆土雖較大遼、大宋為小，卻也是西陲大國，此時西夏國王早已稱帝，當今皇帝李乾順，史稱宗聖文帝，年號「天佑民安」，其時朝政清平，國泰民安。（**第四十四回**）

……其時西夏國勢方張，擁有二十二州。黃河之南有靈州、洪州、銀州、夏州諸州，河西有興州、涼州、甘州、肅州諸州，即今甘肅、寧夏、綏遠一帶，其地有黃河灌溉之利，五穀豐饒，所謂「黃河百害，惟利一套」，西夏國所占的正是河套之地。兵強馬壯，控甲五十萬。西夏士卒驍勇善戰，宋史有云：「用兵多立虛岩，設伏兵包敵。以鐵騎為前軍，乘善馬，重甲，刺斫不入，用鉤索絞聯，雖死馬上，不墜。遇戰則先出鐵騎突陣，陣亂則衝擊之，步兵挾騎以進。」西夏皇帝雖是姓李，其實是胡人拓跋氏，唐太宗時賜姓李。西夏人轉戰四方，疆界變遷，國都時徙。靈州是西夏大城，但與中原名都相比，自然遠遠不及。……（**第四十五回**）

以上將西夏國的地理、歷史、疆域、行政劃分、民族、軍事、都城位置、皇室……等各方面的知識都一一寫出，使我們對西夏這一歷史上有名的西域政權瞭解得相當清楚。

像這樣的例子幾乎每部書中都能找出很多，包括《越女劍》這樣的短篇小說。因此，我們也就不必再舉了。

第三章 易

《易》是中國古代用來占筮的書，一般稱為《周易》，也稱《易經》。

《周易》的「周」，有人以為是指周朝，即指《易》乃是周朝的古書（傳說周文王演八卦、著《易經》），這有些道理。也有人認為「周」是「易道周普無所不備」的意思，說這部書中什麼都說了，這也有些道理，兩個道理合起來是不是更有道理呢？不好妄說。

「易」字的解釋更多。有說「易之為字，從日從月，陰陽具矣」。因而「易者，日月也」。或「日月為易，剛柔相當」。一說「易，飛鳥形象也」。什麼意思呢？你去想。一說「易，即蜥，蜥蜴因環境而改變自身顏色，曰之易，取其變化之義」。

清代陳則震著《周易淺述》，將「易」的定義歸納為二條，一條是「交易，陰陽寒暑，上下四方之對待是也」；另一條是「變易，春夏秋冬，循環往來是也」。

如此等等，相通的有「陰陽變易」這四個字。我們不妨認為這就是「易」字的意義。

《周易》又稱《易經》，是因為儒家、道家都推崇它，都將它列為經典，儒家四書五經的五經中就包括《易經》，再加上《春秋》，又稱「六經」（**其餘四部是《詩》、《尚書》、《禮記》、《樂記》**）。也就是說，《易經》是儒家的正宗經典。

另一方面，魏晉南北朝時盛行玄學，乃以《易經》為「玄學之源」；以《道德經》（《**老子**》）為「玄學之本」；以《南華經》（《**莊子**》）為「玄學之精」。故合稱《易經》、《老子》、《莊子》三部書為「三玄」。玄學即道家之學，道家原也將《易經》當成經典。是以，我們乾脆將《易經》單獨抽出來說，它是我國最早的古書之一，因而既可以是「玄學之源」，亦可以是「儒學之經」。

《史記・孔子世家》中說：「孔子晚喜易，序彖、象、說卦、文言，讀易韋編三絕。」可見，它原本既不屬於道家，也不屬於儒家，而是它們的源頭。今天我們見到的《周易》，已經過了歷代的演變、加工。分為《經》和《傳》兩個部分。

《經》是主體部分，包括六十四卦、卦辭、爻辭（**每一卦由六個爻組成，因而不但有卦辭，即卦的解釋；還有爻辭，即每一爻的解釋**）三部分。

《傳》是輔助部分，當然是後人加的。是進一步解釋卦辭、爻辭的七種文章共十篇，因而稱為「十翼」（**翼即翅膀，是輔助之意**），即「經」之「翼」。包括《彖傳》上、下；《象傳》上、下；《繫辭》上、下；《文言傳》、《說卦傳》、《序卦傳》、《雜卦傳》共十篇。

《易經》的思想起點，是將世界上的萬事萬物抽象、概括地分為兩類，即「陽」與

「陰」，如天為陽、地為陰；日為陽，月為陰；男為陽，女為陰；進而，上陽下陰、前陽後陰、明陽暗陰、往陽來陰、晝陽夜陰、尊陽卑陰、貴陽賤陰、福陽禍陰……甚至數字，也以奇數即一、三、五、七、九為陽，二、四、六、八、十為陰。「陽」代表剛，「陰」代表柔；「陽」代表動，「陰」代表靜……自然界的一切事物都因時、因地分為陰和陽，即剛柔動靜的性質。進而，陽剛陰柔相反相成，變化不已；動極則靜，靜極則動；動中有靜；靜中有動；陰中有陽，陽中有陰，無窮無盡。所以（**繫辭上傳**）中總結說：「一陰一陽為之道。」

用符號表示，陽為「—」，陰為「- -」，這便是爻。「—」叫陽爻，「- -」叫陰爻。三爻排列組成一卦，共八卦，即乾、坤、艮、坎、巽、震、離、兌。

此八卦兩兩相疊，又組成八八六十四卦，即《易經》中卦的總數。將這六十四卦排列成一個圓，乾卦居正南，坤卦居正北，坎居正西，離居正東；巽西南，艮西北，兌東南，震東北。依順時針方向，排列出六十四卦。每一卦都代表占筮的一種徵候，同時，它們的有序排列，每一卦又代表了一定的方位。

知道了這一點，《書劍恩仇錄》中袁士霄與張召重「口頭搏鬥」就不難理解了：

……袁士霄喝道：「……我踏西北『歸妹』，攻你下盤；」張召重道：「我退『訟』位，進『無妄』，點『天泉』。」

顧金標和哈合台聽他二人滿口古怪詞句，大惑不解。……

只聽袁士霄道：「右進『明夷』，拿『期門』。」張召重道：「退『中孚』，以風眼手化開。」袁士霄道：「進『既濟』，點『環跳』，又以左掌印『曲垣』。」張召重神色緊迫，頓了片刻，道：「退『震』位，又退『複』位，再退『未濟』。」……（第十七回）

也難怪哈合台他們聽不懂。這兩人口中的「歸妹」、「訟」、「明夷」、「中孚」、「既濟」、「震」、「複」、「未濟」等都是六十四卦中的卦名，在這裡是指它們所代表的方位。而「天泉」、「期門」、「環跳」、「曲垣」等等，則是人身上的穴位名稱了。古人有紙上談兵，這兩個人是口頭比武，若不借助六十四卦的方位，將如何比法？

說到六十四卦的方位，《天龍八部》中別出心裁，將這些方位的變化，組成一套神妙無比的步法，叫「凌波微步」，供段譽逃命、救人時用。段譽不喜武功，卻極喜歡（易經），見到這套步法圖譜上繪出的六十四卦步法「自『明夷』起始，經『賁』、『既濟』、『家人』，一共踏遍六十四卦，恰好走了一個大圈而至『無妄』……」自是像碰見了「老朋友」，勤練不綴。書中的崔百泉，雖說武功還不錯，但因不通（易經），以至於見到人練「凌波微步」時便弄不清楚是什麼意思。書中這樣寫道：

……只聽得男的說道：「娘子，從龜妹到武王，不該這麼排列。」段譽聽到「從龜妹到武王」六字，尋思：「什麼龜妹、武王？」一轉念間，便即明白：「啊，是『從歸妹到無妄』，那男子在說易經。」頓時精神一振。

聽崔百泉又道：「那女的沉吟了一會，說道：『要是從東北角上斜行大哥，再轉姊姊，你瞧走不走得通呢？』」段譽心道：「大哥？姊姊？啊，那是『大過』、『既濟』。」跟著一驚：「這女子說的明明是『凌波微步』中的步法，只不過位置略偏，並未全對。難道這女子和山洞中的神仙姊姊竟有什麼關聯？」

崔百泉續道：「……那女子細聲細氣的道：『從這裡到姊姊家，共有九步，那是走不到的。』我又喝道：『走走走！走到你姥姥家，見你們的十八代祖宗去吧！』正要舉步上前，那男的忽然雙手一拍，大笑道：『妙極，妙極！姥姥為坤，十八代祖宗，嗯，二九一十八，該轉坤位。這一步可想通了。』……」

（第九回）

段譽將崔百泉的「誤讀」一一解釋明白，說清楚這是《易經》六十四卦，那就不難理解了。相比之下，《笑傲江湖》中的「獨孤九劍」的總訣——令狐冲曾背誦的那一部分，即——「歸妹趨無妄，無妄趨同人，同人趨大有。甲轉丙、丙轉庚、庚轉癸，子丑之交，辰巳之交，午未之交。風雷是一變，山澤是一變，水火是一變。乾坤相激，震兌相激，離巽相激。三增而成五，五增而成九……」（**見書第十回**）

這段話若是不懂得一點《易經》常識的人讀來，簡直如同讀天書。其中前三句「歸妹趨無妄」等，是六十四卦的方位，這不必說了。繼之的「甲轉丙」之句，其中甲、丙、庚，是古人計時、計數用的「十天干」中的名稱，十天干為甲乙丙丁戊己庚辛壬癸。繼之的「子丑之交」之句，乃是古人計時的「十二地支」之名，「十二地支」亦是「十二時辰」之名，即子丑寅卯辰巳午未申酉戌亥。繼而三句是「風雷是一變，山澤是一變，水火是一變」，又轉到《易經》八卦上來了，巽為風，震為雷，艮為山，兌為澤，坎為水，離為火。繼而「乾坤相激」等句，不必說了。

《射鵰英雄傳》中寫到，五湖廢人陸乘風的陸家莊，莊中道路東轉西繞，曲曲折折，尤奇的是轉彎處的欄干亭榭全然一模一樣，幾下一轉，哪裡還分辨得出東西南北？黃蓉卻如到了自己家裡，毫不遲疑的疾走。有時眼前明明無路，她在假山裡一鑽，花叢旁一繞，竟又到了迴廊之中。有時到了盡頭，哪知屏風背面、大樹後面卻是另有幽境。當路大開的月洞門她偏偏不走，卻去推開牆上一扇全無形跡可尋的門戶……

郭靖莫名其妙，只見黃蓉察看地勢，扳著手指默默算了幾遍，在地下踏著腳步數步子，低聲念著：「震一、屯三、頤五、復七……」直至躍出牆外，黃蓉才對郭靖解釋說：「這莊子是按伏羲六十四卦方位造的。這些奇門八卦之數，我爹爹最是拿手。陸莊主難得倒別人，可難不了我。」（第十三回）

後來黃蓉見「黑沼隱女」瑛姑，又是這樣，桃花島上的九宮八卦、奇門陣法，更是神秘莫測。不懂《周易》及奇門術數之人，休想輕易走進走出。

金庸的別出心裁之處，還不僅是利用六十四卦的方位創造神奇的步法，而且還利用六十四卦中的部分爻辭，創造一套武功。《射鵰英雄傳》中的著名武功「降龍十八掌」

的大部分招式名稱，就是來源於《易經》的爻辭。

我們說過，六十四卦的每一卦都由六個爻相疊而成。自下而上，最底下的一爻稱為「初爻」，依次為二、三、四、五，最上面的一爻稱為「上爻」。爻分兩種，一種是陽，即「一」符號，稱為「九」（九是奇數，為陽，這裡是陽爻的總稱謂）；一種是陰，即符號「－－」，稱為「六」（六是偶數，為陰，這裡是陰爻的總稱謂）。

比如「屯」卦，最底下的一爻（初爻）是陽爻，稱為「初九」（表示第一爻，為陽）；第二爻為「六二」（表示第二爻，為陰）；第三爻為「六三」（第三爻，陽）；第四爻為「六四」（第四爻，陰）；第五爻為「九五」（第五爻，陽）；第六爻為「上六」（即最上一爻，為陰）。

「降龍十八掌」中的「潛龍勿用」，出自乾卦的第一爻，其爻辭為「初九，潛龍勿用」。我國古代崇拜龍，說牠「八十一鱗，九九之數，變化不測，純陽之物」。而此「初九」意即「初陽在下，故有潛龍之象」，所以辭曰「潛龍勿用」。

「見龍在田」一招出自乾卦的「九二」，即第二爻，辭為「見龍在田，利見大人」。

「龍躍於淵」一招出自乾卦的「九四」，即第四爻，辭為「或躍於淵，無咎」（金庸將此爻辭中的「或」改為「龍」）。

「飛龍在天」一招出自乾卦的「九五」，即第五爻，辭為「飛龍在天，利見大人」。

「亢龍有悔」出自乾卦的「上九」，即最高、最後的一爻，這一爻的位置到了最高點，根據「物極必反」之理，因而「有悔之象」。說飛得極高，已既不能上升，又不能下降，以致要後悔。（**書中的洪七公對此做了另一番也頗有意思的解釋**）。

「龍戰於野」一招則出自坤卦的「上六」，是一陰爻，爻辭說：「龍戰於野，其血玄黃」。此爻位於坤卦最高位，又是偶數陰位，因而陰到極點。「盛則必爭，故有戰象」，所以龍爭戰於郊野，流出黑黃色的血（**大約是血凝固後的顏色吧**）。又據物極必反之理，陰之極，又為陽之萌，所以這一爻還是被金庸收進了「天下陽剛第一」（**其餘的都是陽爻，且是乾卦中的陽爻**）的「降龍十八掌」中。

《易經》原為占卜之書，金庸如此熟悉這部書，自然不會不懂占卜。只不過，懂是一回事，信則又是一回事。不少武俠小說作品，寫神相、神卜、神卦、神課之類，神乎其神，但金庸的書中卻並非這樣。金庸本人對卜、星、相、數之類似不大相信，亦不大感興趣。這不免要使那些十分相信《易經》用以占卜能夠通神的讀者失望。不過，稍稍用心一想，還是像金庸這樣為好。

在《天龍八部》一書中也寫到了段譽用《易》占卜算卦，而且還多次寫到，只不過，段譽算的多半是事後卜卦，即事情發生以後才去想到某一卦的，顯然不是未卜先知一類，毋寧說是書呆子背書，是鬧著玩兒的，讀者可不必當真。金庸這樣寫，主要目的是增添閱讀的趣味，使小說更有幽默感。

下面我們就摘引幾段看一看。

> 段譽聽得聲音好熟，立時想到正是無量劍的干光豪與他那葛師妹，心下

驚慌，急忙轉身朝裡，暗想：「怎麼叫起『娘子』來了？嗯，原來做了夫妻啦。我這一卦是『無妄卦』，『六三，無妄之災，或繫之牛，行人之得，邑人之災。』這位于老兄得了老婆，我段譽公子卻又遇上了災難。」（**第三回**）

（**段譽**）心道：「這解藥苦得很，遠不如斷腸散甜甜的好吃。唉，想不到木姑娘竟是這般美貌。最好是個『睽』卦『初六』、『喪馬』、『見惡人無咎』。」（**第四回**）

段譽扶著木婉清坐倒，讓她仍是靠在岩壁之上，心想：「她性子本已乖張古怪，重傷之後，只怕更是糊裡糊塗。眼下只有順著她些，她說什麼，我便答應什麼。這『困』卦中不是說『有言不信』嗎？既然遇『困』，也只好『有言不信』了。否則的話，我既做大惡人的徒弟，又做這惡姑娘的丈夫，我段譽不也成了小惡人了？」（**第四回**）

（**段譽**）這一坐倒，便覺光屁股坐在沙礫之上，刺得微微生痛，心道：「我二人這是『夬卦』，『九四，臀無膚，其行次且；牽羊悔亡，聞言不信。』『次且』者，趑趄也，行不順也，這一卦再準也沒有了。我是『臀無膚』，這『膚』字如改成個『褲』字，就更加妙。她老是說男子愛騙人，正是『聞言不信』。可

是她『牽羊悔亡』，我豈不是成了一頭羊？但不知她是不是後悔？」（第四回）

（段譽）心道：「人逢喜事精神爽，到後來終究會支持不住的。『震卦』六二：『勿逐，七日得。』今天可不正是我被困的第七日嗎？『勿逐』兩字，須得小心在意。」……（第五回）

以上幾段中，段譽所想的卦，無一不是事後諸葛，完全是自我解嘲或自我安慰的產物。只因段譽愛讀《易經》以至癡迷，所以凡碰到什麼事，不免要想一下《易經》。也幸而他對《易經》十分的熟悉，碰到什麼事，他能立即想出與之相對應的卦、爻辭來。只是與別人占卜正好相反，別人是預卜後事，段譽乃是事後再找卦。

《天龍八部》一書中，段譽也曾卜過卦，我們不妨來看看那是怎樣的情形：

……一想到禍福，便拔了一把草，心下默禱：「且看我幾時能見到那位姑娘的面。」將這把草右手交左手，左手交右手的卜算，一卜之下，得了個艮上艮下的「艮」卦，心道：「『艮其背，不獲其身，行其庭，不見其人。無咎。』這卦可靈得很哪，雖然不見，終究無咎。」

再卜一次，得了個兌上坎下的「困」卦，暗暗叫苦：「『困於株木，入於幽谷，三歲不覿。』三年都見不到，真乃困之極矣。」轉念又想：「三年見不到，第四年便見到了。來日方長，何困之有？」

占卜不利，不敢再卜了，口中哼著小曲，負了鋤頭，信步而行……（第十二回）

這一回段譽是真的卜了卦。可是卜得不準。前一「艮」卦說他見不到王語嫣，但他不到三個時辰就見到了，並與她一道逃出了曼陀山莊。後一卦更說他「困於株木，入於幽谷，三年不覿」，那更是似是而非。他雖然在株木之中轉悠了一陣，但不久即脫困而去了。再說段譽本人也不真的相信這個，所以才「占卜不利，不敢再卜了」。

《易經》這部古籍博大精深，自有其巨大的學術價值，雖是古人卜筮之書，但那只是一種形式，它的價值並不在占卜。至少，它的主要價值不是占卜。因此，我們最好將它當成一部哲學書、學術書來看才對。

《易經》的學術價值，首先是它體現了一種抽象思維的方法，並形成了一種獨特的思維模式。又將世間萬事萬物（**包括天、地、人三道**）統一於同一思維體系之中，規定了一套完整的概念體系。這對整個中國文化、思想的體系形成及其發展，都有著極重要的意義。在這一點上，《周易》堪稱學術之源及學術之範。

《易・繫辭》上說：「易有太極，是生兩儀，兩儀生四象，四象生八卦，八卦定吉凶，吉凶生大業。」中國古代學術思想中最常見的概念如太極、兩儀、四象、八卦，都由此而來。

太極是「天地未分之前，混而為一的元氣」。這一混沌未分的元氣，或者成為陽剛，或者成為陰柔，變化無窮，且以陽繞禦陰，以陰追隨陽，這是（易經）所要闡明的主旨。這一宇宙根源的元氣被稱作「太陽」，也就是太極。並以「一」來表示，儒家崇尚剛健正大的根本就在於此，孟子說要「養吾浩然之氣」，來源也在這裡了。

以上這些概念，都是我們在中國古籍中常見的。在學術典籍中所見尤多。同樣，我們在武俠小說中也經常見到。因為中國武術中本來就有太極拳、太極劍、八卦掌等等。金庸在《倚天屠龍記》中大寫太極拳劍，說是由張三丰所創，拳理是「太極圓轉，無使斷絕，如長江大河，滔滔不絕，節節貫通」，那就是據太極原理來的。而在《飛狐外傳》中，又寫了八卦門高手王劍英、王劍傑兄弟的內八卦、外八卦……等等神技。

進而，金庸還在《碧血劍》中寫出了「兩儀劍法」（仙都派），在《倚天屠龍記》中不但寫了「正兩儀劍」（崑崙派），還寫出了一種「反兩儀刀法」（華山二老）。另外，又在《飛狐外傳》中寫出了一種步法，叫「四象步」，說是胡斐祖傳的功夫。這樣，太極、兩儀、四象、八卦都與武功掛起鉤來了。那胡斐的四象步是這樣寫的：

……晃眼之間，王劍英已轉到自己身後，突然想起胡家拳譜上有一門「四象步」，步法雖是單純，卻是大可用得。當下不及細加思索，一見敵人轉到身後，立即向前跨了一步。就在這時候，王劍英呼的一掌，也已擊向他的後心。眾人見胡斐背後門戶大開，全無防禦，不禁為他擔心。不料他輕輕巧巧的大步跨前，王劍英這一舉竟爾打空。那「遊身八卦掌」只要一使動，再無停歇，不管出掌是否打中，腳下絕不停留，一掌掌的連綿發出。胡斐面向門廳，見王劍英搶到右邊，頓時左跨了一步，他腳下跨步，正與王劍英發掌同時而作，使得這一掌又是打空。

要知太極生兩儀，兩儀生四象，四象生八卦，這「四象步」與「八卦掌」，其理原有共通之處。胡家刀譜上的「四象步」乃練習拳腳器械的入門步法，並不能用以傷敵，胡斐早已練得極是純熟。鬥到後來，他索性雙手叉腰，凝神注視對手，也不理王劍英是否發招，只要他奔向左方，就向右一步，奔向前方，就退後一步。不論對方如何忽前忽後、忽東忽西，他總是整以待暇的前一步、後一步、左一步、右一步，來來去去只是四步，妙在拿捏分寸恰到好處，而這步法又與八卦掌方位絲絲入扣，每跨一步，均與對手的行動若合符節，倒似與王劍英長期共習，練成了套子一般。（**第三章**）

這一段比武的奇妙精彩之處，全在於作者對「四象」與「八卦」的熟悉與發揮。要知那「八卦」乃由「四象」所「生」，自然若合符節，而八卦掌就又奈何不了四象步了。當然這裡也諷刺了王劍英練武墨守陳規、死守教條。若他稍稍能隨機應變，亂打一招，胡斐都會敗在他手下。只不過像王劍英這樣的人，一旦習慣了一套功夫，要他隨機應變地改上一改，真是談何容易。

看罷四象步，我們再來看兩儀劍。這是小說《倚天屠龍記》中的功夫：

崑崙派掌門人何太沖夫婦練了一套「兩儀劍法」，而華山派的高、矮二老師兄弟練就了一套「反兩儀刀法」，雖派別不同，生平又從未見過面，但一招之下，發現這兩套功夫配合得天衣無縫，一正一反，無不合節。猶似一個人一生寂寞，突然間遇到了知己一般。均想若能四人聯手，當可發揮天下兵刃招數中的極致。於是就真的四人聯手對付武功奇高的張無忌。

張無忌雖然武功奇高，但知識有限，不知這正、反兩儀劍、刀的根本奧妙，因而打起來時不免束手束腳，狼狽不堪。

峨嵋派掌門人滅絕師太自然懂得其中的竅門，她說：「兩儀化四象，四象化八卦，正變八八六十四招，奇變八八六十四招，正奇相合，六十四再以六十四倍之，共有四千零九十六種變化。天下武功變化之繁，可說無出其右了。」如此繁複變化的招數，叫張無忌怎樣應付？

周芷若在峨嵋派門下，頗獲滅絕師太的歡心。已經得了她的不少真傳。《易經》原理當然懂得。自張無忌下場以來，一直關心，見張無忌手忙腳亂，更是憂心如焚。一聽師父開口指點她，她就急忙抓緊時機向師父「請教」，其實是為了提示張無忌：「師父，這正反兩儀；招數雖多，終究不脫於太極化為陰陽兩儀的道理。弟子看這四位前輩招數果然精妙，最厲害的似還在腳下步法的方位。」她聲音清脆，一句句以丹田之氣緩力吐出。見張無忌仍無反應，便更加大聲地說些「入門」之道了：

……周芷若自言自語：「陽分太陽、少陰，陰分少陽、太陰，是為四象。太陽為乾兌，少陰為離震，少陽為巽坎，太陰為艮坤。乾南、坤北、離東、坎西、震東北、兌東南、巽西南、艮西北。自震至乾為順，自巽至坤為逆。」朗聲道：「師父，正如你所教，天地定位，山澤通氣，雷風相薄，水火不相射，八卦相錯。數往者順，知來者逆。崑崙派正兩儀劍法，是自震位至乾位的順；華山派反兩儀刀法，則是自巽位至坤位的逆。師父，是不是啊？」

……滅絕師太大欣悅之下，沒留心到周芷若的話聲實在太過響亮，兩人面對面的說話，何必中氣十足，將語音遠遠地傳送出去？但旁邊已有不少人覺察到異狀。周芷若見許多眼光射向自己，索性裝作天真歡喜之狀，拍手叫道：「師父，是啦，是啦！咱們峨嵋派的四象掌圓中有方，陰陽相成，圓於外者為陽，方於中者為陰，圓而動者為天，方而靜者為地，天地陰陽，方圓動靜，似乎比這正反兩儀之學又稍勝一籌。」……（**第二十二回**）

有這麼一位會做作的姑娘提醒，張無忌自然心領神會。只不過不好意思馬上作出反應，惹得周芷若最後居然喊出：「師父，弟子料想鐵琴先生下一步便要搶『歸妹』位了，不知對不對？」這麼一來，張無忌再也不能裝馬虎了。一旦明白了兩儀四象的原理，便三下五除二，將崑崙派兩儀劍、華山派反兩儀刀一齊打個落花流水。

《易經》作為學術規範，與中國古代典籍《河圖》與《洛書》關係密切。《河圖》是無文字時代的氣候圖（**天文圖**），分五方（**方向**）上南、下北、左東、右西、中（**與地圖方向相反**）。

《洛書》是古代的方點陣圖（**地理圖**），方位與《河圖》一樣。只是河圖為圓，以象徵天；洛書為方，以象徵地（**古人一直以為天圓地方**）。河圖之圓扣在洛書四角張口的方圖上，便是天圓地方的宇宙圖。河圖、洛書是為了說明萬物萬事生成、變化之規律的，以後即發展成為八卦、六十四卦。而上南、下北、左東、右西、中的方位也就成了八卦的方位。而奇數為陽，偶數為陰，也是八卦及六十四卦中，爻數的規律。洛書、河圖中的奇偶相生演化成八卦中的陰陽相生。

由東、南、西、北、中五方的確立，引入金木水火土五行的概念（**古人以為萬事萬物都由「道」化為金、木、水、火、土這五種物質元素組合而成**），確立了古人的世界觀。即五方運行，五行生克。萬物皆陰、陽相合而有生，或天生，地成之；或地生，天成之。如北方「天一生水，地六成之」；南方「地二生火，天七成之」；東方「天三生木，地八成之」；西方「地四生金，天九成之」；中方「天五生土，地十成之」。

五行相生：火生土、土生金、金生水、水生木、木生火。

五行相克：木克土、土克水、水克火、火克金、金克木。

有此五方、五行、陰陽、天地的概念，再發展成中國古代天文學、地理學乃至物理學的一系列概念及系統規範。這裡不一一細說。

且說金庸小說中將此五行五方相生相剋的原理，轉化為小說中的陣法，寫得神秘莫測，不少讀者大約也看得莫名其妙，其實只不過是一些古代文化的基本知識。如《碧血劍》中溫氏五老有一個「五行陣」，《射鵰英雄傳》中更有一系列的九宮八卦、陰陽五行的陣法，莫不如是。

最奇妙的、可說是集大成之作，當屬《神鵰俠侶》中黃藥師大排「二十八宿大陣」與蒙古侵略軍對抗。

黃藥師……站上將台，說著：「咱們這二十八宿大陣，共分五行方位。」召集統兵將領，詳加解釋，又道：「這陣勢變化繁複，非一時所能融會貫通，因此今日之戰，要請五位熟悉五行變化之術的武術高手指揮，領軍的將領須依這五位的號令行事。」

眾將躬身聽令。

黃藥師道：「中央黃陵五炁（**按：「炁」即「氣」字之古寫，有特指**），屬土，由郭靖統軍八千，此軍直搗中央，旨在救出郭襄，不在殲敵。」……

黃藥師又道：「南方丹陵三炁，屬火。相煩一燈大師統軍，領兵八千。此路兵中一千人衛護主將，其餘七千人編為七隊……上應朱雀七宿，是為井木犴、鬼金羊、柳土獐、星日馬、張月鹿、翼水蛇、軫火蚓七星。」……

黃藥師又道：「北方玄陵七炁，屬水。由黃蓉統軍……上應玄武七宿，是為斗木獬、牛金羊、女土蝠、虛日鼠、危月燕、室火豬、壁水貐七星。」……

黃藥師點了三路兵後，說道：「東方青陵九炁，屬木。此路兵由我東邪黃藥師統軍……其餘七隊上應青龍七宿，是為角木蛟、亢金龍、氐土貉、房月狐、心日兔、尾火虎、箕水豹七星。」

……黃藥師無奈，只得道：「那麼周兄務請小心了。你領兵八千……上應白虎七宿，是為奎木狼、婁金狗、胃土雉、昴日雞、畢月烏、觜火猴、參水猿七星。」……（**第三十九回**）

這一段恐怕要作些解釋，才能明白。

一是「南方丹陵三炁」、「北方玄陵七炁」等等，這裡不僅有五方、五行（**金、木、水、火、土**），而且還牽涉到五色，即丹青黃玄白，古人又將五色與五方結合，東尚青、北尚玄（**黑**）、中尚黃、南尚丹（**紅，似火**）、西尚白（**屬金**）；再則，東南西北中不僅有「象」（**五色、五行**），而且有「數」，即東九、西一、南三、北七、中為五（**將一、三、五、七、九這幾位奇數分佈五方**）。於是就有了「中央黃陵五炁，屬土」這麼一句話，包括了五方、五行、五色、五種陽（**奇**）數。

其次，古代天文學上，除了日、月外，星辰的識別，分為三垣、四象、二十八宿等等。三垣在《倚天屠龍記》中提到，是被殷天正的天鷹教用作了「內三堂」的堂名：天微、紫微、天市（**這大約與殷天正之「天」及天鷹教之「天」有關，此教分內三堂、外

五壇，三堂之名為天之三垣，五壇之名亦包含了天之四象）。

天文學上的四象，是東為青龍、西為白虎、南為朱雀、北為玄武。即以龍、虎、雀、武（**象龜**）四物配以青、白、朱、玄四色。

四象各包括七種星宿，加起來便是二十八宿，即東為角、亢、氐、房、心、尾、箕；南為井、鬼、柳、星、張、翼、軫；西為奎、婁、胃、昂、畢、觜、參；北為斗、牛、女、虛、危、室、壁。

天上的「二十八宿」，又以地上的「二十八獸」（**包括禽、獸等動物**）以應之，再配上金、木、水、火、土、日、月，便成了小說中提到的「井木犴、鬼金羊」等等，「井木犴」的第一個字是二十八宿名，後一字為二十八獸名，中間是五行外加日月名。其餘以此類推。

黃藥師排的是二十八宿大陣，運用的還是五行生克之理，所以書中又繼續寫道：

二十八宿大陣暗伏五行生克之理。南路一燈大師的紅旗軍搶向中央，郭靖的黃旗軍奔西，周伯通的全真教白旗軍衝向北方，黃蓉率領下的黑旗軍丐幫弟子兵趨東，黃藥師的青旗軍轉向南路。這五行大轉，是謂火生土、土生金、金生水、水生木、木生火。宋兵雖只四萬人，但陣法精妙，領頭的均是武林好手，而宋兵人人對郭靖夫婦感恩，決意捨命救其愛女，是以蒙古人雖然人數多了一倍，竟也抵擋不住。

激戰良久，黃藥師縱聲長嘯，青旗軍退向中央，黃旗軍回攻北方，黑旗軍迂迴南下，紅旗軍疾趨而西，白旗軍東向猛攻。這陣法又是一變，五行逆轉，是謂木克土、土克水、水克火、火克金、金克木。

這五行生克變化，說來似乎玄妙，實則是我國古人精研物性之變，因而悟出來的至理，通陰陽之道，反鬼神之說，我國醫學、曆數等等，均依此為據，所謂「五行更始，上應天期，陰陽往復，寒暑迎隨，真邪相薄，內外分離，六經波蕩，五氣傾移」，在當時可謂舉世無匹。蒙古堅甲利兵，武功鼎盛，但文智淺陋，豈能與當世第一家黃藥師相抗？是以陣法連轉數次，守禦高台的統兵將領登時眼花繚亂，頭昏腦脹，但見宋軍此一隊來，彼一隊去，正是「瞻之在前，忽焉在後」，不知如何揮軍抵敵才是。……（第三十九回）

這一段雖然有些「精神勝利法」，但就文化而言，卻是實情。五行生克的概念和原理運用在軍事、陣法上——就算紙上談兵吧——至少在理論上是講得過去的。其中的古代文化知識、概念都是實打實的。這一段算是五行陣法及理論的極至了，其他的例子，我們也就不必再舉。在金庸的小說中，我們隨時隨地都能看到諸如此類的文化知識。《易經》所包含的學術內容及知識當然不止這些。我們只是就金庸的小說來講，而不是要在這裡專門地說《易經》。

第四章 儒

儒學號稱中國傳統文化的正宗，孔孟以降，雖經曲折坎坷，復遭秦火之焚，但其流風不絕，反而越來越興盛，在中國文化精神領域穩居核心的地位。即使說儒釋道三教合流，儒家之學亦穩居其首。

這原因不難理解，佛、道講空、無，是出世之學，儒家講仁、義，是入世之學。這在講實用，多災難的中國歷史及民族文化心理之中自是極受推崇。

有趣的是，儒與俠在法家眼裡，同列在「邦之五蠹」之中，說「儒以文亂法，俠以武犯禁」（《韓非子》），這一對「難友」便有一種天然的關係。他們都是入世的，都講進取，且一取仁，一取義。儒家的「富貴不能淫，貧賤不能移，威武不能屈」及「養吾浩然之氣（《孟子》）等思想，亦被俠所借鑒、秉持。至少在武俠小說中是如此。

近代以來，儒家思想及其統治地位受到普遍的懷疑，「五四」新文化運動更是以「打倒孔家店」為旗幟。隨著社會危機的不斷出現，時代的進步，儒家的統治地位被推翻可以說是必然的。只是近現代知識份子及其主流意識形態，將中國古代社會封閉落後的一切濫帳都記到儒學身上，以至將儒家學術看成是萬惡之源，這就不免有些是非不分，走向極端了。因非孔孟、批儒學的主流盛行，現代的中國人對孔孟之道及其「四書五經」已經相當的陌生。不要說讀過《論語》、《孟子》，就連「四書」是哪四書、「五經」是哪五經，只怕有很多受過高等教育的文科學生也未必說得出來。

不論對它採取什麼樣的態度，文科學生，讀一讀它才好開口說它是非吧。至少應知道四書為《論語》、《孟子》、《大學》、《中庸》；五經為《詩經》、《書經》(《尚書》)、《禮經》(《禮記》)、《樂經》、《易經》吧。

至於儒學究竟如何，以及它在中國文化轉型、文明變革中的作用與地位（**不論是正、是反，儒學的作用是不以人的意志為轉移的，因為我們的文化中有太深的儒學血統**），那是一個重大的學術問題，不是我們在這兒所能討論的。

梁羽生說寫武俠小說要具備佛、道宗教知識，沒說要具備儒學知識。不知是覺得儒學知識的具備是理所當然、不必專門說起呢，還是覺得儒學知識沒人要看，用處不大？

金庸熟知儒家經典，小說中也時常表現出來。至於儒學精神，那更是金庸小說人格模式的重點之一。儒學典籍與精神，可以說是金庸小說展示的文化景觀重要組成部分。《詩經》、《易經》等等，我們都要專門講述，這一章中我們就不多提了。

《射鵰英雄傳》中的黃蓉多才多藝，熟知經典，不愧為博古通今的黃藥師之女，稱得上是一個古怪的精靈。受教育甚少的郭靖，雖然最終在武功上勝過了她。但在文化上卻只能當她的學生。書中有許多黃蓉教授郭靖各種文化知識的場景。比如兩人同遊太湖，黃蓉即景生情，想起了春秋時代越國大夫范蠡攜美女西施泛舟於五湖（**即此太湖**）的傳說故事，對他講了范蠡如何助越王勾踐報仇複國，怎樣功成身退而與西施歸隱於太湖的故事。感慨道：「從前范大夫載西施泛於五湖，真是聰明，老死在這裡，豈不強於做那勞什子的官？」——

……郭靖聽得發了呆，出了一會神，說道：「范蠡當然聰明，但像伍子胥與文種那樣，到死還是為國盡忠，那是更加不易了。」

黃蓉微笑：「不錯，這叫做『國有道，不變塞焉，強哉矯；國無道，至死不變，強哉矯。』」郭靖問道：「這兩句話是什麼意思？」

黃蓉道：「國家政局清明，你做了大官，但不變從前的操守；國家朝政腐敗，你寧可殺身成仁，也不肯虧了氣節，這才是響噹噹的好男兒大丈夫。」

郭靖連連點頭，道：「蓉兒，你怎想得出這麼好的道理出來？」

黃蓉道：「啊喲，我想得出，那不變了聖人？這是孔夫子的話。我小時候爹爹教我讀的。」

郭靖歎道：「有許許多多的事情我老是想不通，要是多讀些書，知道聖人說過的道理，一定就會明白啦。」……（**第十三回**）

這於郭靖，顯然是重要的一課。他一生濟世救民，知其不可為而為之，「國無道，至死不變」，成為「俠之大者」，正是從此時開始。而這一段對於黃蓉為找段皇爺（一燈大師）而連過漁、樵、耕、讀四關——尤其是過「讀」，即書生朱子柳那一關——又是一個很好的鋪墊。

「黃蓉挫敗朱子柳」可以說是《射鵰英雄傳》的一個經典性的場景，因為這一場比拚並非比武，而是文比。

郭、黃二人要找一燈大師，卻被他的徒弟阻攔。好不容易連過了前面三關，最後一關卻不那麼好過：朱子柳捧著一本書坐在道路缺口的那一端，對郭、黃二人的求懇置若罔聞。郭、黃二人跳不能跳，打不能打，求又不應：

……見那書生全不理睬，不由得暗暗發愁。再聽他所讀的原來是一部最平常不過的《論語》，只聽他讀道：「暮春者，春服即成，冠者五六人，童子六七人，浴乎沂，風乎舞雩，詠而歸。」讀得興高采烈，一誦三歎，確似在春風中載歌載舞，喜樂無已。

黃蓉心道：「要他開口，只有出言相激。」當下冷笑一聲，說道：「《論語》縱然讀了千遍，不明夫子微言大義，也是枉然。」

那書生愕然止讀，抬起頭來，說道：「什麼微言大義，倒要請教。」黃蓉打量那書生，見他四十來歲年紀，頭戴逍遙巾，手揮折疊扇，頰下一叢漆黑的長鬚，確是個飽學宿儒模樣，於是冷笑道：「閣下可知孔門弟子，共有幾人？」

那書生笑道：「這有何難？孔門弟子三千，達者七十二人。」

黃蓉問道：「七十二人中有老有少，你可知其中冠者幾人，少年幾人？」

那書生愕然道：「《論語》中未曾說起，經傳中亦無記載。」

黃蓉道：「我說你不明經書上的微言大義，難道說錯了？剛才我明明聽你讀道：『冠者五六人，童子六七人』，五六得三十，成年的是三十人，六七四十二，少年是四十二人。兩者相加，不多不少是七十二人，瞧你這般學而不思，嘿，殆哉，殆哉！」

那書生聽她這般牽強附會的胡解經書，不禁啞然失笑，可是心中也暗服她的聰明機智，笑道：「小姑娘果然滿腹詩書，佩服佩服。你們要見家師，為著何事？」

黃蓉心想：「若說前來求醫，他必多方留難。可是此話又不能不答，好，他既在讀《論語》，我且掉幾句孔夫子的話來搪塞一番。」於是說道：「聖人，吾不得而見之矣！得見君子者，斯可矣。有朋自遠方來，不亦樂乎？」

那書生仰天大笑，半晌方止，說道：「好，好，我出三道題目考考你，若是考得出，那就引你們去見我師父。倘有一道不中式，只好請兩位從原路回去了。」……（**第三十回**）

將「冠者五六人」（**冠者，即成年人，古人以二十歲為弱冠之年，舉行成人之禮，**

戴冠，表明成人）說成是「五六得三十」，當然有些胡鬧，但黃蓉後面的「瞧你這般學而不思，嘿，殆哉，殆哉！」倒真是從孔子的話中化出來的。孔子的原話是「學而不思則罔，思而不學則殆」（《論語・學而》）。後面的幾句話更是貼切。黃蓉隨機應變之能，於此可見一斑。同時我們也知「孔門弟子三千，達者七十二人」等等孔門之事。

黃蓉應答如流，從容得體，書生朱子柳的三道題都沒有將她考住，眼見黃蓉洋洋得意，想是女孩兒折服了一位飽學的狀元公，掩不住的心中喜悅之情。朱子柳心想「我且取笑她一番，好教她別太得意了！」——

……（朱子柳）於是說道：「姑娘文才雖佳，行止卻是有虧。」

黃蓉道：「倒要請教。」

那書生道：「《孟子》書中有云：『男女授受不親，禮也。』瞧姑娘是位閨女，與這位小哥並非夫妻，卻何以由他負在背上？孟夫子只說嫂溺，叔可援之以手。姑娘既沒有掉在水裡，又非這小哥的嫂子，這樣背著抱著，實是大違禮教。」

黃蓉心道：「哼，靖哥哥和我再好，別人總知道他不是我丈夫。陸乘風師哥這麼說，這位狀元公又這麼說。」當下小嘴一扁，說道：「孟夫子最愛胡說八道，他的話怎麼也信得的？」

那書生怒道：「孟夫子是大聖大賢，他的話怎麼信不得？」

黃蓉笑吟道：「乞丐何曾有二妻？鄰家焉得許多雞？當時尚有周天子，何事紛紛說魏齊？」

那書生越想越對，呆在當地，半晌說不出話來。

原來這首詩是黃藥師所作，他非湯武、薄周孔，對聖賢傳下來的言語，挖空心思加以駁斥嘲諷，曾作了不少詩詞歌賦來諷刺孔孟。孟子講過一個故事，說齊人有一妻一妾而去乞討殘羹冷飯，又說有一個人每天要偷鄰家的一隻雞，黃藥師就說這兩個故事是騙人的。這首詩的最後兩句言道：戰國之時，周天子尚在，孟子何以不去輔佐王室，卻去向梁惠王、齊宣王求官做？這未免是大違於聖賢之道。

那書生心想：「齊人與攘雞，原是比喻，不足深究，但最後這兩句，只怕起孟夫子於地下，亦難自辯。」……（**第三十回**）

這一段書生朱子柳本想譏刺黃蓉，沒想到反被她連書生的老祖宗孟夫子也諷刺了，而且諷刺得讓他有些無話可說。詩中的意思，金庸都解釋了。只是說這詩是黃藥師所作，乃是小說家言。這一首詩以及前面的「冠者五六人，童子六七人」的曲解，都出自明代馮夢龍的《古今笑・巧言部第二十八》之中。古書注重的倒不是對孔、孟（**尤其是對孟**）的譏刺，而是著重其巧言之趣。金庸將它用在書中，不露痕跡，說是非湯武、薄周孔的黃藥師譏刺儒家聖人之作，自亦無不可。黃藥師、黃蓉這樣的人對孔、孟不若傳統書生那樣尊敬，甚至沒多少好感，這不難理解。金庸對孔孟這樣的古代聖賢，當然也不會一味的推崇，卻也不是一味的貶斥。何況不輔佐周朝王室，未必當真就違了聖人之道，周王室無力行霸道，亦未必有心求王道，如此王室，不去輔佐它又有何不可？至於將孟子的寓言也拿來當真，那就更不必說是只能開玩笑了。

金庸小說中提及儒家經典處，還有很多。這部《射鵰英雄傳》中還提到古人以五嶽比五經，說華山如同《春秋》，主威嚴肅殺（第三十九回）。最後一回中，黃蓉又對郭靖說了一段《左傳》中的「弦高犒師」的故事，並摹仿古人，以拒蒙古大軍。《左傳》全名《春秋左氏傳》，是《春秋》三傳之一（另兩傳是《公羊傳》、《穀梁傳》），這也算是一部經典了。

《神鵰俠侶》中，郭靖、黃蓉見到了楊過，因他是故人之子，便將他同武氏兄弟一同帶回桃花島。郭靖要教他們練功，黃蓉因不喜歡楊康而又怕楊過學壞，所以只讓郭靖教武氏兄弟及郭芙練武，而楊過則由黃蓉自己來教。

黃蓉並不教楊過練武，只教他讀書識字，課本乃是《論語》和《孟子》，從《論語》的頭一篇，即《學而》中的「子曰：學而時習之，不亦說乎？有朋自遠方來，不亦樂乎？」開始，一直到最後，學完了《論語》，又學《孟子》（見《神鵰俠侶》第三回）

《天龍八部》中，逍遙派的蘇星河（聾啞老人，又稱聰辯先生）有八個徒弟，各學一藝，都是癡人。其中第三名弟子名為苟讀，是一個書呆子，說話喜歡引經據典，講究言必有據。連與人比武時也是那樣——

那儒生（**按，即苟讀**）道：「君子先禮後兵，我的第一件兵刃是一部書。」

虛竹道：「什麼書？是武功秘訣麼？」

那儒生道：「不是，不是。那是一部《論語》。我要以聖人之言來感化對方。」

包不同插口道：「你是讀書人，連《論語》也背不出，還讀什麼書？」

那儒生道：「老兄只知其一，不知其二。說到《論語》、《孟子》、《春秋》、《詩經》，我自然讀得滾瓜爛熟，但對方是佛門子弟，唯讀佛經，儒家之書未必讀過，我背了出來，他若不知，豈不是無用？定要翻出原書來給他看了，他無可抵賴，難以強辯，這才收效。常言說得好，這叫做：有書為證。」一面說，一面仍在身上各處東掏西摸。

包不同叫道：「小師父，快打他！」

虛竹道：「待這位施主找到兵器，再打不遲。」

那儒生道：「宋楚戰於泓，楚人渡河未濟，行列未成，正可擊之，而宋襄公曰：『擊之非君子』。小師父此心宋襄之仁也。」

……那儒生仍然沒找到他那部《論語》，卻見同伴的一支判官筆招法散亂，抵擋不住玄痛的雙刀，便向玄痛道：「喂，大和尚，子曰：『君子無終食之間違仁，造次必於是，顛沛必於是。』你出手想殺了我的四弟，那便不仁了。顏淵問仁，子曰：『克己復禮為仁。一日克己復禮，天下歸仁焉。』夫子又曰：『非禮勿視，非禮勿聽，非禮勿言，非禮勿動。』你亂揮雙刀，狠霸霸的只想殺人，這等行動，毫不『克己』，那是『非禮』之至了。」

虛竹低聲問身旁的少林僧慧方道：「師叔，這人是不是裝傻？」

慧方搖頭道：「我也不知道……」

那書呆子又向玄痛道：「大和尚，子曰：『仁者必有勇，勇者必有仁。』你勇則勇矣，卻未必有仁，算不得是真正的君子。子曰：『己所不欲，勿施於人。』人家倘若將你殺了，你當然是很不願意的了。你自己既不願死，卻怎麼去殺人呢？」……

……又拆了十餘招，玄痛焦躁起來，喝道：「走開！」倒轉戒刀，挺刀柄向那書呆子胸口撞去。那書呆子閃身讓開，說道：「我見大師武功高強，我和四弟二人以二敵一，也未必鬥得你過，是以良言相勸於你，還是兩下罷戰的為是。子曰：『參乎！吾道一以貫之。』曾子曰：『夫子之道，忠恕而已矣。』咱們做人，這恕道總是要守的，不可大也橫蠻。」

玄痛大怒，刷的一刀，橫砍過去，罵道：「什麼忠恕之道？仁義道德？你們怎麼在棺材裡放毒害人？」

那書呆子退開兩步，說道：「奇哉！奇哉！誰在棺材裡放毒藥了？夫棺材者，盛死屍之物也。孔子曰：『鯉也死，有棺而無槨。』……」

包不同道：「子曰『唯女子與小人為難養也。』你是個小人。」指著對面那中年美婦道：「她是女子，你們兩個，果然難養得很。孔夫子的話，有錯的嗎？」

那書呆子一怔，說道：「『王顧左右而言他。』你這句話，我便置之不理，不加答覆了。」

這書呆子與包不同一加對答，玄痛少了顧礙，雙刀又使得緊了，那使判官筆的書生頓時大見吃緊。那書呆晃身欺近玄痛身邊，說道：「子曰：『人而不仁，如禮何？人而不仁，如樂何？』大和尚『人而不仁』，當真差勁之至了。」

玄痛怒道：「我是釋家，你這腐儒講什麼詩書禮樂、人而不仁，根本打不動我的心。」

那書呆伸起手指，連敲自己額頭說道：「是極，是極！我這人可說是讀書而呆矣，真正是書呆子矣……」……（**第三十回**）

這段情節的最後，是玄痛聽了書呆子荀讀的一席話，「參悟真如，往生極樂，修成正果」，死了。應該說，就地坐化了。這可謂是書呆子創造的奇蹟，只有《三國演義》中諸葛亮罵死王郎方可與之相比。且諸葛亮雖非鬥力，畢竟鬥嘴，是罵，是讓對方活活氣死，而荀讀的話卻沒一句罵人，相反是良言相勸，用的都是聖賢大德之言。如此，比諸葛亮罵死王郎似更高出一籌。

似這般的「打語錄仗」，只有中國的「文化大革命」中的「語錄仗」可以與之相比。

而金庸的《天龍八部》寫於「文革」之前，可以說有先見之明，又或者是中國文化有此傳統。不管怎麼說，苟讀的這一段，對於宣傳孔子的語錄——《論語》倒真是別出心裁。

金庸小說別出心裁處甚多，比如中篇小說《鴛鴦刀》中，大家都來搶奪一雙鴛鴦刀，因為聽說「刀中有一個無敵於天下的大秘密」。到小說的最後，刀中秘密終於解開，原來是手柄上一邊刻了「仁者無敵」，這就是「無敵於天下的秘密」，看起來似開了一個大玩笑，仔細一想，又覺得深意在焉。

關於儒學傳統，當然不只是聖賢經典，還應該包括——或好或壞——社會規範及其道德準則。在儒家學說與思想占統治地位之時，社會的行為規範及人們的道德準則當然要受其影響和支配。比如著名的「三綱五常」、「三從四德」等等，即是儒學傳統的重要組成部分。

金庸小說雖屬幻想與傳奇，卻又不時切入歷史與社會，所以其中也有這方面的內容。例如《書劍恩仇錄》中，乾隆與陳家洛兄弟見面，討論「忠」、「孝」。

乾隆說：「憑你才學，會試殿試必可高中，將來督撫、尚書、大學士，豈有不提拔你之理？這於國於家，對你對我，都是大有好處，何苦定要不忠不孝，定要幹這種大逆不道之事。」

陳家洛則說：「哥哥，我沒說你不忠不孝，大逆不道，你反說起我來。」

乾隆說：「臣對君盡忠，叛君則為大逆。我既已為君，又怎說得上不忠？」

陳家洛說：「你明明是漢人，卻降了胡虜，這是忠嗎？父母在世之日，你沒好好侍奉，父親在朝廷之上，反而日日向你跪拜，你於心何安，這是孝麼？」

乾隆頭上汗珠一粒一粒的滲了出來，低聲說道：「我本來不知，是你們紅花會已故的首領于萬亭今年春天進宮來，我才聽說的，現今我仍是將信將疑。不過為人子的，寧可信其有，不可信其無，信錯了不過是愚，否則可是不孝。因此我到海寧來祭墓。」——在小說中，乾隆似乎還沒有喪盡天良，寧可受「愚」也不願「不孝」。（第十一回）

再看《書劍恩仇錄》中的人物說「三從四德」：

……李沅芷道：「別說我認不出路，就算認出，我不愛領又怎樣？自古道女子要三從四德，這三從中可沒有『從師』那一條。」

駱冰笑道：「我爹只教我怎樣使刀怎樣偷東西，孔夫子的話可一句也沒教過。好妹子，你給我說說，什麼叫做三從四德？」

李沅芷道：「四德是德容言工，就是說做女子的，第一要緊是品德，然後是相貌、言語和治家之事了。」

駱冰笑道：「別的倒也還罷了，容貌是天生的，爹娘生得我醜，我有什麼法兒？那麼三從呢？」

李沅芷惱道：「你裝傻，我不愛說啦。」掉過了頭不理她。

駱冰一笑走開，去對陸菲青說了。

陸菲青沉吟道：「三從之說，出於儀禮，乃是未嫁從父，既嫁從夫，夫死從子。這是他們做官人家的禮教，咱們江湖上的男女可從不講究這一套。」

駱冰笑道：「本來嘛，未嫁從父是應該的。從不從夫，卻也得瞧丈夫說得在不在理。夫死從子更笑話啦。要是丈夫死時孩子只有三歲，他不聽話還不是照揍？」……（第十八回）

李沅芷是將門之女，懂得三從四德；駱冰是強盜之女，就沒怎麼聽說過了。這是第一層。李沅芷突然提起，是想要「既嫁從夫」，婉轉地透露出要眾人幫她做余魚同的工作，先答應下婚事，再讓她「認路」也不遲，至於三從四德她這種性格的人會不會真的遵從，那完全是另外一回事。

駱冰也未必真的不知什麼是三從四德，只是她要假裝不知，方可套出李沅芷究竟想要幹什麼。這是第二層。第三層，是作者利用了這一傳統，既曲折地表達了李沅芷的心意又介紹了三從四德的內容，及「三從之說，出於（儀禮）」這一知識。作者是現代人，當然不會以三從四德為然，更沒有要借此宣揚的意思，只是它作為一種歷史文化現象，不能不說，再借駱冰之口調侃兩句，不亦樂乎？

正如《神鵰俠侶》之中，有一回的回目為《禮教大防》（第十四回），講宋人重禮，師徒之間不能有男女之情，小龍女既是楊過的師父；且楊過又稱她為「姑姑」，年紀、輩份都比她小，楊過卻要娶小龍女為妻，這是違犯禮教大防之舉。郭靖、黃蓉二人善勸硬阻，而楊過與小龍女仍不為所動，並說就是殺了他們，他們也要相愛。此時作者的立場，顯然是站在楊過、小龍女這一對新人一邊。但既寫歷史，對當時的「禮教大防」卻又不能不說。所以才有這麼一回。說到底，是對這一禮教傳統的批判和叛逆。

儒學傳統與禮教大防當然有密切的關係，卻又不完全是一回事。

《射鵰英雄傳》中有這麼一段：

……黃藥師大聲道：「世人都說你爹邪惡古怪，你難道不知？歹徒難道還會做好事？天下所有的壞事都是你爹幹的，江南六怪自以為是仁人俠士，我見了這些自封的英雄好漢們就生氣。」

歐陽鋒哈哈夫笑，朗聲道：「藥兄這幾句話真是痛快之極，佩服佩服。」舉起酒杯一飲而盡，說道：「藥兄，兄弟送你一件禮物。」右手微揚，將一個包袱擲了過去。

黃藥師接在手中，觸手似覺包中是個人頭，打開來，赫然是個新割下的首級，頭戴方巾，頦下有鬚，面目卻不相識。

歐陽鋒笑道：「兄弟今晨西來，在一所書院歇足，聽得這腐儒在對學生講書，說什麼要做忠臣孝子，兄弟聽得厭煩，將這腐儒殺了。你我東邪西毒，可說是臭味相投了。」說罷縱聲長笑。

黃藥師臉上變色，說道：「我平生最敬的是忠臣孝子。」俯身抓土成坑，將那人頭埋下，恭恭敬敬的作了三個揖。

歐陽鋒討了個沒趣，哈哈大笑道：「黃老邪徒有虛名，原來也是個為禮法所拘之人。」

黃藥師凜然道：「忠孝乃大節所在，並非禮法！」（第三十五回）

這一段很是耐人尋味。首先當然是要表明東邪、西毒的不同。東邪雖邪，卻還不毒，也不算壞。進而，黃藥師一向非湯武而薄孔周，以邪自居，不以儒家道德為然，但卻對忠臣孝子又頗有恭敬之心。並說「忠孝乃大節所在，並非禮法」。這要算是一個較新鮮的理論。我們知道忠與孝都被儒家禮法列入「三綱」之中，即「君為臣綱」（忠）「父為子綱」（孝），何以黃藥師說「並非禮法」，是否可以講忠孝但不講「三綱五常」？是否忠而不必，也不是、更不該「愚忠」；孝亦不必、不是、不該「癡孝」（如「二十四孝」中的「郭巨埋兒」之流）？是否說忠君總比叛君、弒君好，而孝父母總比逆父殺父要好？……實在很難說清。

「忠孝」二字，在現代幾乎臭名昭著，金庸何以來這麼一筆，將此當作「大節所在」而卻又「並非禮法？」這一點很值得研究。金庸似乎並非隨意而寫，想必應有深意在焉。

《射鵰英雄傳》另有一段，是寫郭靖、黃蓉遊岳陽樓、談范仲淹的：

……二人吃了些少酒菜，環顧四壁題詠。郭靖默誦范仲淹所作的《岳陽樓記》，看到「先天下之憂而憂，後天下之樂而樂」兩句時；不禁高聲讀了出來。

黃蓉道：「你覺得這兩句話怎樣？」

郭靖默默念誦，心中思索，不即回答。

黃蓉又道：「作這篇文章的范文正公，當年威震西夏，文才武略，可說是舉世無雙。」

郭靖央她將范仲淹的事蹟說了一些；聽她說到他幼年家貧、父親早死、母親改嫁種種苦況，富貴後儉樸異常，處處為百姓著想，不禁油然起敬，在飯碗中滿滿斟了一碗酒，仰脖子一飲而盡，說道：「先天下之憂而憂，後天下之樂而樂，大英雄大豪傑固當如此胸懷！」

……黃蓉忽然抬起頭來笑道：「算了吧，反正是這麼一回事，范仲淹作過一首《剔銀燈》詞，你聽人唱過麼？」

郭靖道：「我自然沒聽過。你說給我聽聽。」

黃蓉道：「這首詞的下半段是這樣：『人世都無百歲，少癡騃，老成悴，只有中間，些子少年。忍把浮名牽繫，一品與千金。問白髮，如何迴避？』」跟著將詞意解說了一遍。

郭靖道：「他勸人別把大好時光，盡用在求名、升官、發財上面。那也說得很是。」

黃蓉低聲吟道：「酒入愁腸，化作相思淚。」

郭靖望了她一眼，問道：「這也是范文正公的詞麼？」

黃蓉道：「是啊，大英雄大豪傑，也不是無情之人呢。」……（第二十六回）

這一段，塑造的是一個儒家的人格典範。范仲淹及其「先天下之憂而憂，後天下之樂而樂。」早已成了儒家精神最突出的特徵。然而，人們總習慣於將儒家人格模式簡單化地理解成為熱衷功名或道學古板，范仲淹不僅有先憂後樂的崇高，也有「人世都無百歲」的通達，還有「酒入愁腸，化作相思淚」的似水柔情。這才是一個完整、生動、圓融的人格形象。

從這一人格形象中，我們對儒家典範應該有新的理解。那種皓首窮經的「腐儒」，以及死板教條的「道學」，決不是儒家的理想典範。那只是一種皮相的、教條的儒生，而人們對此誤解，是由於沒有洞見儒家執著而又豁達的真精神。

歷史上的儒家典型如范仲淹、岳飛，都在金庸小說中占了一席地位。而金庸也塑造了小說中的儒俠形象，如郭靖這位為國為民的俠之大者。不論何時，不論何地，這種為國為民甘願犧牲自己、先憂後樂的精神，永遠都值得我們崇仰和尊敬。

第五章 佛

佛教自漢代由印度傳入中國，至今已有兩千餘年的歷史。它融合了中華本土文化，歷經兩千年的流變，雖朝代更迭不已，仍屹立不動，逐漸成了中國文化的主流之一。

魏晉之後，中國文人對佛學興趣漸濃，因而有「佛道合流」之勢，對佛學的發展及其中國化具有重要的意義。宋明以後，新儒學受到禪宗的影響，產生了「陽儒陰佛」即儒佛相結合的趨勢，使儒、佛二學都有了新的發展。實際上，隋、唐之際，就已有了「三教合流」（即儒、釋、道合流）之說，表明佛教及佛學成了中國文化不可分割的組成部分。

佛教在中國，大乘、小乘皆有流傳。大乘佛教（主普渡眾生，與自我修行之小乘相對）在隋唐時又分空、有二宗。空宗以三論、天台、禪等三宗為主；有宗則有唯識、華嚴、淨土三宗，再加上非空非有的密、律二宗，共有八宗。宋明而後，禪宗、淨土宗獨盛一時，其他宗派則逐漸衰落。

佛教對中國文化的影響，自不必多說。不僅是佛家（和尚、尼姑、居士、信徒）受其支配與制約，凡俗人等也受它的影響，以至於後世之中不讀佛經的儒生算不得真正的儒生。中國的哲學、文學、藝術乃至倫理等等，都受到了它的影響。唐朝大詩人兼大畫家王維，字摩詰，這名和字就與佛教的一部經典《維摩詰經》有關。宋代大詩人蘇軾與佛印和尚等人的交往，亦已被後世傳為佳話。

武俠小說與佛教的關係異常密切。因為著名的河南嵩山少林寺不僅是佛家勝地、禪宗祖庭，同時還是中華武術的一大重鎮。「少林拳」名聞天下，影響極廣；「十三棍僧救唐王」的故事亦千古流傳，成為武俠故事的一大原型。

後世的武俠小說作家則隨心所欲，不僅將少林寺僧當成武術高手寫入書中，而且將其他地方的和尚、尼姑亦當成江湖或武林中的一個不可或缺的組成部分。

梁羽生說寫武俠小說必須懂得一點佛教知識，讀一點佛教經典，是因為武俠小說中經常要寫到佛家弟子，又不能總是說一句「阿彌陀佛，善哉善哉」就罷（**那樣未免太皮相了**）。

金庸當然也是如此。只是金庸對佛學的興趣，逐漸遠比武俠小說為大，而他的佛學修養也越來越深。這一點我們可以在他的武俠小說中看到。而武俠小說中的佛學又只不過是金庸隨意點綴的幾招「拈花指」而已。

金庸小說與佛學，或者說佛學與金庸小說，這是一個很大、很專門的題目。這裡我們只能投機取巧，揀現成的說。金庸小說中有多少和尚、尼姑？這不必說，那太多了。佛學對金庸的藝術境界、人格精神及小說創作有怎樣的影響？在這裡先不忙說，那太深了。不能多，又不能深，這裡我們只能說一說金庸小說中引用的佛學經典，而且不分宗派，不加詳解，放入佛學的大題目下，舉例列出。

《書劍恩仇錄》中，有余魚同出家當和尚一節，是因為他對駱冰情難自己又愧怍於心，燒傷臉後又不免心灰意冷，便出了家，做了和尚，取了個法名，叫做「空色」。只是凡心未斷，不能真正地做一輩子和尚。這且不說。

陳家洛為了解開義父于萬亭被福建南少林寺逐出門牆之謎，來到莆田少林寺中，求覽于萬亭的檔案。按照寺規，他要連過五殿，方能到戒持院中去看。前四殿他都過了，或比輕功、或比暗器，或比兵刃，或比內力，都是僥倖得勝。第五關卻是方丈天虹禪師把守，卻不是比試武功，而是給他講故事。天虹說道：「從前有一人善於牧羊，以至豪富，可是這人生性慳吝，不肯用錢……有一人很是狡詐，知他愚魯，而且極想娶妻，就騙他道：『我知道有一女子十分美貌，替你娶做妻子吧。』牧羊人很是喜歡，給了他許多財物。過了一年，那人又道：『你妻子已給你生了一個兒子。』牧羊人從未見過妻子，但聽說已生兒子，更加高興，又給了他許多財物。後來那人又道：『你兒子已經死了啦！』牧羊人大哭不已，萬分悲傷……」

天虹方丈的這個故事，出自佛家宣講大乘佛法的《百喻經》。這個故事的寓意是「世上事情無不如此，皇位、富貴，便如那牧羊人的妻子、兒子一般，都是虛幻。又何必苦費心力去求，得了為之歡喜，失了為之悲傷呢？」

陳家洛飽讀詩書，學問淵博，聽他講述這《百喻經》中故事，便也以《百喻經》

中故事來回答他：「從前有一對夫婦，有三個餅，每人各吃了一個，剩下一個，兩人約定，誰先說話，誰就沒餅吃。兩個僵住了不說話。不久有一個賊進來，把他們家裡的財物都拿了。夫婦兩因有約在先，眼睜睜的瞧著不說話。那賊見他們如此，大了膽子，就在丈夫面前侵犯他的妻子。丈夫仍然不理。妻子忍不住叫了起來。賊人拿了財物逃走了。那丈夫拍手笑道：『好啊，你輸了，餅歸我吃。』」這個故事的意思是，為了一點小小的安閒享樂，反而忘卻了大苦，為了口腹之欲，卻不理會賊子侵犯財物，侵犯自己親人。──

……天虹歎道：「諸行無常，諸法無我。人之所滯，滯在未有。若托心本無，異想便息。」

陳家洛道：「眾生方大苦難。高僧支道林曾有言道：桀紂以殘害為性，豈能由其適性逍遙？」

天虹知他熱心世務，決意為生民解除疾苦，也甚敬重，說道：「陳當家的滿腔熱血，可敬可佩，老衲再問一事，就請自便。」

陳家洛道：「請老禪師指點迷津。」（**第十九回**）

講故事、背語錄，佛家（**以禪宗為主**）稱為「打機鋒」，兩人各說一段，話中有寓意，看對方能「悟透」否。陳家洛和天虹各執已見，對佛經又都很熟悉，所以難不倒對方。天虹方丈後說了一個故事——當然還是《百喻經》中的——「從前有個老婆婆，臥在樹下休息，忽有大熊要來吃她，老婆婆繞樹奔逃，大熊伸掌至樹後抓拿，老婆婆乘機把大熊兩隻前掌撩在樹幹之上，熊就不能動了。但老婆婆也不敢放手，後來有一人經過，老婆婆請他幫忙，一同殺熊分肉。那人信了，按住熊掌。老婆婆脫身遠逃，那人反而為熊所困，無法脫身。」陳家洛知他寓意，說道：「救人危難，奮不顧身，雖受牽累終無所悔。」

佛家叫人回頭，所謂「苦海無邊，回頭是岸。」而豪俠之士卻講究一往無前，死而無悔，所謂「雖萬千人吾往矣」。這一點倒接近儒家的「知其不可為而為之」。所以天虹方丈讓了一步，自己退回頭，讓陳家洛一往無前而去了。

提起《百喻經》，這部天竺國（古印度）高僧伽斯那的經典之作，佛門弟子自是人人都熟，非佛門中人也喜歡其中生動的故事。金庸小說《笑傲江湖》中寫到，令狐冲受傷，恒山派弟子小尼姑儀琳在一旁守護，令狐冲要聽故事，儀琳無故事可講，忽然想起《百喻經》來，便給令狐冲講了「以犁打破頭喻」和「醫與王女藥，令率長大喻」兩個故事。

金庸小說所引佛經經文，當然不只《百喻經》一部。如《射鵰英雄傳》中引述了《大莊嚴論經》；《神鵰俠侶》中引述了《佛說母鹿經》；《倚天屠龍記》中引述了《金剛經》；《笑傲江湖》中引述了《妙法蓮華經》；《天龍八部》中就更多了，我們要另說。

在《射鵰英雄傳》中，西毒歐陽鋒為爭奪武功第一的名頭，煞費苦心，想盡一切辦法耗費主要對手南帝（後來的一燈大師）的功力。因而畫了一幅畫交給南帝的前妃子瑛姑。畫中是「割肉飼鷹」的故事。這一故事出於《大莊嚴論經》，大致的內容是：昔有一王，名字叫屍毘，精勤苦行，求正等正覺之法。一日有大鷹追逐一鴿，鴿飛入屍毘王腋下，舉身戰怖。大鷹求王見還。說道：「國王救鴿，鷹卻不免餓死。」王自念救一害一，於理不然，於是即取利刃，自割股肉與鷹。那鷹又道：「國王所割之肉，須與鴿身等重。」屍毘王命取天平。鴿與股肉各置一盤，但股肉割盡，鴿身猶低。王續割胸、背、臂、肋俱盡，仍不及鴿身之重；王舉身而上天平，於是大地震動，諸天作樂，天女散花，芳香滿路。天龍、夜叉等都在空中歎道：「善哉善哉，如此大勇，得未曾有。」

（第三十一回）

《神鵰俠侶》中寫到楊過和小龍女一道赴絕情谷，途中遇到一燈大師和他的徒弟慈恩（即原來的裘千仞）。慈恩心中惡念難除，一燈大師就給他說了一段《佛說母鹿經》的故事。

說從前有隻母鹿生了兩隻小鹿。母鹿不慎為獵人所捕，獵人便欲殺卻。母鹿叩頭哀求，說道：「我生二子，幼小無知，不會尋覓水草，乞假片時，使我告知孩兒覓食之法，決當回來就死。」獵人不許。母鹿苦苦哀求，獵人心動，縱之使去。母鹿尋到二子，低頭鳴吟，舐子身體，心中又喜又悲，向二子道：「一切恩愛會，皆由因緣合，會合有別離，無常最難久。今我為爾母，恒恐不自保，生死多畏懼，命危如晨露。」二鹿幼小，不明其意。於是母鹿帶了二子，指點美好水草，涕淚交流，說道：「吾期行不遇，誤墜獵者手；即當應屠割，碎身化糜朽。念汝求哀采，今當還就死；恰汝小早孤，努力活自己。」母鹿說完，便和小鹿分別。二子嗚啼，悲泣戀慕，從後緊緊跟隨，雖然幼小奔跑不快，還是跌倒了重又爬起，不肯離開母親。母鹿停步，回頭說道：「兒啊！你們不可跟來，如給獵人見到，母子一同畢命。我是甘心就死，只是哀憐你們稚弱。世間無常，皆有別離，我自薄命，使你們從小便沒了母親。」說畢，便奔到獵人身前。兩小鹿孺慕心切，不畏獵人弓箭，追尋而至。那獵人見母鹿篤信死義，捨生守誓，志節丹誠，人所不及；又見三鹿母子難分難捨，惻然憫傷，便放鹿不傷。三鹿悲哀，嗚聲咻咻，以謝獵者。獵人將此事稟報國王，舉國讚歎，為止殺獵惡行。（《神鵰俠侶．三十回》）

佛經中有許多故事，如上所列。一來是有許多道理、意義難以概括，只有用故事來說，以喻其意（如《百喻經》），以寓其義（如上述《大莊嚴論經》等）。二來是佛教徒中有不少文盲，聽不懂經文，只能聽故事，這也有佛家「寓教於樂」的成份。

佛經中當然不僅有故事，更有說教。

《倚天屠龍記》中有這樣的片斷：

……猛聽得三株蒼松間的地牢中傳出誦經之聲，正是義父謝遜的聲音。只聽他蒼老的聲音緩緩誦念「金剛經」：「爾時須菩提聞說是經，深解義趣，涕淚悲泣，而白佛言：『稀有世尊，佛說如是甚深經典。我從昔來所得慧眼未曾得聞如是之經。世尊，若復有人得聞是經，信心清淨，即生實相……」

張無忌邊鬥邊聽，自謝遜的誦經聲一起，少林三僧長鞭上的威力也即收斂，只聽謝遜繼續念誦：「『世尊，我今得聞如是經典，信解受持，不足為難。若當來世，後五百歲，其有眾生得聞是經，信解受持，是人即為第一稀有。何以故？此人無我相，無人相，無眾生相，無壽者相……』」

張無忌聽到此處，心中思潮起伏……只是經義深微，他於激鬥之際，也不能深思。自然更不知經中的須菩提，是在天竺舍衛國聽釋迦牟尼說金剛經的長老，是以於謝遜所誦的經文也只一知半解而已。

只聽謝遜又念經道：「佛若須菩提：『如是，如是！若復有人得聞是經，不驚，不怖，不畏，當知是人甚為稀有……如我昔為歌利王割切身體，我於爾時，無我相、無人相、無眾生相、無壽者相。何以故？我於往昔節節支解時，若有我相、人相、眾生相、壽者相，應生嗔恨……菩提須高一切相。』」

這一段經文的文義卻甚時明白，那顯然是說，世間一切全是空幻，對於我自己的身體、性命，心中完全不存牽念，即使別人將我身體割截，節節支解，只因我根本不當是自己的身體，自然絕無惱恨之意。……（第三十八回）

謝遜之所以要念經，一是他極關心張無忌，聽到張無忌因學古波斯武功，心生感應，於哈哈三聲大笑中露出邪惡奸詐之意，要以《金剛經》來化解、指點迷津。二是謝遜本人數月來被囚地牢，日夕聽松間三僧念誦《金剛經》，於經義頗有所悟，自然就記於心間，關鍵時刻大聲地念誦出來。三是謝遜後來徹悟人生而出家禮佛，在這裡已經初露端倪了。

《笑傲江湖》中的儀琳念經，那就簡單得多了，那是因擔心令狐冲的傷勢，求佛祖保佑，她是小尼姑，自幼熟讀經文，情急時刻，不由自主地脫口而出。書中寫道：

> 儀琳甚是惶急，只說：「那怎麼好？那怎麼好？」……不由自主地念起經來：「若有無量百千萬億眾生，受諸苦惱，聞是觀世音菩薩，一心稱名，觀世音菩薩即時觀其音聲，皆得解脫。若有持是觀世音菩薩名者，設入大火，火不能燒，由是菩薩神力威故。若為大水所漂，稱其名號，即得淺處……」她念的是「妙法蓮華經觀世音普門品」，初時聲音發顫，念了一會，心神逐漸寧定。
>
> 令狐冲聽儀琳語音清脆，越念越是平和安靜，顯是對經文神通充滿了信心，只聽她繼續念道：「若復有人臨當被害，稱觀世音菩薩名者，彼所執刀杖，尋段段壞，而得解脫。若三千大千國土，滿中夜叉、羅剎，欲來惱人，聞其稱觀世音名者，是諸惡鬼，尚不能以惡眼視之，況復加害？設復有人，若有罪，若無罪，扭械枷鎖，檢繫其身，稱觀世音菩薩名者，皆悉斷壞，即得解脫……
>
> ……她繼續輕聲念道：「若惡獸圍繞，利牙爪可怖，念彼觀音力、疾走無遠方。蟒蛇及蝮蠍，氣毒煙火然，念彼觀音力，尋聲自回去。雲雷鼓掣電，降雹澍大雨，念彼觀音力，應時得消散。眾生被困厄，無量苦逼身，觀音妙智

力，能救世間苦……」

……到得後來，令狐冲已聽不到經文的意義，只聽到一句句祈求禱告的聲音，是這麼誠摯，這麼熱切。不知不覺，令狐冲眼中充滿了眼淚……

令狐冲不由得胸口熱血上湧，眼中望出來，這小尼姑似乎全身隱隱發出聖潔的光輝。（**第五回**）

這的確是一個感人的場面。不過除此而外，像這樣大段念經的場景不多，原因不必多說。

金庸小說中念經的場景還有《倚天屠龍記》的第二回書中，少林寺覺遠和尚臨終時大段大段地背誦經文。不過，大半是武學經典《九陽真經》，小半才是佛學經典《楞伽經》（**說佛祖在楞伽島上登山說法的事**）。原來那《九陽真經》夾書在《楞伽經》的字旁行間，覺遠讀書又有點泥古不化，隨口背誦之際，便有些纏夾不清。不過，這倒表現了武俠作者、武俠讀者的通常心理：要武中夾佛，而且以武為主。因而許多佛學經典，在小說中常常只是「稱其名」而已，如《天龍八部》中提及的《法華經》、《雜阿含經》；《鹿鼎記》中不時提及的《四十二章經》……等。這樣也好，至少讓我們多瞭解一些佛經的名字。

《天龍八部》一書的名字就來源於佛經。作者在這部書中已經專寫了「釋名」一章，說過了。

《天龍八部》與佛學的關係有三層。一是借「天龍八部」之名象徵現世的人物；二是書中學佛、知佛的人極多，段譽、虛竹即是；三是這部書的精神主體便是佛家的「冤孽與超度」及其因緣果報等思想。關於這些，我們難以說盡。讀者從中當可學習到豐富的佛學知識與智慧。

書中有三位主人公，其中有兩位熟讀佛經，而其餘人物中如大理的枯榮長老及大理天龍寺眾高僧、拈花寺黃眉僧人；少林寺玄慈、玄難、玄寂、灰衣僧人等高僧；吐善高僧鳩摩智，以及天台山智光大師……等等，他們的言談、舉止及事蹟中，無不顯露出廣博的佛學修養及深刻的佛學精神。對此，我們無法一一盡述。

只能說一說段譽與虛竹。

本書開頭是段譽出場，一出場就說：「你這位大爺，怎地如此狠霸霸的？我平生最不愛瞧人打架。貴派叫做無量劍，住在無量山中。佛經有云：『無量有四：一慈、二悲、三喜、四舍。』這『四無量』麼，眾位當然明白：與樂之心為慈；拔苦之心為悲；喜眾生離苦獲樂之心曰喜；於一切眾生舍怨親之念而平等一如曰舍。無量壽佛者，阿彌陀佛也。阿彌陀佛，阿彌陀佛……」（第一回）

虛竹的出場是這樣的：

這僧人二十五六歲年紀……用瓦碗舀了一碗水，雙手捧住，雙目低垂，恭恭敬敬的說偈道：「佛觀一缽水，八萬四千蟲，若不持此咒，如食眾生肉。」念

咒道：「唵縛悉波羅摩尼莎訶。」念罷，端起碗來，就口喝水。（第二十九回）

看兩人的出場，就知一位是飽讀佛經的信徒，而另一位是標準規範的僧侶。兩人的結交，則又有一段令人捧腹的奇妙因緣，書中寫道：

虛竹喃喃道：「是啊，佛說萬法緣生，一切只講緣份……不錯……那緣份……當真是可遇不可求……是啊，一別之後，茫茫人海，卻又到哪裡找去？」他說的是「夢中女郎」，段譽卻認定他是說王語嫣。兩人各有一份不通世故的呆氣，竟然越說越投機。

兩人各說各的情人，纏夾在一起，只因誰也不提這兩位姑娘名字，言語中的榫頭居然接得絲絲入扣。虛竹道：「段公子，佛家道萬法都是一個緣字，經云：『諸法從緣生，諸法從緣滅。我佛大沙門，常作如是說。』達摩祖師有言：『眾生無我，苦樂隨緣。』如有什麼賞心樂事，那也是『宿因所構，今方得之。緣盡還無，何喜之有？』段譽道：「是啊！『得失隨緣，心無增減！』語雖如此說，但吾輩凡夫，怎能修得到這般得失隨緣，心無增減的境地？」

大理佛法昌盛，段譽自幼誦讀佛經，兩人你引一句金剛經，我引一段法華經，自寬自慰，自傷自歎，惺惺相惜，同病相憐……（第三十八回）

引用佛學經典來談論心目中的情侶，感歎萬千，這恐怕是段譽與虛竹的一個創舉，而兩人各說各的情人卻又說得絲絲入扣，那更是一大奇觀。只是他們倆所談，重點仍然是「情」，而非「佛」。

下面再舉一個專門談佛經《楞伽經》的，那是在《神鵰俠侶》一書的最後：

……覺遠又道：「他們兩位養了一天傷……哪知道有一天晚上，這兩位居士乘著小僧坐禪入定之際，卻將小徒君寶正在誦讀的四卷《楞伽經》拿了去。不告而取，未免稍違君子之道，便請兩位賜還。」

一燈大師佛學精湛，朱子柳隨侍師父日久，讀過的佛經也自不少，聽了他這番言語，均想：「……這《楞伽經》雖是達摩祖師東來所傳，但經中所記，乃如來佛在伽楞島上說法的要旨，明心見性，宣說大乘佛法，和武功全無干係，這兩名惡徒盜去作甚？再說，《楞伽經》流布天下，所在都有，並非不傳秘笈，這覺遠又何以如此緊追不捨，想來其中定有別情。」

只聽覺遠說道：「這四卷《楞伽經》乃是達摩祖師東渡時所攜的原書，以天竺文字書寫，兩位居士只恐難識，但於我少林寺卻是世傳之寶。」眾人這才恍然……

……覺遠卻仍是氣度雍容，說道：「這《楞伽經》共有四種漢文譯本，今世尚存其三，一是劉宋時阿跋陀羅所譯，名曰《楞伽阿跋陀羅寶經》，共有四卷，世稱『四卷楞伽』。二是元魏時菩提流支譯，名曰《入楞伽經》，共有十卷，世稱『十卷楞伽』，三是唐朝寶叉難陀所譯，名曰《大乘入楞伽經》，共有七卷，世稱『七卷楞伽』。這三種譯本之中，七卷楞伽最為明暢易曉，小僧攜得來此，難得兩位居士心近佛法，小僧便舉以相贈。倘若二位要那四卷楞伽和十卷楞伽，也無不可，小僧當再去求來。」……（**第四十回**）

這裡將《楞伽經》的作者、由來、流傳、翻譯、版本一齊說了，可說是十分專業的知識。

佛經我們說了不少，下面要說一說佛偈。

佛偈是佛經中的唱詞。古代講經（**說法**）常常邊講邊唱，唱的部分便是佛偈了。後來推而廣之，偈語成了參禪、悟道、打機鋒常用的形式，不僅經中有它，佛門弟子也可以——甚至必須——創作它。比如眾所周知的「身為菩提樹，心如明鏡台；時時勤拂拭，莫使惹塵埃」與「菩提本非樹，明鏡亦非台；本來無一物，何處惹塵埃」這兩首偈語，便是由神秀與慧能《禪宗六祖》創作出來的。

金庸的小說中，最讓人難以忘懷的，恐怕是《飛狐外傳》中的袁紫衣（**即圓性**）離別胡裴時的那首佛偈：「一切恩愛會，無常最難久。生世多畏懼，命危於晨露。由愛故生憂，由愛故生怖。若離於愛者，無憂亦無怖。」——這首佛偈之所以讓人難以忘懷，倒不是因為它有多深刻，或多精緻，而是因為人們太難以接受這個殘酷的現實：袁紫衣與胡裴明明兩情相悅，何以要說偈遠行？難道僅僅因為袁紫衣出了家？或是因為命運？在這裡，佛偈乃至佛家是不讓人喜歡的。《飛狐外傳》的讀者尤其如是。

金庸小說中說佛偈的地方也有不少。

如《神鵰俠侶》中一燈大師對慈恩說偈：「不應作而作，應作而不作，悔惱火所燒，證覺從此始……。」

又如《天龍八部》中更有精彩的一段：

……大明輪王道：「得罪！」舉步進了堂中，向枯榮大師合什為禮，說道：「吐蕃國晚輩鳩摩智，參見前輩大師。有常無常，雙樹枯榮，南北西東，非假非空！」

段譽尋思：這四句偈語是什麼意思？枯榮大師卻心中一驚：「大輪明王博學精深，果然名不虛傳。他一見面便道破了我們參枯禪的來歷。」

世尊釋迦牟尼當年在拘屍那城娑羅雙樹之間入滅，東西南北，各有雙樹，每一面的兩株樹都是一榮一枯，稱之為「四枯四榮」，據佛經中言道，東方雙樹意為「常與無常」，南方雙樹意為「樂與無樂」，西方雙樹意為「我與無我」，北方雙樹意為「淨與無淨」。茂盛榮華之樹意示涅盤本相：常、樂、我、淨；枯萎凋殘之樹顯示世相：無常、無樂、無我、無淨。如來佛在這八境界之間入滅，意為非枯非榮，非假非空。

枯榮大師數十年靜參枯禪，還只能修到半枯半榮的境界，無法修到更高一層的「非枯非榮，亦枯亦榮」之境，是以一聽到大明輪王的話，便即凜然說道：「明王遠來，老衲未克遠迎。明王慈悲。」（第十回）

若不是作者作出這些解釋，讀者對鳩摩智所說的那幾句偈語還真的不大明白。原來那與枯榮長老所說參枯禪的來歷、名目有關，當然這也是正宗的佛學知識。

自六祖慧能而後，佛教禪宗極其興盛，參禪悟道的偈語也層出不窮。金庸的小說中也有幾處精彩的創作。

一是《倚天屠龍記》結尾時，謝遜自廢武功，求少林寺方丈收留，賜予剃度。空聞方丈尚未回答，渡厄道：「你過來，老僧收你為徒。」謝遜說：「弟子不敢望此福緣。」他拜空聞為師，乃「圓」字輩弟子，若拜渡厄為師，敘「空」字輩排行，和空聞、空智便是師兄弟稱呼了。所以謝遜一時不敢相信。——

……渡厄喝道：「咄！空固是空，圓亦是空，我相人相，好不朦瞳！」謝遜一怔，登時領悟，什麼師父弟子，輩份法名，於佛家盡屬虛幻，便說道：「師父是空，弟子是空，無罪無業，無德無功！」渡厄哈哈大笑道：「善哉，善哉！你歸我門下，仍是叫做謝遜，你懂了麼？」謝遜道：「弟子懂得。牛屎謝遜，皆是虛影，身既無物，何況於名？」（第三十九回）

上面這一段中有幾首偈語，將謝遜的參禪、悟道、渡厄的點化，大「喝」表現得如《五燈會元》之類的佛家史書中的故事差不多。佛教禪宗不僅講悟、講參，也有「德山棒」（**打頭，使人悟**）與「臨濟喝」（**大喝一聲，使人在震驚之時恍然悟道**）的傳統。而被點化者悟道之後總得有個交代，謝遜連作了兩首偈語，表明他對「空」與「無」二字有了深刻的認識。

《天龍八部》中有一個頗為類似的場景。少林寺灰衣僧人將蕭遠山、慕容博這一對冤家對頭先後打暈，再給他們療傷。並對他倆大喝道：「咄！四手相握，內息相應，以陰濟陽，以陽化陰。王霸雄圖，血海深恨，盡歸塵土，消於無形！」聽了這幾句似偈非偈的話，蕭遠山與慕容博從生到死走過了一遭，同時徹悟，要求老僧收錄。蕭遠山只說：「弟子生平殺人，無慮百數，倘若被我所殺之人的眷屬皆來向我報仇索命，弟子雖死百次，亦自不足。」表明他不再想復仇了。而慕容博則「微微一笑」，說道：「庶民如塵土，帝王亦如塵土。大燕不復國是空，復國亦是空。」這表明他真正的徹悟了（**事見第四十三回**）。

緊接著，《天龍八部》中又寫了鳩摩智的徹悟——當了和尚、喇嘛不一定就「悟」了；徹悟之人不一定都是和尚、喇嘛——鳩摩智一身武功被段譽吸盡，免去了走火入魔之厄，忽然徹悟人生。他原是個大智大慧之人，佛學修為亦是十分精深，只因練了武功，好勝之心日盛，向佛之心日淡，致有今日之事。坐在枯井污泥之中，猛地省起：

「如來教導佛子，第一要去貪、去愛、去取、去纏，方有解脫之望。我卻無一能去，名韁利鎖，將我緊緊繫住。今日武功盡失，焉知不是釋尊點化，叫我改邪歸正，得以清淨解脫？」（第四十六回）此人是武功失去方悟無；內力空了方解空，雖不算多麼高明，但「放下屠刀，立地成佛」，「苦海無邊，回頭是岸」，畢竟走上了正道，還不算太晚。

說及悟道與參禪，忍不住要說一說韋小寶。此人將滿清八旗的八部《四十二章經》，全都得了，但終究只識「四十二」三個字，「章經」卻未學會。康熙派他到少林寺進修，以便來日去五台山清涼寺當住持。按說學佛的機會很多，比如澄觀老和尚教他這位「小師叔」的武功時，常常提及佛法，以「拈花擒拿手」為例，就說及「禪宗歷代相傳，當年釋迦牟尼在靈山會上，手拈金色波羅花示眾，眾皆默然，不解其意。獨有迦葉尊者破顏微笑。佛祖說道：『我有正眼法藏，涅磐妙心，實相無相，微妙法門，不立文字，教外別傳，咐囑摩訶迦葉。』摩訶迦葉是佛祖的十大弟子之一，稱為『頭陀第一』，禪宗奉之為初祖。少林寺屬於禪宗，注重心悟。」可是韋小寶一心想「拈」的乃是少女阿珂這朵「花」，對於其他的東西，哪裡有半點情緒。於佛、禪之道，更是一竅不通。他聽到老僧人自稱「老衲」，便自己說自己是「小衲」，可見其不通之至。

可是，這麼一位「小衲」，在少林寺中地位崇高，一來他是方丈的師弟，晦字輩「高僧」，二來他乃是代皇帝出家，「上面」派來的和尚。因而在少林寺的那些真正的高僧眼裡，韋小寶也是莫測高深。

比如說，韋小寶與葛爾丹鬥嘴，說：「殿下不必動怒，須知世上最臭的不是狗屁，而是人言。有些人說出話來，臭氣沖天，好比……好比……嘿嘿，那也不用多說了。至於一錢不值。還不是最賤，最賤的乃是欠了人家幾千萬、幾百萬兩銀子，抵賴不還。殿下有無虧欠，自己心裡有數。」——

……葛爾丹張口愕然，一時不知如何對答。

晦聰方丈說道：「師弟之言，禪機淵深，佩服，佩服。世事因果報應，有因必有果。做了惡事，必有惡果。一錢不值，也不過無善無惡，比之欠下無數孽債，卻又好得多了。」禪宗高僧，無時無刻不在探求禪理，韋小寶這幾句話，本來只是譏刺葛爾丹的尋常言語，可是聽在晦聰方丈耳裡，只覺其中深藏機鋒。

澄觀聽方丈這麼一解，登時也明白了，不由得歡喜讚歎：「晦聰師叔年少有德，妙悟至理。老衲跟著他老人家學了幾個月，近來參禪，腦筋似乎已開通了不少。」

一個小和尚胡言亂語，兩個老和尚隨聲附和，倒似是和葛爾丹有意的過不去。（**第二十三回**）

葛爾丹當然要大怒。突然急縱而起，向韋小寶撲去。雙手成爪，一抓面門，一抓前胸，手爪未到，一股勁風已將他全身罩住。韋小寶便欲抵擋，已毫無施展餘地，只有束手待斃。幸好晦聰方丈及時出手，袍袖一拂，將葛爾丹拂回座位上去了。接下來的事又讓人哭笑不得了：

……韋小寶驚魂未定，晦聰轉過頭來，向他說道：「師弟，你定力當真高強，外逆橫來，不見不理。《大寶積經》云：「如人在荊棘林，不動即刺不傷。妄心不起，恒處寂滅之樂。一會妄心才動，即被諸有刺傷。』故經云：『有心皆苦，無心即樂。』師弟年紀輕輕，禪定修為，竟已達此『時時無心、刻刻不動』的極高境界，實是宿根深厚，大智大慧。」

澄觀更加佩服得五體投地，讚道：「《金剛經》有云：『無我相，無人相，無眾生相，無壽者相。』晦明師叔竟已修到了這境界，他日自必證得阿褥多羅三藐三菩提。」（第二十三回）

這是明顯的誤讀。他們哪裡知道韋小寶之所以沒有還手招架，甚至連躲避逃閃之意也未顯出，只不過是葛爾丹的撲擊實在來得太快，所謂「迅雷不及掩耳」，並非不想掩耳，而是不及掩耳。晦聰方丈以明心見性為正宗功夫，平時孜孜兀兀所專注者，盡在如何修到無我的境界，是以一見韋小寶竟然不理會自己的生死安危，便不由得佩服之至，至於自己以「破衲功」衣袖一拂之力將葛爾丹震開，反覺渺不足道。至於澄現，則更是「觀」之不「澄」不徹，是一個純粹的「武呆子」兼書呆子。——下面的一段足可見出澄觀的呆氣：

……那女郎指著韋小寶罵道：「你這壞人，那天……那天在妓院裡和許多壞女人鬼混，又見到我師妹生得美貌，心裡便轉歹主意，一定是我師妹不肯……不肯從你，你就將她殺了。你妓院都去，還有什麼壞事做不出來？」

晦聰一聽，微微一笑，心想哪有此事。澄觀更不知妓院是什麼東西，還道是類似少林寺戒律院、達摩院、菩提院的所在，心道：「小師叔勇猛精進，勤行善法，這是六波羅蜜中的『精進波羅蜜』，在妓院中修行，那也很好啊！」……（**第二十三回**）

晦聰、澄觀這樣的參禪與悟道，只能「鑽禪」能入而不能出，所悟之道亦必是歪道：形似而神非。佛教史中有不少這樣的例子，當今談禪論佛者，更是所在之多，皮相之佛，野狐之禪。其原因是讀死書、死讀書，不通世故，不求甚解。反而讓各種知識與見解變成了框框教條，成了思求真理、真相的障礙。

這與真正的佛理、佛法背道而馳。《金剛經》云：「凡有所相，皆是虛妄」，「法尚應捨，何況非法」，「如來所說法，皆不可取，不可說，非法，非非法」。意思就是要人「無著」、「無住」、「無作」、「無願」，不固執己見（**何況偏見**），不為佛法所障（**何況非法**）。

金庸寫下這段故事，看起來是譏刺佛家之虛妄，實際上是指出一些佛門弟子的迷惑，點化迷津，對佛學真知更加有利。

第六章 道

道有三義，即道、道家、道教。

第一義的道，是中國古代哲學的一個大家公認和公用的專有名詞，指事物的本質及其發展規律，如「天道」，「在天為道，在地（人）為德」等等。宋明理學稱儒家正統為「道統」，後人稱理學為「道學」，這與道家、道教沒什麼關係。兵家、名家、陰陽家、法家等等，都研究並使用這個「道」。

第二義的道，是一種哲學流派，「百家爭鳴」中的一家，即道家，代表人物是老子、莊子，各有著作傳世。

老子名聃，一說姓李，名耳。春秋時楚國苦縣（**今河南鹿邑**）人，著有《道德經》（**即《老子》**）上、下篇，把宇宙萬物的本體看作「道」或「樸」，有時又稱「無」。所以說「道生一，一生二，二生三，三生萬物」；又說「無生有，有生萬物」。

此「道」或「無」是創造一切的母力，超絕時空的絕對存在，永遠不可感知的精神實體。而它所唯一取法的，正是純抽象的「自然」。這個「玄之又玄，眾妙之門」的「道」，永遠依照自然之法則循環運轉，「周行而不殆」。只有閉關塞聽，靜觀玄覽，才可能有所領會。因而強調清心寡欲、知足常樂、處無為之事、行不言之教，以至「絕巧棄利」、「絕聖棄智」。

莊子名周，戰國時宋國蒙（今安徽蒙城，一說今河南商丘縣東北）人，把「貴生」、「為我」的學說與思想引向「達生」與「忘我」，進而歸結為天然的「道」、「我」合一。承認「道法自然」，並認為「道」是無限的；超絕時空的，不可感知的。天人之間、物我之間、生死之間，以至一切現象與本質之間，只存在著無條件的統一，即絕對的「齊」（《齊物》）。主張「技進乎藝，藝進乎道」，「道」、「我」合一，而達逍遙自在之境。所以他本人寧為「孤豚」不作「犧牛」，楚莊王請他做相，自然不會去。《漢書·藝文志》著錄《莊子》五十二篇，現存三十三篇。

第三義指一種宗教，即道教。這是由中國人創立的宗教，創始人是東漢末的張道陵（原名張陵），他是沛國豐（今江蘇豐縣）人，漢順帝時學道於四川鵠鳴山中，造作道書，受道者出五斗米，所以叫「五斗米道」。他的孫子張魯在歷史上很有名，他的四代孫張盛則更有名。是張盛於西晉永嘉年間移居龍虎山（今江西貴溪境內），廣收道徒，被尊為「掌教」和「正一天師」，後稱張天師。道教以這一流派為正宗。

漢末以後修道創派的甚多，目的與旗幟不同，如著名的黃巾軍領袖張角在漢靈帝熹平年間（一七二至一七八）創太平道，自稱「大賢良師」，目的是政治性的，號稱「蒼天已死，黃天當立」。

道教有許多教派，著名的如正一、太乙、全真等等，此外還有「旁門七十二」，稱

「旁門左道」，極為複雜。

由於正宗的道教（如五斗米道）號稱以老子為創始人，奉老子為「太上老君」，所以道教與道家哲學有了一定的聯繫。雖一為哲學流派，一為宗教流派，二者的內在精神卻有共通之處。

武俠小說中的道家、道教的內容，當然沒有那麼專業。武俠小說中出現大量的道士，同時出現道教武功，因而作者不能不具備一些道教的知識，寫一些稍稍入門的內容，不至於徒有虛名，乃至胡說八道。

金庸小說在這一方面也很有特點。因為作者對老、莊的思想和著作很熟悉，甚至有些偏愛。而對道教的知識也很淵博。以至於金庸小說中經常出現老、莊的思想精神和語錄。

例如《射鵰英雄傳》中，成吉思汗召見長春真人，為求長生不老之法，兩人有一番對話：

……成吉思汗聽了不快，向丘處機道：「聽說中華有長生不老之法，盼道長有以教我。」

丘處機道：「長生不老，世間所無，但道家練氣，實能卻病延年。」

成吉思汗問道：「請問練氣之道，首要何在？」

丘處機道：「天道無親，常與善人。」

成吉思汗問道：「何者為善？」

丘處機道：「聖人無常心，以百姓心為心。」成吉思汗默然。

丘處機又道：「中華有部聖書，叫作《道德經》，吾道家奉以為寶。『天道無親』、『聖人無常心』云云，都是經中之言。經中又有言道：『兵者不祥之器，非君子之器，不得已而用之，恬淡為止。而美之者，是樂殺人。夫樂殺人者，則不可以得志於天下矣。』」……（第三十七回）

丘處機一路西行，見到戰禍之烈，心中惻然有感，乘著成吉思汗向他求教長生延年之術，反覆開導，為民請命。老子的《道德經》用在這裡，自然比純粹談修身養氣、益壽延年要合適得多。

《射鵰英雄傳》中還寫到，老頑童周伯通被黃藥師囚在桃花島上時，閑來無事，唯以練武自娛，創出了一套「空明拳」來。這空明拳的拳理，就來自老子的《道德經》。書中寫道：

……周伯通道：「老子《道德經》裡有句話道：『埏埴以為器，當其無，有器之用。鑿戶牖以為室，當其無，有室之用。』這幾句話你懂麼？」郭靖也不知那幾句話是怎麼寫，自然不懂，笑道搖頭。

周伯通順手拿起剛才盛過飯的飯碗，說道：「這只碗只因為中間是空的，才有盛飯的功用，倘若它是實心的一塊瓷土，還能裝什麼飯？」

郭靖點點頭，心想：「這道理說來很淺，只是我從未想到過。」周伯通又道：「建造房屋，開設門窗，只因為有了四壁中間的空隙，房子才能住人。倘若房屋是實心的，倘若門窗不是有空，磚頭木材四四方方的砌上這麼一大堆，那就一點用處也沒有了。」郭靖又點頭，心中若有所悟。

周伯通道：「我全真派最上乘的武功，要旨就在『空、柔』二字，那就是所謂『大成若缺，其用不弊。大盈若沖，其用不窮』。」跟著將這四句話的意思解釋了一遍……（**第十七回**）

這一段，將老子的「有之以為利，無之以為用」的哲學思想，很形象地表現了出來，將「無」與「空」的哲學精神，以武功及其武學的形式表達出來。我們不僅能觀賞周伯通的空明拳，同時也看到了老子的思想語錄。

後來郭靖學會了這一套拳法，在「華山論劍」時與洪七公比武中施展出來，又有一番話說：

……郭靖手中沒有兵刃，見來招勢道鋒銳，當下以周伯通所授的空明拳化開。那空明拳是天下至柔的拳術，是周伯通從《道德經》中化出來的，《道德經》中有言道：「兵強則滅，木強則折。堅強處下，柔弱處上。」又云：「天下莫柔弱於水，而攻堅強者莫之能勝，其無以易之。弱之勝強，柔之勝剛，天下

莫不知，莫能行。」……（第四十回）

與其說是在演拳術，不如說是在談論哲學。而哲學作為思想方法以指導武功決鬥，很顯然又是講得通的。金庸在此「道、器合一」了。

這在金庸小說中算不得新鮮。在第一部書中，金庸就創造了根據《莊子》一書而來的一套掌法：「庖丁解牛掌」——陳家洛、霍青桐、喀絲麗三人進入迷宮後，發現一具骸骨旁有一捆竹簡，陳家洛提了起來，見頭一句是「北冥有魚，其名為鯤」，翻簡看下去，見都是《莊子》中的文章。他初時還以為是什麼奇書，這《莊子》卻是從小就背熟了的，不禁微感失望。隨手將竹簡擲在地下，竹簡落下散開，見中間有一片有些不同，每個字旁加了密密圈點，還寫了幾句回文。陳家洛撿了起來，見是《莊子》的第三篇「養生主」中的「庖丁解牛」那一段。

香香公主說那旁邊的回文意思是「破敵秘訣，都在這裡。」

霍青桐亦說：「瑪米兒的遺書中說，阿里得到一部漢人的書，懂得了空手殺敵之法，難道就是這些竹簡？」

陳家洛卻說：「莊子教人達觀順天，跟武功全不相干。」可是——

……霍青桐忽問：「那篇《莊子》說些什麼？」

陳家洛道：「說一個屠夫殺牛的本事很好，他肩和手的伸縮，腳膝的進退，刀割的聲音，無不因便施巧，合於音樂節拍，舉動就如跳舞一般。」

香香公主拍手笑道：「那一定很好看。」

霍青桐道：「臨敵殺人也能這樣就好啦。」

陳家洛一聽，頓時呆了。《莊子》這部書他爛醉於胸，想到時已絲毫不覺新鮮，這時忽被一個從未讀過此書的人一提，真所謂茅塞頓開。「庖丁解牛」那一段中的章句，一字字在心中流過：「方今之時，臣以神遇，而不以目視，官知止而神欲行，依乎天理，批大郤，導大窾，因其固然……」再想到：「行為遲，動刀甚微，然已解，如土委地，提刀而立，為之四顧，為之躊躇滿志」。心想：「要是真能如此，我眼睛瞧也不瞧，刀子微微一動，就把張召重那奸賊殺了……」

霍青桐姐妹見他突然出神，互相對望了幾眼，不知他在想什麼。

陳家洛忽道：「你們等我一下！」飛奔入內，隔了良久，仍不出來，兩人不放心了，一同進去，只見他喜容滿面，在大殿上的骸骨旁手舞足蹈。……（第十七回）

一套前所未有的「庖丁解牛拳」，就這樣被創造出來了。如同《道德經》之空、無之道以指導空明拳空、柔之技藝一樣，這裡的「庖丁解牛」也是技進乎藝，藝進乎道。反過來，道又生藝，藝又成技。所以，這一套掌法沒什麼不可理解。

再看《天龍八部》中的「北冥神功」：

……展將開來，第一行寫著「北冥神功」。字跡娟秀而有力，便與綢包外所書的筆致相同。其後寫道：

「莊子《逍遙遊》有云：『窮髮之北有冥海者，天池也。有魚焉，其廣數千里，未知有其修也。』又云：『且夫水之積也不厚，則其負大舟也無力。覆杯水於坳堂之上，則芥為之舟；置杯焉則膠，水淺而舟大也。』是故本派武功，以積蓄內力為第一要義。內力既厚，天下武功無不為我所用，猶之北冥，大舟小舟無不載，大魚小魚無不容。是故內力為本，招數為末。以下諸圖，務須用心修習。」

……當下將帛卷又展開少些，見下面的字是：「北冥神功係引世人之內力而為我有。北冥大水，非由自生。語云：百川匯海，大海之水以容百川而得。汪洋巨浸，端在積聚。此『手太陰肺經』為北冥神功之第一課。」……（第二回）

世上或未必有什麼「北冥神功」，但金庸的這一創造，道理上卻是有可取之處的。至少可以加深我們對莊子那段話的理解。

《俠客行》的第二十回，還有以《莊子・說劍》中的「太子曰：吾王所見劍士，皆蓬頭突鬢，垂冠，縵胡之纓，短後之衣……」為李白之詩《俠客行》的「武學圖解」作注，只是據專家考證，《說劍》一篇並非莊子所作。所以我們也就不必多引。

金庸小說中提及《老子》或《莊子》，也不全然是與武功有關。如《天龍八部》中段譽發現「北冥神功」的地方，即大理無量山劍湖地下宮室中，就有與武功無關的《莊子》：「見東壁刮磨平整，刻著數十行字，都是《莊子》中的句子，大都出自《逍遙遊》、《養生主》、《秋水》、《至樂》幾篇，筆法飄逸，似以極強腕力用利器刻成，每一筆都深入石壁幾近半寸。文末題一行字云：「逍遙子為秋水妹書。洞中無日月，人間至樂也。」——原來居住在這兒的人便以《莊子》的兩篇最著名的文章為自己的名字，而此一環境，則確實逍遙而又至樂，如同為莊子的思想作極形象的展示。[10]以至於段譽看那「秋水妹」的玉像，又轉到石壁上的幾行字上：「藐姑射之山，有神人居焉，肌膚若冰雪，綽約若處子，不食五穀，吸風飲露。」不知不覺間也進入了「莊生曉夢迷糊蝶」的境地。不知莊子的那幾句話是為玉像而寫，還是玉像為展示莊子的境界而雕？

《倚天屠龍記》中也有一段。

……殷素素瞧著一望無際的大海，出了一會神，忽道：《莊子．秋水篇》中說道：『天下之水，莫大於海，萬川歸之，不知何時止而不盈。』然而大海卻並不驕傲，只說：『吾在天地之間，猶小石小木之在大山也。』莊子真是了不

10 在《天龍八部》的新修版中，逍遙子這個名字已經不存了，作者將李秋水師兄兼情人的名字統一為無崖子。其實，逍遙派的掌門人名字就叫作逍遙子，也沒有什麼關係。從上面這段看，叫做逍遙子，顯然更有意趣。

起，胸襟如此博大。」

張翠山見她挑動高蔣二人自相殘殺，引以為樂，本來甚是不滿，忽然聽到這幾句話，不禁一怔。《莊子》是道家修真之士所必讀。張翠山在武當山時，張三丰也常拿來和他們師兄弟講解。但這個殺人不眨眼的女魔頭突然在這當兒發此感慨，實大出於他意料之外。他一怔之下，說道：「是啊：『夫千里之遠，不足以舉其大；千仞之高，不足以極其深。』」

殷素素聽他以《莊子．秋水篇》中形容大海的話相答，但臉上神氣，卻有不勝仰慕欽敬之情，說道：「你想起了師父嗎？」

……張翠山甚喜，道：「你真聰明。」驚覺自己忘形之下握住了她的雙手，臉上一紅，緩緩放開。

殷素素道：「尊師的武功到底是怎樣出神入化，你能說些給我聽聽麼？」

張翠山沉吟半晌，道：「武功只是小道，他老人家所學遠不止武功，唉，博大精深，不知從何說起。」

殷素素微笑道：「『夫子步亦步，夫子趨亦趨，夫子奔逸絕塵，而回瞠若乎後矣。』」

張翠山聽她引用《莊子》中顏回稱讚孔子的話，而自己的心中對師父確有如此五體投地的感覺，說道：「我師父不用奔逸絕塵，他老人家趨一趨，馳一馳，我就跟不上啦。」

殷素素聰明伶俐，有意要討好他，兩人自是談得十分投機，久而忘倦，並肩坐在石上，不知時光之過。（**第五回**）

用《莊子・秋水》來稱讚大海，又發展到稱頌不世出的奇人張三丰，這是自然而然的。張翠山出自道家門派，而殷素索又要有意地討好於他，專揀他喜歡的話題說，則《莊子》顯然是再合適不過的了。只是殷素素需要有些學問，懂得莊子才行。她果然很是聰明靈俐。想到了莊子——張三丰——張翠山乃一脈相承。

《倚天屠龍記》的第二回《武當山頂松柏長》中寫得很明白：張君寶得覺遠傳授甚久，於這部九陽真經已記了十之五六，十餘年間突然內力大進，其後多讀道藏，於道家練氣之術更深有心得。某一日在山間閒遊，仰望浮雲，俯視流水，張君寶若有所悟，在洞中苦思七日七夜，猛地裡豁然貫通，領會了武功中以柔克剛的至理，忍不住仰天長笑。這一番大笑，竟笑出一位承先啟後、繼往開來的大宗師。他以自悟的拳理、道家沖虛圓通之道和九陽真經中所載的內功相發明，創出了輝映後世、照耀千古的武當一派武功。後來北遊寶鳴，見到三峰挺秀，卓立雲海，於武學又有所悟，乃自號三丰，那便是中國武學史上不世出的奇人張三丰。

這張三丰史有其人，是遼東懿州（**今遼寧阜新縣境**）人，名全一，又名君寶，三丰是他的號，修煉通術頗有境界，隻身一人如閑雲野鶴，到處遊歷，招徒講道。因神龍見首不見尾，越發增加了他神話傳奇的色彩。明太祖朱元璋到處找他但找不到，而他的傳說卻越來越多。明成祖起兵靖難，偽稱得到真武大帝的幫助，成祖繼位後派人往武當山，役丁夫三十萬人，大修真武宮、觀。又派人找張三丰，亦未找到。明英宗時，贈張三丰為「道微顯化真人」，但張三丰是存是亡，卻不清楚。可見歷史上的張三丰幾乎成了一個神話般的人物，而金庸返樸歸真，將他寫進書中，「仰望浮雲，俯視流水」而大悟武學至理，正是道家師法自然的典型事例。當然還要輔以《道藏》的學習。

《道藏》是道家之書的總匯全編。對此，《射鵰英雄傳》一書有所說明，北宋徽宗皇帝篤通道家學術，自封「道君皇帝」，派人收集道書，彙編成《道藏》全集。只是《射鵰英雄傳》中將它與武學結合起來，書中最厲害的武學經典《九陰真經》，據說就是從《道藏》中「悟」出來的：

……周伯通道：「是啊！兄弟，你年紀雖小，武林中的事情倒知道得不少。那你可知道《九陰真經》的來歷？」

郭靖道：「這個我卻不知了。」

周伯通道：「徽宗皇帝於政和年間，遍搜普天下道家之書，雕版印行，一共有五千四百八十一卷，稱為《萬壽道藏》，皇帝委派刻書之人，叫做黃裳……」……

周伯通說道：「他生怕這部大道藏刻錯了字，皇帝發覺之後不免要殺他的頭，因此一卷一卷的細心校讀。不料就這麼讀得幾年，他居然便精通道學，更

因此而悟得了武功中的高深道理。他無師自通，修習內功外功，竟成為一位武學大高手……」（**第十六回**）

正是這位自修「道藏」而無師自通地變成武功高手的黃裳（**史有其人及其印書之事**），寫出了匯天下武功之至理的武學經典《九陰真經》。這武學經典的開頭——據歐陽克、郭靖背誦——是這樣的：「天之道，損有餘而補不足，是故虛勝實，不足勝有餘……」（**見書第十八回**）這總綱中的話，就出自老子的《道德經》：「天之道，損有餘而補不足；人之道，損不足而奉有餘。」細想一下，就一點也不奇怪，這《九陰真經》本來就是出自《道藏》，而《道德經》則又是《道藏》中的第一經典。

關於北宋的道教，《神鵰俠侶》中有一段簡要的介紹：

……北宋道教本只正乙一派，由江西龍虎山張天師統率。自金人侵華，宋室南渡，河北道教新創三派，是為全真、大道、大乙三教。其中全真教尤勝，教中道士行俠仗義，救苦恤貧，多行善舉。是時北方淪於異族，百姓痛苦不堪，眼見朝廷規復無望，黎民往往把全真教視作救星。當時有人撰文稱：「中原板蕩，南宋孱弱，天下豪傑之士，無所適從……重陽宗師，長春真人，超然萬物之表，獨以無為之教，化有為之士，靖安東華，以待明主，而為天下式」云云。……（**第二十四回**）

《射鵰英雄傳》中還記敘了道教全真派的大宗師王重陽及馬鈺、丘處機等全真七子的事蹟，這些並不是由作者杜撰的。只是王重陽已逝，書中的敘事重點，就放到了全真七子身上，書中有這樣一段：

……又過一會，卻聽一人緩緩吟道：「一住行窩幾十年。」郭靖聽得出是馬鈺的聲音，語調甚是平和沖淡。

譚處端接著吟道：「蓬頭長日走如顛。」聲音卻甚粗豪。郭靖細看這位全真七子的二師兄，見他臉上筋肉虬結，濃眉大眼，身形魁梧。原來譚處端出家前是山東的鐵匠，歸全真教後道號長真子。

第三個道人身形瘦小，面目宛似猿猴，卻是長生子劉處玄，只聽他吟道：「海棠花下重陽子。」他身材雖小，聲音卻甚洪亮。

長春子丘處機接口道：「蓮葉舟中大乙仙」。

玉陽子王處一吟道：「無物可離虛殼外。」

廣寧子郝大通吟道：「有人能悟未生前。」

清淨散人孫不二吟道：「出門一笑無拘礙。」

馬鈺收句道：「雲在西湖月在天！」（**第二十五回**）

這裡不僅介紹了全真七子，而各人所吟之句，表現的正是道家精神，即「出門一笑無拘礙，雲在西湖月在天」的達觀、自然精神。

此外，《射鵰英雄傳》還介紹了一些道家修真練氣的基本概念。這些本是秘不外傳的，只是東邪黃藥師的弟子梅超風偷得半部《九陰真經》，卻因不懂道家正宗氣功修煉的方法，只得挖空心思地自修，外加千方百計地偷藝。

小說中梅超風問了馬鈺一句「鉛汞謹收藏」是什麼意思，馬鈺順口答道：「鉛體沉墜，以比腎水；汞性流動，而擬心火。『鉛汞謹收藏』就是說當固腎水、息心火，修習靜功方得有成。」梅超風又問「姹女嬰兒」是什麼意思，馬鈺猛地省悟她是在求教內功秘訣，大聲喝道：「邪魔外道，妄想得我真傳，快走快走！」（第六回）

梅超風賊心不死，又向曾學過全真派正宗內功的郭靖「逼」教：

> ……一面迎敵，一面問道：「修練內功時姿式怎樣？」
>
> 郭靖道：「盤膝而坐，五心向天。」
>
> 梅超風道：「什麼是五心向天？」
>
> 郭靖道：「雙手掌心，雙足掌心，頭頂心，是為五心。」
>
> 梅超風大喜，精神為之一振……（第十回）
>
> ……她同時問道：「什麼叫作攢簇五行？」
>
> 郭靖道：「東魂之木，西魄之金，南神之火，北精之水，中意之土。」

梅超風道：「啊喲，我先前可都想錯了，什麼叫作和合四象？」

郭靖道：「藏眼神、凝耳韻、調鼻息、緘舌氣。」

梅超風喜道：「原來如此，那什麼叫五氣朝元？」

郭靖道：「眼不視而魂在肝，耳不聞而精在腎，舌不吟而神在心，鼻不嗅而魄在肺，四肢不動而意在脾，是為五氣朝元。」

「和合四象」、「五氣朝元」這些道家修煉的關鍵性行功，在《九陰真經》中一再提及，然而經中卻未闡明行功的法門，梅超風苦思十餘年而不解的秘奧，一旦得郭靖指點而恍然大悟，教她如何不喜？當下又問：「何為三花聚頂？」她練功走火，關鍵正在此處，是以問了這句話後，凝神傾聽。

郭靖道：「精化為氣，氣化為神……」（第十一回）

上面的這些，都是貨真價實的道家正宗氣功的概念、知識。只是梅超風並未入門，所以連「五心向天」是哪五心都不知道，未免有欠高深。不過仔細想來，卻也難怪。至於書中全真派的著名陣法「天罡北斗陣」，按照北斗七星的形變化而來，表現道家參悟自然之道的真知卓見，那就更不是區區梅超風能夠領悟的了。連她的師父黃藥師，雖說學究天人，但乍逢之下，一時也參悟不透。後來郭靖依據《九陰真經》的精髓，仰望北斗，才終於明白大概。讀者可以自己參悟，不再細述。

關於全真派，《神鵰俠侶》中又有深入的記敘。郭靖送楊過求師終南，投奔全真門下，丘處機將郭靖帶到一塊碑前，碑石上刻了一首詩。詩云：「子房志之秦，曾進橋下履。佐漢開鴻業，屹然開一柱。要伴赤松游，功成拂衣去。異人與異書，造物不輕付。重陽起全真，高視仍闊步。矯矯英雄姿，乘時或割據。忘跡復知非，收心活死墓。人傳入道初，二仙此相遇。於今終南下，殿閣凌煙霧。」這一首詩中記述了王重陽開創全真派的事蹟，其中也包含了全真派的哲學精神。丘處機一一給郭靖做了解釋（**見書第四回**），說：「先師初為道士，心中甚是不忿，但道書讀得多了，終於大徹大悟，知道一切全是緣法，又參透了清淨虛無的妙詣，乃苦心潛修，光大我教。」

楊過在全真門下，拜全真派第三代高手趙志敬為師，但兩人性格不相投，楊過狷偏激，趙志敬心胸狹窄。所以趙志敬不教他練武，只教他口訣，什麼「修真活計有何憑？心死群情念不生。精氣充盈功行具，靈光照耀滿神京」；什麼「秘語師傳悟本初，來時無欠去無餘。歷年塵垢揩磨盡，遍體靈明耀太虛。」與其說是練武功的秘訣，不如說是修道練氣的歌謠，一如佛家的偈語。

《神鵰俠侶》中還講述了活死人墓的故事。楊過後來拜了古墓派小龍女為師，再後來又娶她為妻。這位小龍女，雖說不是道姑，但她修煉的內功心法，卻無疑是道家一路。她的師祖李莫愁下山之後穿道姑的衣服，也是一個旁證。

《倚天屠龍記》的開頭，引用了長春真人丘處機的《無俗念》一詞，有「渾似姑射真人，天姿靈秀，意氣殊高潔。萬蕊參差誰通道，不與群芳同列」等句，明明是照《莊子》中「藐姑射之山，有神人居焉……」而來，但金庸卻說這首詞是寫小龍女的。如此，這又是一個旁證。

小龍女沖虛寧靜，幾乎達到了道流的極境，書中多有記述，不必多舉。唯其「玉女功」養生修練之訣，不可不說：

……那古墓派玉女功養生修練，有「十二少、十二多」的正反要訣：「少思、少念、少欲、少事、少語、少笑、少愁、少樂、少喜、少怒、少好、少惡。行此十二少，乃養生之都契也。多思則神怠，多念則精散，多欲則智損，多事則形疲，多語則氣促，多笑則肝傷，多愁則心懾，多樂則意溢，多喜則妄錯昏亂，多怒則百脈不定，多好則專迷不治，多惡則焦煎無寧。此十二多不除，喪生之本也。」小龍女自幼修為，無喜無樂，無思無慮，功力之純，即是祖師林朝英亦有所不及。……（第三十九回）

這「十二少、十二多」的要訣，是道家修行的宗旨及方法。小龍女先在古墓之中生長，後又在「絕情谷底」的無人山谷之中獨自生活了十六年，連話也不大會說了。要算是達到了「十二少」的高境界了。

佛、道形雖不同，神卻不無相通之處，金庸顯然也持此一說。《射鵰英雄傳》中曾用一燈大師之口說：「……雖然我所習是佛門功夫，與真經中所述的道家內功路子頗不相同，但看這總綱，武學到得最高處，殊途同歸，與佛門所傳亦無大別。」（第三十一回）

在《神鵰俠侶》中，又讓佛門高僧一燈大師與道家玉女小龍女相遇。其時小龍女重傷之後又中毒在身，生命危在旦夕，連一燈大師也無法相救：

……楊過怔怔的瞧著他，只盼他能說出「有救」兩個字來。小龍女的眼光卻始終望著楊過，她早便沒想到能活到今日，見楊過臉色沉重，只為自己擔憂，緩緩的道：「生死有命，豈能強求？過兒，憂能傷人，你別太過關懷了。」

一燈自進木屋以來，第一次聽到小龍女說話，聽她這幾句話語音溫柔，而且心情平和，達觀知命，不禁一怔。他不知小龍女自幼便受師父教誨，靈台明淨，少受物羈，本想這姑娘小小年紀，中毒難治，定然憂急萬狀，哪知說出話來竟是功行深厚的修道人口吻。

一燈道：「倘若我師弟也不能救，那是大數使然。世上有的孩子生下來沒多久便死了，小夫人嫁人之後方始不治，也不為夭。」說到這裡，想起當年周伯通和劉貴妃所生的那個孩子，只因自己由妒生恨，堅不肯為其治傷，終於喪命；而那個孩子，卻是慈恩打傷的。

楊過睜大了眼睛望著一燈，心想：「龍兒能否治癒，尚在未定之天，你卻不說一句安慰的言語。」

小龍女淡淡一笑，道：「大師說得很是。」眼望身周大雪，淡淡的道：「這些雪花落下來多麼白，多麼好看。過幾天大陽出來，每一片雪花都變得無影無蹤。到得明年冬天，又有許許多多雪花，只不過已不是今年這些雪花罷了。」

一燈點了點頭，轉頭望著慈恩，道：「你懂麼？」

慈恩點了點頭，心想日出雪消，冬天下雪，這些粗淺的道理有什麼不懂？

楊過和小龍女本來心心相印，對方即是最隱晦的心意相互也均洞悉，但此刻她和一燈對答，自己卻是隔了一層。似乎她和一燈相互知心，自己反而成為外人，這情境自與小龍女相愛以來從所未有，不由得大感迷惘。（第三十回）

中國有一句古話，叫做除死無大事。生與死是人類面臨的第一大難題，也是一些哲學、宗教所不能迴避的。道家與佛家對此都有其獨特的思考和表述。對於具體的人，面對死亡，乃是對他的智慧水準、精神境界最嚴峻的考驗。

而上文中小龍女對待死亡的態度，不僅出乎楊過的意外，也出乎高僧一燈大師的意外。小龍女的這種思想境界，很像莊子的「生死修短，豈能強求？予惡乎知悅生之非惑邪？予惡乎知惡死之弱喪而不知歸者邪？予惡乎知死者不悔其始之蘄生乎？」——「一個人壽命長短，是勉強不來的。我哪裡知道，貪生並不是迷誤？我哪裡知道，人之怕死，並不是像幼年流落在外而不知回歸故鄉呢？我哪裡知道，死了的人不會懊悔他從前的求生呢？」（《倚天屠龍記》第十三回中，張無忌曾對凶狠的金花婆婆背誦過這一段）

莊子原意在闡明，生未必樂，死未必苦，生死其實沒什麼分別，一個人活著，不過是「做大夢」，死了，那是「醒大覺」，說不定死了之後，會覺得從前活著的時候多蠢，為什麼不早點死了？正如做了一個悲傷恐怖的惡夢之後，一覺醒來，懊惱這惡夢實在做得太長了。

小龍女的情況有一點不一樣，是她有楊過，因而熱愛生命，處於愛情的幸福之中。惟其如此，她對待生死的淡泊與達觀，才格外的難能可貴，也格外的出人意料，以至於楊過覺得與她有了一種精神上的隔膜，那是從未有過的隔膜。

小龍女達觀天命，了悟生死，已達道境，並深接禪機。不然她怎麼會與一燈大師言談而深入禪境呢？她是不是道姑，這並不重要，正如老頑童並非道士，卻深得全真派的沖虛寧靜之旨，而正宗的道教傳人全真七子卻未必全都達到了那一境界。這或許又正是老子之言「道，可道，非常道；名，可名，非常名」的反映吧。和尚、道士，只不過是名、是相罷了，不能等同於佛或道。

正因為能從「雪化雪下」的自然之道中領悟人生的真締，小龍女才能因達觀而在絕情谷底一個人孤獨地生活十六年之久，最後又與楊過相會。此「禍兮福所倚，福兮禍所伏」的情節，又是道家思想的一種表現。

除《神鵰俠侶》之外，《倚天屠龍記》中也寫到了武當派道家及張無忌的精神；《天龍八部》中寫到了逍遙派武學與精神；《笑傲江湖》中亦寫到了道家思想及武當派功夫，其中有不少展示道家學術及其思想精神的地方。限於篇幅，不一一列舉。

第七章 兵

兵有三義，一是武器，如「十八般兵器」；一是軍事，如談兵、用兵、兵書等；一是戰士，即兵卒。

武俠小說與兵有關，當然人們首先會想到兵器，如刀、劍、矛、槍、鞭、斧等等。金庸又將兵刃擴而大之，幾乎自然及日用之物無不可以加入兵器的行列，如繡花針、棋子、簫、笛、琵琶、樹枝、漁網、哭喪棒、招魂幡等等，無奇不有。在未有火器之前，中國的冷兵器大約算是世界上最發達的，武俠小說中更是神乎其神。

這方面大有文章可作，僅是劍的內容就有不少，比如干將、莫邪、歐冶子等古代鑄劍名師，以及各式各樣的名劍，《神鵰俠侶》中的獨孤求敗的「劍塚」與中國文化精神境界相通，《倚天屠龍記》中的說劍詩等等，都有值得我們學習和研究之處。而若將金庸小說中的兵刃一一加以研究和辨析，那就非一本書的篇幅不可。

我們在這裡且不說兵器，而說兵學，即關於軍事及戰爭之學。

中國歷史由和平、統一與分裂、戰爭連環而成。分裂時期戰爭不斷且不必說了，即便是和平統一時期，也有不少局部的戰爭發生，如金庸《鹿鼎記》、《書劍恩仇錄》中所寫，雖是和平統一的滿清「康、乾盛世」，但局部的戰爭仍不斷發生。有人做過統計，中國五千年歷史中，有記載的戰爭就多達四千餘次之多，平均起來，一年多一點時間就能攤上一場戰爭。戰爭之多，讓人目瞪口呆。

另一方面，又正因為戰爭多發，使中國古代的兵學極為發達。如春秋戰國時期，就有著名的《孫子兵法》、《孫臏兵法》、《尉繚子》、《司馬法》、《吳起兵法》等等，秦漢以後又有《六韜》、《三略》、《唐李問對》、《百戰奇略》……等一大批兵書應運而生。至於《三十六計》之類，幾乎算不了什麼，就連長篇小說《三國演義》中的兵學思想及兵法謀略也讓後人吃驚。

戰爭的頻繁及兵學的發達，對中國文化無疑有極大的影響。戰爭越多，歷史被改寫的次數就越多，這且不說。戰爭的頻繁，對中國人的心態與價值觀念的影響也是極大，對一些人而言，是「帝王將相寧有種乎」，於是要去打江山。這正是戰爭影響的結果，又是下一場戰爭的根由。如此循環不已，就形成了獨特的歷史、歷史觀（**打江山者坐江山等等**）以及文化心理。對另一部分人而言，是「寧為太平犬，莫作亂世人」。戰爭的確是太殘酷了，所以寧願做和平時期的狗。這雖然是一種極端性的說法，卻也隱隱然透露出中國人的人文心理的某種特徵。

戰爭對中國歷史、文化心理影響很大，兵學的發達對中國文化及其民族心理的影響也不小。雖說「兵者不祥之器，聖人不得已而用之」，但一旦要用，就不免是「兵者，詭道也」，而且「上兵伐謀」。也就是說用兵之道崇尚權謀，需要狡詐，什麼詭計、陰謀，只要有用有效，都不妨用之。這種為達目的不擇手段的兵家傳統，逐漸匯入了中國文化精神的主流之中，成了中國文化的一大特色。雖說儒家一再鼓吹所謂「王道」，即以「仁」治天下，但在非常時期，畢竟還是要憑武力解決問題，即以霸道行於世，因而也非尚權謀不可。像諸葛亮這樣的人臣典範，一方面是道德高尚，忠心耿耿，另一方面亦須足智多謀。《三國演義》中刻劃的諸葛亮形象就正是這樣的。古語曾有「男不看《三國》，女不看《西廂》」之訓，是怕男人看《三國》看得狡詐，女人看《西廂》看得放蕩。但《三國》、《西廂》又如何禁得住？這是中國古代文學名著，自然最能體現中國文化的精髓，可謂聰明智慧與陰謀狡詐並存。

金庸小說多以「亂世」為背景，也就是戰爭、分裂或混亂之世。因而雖說是寫武俠、寫技擊、寫單打獨鬥，但因金庸選擇的小說主題往往關乎「國家興亡」之大事，所以僅憑武功是不行的，自然要涉及軍事，這方面的例子還有不少。有些是作為背景，有些則乾脆變成了小說情節的有機組成部分。

《書劍恩仇錄》中就正面描寫過一場戰爭。是滿清將軍兆惠帶領數萬兵馬鎮壓回疆木卓倫部。木卓倫在戰書上寫下「抗暴應戰，神必佑我」八個大字，辭氣悲壯，體現了回疆兒女不屈不撓的民族精神。只是兵者乃是詭道，光是不屈不撓不一定能解決問題。兆惠頗知兵法，故意對前來下戰書的陳家洛、香香公主二人圍而不殺，要引誘木卓倫率部來救，以便聚而殲之。紅花會諸英雄都及時趕到，可是沒多大用處。武功再高，也難以與千軍萬馬相敵。而紅花會中的武諸葛空有諸葛之號，卻不知兵機，派心硯去搬救兵，差一點讓脾氣耿直而又火暴的木卓倫不顧一切地率領大部人馬鑽進敵人的伏擊圈。幸而木卓倫的女兒翠羽黃衫霍青桐懂得些兵法常識，看破了兆惠之詭計。

……霍青桐道：「爹，你不見捉黃狼用的機關？鐵鉤上鉤塊羊肉，黃狼咬住肉一拖，引動機關，頓時把狼拿住。兆惠想讓咱們做狼，妹子就是那塊羊肉了。沙漠之中，無險可守，紅花會的人再英雄，單憑八人，決計擋不住四五千人馬。那定是兆惠不叫猛攻。」木卓倫點頭說是。霍青桐又道：「這小管家說，清兵鐵甲軍沒出動，可到哪裡去啦？」蹲下地來，用令旗在地下畫個小圈，道：「這是羊肉。」在圈旁畫了兩道粗線，說道：「這是鐵甲軍，那便是機關了。咱們從這裡去救，他鐵甲軍兩面夾擊，自們還有命麼？」木卓倫回首望著心硯，無話可說。

霍青桐道：「清兵是故意放這小管家出來求救，否則他孤身一人，從四五千軍馬中衝殺出來，談何容易？」木卓倫道：「你說兆惠要咱們上當，那麼咱們從他隊伍側面進攻，打他個措手不及。」霍青桐道：「他們有四萬多兵，咱們卻只一萬五千，正面開仗一定吃虧。」

……木卓倫道：「如不發兵，連這小孩子都不如了。就是刀山油鍋，今日也要去走一遭。為義而死，魂歸天國！」越說越是激昂。

霍青桐道：「爹，漢人有一部故事書，叫做《三國演義》。我師父曾給我講過不少用計謀打勝仗的故事，那些計策可真妙極了。那部書中說道，將在謀而不在勇。咱們兵少，也只有出奇，方能制勝。兆惠既有毒計，咱們便將計就計，狠狠的打上一仗。」

木卓倫將信將疑，道：「當真？」

霍青桐顫聲道：「爹，難道你也疑心我？」木卓倫見她雙目含淚，臉色蒼白，心中不忍，說道：「好吧，由得你，那你就立刻發兵救人。」

霍青桐又想了一會，對親兵道：「擊鼓升帳。」……（**第十四回**）

那木卓倫老漢真是有勇無謀之輩。全然不知用兵之道，是「上兵伐謀，其次伐交，其次伐兵，其下攻城」。幸而霍青桐懂得《三國演義》（**若說她熟讀《孫子》、《吳子》似乎太過份了。所以只說《三國演義》**），知道「將在謀而不在勇」，又知道「出奇制勝」以及「將計就計」。其實這些也正是《孫子兵法》的精華。所謂詭道，是「能而示之不能」，反過來就是「不能而示之能」了。古人用兵，一向講究「運籌於幃幄之中，決勝於千里之外」，那就是要與敵人鬥智鬥計，謀定而後動。

有了上面這一段交代，《書劍恩仇錄》的第十四、十五兩回書中所寫霍青桐如何排兵佈陣、出奇制勝，就不難理解了。霍青桐將計就計，運用了誘敵深入、因地制宜、空城之計、敵進我退、敵疲我打……等一系列符合兵機的計策，終於重創強敵，而且各個擊破，以至兆惠之兵人困馬乏，人數又少，不敢再戰。兆惠只得下令車輛馬匹圍成一個圓圈，讓兵士弓箭手在圈內固守，回兵衝不進去。霍青桐又說「他們負隅死守，強攻損失必重。現今我眾彼寡，不如圍困」（第十五回）。於是下令掘壕，回兵萬餘人一齊動手，在清兵弩箭不及之處，四周掘起長壕深溝，要將清兵圍在其中活活餓死渴死。

這幾章讀來令人拍案叫絕，不得不佩服霍青桐這位活生生的女諸葛，她可說得上是用兵如神了。有意思的是，霍青桐雖是虛構人物，此仗前期的打法亦是作者按兵法編織而成，但圍困清兵，卻是實有其事。小說中也寫道「回人在黑水河英奇盤山腳大破清兵，再加圍困，達四月之久，史稱『黑水營之圍』。」（第十五回）繼而又有一段趣文：

……大家又都讚霍青桐用兵神妙。余魚同道：「孫子曰：『我專為一，敵分為十，是以十攻其一也，則我眾而敵寡。』想不到回部一位年輕姑娘用兵，竟是暗合孫子兵法。」

周綺睜大了一雙圓眼，道：「你胡說八道！她打仗打得這樣好，你還說她是孫子兵法？我說是爺爺兵法，老祖宗兵法！」眾人都大笑不已。（第十五回）

余魚同號稱金笛秀才，讀過《孫子兵法》毫不稀奇。事後諸葛亮的總結也完全能做得出來。周綺性格粗放，腹內草莽，不知孫子為何人，有這一番胡說八道更是自然而然。

用兵如神的事確實是有的，但不像我們想像的那樣神乎其神，或玄而又玄。古代文人懂得兵法的大有人在，只是有人將理論與實踐相結合，從戰爭中學習戰爭，而有人紙上談兵，更有人將兵家之道用作政治權謀罷了。

《碧血劍》中寫到的袁崇煥就是一介書生而後成為抗清名將的，築城守土，功勳很大，寧遠一戰，使百戰百勝的努爾哈赤無功而返，且又受傷受氣，不久就因此而死了。只是《碧血劍》中袁崇煥並未正式露面，所以他的一些軍事業績及兵學才能都無從表現。書中表現出的只是袁崇煥的某些兵學思想，如第九回中寫到袁承志默寫袁崇煥的奏章，全文如下：

恢復之計，不外臣昔年「以遼人守遼土，以遼土養遼人」，「守為正著，戰為奇著，和為旁著」之說。法在漸而不在驟，在實不在虛。此臣與諸邊臣所能為。至用人之人，與為人用之人，皆至尊習其鑰。何以任而勿貳，信而勿疑？蓋馭邊臣與廷臣異。軍中可驚可疑者殊多，但當論成敗之大局，不必摘一言一行之微瑕。事在任重，為怨實多。諸有利於封疆者，皆不利於此身者也。況圖敵之急，敵亦從而間之。是以為邊臣甚難。陛下愛臣知臣，臣何必過疑懼？但中有所危，不敢不告。

這一篇奏章是史書所載的。奏章中表現出的袁崇煥的思想很不一般。所謂「以遼人守遼土，以遼土養遼人」，是按照實際情況而說的。遼東氣候寒冷，南方兵士在那兒不一定適應，所以非以遼人守遼土不可，再說家園所在，遼人守遼土，除了軍紀之外，還有熱愛故鄉之情的因素，能發揮更大的潛力。所謂「以遼土養遼人」則不僅牽涉到古屯田之說，與軍事後勤保障有關，而且與遼東當時的人文、地理環境有關。以遼人守遼土，以遼土養遼人，正是相輔相存。所謂「守為正著，戰為奇著，和為旁著」，更是據當時的實際情況而言的。

古兵書有「正」與「奇」之說，「正」是常用的、有效的方法、形式，「奇」則多少有些偏門、少見之意。當然正與奇是相對的，兩國交兵，無非或戰、或守、或和三種基本形態。遼東的軍事形勢之所以要以守為正，以戰為奇，是因為滿清八旗是可以遊動的，而明朝邊關國土則是不動的，所以要以守為主；再說明朝內亂不止，國力空虛，想要以戰為主，將滿清聚而殲之，恐怕已沒那個能力了。以和為旁著的意思有二，一是明朝皇帝與滿清首腦議和，是丟面子的事，議和實際上等於承認了他的（平等）地位；二是滿清人是否真心議和，也還是一個大大的疑問，所以只能以和為旁著。

袁崇煥這篇奏章的真正重點，其實不是談邊關的軍事，而是談朝廷的政治，及皇帝用人之道。重點有二，一是「邊臣與廷臣異」，即邊關軍事首腦與朝廷的政治官員是不一樣的，皇帝對這兩種人必須區別對待。二是「用人不疑，疑人不用」，對邊關重臣尤其是如此，邊關事多，敵人也會用「反間之計」，所以朝廷不可不知，更不可不防。——遺憾的是，袁崇煥最後果然被敵人的反間計所害。明朝崇禎皇帝剛愎自用，不能做到「任而勿貳，信而勿疑」，所以自毀長城，最終江山崩塌。

在這一點上，滿清首領皇太極要比崇禎好得多了，他不僅善用妙計，更有知人之明，書中寫到袁崇煥之子袁承志前往盛京刺殺皇太極以報父仇，偷聽了皇太極君臣的一段對話：

> ……皇太極又道：「只是袁崇煥為人愚忠，不識大勢，諒來也是不肯降的。」又歎了口氣，問道：「洪承疇近來怎樣？」袁承志知道洪承疇本是明朝的薊遼總督，崇禎皇帝委以兵馬大權，兵敗被擒，降了滿清。洪承疇失陷之初，崇禎還道他已殉國，曾親自隆重祭祀。
>
> 後來得知降清，天下都笑崇禎無知人之明。
>
> 范文程道：「啟奏皇上，洪承疇已將南朝的實情什麼都說了。他說崇禎剛愎自用，舉措失當，信用奸佞，殺害忠良，四方流寇大起。我大清大軍正可乘機進關，解民倒懸。」皇太極搖頭道：「崇禎的性子，他說得一點兒也不錯。但我兵進關卻還不是時候。總須讓明兵再跟流寇打下去，雙方精疲力盡，兩敗俱傷，大清便可收那漁翁之利，一舉而得天下。你們漢人叫做卞莊刺虎之計，是不是？」三臣齊道：「是，是，皇上聖明。」……**（第十三回）**

這就是崇禎與皇太極的對比了。兩人為最高首腦，一有知人之明，而另一位則無知人之明反而剛愎自用。古人云將軍決戰在戰場，其實這只是其一，其二是「將軍決勝在朝堂」。因為將軍雖手握兵權，但他自己的身家性命及地位權力都握在朝廷皇帝手中。所謂「運籌帷幄之中，決勝千里之外」，其實也包括皇帝，倘若崇禎也像皇太極那樣又該如何？當然，歷史是複雜的，不像小說這麼簡單，明朝積重難返、國力空虛、官場腐敗，加上崇禎心胸狹窄、剛愎自用，再勵精圖治也是困難重重。皇太極不僅知道這些，而且也正是利用了這些，不早進關，而讓明、闖二虎相鬥，讓滿清坐收漁人之利，這就是有名的「卞莊刺虎」之計了。

兵學內容廣泛。古人一再強調「廟算者勝，不算者不勝」，表明戰爭在開始之前就已有了成敗之機，那就是《孫子》所說「多算者勝，少算者不勝，況無算乎？」要算，就是要考慮戰爭的各種因素，不僅軍事，而且地理、氣候、民心、士氣，進而政治。所以《孫子》一再強調「上兵伐謀，其次伐交，其次伐兵」，這裡的「謀」就是上面的「算」。不僅包括了軍事謀略，而且包括了政治謀略。政治和軍事在這一點上是很難分得一清二楚的。

《射鵰英雄傳》中有不少兵學的內容。

首先是圍繞南宋抗金名將岳飛的一部兵書，即《武穆遺書》大作文章。這部兵書後來被郭靖、黃蓉所得。郭靖拿來讀了幾句便喜不自禁，只見第一頁上寫著十八個大字：「重蒐選，謹訓習，公賞罰，明號令，嚴紀律，同甘苦。」（第二十八回）——應該說這是兵學的要領，即選將、練兵、紀律（賞罰、號令）嚴明，上下同心，乃是軍隊勝利之本。

這部《武穆遺書》後來起了很大的作用，小說中寫到成吉思汗封郭靖為「那顏」

（「那顏」是蒙古最高的官銜，非親貴大將，不能當此稱號），命他統率一個萬人隊。郭靖自知拙於用智使計，攻打敵軍百萬之師，降龍十八掌與「九陰真經」又全然用不上，只要一個號令不善，立時敗軍覆師，不但損折了成吉思汗的威名，而且枉自送了一萬人的性命，所以他多次想向成吉思汗辭官，甘願做個小兵，臨敵之際只單騎陷陣殺將。可成吉思汗不許，說道：「是誰生下來就會打仗的？不會嘛，打得幾仗也就會了。你從小跟著我長大，怕什麼帶兵打仗？成吉思汗的女婿豈有不會打仗的？」——

郭靖不敢再說，回到帳中，只是煩惱。魯有腳問知此事，勸慰了幾句。到了傍晚，魯有腳進帳說道：「早知如此，小人從南邊帶部《孫子兵法》，或是《太公韜略》來，那就好了。」這一言提醒了郭靖，猛然想起自己身邊有一部《武穆遺書》，此是軍陣要訣，怎地忘了？當即從衣囊中取將出來，挑燈夜讀，直讀到次日午間，方始微有倦意。

這書中諸凡定謀、審事、攻伐、守禦、練卒、使將、佈陣、野戰，以及動靜安危之勢，用正出奇之道，無不詳加闡述。當時郭靖在沅江舟中匆匆翻閱，全未留心，此刻當用之際，只覺無一不是至理名言。

……他晚上研讀兵書，日間就以書上之法操練士卒。蒙古騎兵素習野戰，對這列陣為戰之法深感不慣，但主帥有令，不敢違背，只得依法操練。又過月餘，成吉思汗兵糧俱備，而郭靖所統的萬人隊，也已將天覆、地載、風揚、雲垂、龍飛、虎翼、鳥翔、蛇蟠八個陣勢演習純熟。這八陣原為諸葛亮依據古法而創，傳到岳飛手裡，又加多了若干變化。

岳飛少時只喜野戰，上司宗澤說道：「爾勇智才藝，古良將不能過。然好野戰，非萬全計。」因授以佈陣之法。岳飛說道：「陣而後戰，兵法之常。運用之妙，存乎一心。」宗澤對他的話也頗首肯。但岳飛後來征伐既多，也知執泥舊法固然不可，但以陣法教將練卒，再施之於戰場，亦大有制勝克敵之功。這番經過也都記在《武穆遺書》之中。（**第三十六回**）

郭靖頭腦遲鈍，又是專心練習武功，用兵之事素非所長，亦非所喜。《武穆遺書》帶在身上，也想不起來，這很正常。魯有腳當然也不知道他有這部兵書，就是有，他也同樣想不起來，但黃蓉在背後，什麼事都好辦了。她讓魯有腳去說什麼「從南朝帶部《孫子兵法》、《太公韜略》來」，實際上是提醒郭靖。《孫子》不必說，所謂《太公韜略》即指兵書《六韜》，相傳為周代姜尚（**字子牙，號太公**）所著，《隋書・經籍志・兵家》注云：「周文王師姜望撰。」《舊唐書・經籍志》和《唐書・藝文志》都著錄了此書，名《太公六韜》。宋代以來，則基本上認定是戰國時期的人托姜子牙之名寫成的。《六韜》分文韜、武韜、龍韜、虎韜、豹韜、犬韜六卷，共六十篇。韜，原為弓套，即弓衣，包含深藏不露之意，由此引伸為謀略之義。《六韜》採用周文王、周武王與姜尚對話的形式，闡述了治國治軍和指導戰爭的理論及原則。

魯有腳這麼一提，果然是一言驚醒夢中人，使郭靖想起了岳飛的兵書。諸凡定謀、審事、攻伐、守禦、練卒、使將、佈陣、野戰八方面的內容，以及天覆、地載、風揚、雲垂、龍飛、虎翼、鳥翔、蛇蟠八種陣法，確為古兵家必學之術。關於岳飛好野戰而不喜陣戰，也是事實，「運用之妙，存乎一心」更是兵學的真諦。否則就變成紙上談兵了。岳飛在朱仙鎮大破金兵，使金人聞風喪膽，呼為「岳爺爺」，且有「撼山易，撼岳家軍難」之說，可見其神威智勇。

郭靖讀了岳飛的兵書，並按此訓練了士卒，不久就用上了；成吉思汗的大兒子术赤和二兒子察合台兩人不和，各有親信，這一日醉酒，各帶麾下精兵猛將要拚個你死我活。其時成吉思汗已經大醉如泥，無法喚醒；眼見無人能勸阻這一場自相殘殺的災禍，郭靖手忙腳亂之際，魯有腳又給他遞上了一張紙條，上寫「以蛇蟠陣阻隔兩軍，用虎翼陣圍擒不服者」。郭靖依此計而行，果然見效，阻止了一場手足相殘的大悲劇，成吉思汗後來高興至極，猛誇郭靖的大功以及用兵的天才。

郭靖沒有任何天才。他的法門，一半出自《武穆遺書》，一半出自黃蓉的暗中指點。光有兵書而無人指點其活用之法，郭靖仍是不行。而成吉思汗倒真是一位了不起的軍事天才，他一無兵書可讀，二無高人指點，一切智計都是他自己從實戰中總結出來。他身經百戰，所向披靡，或許是在戰爭中學習了戰爭，善於總結經驗教訓，但若非有一定的才能，經歷再多的戰爭實踐，也是不成的。對成吉思汗這種卓越的軍事才能，書中有一段精彩的敘述：

成吉思汗宣召三軍統帥進帳，命親衛暫避，對窩闊台、拖雷、郭靖三人道：「金國精兵都在潼關，南據連山，北限大河，難以遽破。諸將所獻方策雖各有見地，但正面強攻不免曠日持久。現在我蒙古和大宋聯盟，最妙之策莫如借道宋境，自唐州、鄧州進兵，直搗金國都城大梁。」

窩闊台、拖雷、郭靖三人聽到此處，同時跳了起來，互相擁抱，大叫「妙計！」成吉思汗向郭靖微笑道：「你善能用兵，深得我心。我問你，攻下大梁之後怎樣？」郭靖沉思良久，搖頭道：「不攻大梁。」

窩闊台與拖雷明明聽父王說直搗大梁，怎地郭靖卻又說不攻，心下疑惑，一齊怔怔的望著他。成吉思汗仍是臉露微笑，問道：「不攻大梁便怎樣？」郭靖道：「既不是攻，也不是不攻；是攻而不攻，不攻而攻。」這幾句話把窩闊台與拖雷聽得更加糊塗了。成吉思汗笑道：「『攻而不攻，不攻而攻。』這八個字說得很好。你跟兩位兄長說說明白。」

郭靖道：「我猜測大汗用兵之策，是佯攻金都，殲敵城下。大梁乃是金國皇帝所居之地，可是駐兵不多，一見我師迫近，全國自當從潼關急調精兵回師相救。中華的兵法上說：『卷甲而趨，日夜不處，倍道兼行，百里而爭利，則擒三將軍。勁者先，疲者後，其法十一而至。』百里疾趨，士卒尚且只能趕到十分之一。從潼關到大梁，千里赴援，精兵銳卒，十停中到不了一停，加之人馬疲憊，雖至而弗能戰。我軍以逸待勞，必可大破金兵。金國精銳盡此一役而潰，大梁不攻自下。若是強攻大梁，急切難拔，反易腹背受敵。」

成吉思汗拊掌大笑，叫道：「說得好，說得好！」取出一幅圖來，攤在案上，三人看後，無不大為驚異。

原來那是一幅大梁附近的地圖，圖上畫著敵我兩軍的行軍路線，如何拊敵之背，攻敵腹心，如何誘敵自潼關勞師遠來，如何乘敵之疲，聚殲城下，竟與郭靖所說的全無二致。窩闊台與拖雷瞧瞧父王，又瞧瞧郭靖，都是又驚又佩。郭靖心下欽服，尋思：「我從《武穆遺書》學得用兵的法子，也不算稀奇。大汗不識字不讀書，卻是天生的英明。」（**第三十八回**）

郭靖想到了關鍵之處。他自己的兵學知識與方法技巧，來自《武穆遺書》，這不算稀奇。而成吉思汗卻是自創一格，居然暗合兵機，且精妙異常，這不能不讓人佩服。這一段是有一定的歷史依據的。成吉思汗遺言破金、滅宋之策，給他的後代指點了明路。上文中只說了其一（**破金**），而礙於郭靖是漢人，所以沒說其二（**滅宋**），其實在錦囊之中早已寫下了。

上文中提出的「攻而不攻，不攻而攻」，是古兵法「圍魏救趙」及「以逸待勞」之法的具體應用。既爭取了戰爭的主動權，而又出其不意、攻其不得不救，這些都是具有很高的兵學價值的。

《武穆遺書》在小說《倚天屠龍記》中再一次出現了。所謂「武林至尊，寶刀屠龍。號令天下，莫敢不從」，其實是因為屠龍刀中藏有岳飛的兵書，誰能得到，自能用兵如神，進而奪取天下，自然就是「至尊」，且「號令天下，莫敢不從」了。

只是《倚天屠龍記》中的許多武林人士不明究竟，枉自想在武林稱霸，因想奪那屠龍刀而白白地送了性命。書中的主人公張無忌也是到最後，見到了屠龍刀中的《武穆遺書》才明白真相的。恰好很快就派上了用場：其時武林群雄在少林寺聚會，而蒙古兵圍住了少室山，張無忌彷徨無計之時，無意之中翻看了《武穆遺書》中的「兵困牛頭山」一節，那是岳飛敘述當年如何被金兵大軍包圍、如何從間道脫困，如何突出奇兵、如何內外夾攻而大獲全勝的經過。種種方略，記敘詳明。張無忌受此啟發，覺得這少室山上的情勢，雖與岳飛當年被困牛頭山時的情景大不相同，然用其遺意，未始不能出奇制勝。張無忌不能不佩服岳飛的天縱奇才，如此險招，常人哪裡想得到，又哪裡做得到！「如此如此，這般這般」，居然真的解了少室山之圍（第四十回）。

小說中的那一段文字看似神奇，但兵法上的以寡敵眾只能出奇制勝這一原則卻是不錯的。書中還寫到《武穆遺書》第一章便說：「治軍之道，嚴令為先。」這也不錯。所以張無忌招呼群雄，第一件事就是命銳金旗的旗主吳勁草率本部執掌軍法，命令說：「哪一位英雄好漢不遵號令，銳金旗長矛短斧齊往他身上招呼。縱然是本教耆宿、武林長輩，俱無例外。」這樣一來，就真的有些治軍、用兵的樣子了。

張無忌這個人對當皇帝、打江山、號令天下不感興趣。所以學習、運用岳飛兵法也只是適逢其會，偶爾為之。最終他將《武穆遺書》送給了徐達。此後徐達果然用兵如神，連敗元軍，最後統兵北伐，直將蒙古人趕至塞外，威震漠北，建立一代功業。——歷史上的徐達是否得過張無忌送的《武穆遺書》固可懷疑，但徐達熟知兵機、且建功立業，卻是無可懷疑的。

《倚天屠龍記》等書是以武林傳奇為主，與兵學及戰爭關係尚不十分密切，《鹿鼎記》以寫史為主幹，情形就不一樣了。書中歷史人物眾多，其中當然不乏軍事家。

如提到李自成時，書中寫道：「韋小寶卻不知道，當情勢不利之時，投降以求喘息，俟機再舉，原是李自成生平最擅長的策略。當年他舉兵造反，崇禎七年七月間被困於陝西興安縣車箱峽絕地，官軍四面圍困，無路可出，兵無糧，馬無草，轉眼便要全軍覆沒，李自成便即投降，被收編為官軍，待得一出棧道，立即又反。」（第三十二回）這是閑提一筆，不僅講述了一段史實、一個人物的個性，同時也是一種軍事策略，即「詐降之計」。當然這不是什麼高明的計策，且只是不得已而用之，但李自成用來得心應手，卻也不失為一種良策。

《鹿鼎記》中的康熙雖然年輕，卻很聰明，不僅懂得用人之道，而且頗知用兵之策，書中有這麼一段：

> 韋小寶進宮去見皇帝，稟告施琅欲攻台灣之事。康熙道：「先除三藩，再平台灣，這是根本的先後次序。施琅這人才具是有的，我怕放他回福建之後，這

人急於立功報仇，輕舉妄動，反而讓台灣有了戒備，因此一直留著他在北京。」

韋小寶頓時恍然大悟，說道：「對，對！施琅一到福建，定要打造戰船，操演兵馬，搞了個打草驚蛇。咱們攻台灣，定要神不知，鬼不覺，人人以為不打，卻忽然打了，打那姓鄭的小子一個手忙腳亂。」

康熙微笑道：「用兵虛實之道，正該如此。再說，遣將不如激將，我留施琅在京，讓他全身力氣沒處使，悶他個半死，等到一派出去，那就奮力效命，不敢偷懶了。」

韋小寶道：「皇上這條計策，諸葛亮也不過如此。奴才看過一齣《定軍山》的戲，諸葛亮激得老黃忠拚命狠打，就此一刀斬下了那個春夏秋冬什麼的大花面。」康熙微笑道：「夏侯淵。」韋小寶道：「是，是。皇上記性真好，看過了戲，連大花面的名字也記得。」（**第三十四回**）

用兵之道，虛者實之，實者虛之，這樣才能出其不意，攻其無備，出奇制勝。看來康熙頗明白這一點，且定下了先平三藩，再平台灣的戰略方策，又懂「遣將不如激將」的用人之法，實在是很了不起的。韋小寶善拍馬屁，見風使舵，居然也說出「不可打草驚蛇」這樣高明的話出來，這也是很不簡單的。

施琅（一六二一至一六九六）是歷史人物，大致如《鹿鼎記》中所寫，他的孫子施世倫是古典小說《施公案》的主人公。施琅善水戰，可以算是一代名將了，鄭成功收復台灣之役他參加過，而最後又為滿清再次攻入台灣滅了鄭氏老巢，使台灣歸入統一版圖，在政治、道德上或許不那麼可敬，但他的軍事才能卻是無可置疑的。書中也寫到了一個側面，那是康熙和韋小寶兩人談及施琅之後，想到要讓他去指揮剿滅神龍島上的神龍教，韋小寶問他攻島之計：

施琅打開手中帶著的卷宗，取出一張大地圖來，攤在桌上，指著海中的一個小島，說道：「這是神龍島。」

韋小寶見神龍島上已畫了個紅圈，三個紅色的箭頭分別從北、東、南三方指向紅圈大為佩服，說道：「原來你早已想好了攻打神龍島的計策，我是離了大沽之後，才頒示皇上的密旨，你怎地早就預備好了地圖？」

施琅道：「卑職聽說大人要從大沽經海道前赴遼東，是以預備了這一帶的海圖。卑職一向喜歡海上生涯，海圖是看慣了的。」

韋小寶道：「原來如此，看來咱們這一戰定是旗開得勝，船到成功。」

施琅道：「那是托賴皇上的聖德，韋大人的威望，依卑職的淺見，咱們兵分三路，從島北、島東、島南三路進攻，留下島西一路不攻，轟了一陣大炮之後，島上匪徒抵擋不住，多半會從島西落海逃走，咱們在島西三十里外這個小島背後，埋伏了二十艘船，一等匪徒逃來，這二十艘戰船湧出來攔住去路，大炮一響，北、東、南三路戰船圍將上來，將海盜的船隻圍在核心。那時一網打

盡，沒一個海盜能逃得性命。」……（第三十四回）

施琅的名將風範，在這顯露無遺。韋小寶還沒有告訴他要打神龍島，他就已將海圖準備好了，這表明他有軍事家的本能。而三面攻打、網開一面的戰略戰術，則更是深合兵法。韋小寶當然只能「鼓掌叫好，連稱妙計」了。

韋小寶這人不學無術，識人用人卻頗有心計眼光。海戰靠施琅，陸戰呢，則靠他「發現」的另一位軍事人才趙良棟（一六二一至一六九七），這也是一位歷史人物，屢立戰功，後平吳三桂時，以功授勇略將軍，並任雲貴總督，加兵部尚書銜。康熙讓韋小寶去圍剿王屋山，韋小寶將趙良棟找來，果然找對了人。此事不再細敘，詳見小說第三十五回。

《鹿鼎記》中還通過林興珠之口複述了鄭成功收復台灣的經過，這也是中國軍事史上的一個著名的戰例。

書中還側面寫到了康熙平三藩之戰，重點是與吳三桂的戰爭，又正面寫到了與俄國的邊境戰爭等，都與兵學有關。可見金庸不但熟悉歷史，且對戰爭及其軍事謀略也很熟悉。限於篇幅，不一一細敘。

第八章 典

中國古代的詩文中，一向有稽古、用典的傳統。一來表明言而有據，有古（歷史）典（典籍）為證，態度嚴謹；二來表明說話人有學問，博古通今（要是今天，就要求「學貫中西」了），才識不凡；三來則是通過稽古和用典，使詩文含蓄，曲折隱喻，顯得深刻奧妙。

這樣做，有利也有弊，利不用說。弊是過多地稽古和用典，有掉書袋的毛病。往輕裡說，是淵博過了頭便成了包袱，說了半天，人家不知所云；往重裡說，是被古、典所囿，以至於成了沒有自己的見解與個性的書奴。至於故意用冷僻偏門之典，以示深奧，弄得詩文晦澀難懂，那更是歷代不乏其人。

另一方面，古和典又一向是人類精神與文化的不可或缺的高級養料。從某種意義上說，人類是聽著前輩故事長大的，這故事包括歷史，也包括傳說、神話、詩文、戲曲、小說。尤其是那些不識字的人們，他們的文化傳承紐帶之一，就是典故。

典故的範圍極廣。有文、史、哲；有正史、野史、傳說；有文字記載的，也有口頭流傳的。具體的範疇及其概念，還是留待專家們去研究。

一個人、一部書的淵博，不在於他（它）是否大段大段的抄書，而在於其隨時隨地、恰到好處地稽古或用典，所謂旁徵博引，而後舉一反三。並且自然而然，信手拈來（**故意去找，人人都會，不足為奇**）。

金庸小說的一個突出的特點，是典、故很多，作者信手拈來，在長長的故事情節中隨處點綴，生動活潑，豐富有趣，不僅增加了讀者的知識與趣味，同時也增加了小說的厚度與深度。

例如《書劍恩仇錄》中有一段關於君王治國，及君王與臣民之間關係的對話，那是在小說的第七回書中，陳家洛故意要試探乾隆。這段陳家洛與乾隆的對話中，引述了《貞觀政要》中唐太宗的話及荀子的話和黃宗羲的話，這就是用典了。因為乾隆是皇帝，而陳家洛又別有用意，兩人這樣對話，十分自然。讀者看了，則增長了知識。

金庸小說中這一類關於歷史、政治的典故極多。有真實歷史人物在場，或有真實的歷史事件為依據的情節中，用典當然更多。《射鵰英雄傳》中寫成吉思汗請長春真人丘處機，因真有其事，所以將成吉思汗致丘處機的信及丘處機的詩，原文照抄。《鹿鼎記》中寫到「中俄尼布楚條約」時亦是如此。《碧血劍》中將袁崇煥的奏章也讓袁承志誦讀、抄寫出來，這還罷了，又借袁承志在徐達故居取寶之機，將那一段歷史典故寫上一段：

原來明朝開國，大將軍徐達功居第一。他和明太祖朱元璋是布衣之交，朱元璋做了皇帝後，還是稱他為「徐兄」。徐達自然不敢再和皇帝稱兄道弟，始終恭敬謹慎。

有一天，明太祖和他一起喝酒，飲食中間，說道：「徐兄功勞很大，還沒有安居的地方，我的舊邸賜了給你吧。」（《明史・徐達傳》原文是：「**徐兄功大，未有寧居，可賜以舊邸。**」）所謂舊邸，是太祖做吳王時所居的府第，他登極為帝之後，自然另建宮殿了。徐達心想：太祖自吳王而登極，自己若是住到吳王舊邸之中，這個嫌疑可犯得大了。他深知太祖猜忌心極重，當下只是道謝，卻說什麼也不肯接受。

太祖決定再試他一試，過了幾天，邀了徐達同去舊府邸喝酒，不住勸酒，把他灌醉了，命侍從將他抬到臥室之中，放在太祖從前所睡的床上，蓋上了被子。徐達酒醒之後，一見情形，大為吃驚，急忙下階，俯伏下拜，連稱「死罪」！侍從將情形回報，太祖一聽大喜，心想此人忠字當頭，全無反意，當即下旨，在舊邸之前另起一座大宅賜他，親題「大功」二字，作為這宅第所在的坊名。那便是南京「大功坊」和魏國公府第的由來。

據筆記中載稱，徐達雖然對皇帝恭順，太祖還是怕他造反。洪武十八年，徐達背上生疽。據說生背疽之人，吃蒸鵝立死。太祖派人慰問，附賜蒸鵝一隻。徐達流淚滿面，當著使者把一隻蒸鵝吃個乾淨，當夜就毒發而死。生背疽而吃了蒸鵝，未必便死，但朱元璋賜這蒸鵝，便是賜死，徐達縱然吃了蒸鵝無事，也只好服毒自盡。此事正史不載，不知是否屬實。（第十回）

上面這一段兩個故事，一據正史，一據野史筆記。據正史是要交代袁承志取寶之宅的由來（**後面還有一大段關於明建文帝的典故及寶物的由來，此略**）。據野史所敘掌故，恰好與正史的意思連貫下來，且又與《碧血劍》一書的「皇帝殺有功之臣」的歷史悲劇主題相通，與後來的崇禎殺袁崇煥、李自成逼死李岩相互映襯。大大地豐富了小說的主題，同時也擴大了小說的歷史視野，使之不僅是明末的故事，且有明初，乃至更深遠的歷史背景。

這樣的例子不少，如《射鵰英雄傳》中提及的岳飛、韓世忠、秦檜等人的故事；《神鵰俠侶》中提及的南宋「朝中三犬」即陳大方、丁大全、胡大昌三人（**奸臣**）的故事；《倚天屠龍記》中的朱元璋、湯和、鄧愈、徐達等人的故事；《天龍八部》中的宋神宗時王安石變法的故事……等等，皆屬此類，不一一引錄。

金庸的那些沒有歷史年代的小說中，也都有各式各樣的歷史典故。

如《連誠訣》中，寫到六朝時梁朝的梁武帝經侯景之亂而死，簡文帝接位，又被侯景害死。湘東王蕭繹接位於江陵，是為梁元帝。梁元帝懦弱無能，性喜積聚財寶，在江陵做了三年皇帝，搜刮的金珠珍寶，不計其數。承聖三年，魏兵攻破江陵，殺了元帝。但他聚斂的財寶藏在何處，卻無人得知。魏兵元帥于謹為了查問這批珍寶，拷打殺掠了

數千人，始終追查不到。他怕知道珍寶所在的人日後偷偷發掘，將江陵百姓數萬人口盡數趨歸長安。（見第三章）

《俠客行》一開頭，就在李白的詩後寫道，李白這一首《俠客行》古風，寫的是戰國時魏國信陵君門客侯嬴和朱亥的故事，千載之下讀來，英銳之氣，兀自虎虎有威。那大梁城鄰近黃河，後稱汴梁，即今河南開封。該地雖然數為京城，卻是民風質樸，古代悲歌慷慨的豪俠氣慨，後世迄未泯滅。開封東門十二里處，有個小市鎮，叫做侯監集。這小鎮便因侯嬴而得名。當年侯嬴為大梁夷門監者。大梁城東有山，山勢平夷，稱為夷山，東城門便稱夷門。夷門監者就是大梁東門的看守小吏。——李白之詩從大梁城說起，《俠客行》小說從詩、從大梁城及侯監集說起，所以寫一段背景介紹，自有必要。且隱隱還與小說的主題相通：這是出真正的俠客的地方。古時如此，今時亦然。誰能想到此刻出現的小乞兒竟是一位真正的俠？

《白馬嘯西風》寫的是沙漠迷宮搶寶的故事，小說千曲百折，才將人帶入迷宮，而迷宮中卻沒有什麼金錢珠寶，只有中原人所用的普通之物：桌、椅、床、帳、書本、圍棋、七弦琴、灶頭、碗碟等等。——為什麼會這樣？原來這地方在唐朝時是高昌國的所在：那時高昌是西域大國，物產豐富，國勢強盛。唐太宗貞觀年間，高昌國的國王叫做鞠文泰，臣服於唐。唐朝派使者到高昌，要他們遵守許多漢人的規矩。鞠文泰對使者說「鷹飛於天，雉伏於蒿，貓遊於堂，鼠噍於穴，各得其所，豈不能自生邪？」

意思說，雖然你們是大國，如鷹、如貓。我們是小國，如雉、如鼠，但我們各過各的日子，為什麼一定要強迫我們遵守漢人的規矩習俗呢？唐太宗聞言大怒，派大將侯君集去討伐。侯君集一路勢如破竹，鞠文泰憂懼而死，他兒子鞠智盛繼立為國王。高昌軍民退守迷宮，唐軍有一種攻城高車，高十丈，因為高得像鳥巢一般，所以名為巢車。高昌軍士居高臨下，投石射箭，高昌軍難以抵禦。鞠智盛來不及逃進迷宮，都城已被攻破，只得投降。高昌國自鞠嘉立國，傳九世，共一百三十四年，至唐貞觀十四年而亡。當時國土東西八百里，南北五百里，實是西域大國，侯君集俘虜了國王鞠智盛及文武百官，大族豪傑，回到長安，將迷宮中所有的珍寶也都搜了去。唐太宗說，高昌國不服漢化，不知中華上國文物衣冠的好處，於是賜了大批漢人的書籍、衣服、用具、樂器等等給高昌。——這是小說《白馬嘯西風》中的迷宮無珍寶的來歷，實際上正是西域歷史的一段典故。

再來看看金庸小說中的文學典故。

《射鵰英雄傳》中，靈智上人騙黃藥師說黃蓉等人已死了。

黃藥師放聲大哭，歐陽鋒想「黃老邪如此哭法，必然傷身，昔時阮籍喪母，一哭嘔血斗餘，這黃老邪正有晉人遺風……」書中又寫道，黃藥師哭了一陣，舉起玉簫擊打船舷，唱了起來，只聽他唱道：

「伊上帝之降命，何修短之難裁？或華髮以終年，或懷妊而逢災。感前哀之未闋，復新殃之重來。方朝華而晚敷，比晨露而先晞。感逝者之不追，情忽

忽而失度，天蓋高而無階，懷此恨其誰訴？」（第二十二回）

接著又唱：

「天長地久，人生幾時？先後無覺，從爾有期。」（第二十二回）

黃藥師唱的是三國時候曹植（子建）所作的詩。那曹子建死了女兒，做了兩首哀辭。詩中說，有的人活到頭白，有的孩子卻幼小就夭折了，上帝為什麼這樣不公平？只恨天高沒有階梯，滿心悲恨卻不能上去向上帝哭訴。最後的幾句是說我十分傷心，跟著你來的日子不遠了。黃藥師文武全才，逢女喪之悲（他不知是假的），想起前人同病之辭，吟了出來，不僅貼切典雅，而且也恰合黃藥師的身分個性。——後來郭靖說要守與華箏的婚姻之約，而黃蓉雖神色淒苦，卻又纏綿萬狀，與郭靖難捨難分，以至於黃藥師這位無所不通的大宗師束手無策，只好歎了一口長氣，吟道：「且夫天地為爐兮，造化為工！陰陽為炭兮，萬物為銅！」這一回唱的是漢朝賈誼的辭賦，說人與萬物在這世上，就如放在一隻大爐子中被熬煉那麼苦惱。

金庸似乎十分喜愛曹子建的詩文。在《天龍八部》中，創了一門武功步法，叫「凌波微步」，就是從曹子建的《洛神賦》中來的：「凌波微步，羅襪生塵……轉盼流精，光潤玉顏。含辭未吐，氣若幽蘭。華容婀娜，令我忘餐……穠纖得衷，修短合度，肩若削成，腰如約素，延頸秀項，皓質呈露，芳澤無加，鉛華弗禦。雲髻峨峨，修眉連娟。丹唇外朗，皓齒內鮮。明眸善睞，輔靨承權。瓌姿豔逸，儀靜體閑。柔情綽態，媚於語言。在第五回書中，段譽想起這些辭句，隨即想起的其實不是洛神，而是大理無量山劍湖石窟中的美人玉雕像（段譽稱之為「神仙姊姊」，卻不知這是王語嫣的外婆李秋水的雕像）。所謂「皎若太陽升朝霞，灼若芙蓉出綠波」，想起的是「但覺依她的吩咐行事，實是人生至樂，當真百死不辭，萬劫無悔」，於是主動開始學習「凌波微步」。

金庸小說中還有一些武功是據文學作品改編而來，詩武功我們已經說過。辭賦武功，除了由《洛神賦》而來的「凌波微步」外，還有由南北朝時大才子江淹的《別賦》而來的「黯然銷魂掌」——《別賦》開頭便是「黯然銷魂者，別而已矣。」——小說《神鵰俠侶》中的楊過恰好也與小龍女一別十六年之久，於「離別」二字極有心得，才創出了一路「黯然銷魂掌」來。

以上這些大多是精心安排的。也有一些看起來屬於信手拈來的例子。如《射鵰英雄傳》中，寫到郭靖、黃蓉來到杭州（臨安）西湖邊的斷橋。斷橋殘雪是西湖十景之一。這時卻當盛暑，但見橋下盡是荷花。黃蓉見橋邊一家小酒家甚是雅潔，就與郭靖前去飲酒觀花：

> 黃蓉見東首窗邊放著一架屏風，上用碧紗罩住，顯見酒店主人甚為珍視。好奇心起，過去察看，只見碧紗下的素屏上題著一首《風入松》，詞云：「一

春長費買花錢，日日醉湖邊。玉驄慣識西湖路，驕嘶過沽酒樓前，紅杏香中歌舞，綠楊影裡秋千。暖風十里麗人天，花壓鬢雲偏。畫船載取春歸去，餘情付湖水湖煙。明日重扶殘醉，來尋陌上花鈿。」

黃蓉道：「詞倒是好詞。」郭靖求她將詞中之意解釋了一遍，越聽越覺不是味兒，說道：「這是大宋京師之地，這些讀書做官的人整日價只是喝酒賞花，難道光復中原之事，就再也不理會了嗎？」黃蓉道：「正是。這些人可說是全無心肝。」

忽聽身後有人說道：「哼！兩位知道什麼，卻在這裡亂說。」……那人道：「這是淳熙年間太學生俞國寶的得意之作。當年高宗太上皇到這兒來吃酒，見了這詞，大大稱許，即日就賞了俞國寶一個功名。這是讀書人的不世奇遇，兩位焉得妄加譏彈！」黃蓉道：「這屏風皇帝瞧過，是以酒店主人用碧紗籠了起來？」

那人冷笑道：「豈但如此？你們瞧，屏風上『明日重扶殘醉』這一句，曾有兩個字改過的不是？」郭、黃二人細看，果見「扶」字原是個「攜」字，「醉」字原是個「酒」字。那人道：「俞國寶原本寫的是『明日重攜殘酒。』太上皇笑道：『詞雖好，這一句卻小家子氣』，於是提筆改了兩字。那真是天縱睿智，方能這般點鐵成金呀。」說著搖頭晃腦，歎賞不已。（**第二十三回**）

太學生俞國寶題詞，被太上皇宋高宗賞識，這一「讀書人的不世奇遇」，自會被讀書人讚歎傳誦，因而成著名典故。只是在郭靖眼中，這些詞句連同故事，都是「均無心肝」之物事，大敵當前，如此醉生夢死，而那高宗皇帝，又正是重用秦檜、害死岳飛的昏君，郭靖一怒之下飛起一腳將屏風踢得粉碎，反手抓起那腐儒扔進酒缸之中。這才出了胸中一口惡氣。以上這段典故，在小說中用得恰到好處。

提起「碧紗籠」，《鹿鼎記》中也有一段。

韋小寶當了欽差大臣，奉命到揚州建史可法祠堂。富貴還鄉，想起了禪智寺的僧人可惡，脫口而出：「揚州就是和尚不好。」巡撫聽了一怔，不明他真意何指。布政司慕天顏是個乖覺而有學識之人，接口道：「韋大人所說甚是。揚州的和尚勢利，奉承官府，欺辱窮人，那是自古已然。」接著說了一段唐朝王播碧紗籠的典故：

慕天顏道：「這故事就出在揚州石塔寺。唐朝乾元年間，那石塔寺叫做木蘭院。詩人王播年輕時家中貧窮……」韋小寶心想：「原來這人名叫王播，不是一塊黃布。」聽他續道：「……在木蘭院寄居，廟裡和尚吃飯時撞鐘為號，王播聽到鐘聲，也就去飯堂吃飯。和尚們討厭他，有一次大家先吃飯，吃完了飯再撞鐘。王播聽到鐘聲，走進飯堂，只見僧眾早已散去，飯菜已吃得乾乾淨淨……」

韋小寶在桌上一拍，怒道：「他媽的和尚可惡。」慕天顏道：「是啊，吃一餐飯，費得幾何？當時王播心中慚愧，在壁上題詩道：『上堂已了各西東，慚愧闍黎飯後鐘。』」

韋小寶問道：「『闍黎』是什麼傢伙？」眾官和他相處多日，知道這位欽差大人不是讀書人，旗人的功名富貴多不從讀書而來，也不以為奇。慕天顧道：「闍黎就是和尚了。」韋小寶點頭道：「原來就是賊禿。後來怎樣？」

慕天顏道：「後來王播做了大官，朝廷派他鎮守揚州，他又到木蘭院去，那些和尚自然對他大為奉承，他去瞧瞧當年所題的詩還在不在，只見牆上黏了一塊名貴的碧紗，將他題的兩句詩籠了起來，以免損壞。王播很是感慨，在後面又續了兩句詩道：『三十年前塵土面，如今始得碧紗籠。』」韋小寶道：「他定是把那些賊禿捉來大打板子了？」慕天顏道：「王播是風雅之士，想來題兩句詩稍示譏諷，也就算了。」韋小寶心道：「倘若是我，哪有這麼容易罷手的？不過要我題詩，可也沒有這個本事。老子只會拉屎，不會題詩。」……（**第三十九回**）

類似的典故還有不少。下面再舉《射鵰英雄傳》中的一個：

陸莊主道：「火是一定噴不出來的，不過既有如此精湛的內功，想來摘花採葉都能傷人了。」黃蓉笑道：「啊，碎挼花打人！」陸莊主微微一笑，說道：

「姑娘好聰明。」

原來唐時無名氏作小詞《菩薩蠻》一首道：「牡丹含露真珠顆，美人折向庭前過。含笑問檀郎：『花強妾貌強？』檀郎故相惱，須道『花枝好』。一向發嬌嗔，碎挼花打人。」這首詞流傳很廣，後來出了一樁案子，一個惡婦把丈夫兩條腿打斷了，唐宣宗皇帝得知後，曾笑對宰相道：「這不是『碎挼花打人』麼？」是以黃蓉用了這個典故。（**第十三回**）

武俠小說中常說武功（**尤其是內功**）練得極高的人可以「飛花摘葉，傷人致死」。梁羽生小說《雲海玉弓緣》中還真的寫了女俠馮琳飛花傷人，摘葉對敵的情形。新鮮固是新鮮，但真正寫出來，倒反覺太過誇張。倒不若金庸這樣用了「碎挼花打人」的文學典故來虛寫，只寫一種可能性，而又增加了讀者的閱讀趣味。

上面的典故都與文學作品有關，而且小說中大部分都有頭有尾、有枝有葉地說出來了。金庸小說另有一絕，是武功招式的雅化，除將詩詞歌賦、琴棋書畫寫入武功招式之外，也有將許多歷史典故、民間傳說寫入武功套路的。

例如《神鵰俠侶》中，寫古墓派有一套以古代美女命名的拳法。其中每一招，都是一位美女的典型動作。如「貂蟬拜月」、「西施捧心」、「昭君出塞」、「麻姑拜壽」、「文君當爐」、「貴妃醉酒」、「天孫織錦」、「弄玉吹簫」、「洛神凌波」、「鉤弋握拳」、「則天垂簾」……等招式。這是林朝英創出的美女拳法，向來傳女不傳男。因為每一招都取了一個美女的名稱，使出來嬌媚婀娜，卻也是凌厲狠辣的殺手。楊過跟小龍女學武，這套拳法自也學過。所以在第九回書中，這套拳法就由楊過來首演。楊過變嫵媚而為瀟灑，氣韻大異。然而我們在閱讀時，幾乎是在看中國古代著名美女的名冊，每一招都有其動人的故事。只不過這一次作者並沒有做出任何說明，想來貂嬋、西施、昭君、楊貴妃、卓文君……這些古代美女的故事讀者都應該熟悉。有些不太熟悉的，如「曹令割鼻」，書中則作了簡要說明：「古時曹文叔之妻名令，夫死後自割其鼻，以示決不再嫁」（**第十三回**）。

《鹿鼎記》中，韋小寶被騙到神龍島（**蛇島**），居然獲得了洪教主及洪夫人的寵愛，讓他當了白龍使，並派他到北京去找《四十二章經》。臨別之際，洪夫人教了韋小寶三招防身功夫，名為「美人三招」，即「貴妃回眸」、「小憐橫陳」、「飛燕回翔」，又用的是三位美人命名。受了夫人啟發，教主洪安通臨時創出了「英雄三招」教了韋小寶，那三招名為「子胥舉鼎」、「魯達拔柳」及「張敞畫眉」（**第二十回**）——其中伍子胥（**伍圓**）是春秋時楚國人，在吳國建功；魯智深倒拔垂楊柳的故事《水滸傳》中也收錄了。唯張敞是以替夫人畫眉而出名，算不算「英雄」，洪教主夫婦還有些爭執。後來還是洪教主說了算。

提到《鹿鼎記》，我們其實應該專門進行這方面的研究。——韋小寶所受的教育，基本上是在妓院、賭館、書場、戲院中完成的。妓院、賭館中他學會了生存的技能；書場、戲院中他聽、看了許多故事，從而有一定的「文化」與見識。

韋小寶第一次露面，作者就作了如下的交代：「揚州市上茶館中頗多說書之人，講述三國志、水滸傳、大明英烈傳等等英雄故事。這小孩日夜在妓院、賭場、茶館、酒樓中鑽進鑽出，替人跑腿買物，揩點油水，討幾個賞錢，一有空閒，便蹲在茶桌旁聽白書。他對茶館中茶博士大叔前大叔後的叫得口甜，茶博士也就不趕他走。他聽書聽得多了，對故事中英雄好漢極是心醉，眼見此人重傷之餘，仍能連傷不少鹽梟頭目，心下仰慕，書中英雄常說的語句便脫口而出。」（第二回）——韋小寶要學故事中人去「講義氣」，才救了茅十八，並與他一道踏上了他一生傳奇經歷的旅程。

說書及戲曲故事是韋小寶精神教科書，乃至智謀啟發器，這在《鹿鼎記》中從頭到尾都有所體現。

比如他跟茅十八上北京，碰到了雲南沐王府的人，他不知道沐王府是「什麼東西」，但對《大明英烈傳》中的人物、故事卻知道得很多，徐達、常遇春、胡大海、沐英等等人物的名字，以及他們的事蹟頗能講出不少。書中他就給茅十八講述了「沐王爺銅角渡江、火箭射象」的故事（第二回），並且講得有聲有色。

且看下面一段：

康熙笑道：「皇帝自己加尊號，那是多得很的，不算稀奇。明朝有個正德皇帝，那才叫奇了。」韋小寶道：「這個皇帝，奴才見過幾次。」康熙奇道：「你見過他好幾次？做夢麼？」韋小寶道：「不是。奴才在戲台上見過的。有一齣戲叫做《梅龍鎮》，正德皇帝遊江南，在梅龍鎮上見到一個賣酒姑娘李鳳姐生得美貌，跟她勾勾答答。」

康熙笑道：「正德皇帝喜歡微服出遊，李鳳姐的事，說不定是有的。這皇帝不加自己尊號，卻愛封自己的官。他封自己為『總督軍務威武大將軍總兵官』，遇到什麼風吹草動，就下一道上諭：『北寇犯邊，特命總督軍務威武大將軍朱壽率六軍往征。』朱壽就是他的名字。後來打了一仗，其實是敗仗，他卻說是勝仗，功勞很大，下一道聖旨，加封自己為鎮國公，加俸祿米五千石。」

韋小寶哈哈大笑，說道：「這人皇帝不做，卻去做鎮國公，真是糊塗得很了。」（**第四十三回**）

這一段中其實有關於明朝正德皇帝朱壽的兩個典故，康熙說了一個，韋小寶說了一個。康熙說他自己給自己加官，材料無疑來源於史籍，主題是政治；韋小寶說正德皇帝調戲民間女子，主題是風流，材料是來源於戲曲《梅龍鎮》。

這還不算什麼，最有代表性的要算是韋小寶「建功異域」，即幫助俄羅斯蘇菲亞公主當上攝政王。其時蘇菲亞被軟禁，要韋小寶這位「中國小孩大人」幫她出主意、定計謀，沒料到居然歪打正著。書中寫道：

韋小寶的學問，一是來自聽說書，二是來自看戲，自從做了大官之後，說書是不大聽了，戲卻看了不少，但武則天怎生做上了女皇帝，這故事偏偏沒聽過、看過。

他眼望窗外，怔怔的出神，心中閃過許多說書和戲文中的故事：「女皇帝不知道，男皇帝是怎麼做成的？朱元璋是打出來的天下……」這是評話《大明英烈傳》中的故事，又想：「李自成帶兵打到北京，我師父（**按指九難**）的爸爸崇禎皇帝就上吊死了，李自成自己做了皇帝。清兵打走了李自成，順治老皇爺就做上了皇帝。吳三桂想做皇帝，就得起兵造反。看來不論是誰要做皇帝，都得帶兵大戰一場，直殺得沙塵滾滾，血流如河，屍骨如山。」

他對中國歷史的知識有限之極，只知道不打仗而做皇帝的，只是康熙小皇帝一人，那是老皇帝出家而讓位給他的。這法子當然不能學樣。再想：看過的許多戲文之中，有一齣《斬黃袍》，宋朝皇帝趙匡胤殺了大將鄭恩，他妻子起兵為夫報仇。趙匡胤打不過，只好苦苦哀求，脫下黃袍來讓她一刀斬為兩截，算是皇帝的替身，好讓鄭夫人出氣，皇帝大大出醜。

有一齣《鹿台恨》紂王無道，姜太公幫周武王起兵，逼得紂王在鹿台上燒死，周武王做了皇帝（**韋小寶自然不知道，那時候還沒有皇帝**）。曹操這大白臉奸臣是怎麼做了皇帝呢？有一齣戲文《逍遙律》，曹操帶兵逼死了漢什麼帝，自己就做了皇帝，他手下大將有個張什麼、許什麼，都是很厲害的（**韋小寶記錯了，曹操沒有做皇帝**）。劉備怎麼做皇帝的？不知道，一定是關公、張飛、趙雲給他打出來的。

總而言之，要做皇帝，非打不行。就算做了皇帝，如果打不過人家，皇帝還是會給人家搶去做。就算不搶去，也會出醜倒楣。說書先生說《水滸傳》「林教頭火拚王倫」，晁蓋要做強盜頭子，串通林沖，殺了梁山泊上原來的大頭子王倫，可見就算是做強盜頭子，也是要打。

韋小寶心想：「清兵來中原搶江山，他們大搞『揚州十日』，殺人放火，姦淫擄掠，老皇爺就此做成了皇帝。他媽的，我叫他們搞『莫斯科十日』，搞得天下大亂，越亂越好，和尚打傘，無法無天，若不如此，怎搶得到皇帝做？」對蘇菲亞道：「你叫大家進莫斯科城打仗，殺人、放火，答應他們做將軍大官，有很多很多金子銀子，大家搶美女做老婆！」

蘇菲亞一想不錯，對副隊長道：「你去召集全體火槍手，我來跟他們說話。」（**第三十六回**）

沒想到韋小寶這一著還真的成功了。蘇菲亞問韋小寶怎麼想出這個計策，韋小寶答得莫測高深：「中國人，向來這樣」。韋小寶自幼生長揚州，清兵如何攻城不克，主帥如何允許部卒搶錢搶女人，清兵如何奮勇進攻，這些故事從小聽得多了。後來在北京，又聽人說起當年李自成的部下如何在北京城裡搶錢搶女人，張獻忠又是如何總是先答應部下，城破之後，大搶三天。因而「看來要造反成功，便須搞得天下大亂，要天下大亂，便須讓士兵搶錢搶女人」。因此眼見火槍營士兵不敢造反，他自然而然的將「搶錢搶女人」五字真言說了出來。果然羅剎兵和中國兵一般無異，這五字秘訣，應驗如神。

蘇菲亞大誇韋小寶聰明，韋小寶微微一笑，心想：「說到殺人放火，造反作亂，我們中國人的本事比你們羅剎鬼子可大上一百倍了。這些計策有什麼稀奇？我們向來就是這樣的。」

書中韋小寶讓羅剎兵殺了大隊長，又殺了小隊長，這樣大家只好一直幹下去，再想回頭也不行了。這一計策也是從典故中學來的，中國叫做「投名狀」（**蘇菲亞聽成「丟命上」，韋小寶哈哈大笑，暗罵羅剎人沒學問**）——中國人綠林為盜，入夥時，盜魁必命新兄弟去做件案子，殺一個人。這人犯了殺人大罪後，從此不會去出首告密。《水滸傳》中林沖上梁山泊入夥，王倫叫他去殺人做案，繳一個「投名狀」。韋小寶聽說書聽得多了，熟知這門規矩。用於羅剎，倒也一帆風順。韋小寶不免心想：「我們中國人的法子，羅剎鬼子一竅不通，看來這些羅剎人雖然凶狠橫蠻，倒也不難對付。」（**第三十六回**）

這一回的最後，韋小寶功成身退，榮歸故國，書中寫道：

其時天氣和暖，韋小寶跨下駿馬，於兩隊哥薩克騎兵擁衛之下，在西伯利亞大草原上向東疾馳，和風拂面，蹄聲盈耳，左顧俏丫頭雙兒雪膚櫻唇，右盼羅剎使臣碧眼黃鬚，貂皮財物，滿載相隨，當真意氣風發之至，心想：「這次死裡逃生，不但保了小命，還幫羅剎公主立了一場大功，全靠老子平日聽得書多，看得戲多。」

中國立國數千年，爭奪皇帝權位，造反斫殺，經驗之豐，舉世無與倫比。韋小寶所知者只是民間流傳的一些皮毛，卻已足以揚威異域，居然助人謀朝篡位，安邦定國。其實此事說來亦不稀奇，清廷開國將帥粗鄙無學，行軍打仗的種種謀略，主要從一部《三國演義》小說中得來。

當年清太宗使反間計，騙得崇禎皇帝自毀長城，殺了大將袁崇煥，就是抄襲《三國演義》中周瑜使計，令曹操斬了自己水軍都督的故事。實則周瑜騙得曹操殺水軍都督，歷史上並無其事，乃是出於小說家杜撰。不料小說家言，後來竟爾成為事實，關涉到中國數百年氣運，世事之奇，那更勝於小說了。滿人入關後開疆拓土，使中國版圖幾為明朝之三倍，遠勝於漢唐全勝之時，餘蔭直至今日。小說、戲劇、說書之功，亦殊不可沒。（**第三十六回**）

這就是作者對待典故及小說的態度，韋小寶揚威異域，當然是小說家言，但他回想中國歷史典故中的那一個「殺」字以及「搶錢搶女人」的真言，卻是真實的、意味深長的。韋小寶建功立業、死裡逃生，確確實實是幸虧「平日聽得書多、看得戲多」。知道的故事多。

《鹿鼎記》的最後，韋小寶要救茅十八的命，而茅十八又是康熙欽定要斬首的，並且要韋小寶當監斬官，要他「提一個人頭來見」，不是茅十八的頭，便是他自己的頭！

於是，韋小寶又翻肚子裡的戲文了：《大名府》劫法場是不行的。「《法場換子》！對了，薛剛闖了禍，滿門抄斬，有一個徐什麼的白鬍子老頭兒，把自己的親生兒子，在法場上換了一個薛什麼的娃娃出來……」接著又想起另一齣戲：「《搜孤救孤》！這故事也差不多，有個叫程嬰的黑鬍子，把自己的兒子去調換主子的兒子，讓兒子去殺頭，救了小主人的性命。」

韋小寶就這樣想到了救茅十八性命的辦法，並付諸實踐，終於做了一件真正講義氣的事。這也正是戲文典故教育點化和啟發的結果。

韋小寶一生好賭、好聽書、好看戲，連做夢都是這方面的內容。小說中有那麼一段「集大成」之作：

只見海中浮起一頭大海龜，昂起了頭，口吐人言：「東海龍王他老人家在水晶宮中寂寞無聊，特遣小將前來恭請韋爵爺赴宴，宴後豪賭一場。海龍王以珊瑚、水晶下注，陸上的銀票一概通用。」

韋小寶大喜，叫道：「妙極，妙極！……」

那大龜道：「水晶宮中有一班戲子，擅長做《群英會》、《定軍山》、《鍾馗嫁妹》、《白水灘》諸般好戲。有說書先生擅說《大明英烈傳》、《水滸傳》諸般大書。又有無數歌女，各種時新小調，「歎五更」、「十八摸」、「四季相思」無一不會。海龍王的七位公主個個花容月貌，久慕韋爵爺風流伶俐，都盼一見。」

韋小寶只聽得心癢難搔，連稱：「好，好，好！咱們這就去吧。」

……東海龍王親自在宮外迎接，攜手入宮，南海龍王已在宮中相侯。歡宴之間，又有客人絡繹到來，有豬八戒和牛魔王兩個妖精，張飛、李逵、牛皋、程咬金四位大將，紂王、楚霸王、隋煬帝、明正德四位皇帝。這四帝、四將、一豬一牛二龍四位神魔，個個都是古往今來、天上地下兼海底最糊塗的大羊牯。（**第四十五回**）

宴後開賭，韋小寶大贏特贏，將紂王的妲己，正德皇帝的李鳳姐，以及豬八戒的釘扒、張飛的丈八蛇矛都贏了過來，最後正要贏李逵的板斧，卻被李逵揮動大拳嚇得醒來：原來這是南柯一夢。這是韋小寶在通吃島上閑極無聊之際所做的一夢，當然是夜有所思，日有所夢，夢中將韋小寶的「文化底子」全都盤出。無非是從說書、聽戲、賭博中來。而書中、戲中及傳說中的那些人物，即四帝、四將、一豬一牛二龍等等，則各有其廣為人知的典故。韋小寶知道，想必無人不知吧。

第九章 政

談文化不能不涉及政治，在中國尤其如此。因為在中國歷史上，古人的觀念裡，「文化」不是什麼別的東西，而是統治者的一種政治手段，即「文治與教化」。南齊時王融的《三月三日曲水詩序》中說：「設神理以景俗，敷文化以柔遠。」就是這個意思。

所以《詩》、《樂記》這樣的文學、藝術之書，在儒家的眼裡也成了文治與教化的經典。甚而詩、書、御、射、數等等，無不帶有政治色彩。在某種意義上，確實是如此。在中國歷史與現實中，唯有政治是至高無尚的，因為王權高於一切，皇帝是天下「至尊」。其他諸如文學、藝術、宗教、學術、倫理、科學、軍事等等，無不是它的奴僕。這是中國的特殊國情。

這使中國政治的意義寬泛而又複雜。

但另一方面，中國人的政治觀念及政治態度，其實又相當的簡單幼稚。如在儒家學說中，政治的區劃有二，一是「王道」，行仁政；一是「霸道」，靠武力。儒家鼓吹王道、仁政，要搞文治、教化。雖說儒家自漢以後占了主流的地位，但其精神實質卻未必真的得到了貫徹執行。歷朝歷代，總是仁政少，而暴政多，王道不行，而霸道頗通。這是因為天下是要靠武力打出來，只有打江山才能夠坐江山。進而，即使是坐了江山，也還要靠武力來保衛，靠武力的威脅、暴力的恐懼來支撐。治世是如此，亂世更不必說。

老百姓的觀念更加幼稚了，將政治人物分成兩種，君王分為明君（**好皇帝**）與昏君（**壞皇帝**）；臣相分為忠臣與奸臣；官吏分為清官與貪官。這種區分，其標準往往是人們的主觀態度。

儒家被歷代君王所歡迎，其奧妙不在於王道、仁政理論，而在於其道德、倫理思想體系，即忠、孝、節、義與君君、臣臣、父父、子子等，這裡的奧妙，又在於將道德倫理化，倫理政治化，將道德倫理與政治混為一談，相互替換（**其實是偷換概念與混淆邏輯**）。說君與臣（**包括民**）的關係，等於是父親同兒子的關係，在家裡兒子要聽父親的話，否則是不孝；在國家則是臣、民要聽皇帝的話，否則是不忠。所以「忠臣必出於孝悌之門」。兒子聽父親的話，在古代被當為「不證自明」的真理，亦即倫理；儒家巧妙偷換，說臣民聽君王的話也是照搬這一邏輯。因而皇帝金口玉言又君無戲言，不管說什麼、對不對，臣、民非聽不可，否則便是不忠，也等於不孝，不忠不孝，那還是個人麼？如此一來，中國政治就建立在倫理謊言之上。

這也難怪，皇帝當上皇帝，並無任何法律依據，而只有尋找倫理依據了。開國皇帝打江山坐江山被視為理所當然，「勝者為王，敗者為寇」，其實無關乎道德、倫理，只是霸道武力的結果。為王之後，就要靠儒家倫理理論來幫忙了。是是非非，有誰管得了？

只是這樣一來，君無所制，一切都得靠那天意，是明君、是昏君要碰運氣。而歷史上總是明君少、昏君多，忠臣少、奸臣多，清官少、貪官多，良相少、惡相多，幾乎成了規律，那也一點都不難理解。

這一切是由中國的政治體制所決定的。儒家苦口婆心，想勸人行王道、施仁政，卻又要搞忠孝節義，最終還是要維護專制獨裁的政治體制。體制中並無對明與昏、忠與奸的制約，所以一切都只有碰運氣。面對歷史的真實，這種政治的弊病自然不難看到。只是有人敢說、有人不敢說，或有時可說、有時不可說罷了。

金庸在他的小說中對此說了不少。因為他的書中涉及了不少政治人物，也涉及了不少政治問題，那就非說一說不可了。

金庸的第一部書《書劍恩仇錄》的第一回、第一頁中提到了「老師講〈**資治通鑑**〉」一事。這《資治通鑑》是中國古代一部最有名的政治歷史巨著，由北宋政治家、史學家司馬光（**一〇一九至一〇八六**）所著，共二九四卷，上起周威烈王二十三年（**前四〇三年**），下迄後周世宗顯德六年（**九五九年**），取材除十七史外，還有野史、文集等兩百餘種，全書年經事緯，史實系統而完備，講述了中國古代一四〇二年中的政治事要，確可為歷代封建統治者之鑒戒之書。該書前八卷早寫成，名《通志》，宋神宗時賜名《資治通鑑》，可見是由一部歷史性質的書籍，變成了一部政治性的書籍，準確地說，這是一部古代的《中國政治史》。

《書劍恩仇錄》中還有一段陳家洛與乾隆談及政治及歷史人物的文章：

……忽聽陳家洛道：「漢皇重色思傾國，那唐玄宗是風流天子，天子風流不要緊，把花花江山送在胡人安祿山手裡，那可大大不對了。」乾隆道：「唐玄宗初期英明，晚年昏庸，可萬萬不及他祖宗唐太宗。」

陳家洛道：「唐太宗雄才大略，仁兄定是很佩服的了？」乾隆生平最崇敬的就是漢武帝和唐太宗，兩帝開疆拓土，聲名遠播異域，他登基以來，一心一意就想摹仿，所以派兵遠征回疆，其意原在上承漢武唐皇的功業，聽得陳家洛問起，正中下懷，說道：「唐太宗神武英明，夷狄聞名喪膽，尊之為天可汗，文武才略，那都是曠世難逢的。」陳家洛道：「小弟讀到記述唐太宗言行的《貞觀政要》，頗覺書中有幾句話很有道理。」乾隆喜道：「不知是哪幾句？」他自和陳家洛會面以來，雖對他甚是喜愛，但總是語不投機，這時聽他也尊崇唐太宗，不覺很是高興。

陳家洛道：「唐太宗道：『舟所以比人君，水所以比黎庶，水能載舟，亦能覆舟。』他又說：『天子者，有道則人推而為主，無道則人棄而不用，誠可畏也。』」乾隆默然。陳家洛道：「這個比喻真是再好不過。咱們坐在這艘船裡，要是順著水性，那就坐得平平穩穩，可是如果亂划亂動，異想天開，要划得比千里馬還快，又或者水勢洶湧奔騰，這船不免要翻。」他在湖上說這番話，明擺著是危言聳聽，不但蔑視皇帝，說老百姓隨時可以傾覆皇室，而且語含威脅，大有當場要將皇帝翻下水去之勢。

乾隆一生除對祖父康熙、父親雍正心懷畏懼之外，幾時受過這般威嚇奚落的言語？不禁怒氣潮湧，當下強自抑制……於是微笑道：「荀子曰：『天地生君子，君子理天地。君子者，天地之參也，萬物之總也，民之父母也』。皇帝受命於天，率土之濱，莫非王臣。仁兄之論，未免有悖於先賢之教了。」

陳家洛舉壺倒了一杯酒，道：「我們浙江先賢黃梨洲先生有幾句話說道，皇帝未做成的時候，『屠毒天下之肝腦，離散天下之子女，以博我一人之產業。其既得之也，敲剝天下之骨髓，離散天下之子女，以奉我一人之淫樂，視如當然，曰：此我產業之花息也。』這幾句話真是說得再好也沒有！須當為此浮一大白，仁兄請！」說罷舉杯一飲而盡。乾隆再也忍耐不住，揮手將杯往地下擲去，便要發作。……（**第七回**）

上面這一段不僅涉及乾隆、唐太宗、唐玄宗、漢武帝這些歷史政治人物，還涉及了三種不同的政治觀點，即對「君」的不同認識。

一種是荀子的認識，說「天地生君子，君子理天地」，又說君子是「天地之參也，萬物之總也，民之父母也」。這話是理想主義的、理論的，多少有些想當然，而乾隆在此，又將「君子」換成「君王」，以為只要當了皇帝，就自然是「天地之參也，萬物之總也」。其實荀子的「君子」無疑是指有道明君。

第二種是唐太宗的觀點，他是皇帝，所以看問題比較實際，不像荀子那麼想當然。「舟所以比人君，水所以比黎庶，水能載舟，亦能覆舟」顯然要進步、實際得多。這君與民的關係，一向是中國政治及政治理論中的一個大問題。如孟子就說過「民為貴，社稷次之，君為輕」這樣的話，話是很進步，只是有些不合國情，辦不到。像唐太宗那樣以君為舟，而以民為水，水載舟亦能覆舟來比擬君與民的關係，就要合乎國情得多。

第三種觀點是明末清初的哲學家黃宗羲（**一六一〇至一六九五，字太沖，號南雷，學者稱梨洲先生**）的「為天下之大害者，君而已矣！」這是一種更先進的思想觀點，他主張分君權，「公天下」，調整君臣關係。早在三百多年前，黃宗羲能夠這樣認識君王，並大膽地批判君王、君王學說，這是十分了不起的。只可惜書生之見，不能被主流意識形態所接受，因而不能推動歷史的改革與進步，這是中國歷史與政治的大悲哀。

至於陳家洛，他引述了唐太宗的話，又引述了黃宗羲的話，一副敢把皇帝拉下馬的樣子，但並沒有真正懂得黃宗羲的思想精髓。他的目標，亦不過是要乾隆改換漢人衣冠而已。他雖是造反派的頭子，卻不懂政治，尤其不懂中國政治，不過是一介書生而已。讓陳家洛去當皇帝是否當得比乾隆更好，那很難說。

我們之所以把對君主的認識當成一種政治觀點，是因為中國政治乃是君主獨裁政治，一切由君主說了算。因而君主是中國政治的核心。

《碧血劍》中寫到了崇禎、李自成、皇太極等三種政治勢力中的不少代表性的人物，小說中當然也寫到了他們的政治觀點。

關於崇禎，書中寫得很多，雖然基本上把他當成一個反面人物來寫，但也不像傳統觀念中的「末代昏君」，沒有把這位明朝的末代皇帝寫得一無是處，關於他的勵精圖治的一面也寫到了，只是他沒那種能挽狂瀾於既倒的能力。小說中寫到李自成進京，崇禎自殺，書中有一段頗有意思的總結：

李自成見袁承志進來，叫道：「好！皇帝呢，帶他上來吧。」袁承志道：「崇禎自縊死了。」李自成一呆，接過崇楨的遺詔觀看。

旁立的少年忽然伏地大哭，幾乎昏厥了過去。李自成道：「那是太子！」袁承志扶了他起來。李自成問道：「你家為什麼會失天下，你知道麼？」太子哭道：「只因誤用奸臣溫體仁、周延儒等人。」李自成笑道：「原來小小孩童，倒也明白。」隨即正色道：「我跟你說，你父皇又糊塗又忍心，害得天下百姓好苦。你父皇今日吊死，固然很慘，但他在位一十七年，天下百姓被逼得吊死的又不知有幾千幾萬，那可更慘得多了。」

……太子道：「那麼你是不殺百姓的了？」李自成倏地解開自己身上衣服，只見他胸前肩頭斑斑駁駁，都是鞭笞的傷痕，眾人不禁駭然。李自成道：「我本是好好的百姓，給貪官汙吏這一頓打，才忍無可忍，起來造反。哼，你父子倆假仁假義，說什麼愛惜百姓。我軍中上上下下，哪一個不吃過你們的苦頭？」……（**第十九回**）

這一段算是對崇禎的政治行為及其本質的一種總結。同時也可以看出李自成的個性與其政治覺悟：無非是官逼民反，忍無可忍。而李自成的政治理想，亦不過是打江山、坐江山而已，至多是一種歷史的循環。至於「闖王來了不納糧」云云，如果不說是有意的政治欺騙，也是一種暫時性的政治口號。當流寇時固然可以不納糧，坐了江山之後就不是那麼回事了。李自成並不是一個了不得的政治人物，更不是理想的化身，不像當代某些人所想像和虛構的那麼偉大和光榮。

至於「闖王來了不納糧」對老百姓有那麼大的鼓動性，表明中國老百姓的政治要求之低，以及政治思想之幼稚。不過「吃飯問題」當然也是中國的實情，有時候可以說是頭號「政治問題」。所以，《碧血劍》中寫到皇太極時，有這麼一段：

……卻聽得皇太極在和范文程等商議，日後取得明朝天下之後如何治理，此時如何先為之備，倒似大明的江山已是他掌中之物一般。袁承志心下憤怒，輕輕又揭開了兩張琉璃瓦，看準了殿中落腳之處，卻聽得皇太極道：「南朝所以流寇四起，說來說去，也只一個道理，就是老百姓沒飯吃。咱們得了南朝江山，第一件大事，就是要讓天下百姓人人有飯吃……」袁承志心下一凜：「這話對極！」

范文程等頌揚了幾句。皇太極道：「要老百姓有飯吃，你們說有什麼法子？

范先生，你先說說看。」

范文程道：「皇上未得江山，先就念念不忘於百姓，這番心意，必得上天眷顧。以臣愚見，要天下百姓都有飯吃，第一須得輕徭薄賦，決不可如崇禎那樣，不斷的加餉搜刮。」皇太極連連點頭，說道：「咱們進關之後，須得定下規矩，世世代代，不得加賦，只要庫中有餘，就得下旨免百姓錢糧。」

……寧完我道：「啟奏皇上：我大清的滿州人少，漢人眾多，皇上得了天下之後，依臣愚見，須得視天下滿人漢人俱是皇上子民，不可像元朝蒙古人那樣，強分天下百姓為四等。只消我大清對眾百姓一視同仁，漢人之中縱使有倔強之徒，也成不了大事。」

皇太極點頭道：「此言有理，元人弓馬，天下無敵，可是他們在中國的江山卻坐不穩，就是為了虐待漢人。這是前車什麼的？」

鮑承先道：「前車覆轍。」

皇太極笑遞：「對了，老鮑，我讀漢人的書，始終不易有什麼長進。」

鮑承先道：「皇上日理萬機，這些漢人書中的典故，也不必太放在心上。」

皇太極歎道：「漢人的學問，不少是很好的。只不過作主子的，讀書當學書裡的本事策略，不必學漢人的秀才進士那樣，學什麼吟詩作對……」（第十三回）

皇太極把「人人有飯吃」當成政治的第一等大事，應該說是看得透徹之極，明朝的衰敗乃至覆亡，主要原因之一，便是由於天災加上人禍，以至有許多人沒有飯吃，於是流寇四起，形成了惡性循環。

他們把「將滿人漢人一視同仁」當成吃飯問題之後的第二大問題，這也是有意思的。中國人（漢人）雖不說「有奶便是娘」，卻也「衣食足而後知榮辱」，在肚子沒吃飽的時候是想不到什麼榮辱、漢滿等問題的。但一旦吃飽了，問題也就來了。元朝的衰敗滅亡，其原因也在這裡。皇太極等人確實抓到了入主中原後的主政者的兩大關鍵。的確，只要人人有了飯吃，而又滿漢平等，對於中國人來說，那就是「太平盛世」了。

一般說來，皇帝並不難做。君王「匿影藏形」，凡常老百姓誰也見他不到，又加上「天之子」的神話墊底，更加神秘莫測，就以為當皇帝者必為天縱奇才，且要做皇帝必是天下第一等的難事，其實大大的不見得。

總覺得地位越高，才能也越大，這是一種誤讀。說到底，是一種中國人所特有的心理習性。皇帝至高無上，豈非神秘莫測？

所以，《天龍八部》中，當大理國的皇帝要將皇位傳給段譽時，段譽本能地感到很是為難：「孩兒年輕識淺，如何能當大位？」老皇帝段正明在位多年，卻不這麼看。書中寫道：

段正明道：「這就是了，你若想報答親恩，便當保全他們的令名。做皇帝嗎，你只須牢記兩件事，第一是愛民，第二是納諫。你天性忠厚，對百姓是不會暴虐的。只是將來年紀漸老之時，千萬不可自恃聰明，於國事妄作更張，更不可對鄰國擅用刀兵。」（**第四十八回**）

能夠做到「愛民、納諫」這四個字的皇帝，那就是好皇帝了。這看似簡單，其實未必，能做到這兩件事、四個字的好皇帝並不很多。原因多種多樣，就其本身而言，也不容易。說到「愛民」，何為愛民？怎樣做才是愛民？人人有飯吃、大家安居樂業、國家輕傜薄賦，官府清正廉明。這些又談何容易？說到「納諫」，這當然是好事，但凡聰明有主張的皇帝往往喜歡自做主張，甚至剛愎自用；而那些糊塗皇帝雖說「納諫」，卻又猶豫不定，甚至出爾反爾，朝令夕改，如是，納諫又怎能做到分寸得當？《天龍八部》中還有一段很有意思的場景：

大理皇宮之中，段正明將帝位傳給侄兒段譽，誡以愛民、納諫二事，叮囑於國事不可妄做更張，不可擅用刀兵。就在這時候，數千里外北方大宋京城汴梁皇宮之中，崇慶殿后閣，太皇太后高氏病勢轉劇，正在叮囑孫子趙煦（**按：後來歷史上稱為哲宗**）：「孩兒，祖宗創業艱難，天幸祖澤深厚，得有今日太平。但你爹爹秉政時舉國鼎沸，險些釀成巨變，至今百姓想來猶有餘怖，你道是什麼緣故？」

趙煦道：「孩兒常聽奶奶說，父皇聽信王安石的話，更改舊法，以致害得民不聊生。」

太皇太后乾枯的臉微微一動，歎道：「王安石有學問，有才幹，原本不是壞人，用心自然也是為國為民，可是……唉……可是你爹爹，一來性子急躁，只盼快快成功，殊不知天下事往往欲速則不達，手忙腳亂，反而弄糟了。」她說到這裡，喘息半晌，接下去道：「二來……二來他聽不得一句逆耳之言，旁人只有歌功頌德，說他是聖明天子，他才喜歡，倘若說他舉措不當，勸諫幾句，他便要大發脾氣，罷官的罷官，放逐的放逐，這樣一來，還有誰敢向他直言進諫呢？」

趙煦道：「奶奶，只可惜父皇的遺志沒能完成，他的良法美意，都讓小人給敗壞了。」

太皇太后吃了一驚，顫聲問道：「什……什麼良法美意？什……什麼小人？」

趙煦道：「父皇手創的青苗法、保馬法、保甲法等等，豈不都是富國強兵的良法？只恨司馬光、呂公著、蘇軾這些腐儒壞了大事。」太皇太后臉上變色，撐持著要坐起身來，可是衰弱已極，要將身子抬起一二寸，也是難能，只不住的咳嗽。趙煦道：「奶奶，你別氣惱，多歇著點兒，身子要緊。」他雖是勸慰，語調中卻殊無親厚關切之情。（**第四十九回**）

之所以說這一段有趣，是因為《天龍八部》中很少有這樣正兒八經的「史筆」，而這一段又恰恰是沿著愛民、納諫、於國事不可妄做更張這樣一個思路來的。作者態度鮮明，站在太皇太后高氏一邊，也就是站在司馬光、呂公著、蘇軾等保守派一邊，反對王安石的變法及宋哲宗趙煦之父宋神宗趙頊的改革。雖然也承認王安石不是壞人，又有才幹，目的也是愛國愛民，但卻指責宋神宗趙頊一來性子急躁，二來聽不得不同意見。這種政見就很有趣。

中國歷史上有名的王安石變法的成敗得失，至今仍是歷史學上一個爭議不休的問題。宋代「三冗兩積」（即冗官、冗費、冗兵，積弱、積貧）十分嚴重，按理說是非變法不可，可是天下之事欲速則不達，急劇的變法改革又使天下大亂、民怨如沸，反使國力更加元氣大傷。但反過來，若是不變不改，任其自流，三冗兩積，不僅貧弱，而且腐敗，長此以往，亦是非崩塌不可。這就是說，改亦不是，不改亦不是；變法要壞，不變法也要壞。這才是問題的關鍵所在。要點之一，就是體制的無能與腐敗，不能做到令行禁止、上下一心，反而相互抵觸、自我消解、扯皮牽制，毫無效應可言。什麼良法美意都難以實現。

當然，對這一歷史、政治難題的探究，不是我們在這裡能用三兩句話所能說得清的。我們舉這個例子意在說明，在具體的政治體制之下，政治的操作又很複雜，決不是諸如「愛民納諫」之理論可以概括得了的。因而要討論這些問題，必須脫離黨派之見，而要考慮新法與舊法的內容，進而還要考慮實際的政治體制，以及操作過程（可能性／可行性／實際效應）。

總之一句話，中國的許多政治問題並非簡單的，或單純的理論問題，而是體制問題。政治體制落後、腐敗、無效益，理論方略或政策指令再好，也只是一紙空文，或是美好的幻想。

金庸對中國歷史、政治的瞭解，是廣泛而又透徹的，對政治問題的關注，是金庸後期創作思路的重點。他的《笑傲江湖》一書，就是當做政治寓言來寫的。書中的人物，也大多被當成了政治性人物，而小說的主題，亦是政治性的權力鬥爭。

其實，《鹿鼎記》一書對中國政治、政治體制及政治思想、文化心態的描寫，遠比《笑傲江湖》豐富、深刻得多。

僅是該書《後記》中的「在康熙時代的中國，有韋小寶那樣的人物並不是不可能的事」這麼一句話，就十分耐人尋味。順著這一思路當能觸及中國政治及中國文化的某些本質。

有人說《鹿鼎記》中的康熙形象是「美化了的好皇帝」，因而不值一談。其實這是只知其一而不知其二，就某種意義而言，《鹿鼎記》的確是把康熙當成明君的形象來寫的，而且也確實有美化的痕跡，但這部小說的價值並不因此而減低。

理由是，一，康熙胸懷寬廣、見識不凡，功業蓋世，不僅在清朝，就是在整個的中國史上，也要算是最偉大的人物之一。在封建帝王之中，他確實稱得上是有道明君，若與明朝的皇帝相比，那更有天壤之別。所以書中對康熙的描寫，並沒有多少失實之處。只是有些誇張、美化的痕跡罷了。

二，書中寫到康熙與韋小寶的關係，涉及了這一皇帝形象的另一面，這就使康熙的形象有了立體感，有了深度。由此可見作者並沒有一味的美化康熙這一形象，我們應該看其本質。除此而外，金庸出於民族主義的傳統，在其第一部小說《書劍恩仇錄》中將一個也還算不錯的清朝皇帝寫得有些不堪，大約使作者理智與良知上都覺有愧，所以在最後一部小說《鹿鼎記》中將康熙這位更了不起的清朝皇帝寫得較好，這叫糾偏矯枉，或者說是自我超越。

在金庸的筆下，康熙形象的突出特徵之一是他胸懷寬廣。比如康熙三年時（**那時候他本人尚未親政**），洋人湯若望說欽天監推算日食有誤，和欽天監的漢宮雙方激辯。欽天監的漢官楊光先辯不過，就找他的岔子，上了一道奏章，說湯若望制定的那部《大清時憲曆》一共只推算了兩百年，那不是咒大清只有兩百年天下嗎？當時當政的鰲拜受理此案，說湯若望有罪該殺，就將他關了起來。康熙親政後，聽另一洋人南懷仁說起，就將湯若望無罪開釋。書中寫到韋小寶說「奴才去叫他花些心思，做一部大清萬年曆出來」時，康熙笑了幾聲，隨即正色道：「我讀前朝史書，凡是愛惜百姓的，必定享國長久，否則盡說些吉祥話兒，又有何用？自古以來，人人都叫皇帝作萬歲，其實別說萬歲，享壽一百歲的皇帝也沒有啊。什麼『萬壽無疆』，都是騙人的鬼話。父皇諄諄叮囑，要我遵行『永不加賦』的訓諭，我細細想來，只要遵守這四個字，我們的江山就是

鐵打的。什麼洋人的大炮，吳三桂的兵馬，全都不用擔心。」（第三十四回）

《鹿鼎記》中康熙形象的第二個特徵是有自知之明。如吳三桂起兵造反之時，康熙深為憂慮，韋小寶想拍馬屁，說：「皇上御駕親征，勝過了徐達、常遇春、沐英，當年明太祖打陳友諒，他也是御駕親征」時，康熙說道：「你拍馬屁容易，說什麼鳥生魚湯（**引者按：是堯舜禹湯，只韋小寶說鳥生魚湯**），英明智慧。真的英明，第一就得有自知之明。行軍打仗，非同小可，我從來沒打過仗，怎能是吳三桂的對手？幾十萬兵馬，一個指揮失當，不免一敗塗地。前明土木堡之變，皇帝信了太監王振的話，御駕親征，幾十萬大軍，都教這太監糊裡糊塗的搞得全軍覆沒，連皇帝也給人捉了去。」（第三十八回）

康熙形象的第三個突出特徵，是明白事理。如書中寫到台灣受災，康熙命宮廷減膳減衣，拿出五十萬兩銀子去做賑災之用，韋小寶自然又要大拍馬屁不可——書中寫道——

康熙搖頭道：「不對。我宮裡的一切使用，每一兩銀子都是來自天下百姓。百姓供養我錦衣玉食。我君臨萬民，就當盡心竭力，為百姓辦事。你食君之祿，當忠君之事。我食民之祿，就當忠民之事。古書上說：『四海困窮，則天祿永終。』如果百姓窮困，那就是皇帝不好，上天震怒，我這皇帝也做不成了。」韋小寶道：「那決計不會的，萬萬不會的。」

康熙道：「你做大臣，出於我的恩典。我做皇帝，出於上天的恩典。你辦事不忠，我砍你的腦袋。我不做好皇帝，上天也會換一個人來做。《尚書》有云：『皇天后土，改厥元子。』『元子』就是皇帝，皇帝做不好，上天會攆了他的。」韋小寶道：「是，是。你叫做小玄子，原來玄子就是皇帝。」康熙道：「這個『玄』字，跟那個『元』字不同。」

……康熙從桌上拿起一本書來，說道：「浙江巡撫進呈了一本書，叫做《明夷待訪錄》，是一個浙江人黃梨洲新近做的。浙江巡撫奏稱書中有很多大逆不道的言語，要嚴加查辦。我剛才看了這書，都覺得很有道理，已批示浙江巡撫不必多事。」說著翻開書來，說道：「他書中說，為君乃以『一人奉天下』，非為『天下奉一人』，這意思說得很好。他又說：『天於所是未必是，天子所非未必非。』這也很對。人孰無過？天子也是人，哪有一做了皇帝，就『什麼都是對，永遠不會錯』之理？」康熙說了一會，見韋小寶雖然連聲稱是，臉上卻盡是迷惘之色，不由得啞然失笑，心想：「我跟這小流氓說大道理，他哪裡理會得？再說下去，只怕他要呵欠連連了。」於是左手一揮，道：「你去吧。」右手仍拿著那本書，口中誦讀：「以為天下利害之權皆出於我，我以天下之利盡歸於己，以天下之害盡歸於人，亦無不可。使天下之人不敢自私，不敢自利。以我之大私，為天下之公。始而慚焉，久而久安焉，視天下為莫大產業，傳之子孫受享無窮。」（**第五十回**）

如此等等，小說中康熙的形象確實是不錯的。不過在金庸的書中，他雖是一位理想化的皇帝形象，卻也並不是一味的高大全。他的形象也有另一面。

首先是對皇帝大位及其權力的看重，如書中寫到韋小寶抓到假太后毛東珠時，康熙的心情相當複雜，書中寫道：

康熙見她臉色蒼白，突然之間心中一陣難過：「這女人害死我親生母親，害得父皇出家，使我成為無父無母之人。她又幽禁太后數年，折磨於她，世上最大惡極之人，實無過此了，可是……可是……我幼年失母，一直是她撫育我長大。這些年來，她待我實在頗有恩惠，就如是我親生母親一般，深宮之中，真正待我好的，恐怕也只有眼前這個女人，還有這個狡猾胡鬧的小桂子。」內心深處，又隱隱覺得：「若不是她害死了董鄂妃和董妃之子榮親王。我非但做不成皇帝，說不定還有性命之憂。如此說來，這女人對我還可說是有功了。」

在數年之前，康熙年紀幼小，只覺人世間最大恨事，無過於失父失母，但這些年來親掌政事，深知大位倘若為人所奪，那就萬事全休，在他內心，已覺帝皇權位，比父母親的慈愛為重，只是這念頭固然不能宣之於口，連心中想一下，也不免罪孽深重。（第四十二回）

實際上，雖然明知罪孽深重，他也要這麼想。因為他所處的特殊環境地位，實情是如此。掌握權柄，實際上比什麼都重要得多。

康熙形象的負面，第二個特徵是殘忍。正如金庸在《倚天屠龍記》的「後記」中所說的那樣：「中國成功的政治領袖，第一個條件是『忍』，包括克制自己之忍，害人之忍，以及對付政敵的殘忍。第二個條件是：決斷明快。第三是極強的權利欲。」康熙就是這樣的領袖。決斷明快及權力欲我們都已說過了。他的殘忍，在書中也不難看到。如他對付先帝的顧命大臣鰲拜，其手段、方法就讓人膽顫心驚。正因如此，連韋小寶這樣天不怕地不怕的小無賴，且又與康熙有「總角之交」的朋友，也感到康熙隨年齡的增長而威權日重，從內心裡感到害怕。

康熙負面形象的第三個特徵是玩弄權術，如他對付吳三桂的手段，是恩威兼濟，隨後又步步緊逼，繼而又明裡順手推舟，暗中策劃除藩。書中還寫到他要在明朝崇禎皇帝忌辰的那一天，派幾名親王貝勒去崇禎陵上拜祭一番，為的是「好教天下百姓都感激我，心中痛恨吳三桂」。接著又派韋小寶去揚州修建紀念抗清名人史可法的紀念祠「忠烈祠」，這當然也是為了收買人心，而且又讓寵臣韋小寶衣錦還鄉。其實對於韋小寶，他也使用權術，最厲害的一招，是在聖旨上說韋小寶殺了陳近南，明裡是表彰韋小寶的功勞，實際上是要讓韋小寶無法在江湖上立足為人，連茅十八都對韋小寶恨之入骨，天地會中的英雄好漢就更是可想而知了。由此可見康熙玩起權術來是怎樣的爐火純青，不動聲色。

《鹿鼎記》對康熙時代政治的描寫，不僅刻畫了康熙皇帝的形象，也深刻地揭露了官場政治的奧妙。

這一方面的例子極多，幾乎每寫到一個官場人物都值得一說。比如康熙讓索額圖與韋小寶一同去查抄鰲拜的財產，共抄出二百一十八萬兩銀子，索額圖將其中的一百萬兩拿來與韋小寶「二一添作五」地平分了，使韋小寶大吃一驚之後從此眼界大開。對官場的貪、瞞之技開始入門。

又如福建水師提督、靖海將軍施琅被康熙召來北京，只見到皇帝一次，從此便在北京投閒置散，領一份乾餉，無職無權，比之順天府衙門中的一個小小公差的威勢尚不如。以他如此雄心勃勃的漢子，如此坐困愁城，猶似熱鍋上的螞蟻一般。「這三年之中，他過不了幾天便到兵部去打個轉。送禮運動，錢是花得不少，歷年來宦囊所積，都已填在北京官場這無底洞裡。但皇帝既不再召見，回任福建的上諭也不知何年何月才拿得到手。到得後來，後部衙門一聽到施琅的名字就頭疼，他手頭緊，沒錢送禮，誰也不再理他。」——這三年時間，徹底地改變了施琅的性格，從小說中索額圖的幾句話便可得知：一句是「老施，在北京這幾年，可學會了油嘴滑舌啦，再不像初來北京之時，動不動就得罪人」；「你什麼都學乖了，居然知道韋大人是皇上駕前第一位紅官兒，走他的門路，可勝於去求懇十位百位王公大臣」（第三十四回）。這施琅是福建的軍官，卻要求到韋小寶的門下，自稱「眷晚生」，多麼讓人不解！可是，還真的成了！施琅走韋小寶的路子居然「上達天聽」，康熙也故意給韋小寶這個面子，好讓施琅永遠感激韋小寶。

這是什麼事兒？曰：這就是官場。

再看兩例。

一例是康熙決意撤藩（**免去吳三桂等人的藩王頭銜，逼他們退休**），王公大臣不明白康熙的意思，說來說去都是主張不可撤藩。接著書中有這麼一段：

康熙問兵部尚書明珠：「明珠，此事是兵部該管，你以為如何？」

明珠道：「聖上天縱聰明、高瞻遠矚，見事比臣子們高上百倍。奴才想來想去，撤藩有撤藩的好處，不撤藩有不撤藩的好處，心中好生委決不下，接連幾天睡不著覺。後來忽然想到一事，頓時放心，昨晚就睡得著了。原來奴才心想，皇上思慮周詳，算無遺策，滿朝奴才們所想到的事情，早已一一都在皇上的料中。奴才們想到的計策，再高也高不過皇上的指點。奴才只須聽皇上的吩咐辦事，皇上怎麼說，奴才們就死心塌地、勇往直前的去辦，最後定然大吉大利，萬事如意。」

韋小寶一聽，佩服之極，暗想：「滿朝文武，做官的本事誰也及不上這個傢伙。此人馬屁功夫十分到家，老子得拜他為師才是。這傢伙日後飛黃騰達，功名富貴不可限量。」

康熙微微一笑，說道：「我是叫你想主意，可不是來聽你說歌功頌德的言語。」

明珠磕頭道：「聖上明鑒：奴才這不是歌功頌德，的的確確是實情。自從兵部得到三藩有不穩的訊息，奴才日夜擔心，思索如何應付，萬一要用兵，又如何調兵遣將，方有必勝之道，總是要讓主子不操半點心才是。可是想來想去，實在主子太英明，而奴才們太膿包，我們苦思焦慮而得的方策，萬萬不及皇上隨隨便便的出個主意。聖天子是天上紫薇星下凡，自然不是奴才這種凡夫俗子及得上的。因此奴才心想，只要皇上吩咐下來，就必定是好的。就算奴才們一時不明白，只要用心幹去，到後來終於會恍然大悟。」（第三十七回）

以上這一段，是一位堂堂的兵部尚書——國防部長——在最高國務會議上的發言，看起來令人匪夷所思，以為作者太過誇張，君不見康熙「微微一笑」、龍顏大悅麼？有這樣的體制，這樣的文化傳統，就有這樣的語言。三百年前有，三百年後仍然還會有。

另一例，是康熙派韋小寶赴揚州公幹，書中寫道：

……眾官員聽得皇帝下旨豁免揚州府所屬各縣三年錢糧，還要撫恤開國時兵災災戶的孤寡，與建忠烈祠祭祀史可法等忠臣，無不大呼萬歲，叩謝皇恩浩蕩。

韋小寶宣旨已畢，說道：「眾位大人，兄弟出京之時，皇上吩咐，江蘇一省出產殷富，可是近年來吏治鬆馳，兵備也不整飭，命兄弟好好查察整頓。皇上對揚州百姓這麼愛惜，咱們居官的，該當盡心竭力，報答聖恩才是。」文武百官齊聲稱是，不由得都暗暗發愁。其實這幾句話是索額圖教他的。韋小寶知道想賄賂收得多，第一是要對方有所求，第二是要對方有所忌，因此對江蘇文武官員恐嚇一番，勢不可免。只不過這番話要說得不輕不重，恰到好處，又要文謅謅的官腔十足，卻非請教索額圖不可了。

官樣文章做過，自有當地官員去擇地興建忠烈祠，編造應恤災戶名冊，差人前赴四鄉，宣諭皇上豁免錢糧的德音。這些事情非一朝一夕所能辦妥，這段時間，便是讓他在揚州這個銷金窩裡享福了。此後數日之中，總督、巡撫設宴，布政司、按察司設宴，諸道設宴，自是陳列方丈，羅列珍饈，極盡豪奢，不在話下。（**第三十九回**）

這是欽差大臣赴地方公幹的情形，其公然索賄，而又言辭巧妙，不露痕跡，非官場中人，恐難以想像。這些話韋小寶原本是說不出來的，索額圖既然與他是至交好友，豈能不教他？康熙這次派他來揚州，除了讓他衣錦還鄉之外，恐亦有意要讓他發一筆財，這也就是說，這種官場通例，雖然不載於正史，不載於《資治通鑒》，但英明如康熙是知道的。因為他知道，才派韋小寶來，這筆財與其讓別人發，不如讓親信紅人韋小寶來發。

這幾個例子雖屬小說家言，但也還是可信的，還是那句話：在康熙時代的中國，這樣的事是可能的。這樣的事是官場傳統，是中國政治一個不可忽視的組成部分。

第十章 武

武術是中國特有的一種東西。西方語言中沒有這個概念，只好像我們引進「沙發」、「沙龍」那樣，將武術音譯過去。另一種譯法則是「中國功夫」。

武功是武俠小說的一大基本要素，我們討論武俠小說也好，討論中國文化也罷，都不能不說武術。

有的讀者朋友或許會懷疑，在武俠小說之中研究中國的武術，或「武功與文化」，是否有些不大妥當？理由是（1）作者只是一位文人，而不是一位武士，他不懂武術；（2）武俠小說中的武功打鬥乃是想像與虛構的東西，諸如「唐詩劍法」、「書法武功」等，只可當藝術來欣賞，豈能當武術來研究？

有這樣的疑問是正常的，而且——在一定的程度上——是有些道理的。但這是其一，即事物的一方面；還有其二，即事物的另一方面。

另一方面是，金庸不是一位武術家，卻不妨礙他是一位武學家。不會術，卻懂學，紙上談兵，可以頭頭是道。進而，中國武術，就其本性而言，就介乎技（術）與藝（道）之間，所以有時候武功也稱作武藝。

武與舞現在看來似乎有本質性的區別，但華陀初創「五禽戲」時，誰能說得清，它是武術、體操，還是舞蹈？唐代有「公孫大娘舞劍器」的著名掌故，使張旭頓悟草書之道，那「舞劍」與「劍舞」之間的模糊疆域，誰又能說得清在哪裡？至少可以說，象形、舞蹈，注重觀賞性及審美效應，是中國武術的重要特性之一。

至於武術文化，則整個武俠小說及武俠電影、電視劇，都能夠進入它的學術視野。武俠小說中的神奇誇張，武俠電影中的特技效果，固然已與武術的原型相去甚遠，但畢竟又是對它的神韻作可以理解的虛構和誇張。

筆者為此寫了一部書，名為《金庸「武學」的奧秘》對這一題目進行過專門論述。不過那裡著重講述的是「藝術」與「學術」，而非武術與文化本身，著眼點有所不同。

在這裡，我要說的第一個問題是，金庸雖非武術家，拳腳功夫幾乎沒有，但他對中國武術史的知識，對中國武術的一些基本要領，還是相當瞭解的。在這一方面，他也下過功夫。

有書為證。《書劍恩仇錄》中有這麼一段：

周仲英接著少林禮數，左手抱拳，一個「請手」，他知對方年輕，自居晚輩，決不肯搶先發招，也不再客氣，一招「左穿花手」，右拳護腰，左掌呼的一聲，向陳家洛當面劈去。這一掌勢勁力疾，掌未至，風先到，先聲奪人。陳家洛一個「寒雞步」，右手上撩，架開來掌，左手畫一大圓弧，彎擊對方腰肋，竟是少林拳的「丹鳳朝陽」。……周仲英「咦」了一聲，甚感詫異，手上絲毫不緩，「黃鶯落架」、「懷中抱月」，連環進擊一招緊似一招……

翻翻滾滾拆了十餘招。周仲英在少林拳上浸淫數十年，功力已臻爐火純青之境，推拳勁作，發腿風生。少林拳講究心快、眼快、手快、身快、步快，他愈打愈快，攻守吞吐，回轉如意。第一路「闖少林」三十七勢未使得一半，陳家洛已處下風。周仲英突然猛喝一聲，身向左轉，一個「翻身劈擊」，疾如流星。陳家洛急忙後仰，敵掌去頰僅寸，險險未及避開。紅花會群雄俱各大驚。

陳家洛縱出數步，猱身再上，拳法已變，出招是少林派的「五行連環拳」，施開崩、鑽、劈、炮、橫五趟拳術。周仲英仍以少林拳還擊。不數招，陳家洛忽然改使「八卦遊身掌」，身隨掌走，滿廳遊動，燭影下似見數十個人影來去。周仲英以靜禦動，沉著應戰，陳家洛身法雖快，卻絲毫未佔便宜。

再拆數招，周仲英左拳打出，忽被對方以內力黏至外門，這一招竟是大極拳中的「如封似閉」。但見他拳勢頓緩，神氣內斂，運起太極拳中以柔克剛之法，見招拆招，見式破式；眾人愈觀愈奇，自來少林太極門戶有別，拳旨相反，極少有人兼通，他年紀輕輕，居然內外雙修，實是武林奇事。周仲英打起精神，小心應付。這一來雙方攻守均慢，但行家看來，比之剛才猛打狠鬥，尤為凶險。兩人對拆二十餘招，意到即收。陳家洛忽地一個「倒輦猴」，拳法又變，頃刻之間，連使了武當長拳、三十六路入擒拿手、分筋錯骨手，岳家散手

四門拳法。（第三回）

這一段便是一老一實地按照中國武術的拳經圖譜去寫的，少林拳中確有「丹風朝陽」，太極拳中確有「如封似閉」，且少林拳的心快、眼快、手快、身快、步快，以及太極拳神氣內斂、以柔克剛，這些都是有根有據。再加上武當長拳等四種拳法，陳家洛在這裡開了一個小小的拳術展覽——當然是作者金庸有意要他這樣做的。陳家洛跟著師父袁士霄學習「百花錯拳」，頭一關，便是要先學會諸家拳法，爾後才能打出「錯拳」來。所以陳家洛打出各家拳法，當屬自然而然之事，小說中能自圓其說。

如果說《書劍恩仇錄》中的這一段尚屬點到為止，只寫出了中國武術的幾個門派及幾個招式的名稱，在《飛狐外傳》一書中，作者就再也不是只說皮毛了。先看小說中太極門高手趙半山講解太極武功的「亂環訣」及「陰陽訣」：

卻聽趙半山又道：「我先說亂環訣與你，好好記下了。」於是朗聲念道：「亂環術法最難通，上下隨合妙無窮。陷敵深入亂環內，四兩能拔千斤動。手腳齊進豎找橫，掌中亂環落不空。欲知環中何法在，發落點對即成功。」

這八句一念，孫剛峰和陳禹面面相覷，說不出話來。原來這八句詩不像詩、歌不像歌的話，正是太極門中的「亂環訣」。……

趙半山道：「本門太極功夫，出手招招成環。所謂亂環，便是說拳招雖有定型，變化卻在乎其人。手法雖均成環，卻有高低、進退、出入、攻守之荊。圈有大圈、小圈、平圈、立圈、邪圈、正圈、有形圈及無形圈之分。臨敵之際，須得以大克小，以斜克正，以無形克有形，每一招發出，均須暗蓄環勁。」他一面說，一面比劃各項圈環的形狀，又道：「我以環形之力，推得敵人進我無形圈內，那時欲其左則左，欲其右則右。然後以四兩微力，撥動敵方千斤。務須以我豎力，擊敵橫側。太極拳勝負之數，在於找對發點，擊準落點。」

……趙半山解畢「亂環訣」，說道：「口訣只是幾句話，這斜圈無形圈使得對不對，發點與落點準不準，可是畢生的功力，你懂了麼？」

……只聽趙半山朗聲念道：「太極陰陽少人修，吞吐開合問剛柔。正隅收放任君走，動靜變裡何須愁？生克二法隨著用，閃進全在動中求。輕重虛實怎的是？重裡現輕勿稍留。」

……只見趙半山拉開架式，比著拳路，說道：「萬物都分陰陽。拳法中的陰陽包括正反、軟硬、剛柔、伸屈、上下、左右，前後等等。伸是陽，屈是陰；上是陽，下是陰。散手以吞法為先，用剛勁進擊，如蛇吸食；合手以吐法為先，用柔勁陷人，似牛吐草。均須冷、急、快、脆。至於正，那是四個正面，隅是四角。臨敵之際，務須以我之正衝敵之隅。倘若正對正，那便衝撞，便是以硬力拚硬力。若是年幼力弱，功力不及對手，定然吃虧。」

……「若是以角衝角，拳法上叫作『輕對輕，全落空。必須以我之重，擊敵之輕，以我之輕，避敵之重。再說到『閃進』，二字，當閃避敵方進擊之時，也須同時反攻，這是守中有攻，而自己進擊之時，也須同時閃避敵方進招，這是攻中有守，此所謂『逢閃必進，逢進必閃』。拳訣中有言道：『何謂打？何謂顧？打即顧，顧即打，發手便是。何謂閃？何謂進？進即閃，閃即進，不必遠求。』若是攻守有別，那便不是上乘的武功。」……

趙半山又道：「武功中的勁力千變萬化，但大別只有三股勁，即輕、重、空。用重不如用輕，用輕不如用空。拳訣言道：「雙重行不通，單重倒成功。」雙重是力與力爭，我欲去，你欲來，結果是大力制小力。單重卻是以我小力，擊敵無力之處，那便能一發成功。要使得敵人的大力處處落空，我內力雖小，卻能勝敵，這才算是武學高手。」……（第四章）

趙半山是一代武術宗師、太極門中高手，由他來講解太功拳法與拳理，實在是再恰當不過。不然何以能使胡斐僅靠一部家傳刀譜便成絕世高手？這裡的人和事都是虛構的，武功原理卻非虛構，是真的照著拳譜上來的。

上述拳理的理論之源，當然還是「太極生陰陽」的《易》學理論。所謂「亂環」，是象徵著太極之圖，所謂「陰陽」，亦象徵著兩儀之旨。中國武術與中國文化本就密不可分。

趙半山所講述的這些——聽這樣的大行家講學，如聽高僧說法，是難逢的機會——

可以在《倚天屠龍記》中印證，其中張三丰教、張無忌學的太極拳，便是大圈圈套小圈圈；也可以在《笑傲江湖》中印證，武當派掌門人沖虛道長曾與令狐冲比劍，沖虛道長的劍法就是不斷地畫圈，吞吐開合，深含太極之理。作者對這一路功夫，顯然頗有研究。因而在小說中寫來便格外的得心應手，並且相當的準確精到、前後一致。

《飛狐外傳》的主人公胡斐比較幸運，他雖然沒有一個固定的師父，但聽行家講課的機會卻不少。上述趙半山所講，要算是專業課。我們再聽一聽由另一人所講的「專業基礎課」又怎樣。少林韋陀門的掌門人萬鶴聲去世，他的三個徒弟爭掌門之位，文爭不成，只得比武定奪。胡斐適逢其會，恰好同桌又坐著一位武學知識比較淵博而又喜歡說話的中年武師：

楊賓脾氣暴躁，大聲道：「由我先上便了。」從弟子手中接過單刀，大踏步上前……當下立個門戶，右手持刀橫置左肩，左手成鉤，勁坐右腿，左腿虛出，乃是六合刀法的起手「護肩刀」。

少林韋陀門拳、刀、槍三絕，全守六合之法。所謂六合，「精氣神」為內三合，「手眼身」為外三合，其用為「眼與心合，心與氣合，氣與身合，身與手合，手與腳合，腳與胯合」。全身內外，渾然一體……

與胡斐同桌的那中年武師賣弄內行，向身旁後生道：「單刀看的是手，雙刀看的是走。使單刀的右手有刀，刀有刀法，左手無物，那便安頓為難。因此看一人的刀上功夫，只要瞧他左手出掌是否厲害，便知高低。你瞧孫師兄這一掌翻將出來，守中有攻，功力何等深厚？」胡斐聽他說得不錯，微微點頭。

說話之間，師兄弟倆已交上了手，雙刀相碰，不時發出叮噹之聲。那中年武師又道：「這二人刀法，用的都是『展、抹、鉤、剁、砍、劈』六字訣，法度是很不錯的。」那後生道：「什麼叫做鑽母鉤肚？」中年武師冷笑一聲道：「刀法之中，還有鑽他媽媽，鉤你肚子麼？刃口向外叫展，向內為抹，曲刃為鉤，過頂為砍，雙手舉刀下斬叫做劈，平手下斬為剁。」（**第六章**）

胡斐雖然刀法精奇，但他祖傳的刀譜之中，恐較少提這些細緻分別，注重的只是護身傷敵諸般精妙變招，這時聽那中年武師說得頭頭是道，才知刀法之中還有這許多講究。這可以說是刀法及其武術的一些基礎知識。

那師兄弟正在比武，大門外忽然走進一位紫衣女郎（**袁紫衣**），說：「六合刀法，精要全在『虛、實、巧、打』四字，你們這般笨劈蠻砍，還提什麼韋陀門？什麼六合刀？想不到萬老拳師英名遠播，竟調教了這等弟子出來。」那師兄弟不服，這紫衣女郎只用三招刀法就分別打敗了他們倆個。楊賓不服，要與袁紫衣比槍，那中年武師又說開了：「中平槍，槍中王，高低遠近都不妨；去如箭，來如線……」

如果說《書劍恩仇錄》中陳家洛與周仲英的那一場比武是「拳法大展」，那麼《飛狐外傳》自紫衣女郎出現之後，便開始了「兵刃大展」。不僅比了刀、比了槍，又比了拳，後來又與人鬥劍，再與人鬥九節鞭……陳家洛是拳術雜家，袁紫衣稱得上是兵器雜家。

在上引的那一段之後，韋陀門中的長輩劉鶴真眼見本門之中無人是袁紫衣的對手，大丟臉面，且見袁紫衣演練使用的韋陀門武功其實是似是而非，所以只好挺身而出，要與她鬥一鬥「本門鎮門之寶」，即天罡梅花樁上比武（**天罡數三十六，梅花樁是樁成梅花之形**）。書中寫道：「各門武功之中，均有樁上比武之法，只是樁子卻變異百端，或豎立木樁，或植以青竹，或疊積磚石，甚至是以利刃插地……」具體情形怎樣，就不一一細述了。

胡斐經此一段，自是長了不少見識。但要成為真正的第一流高手，那還有一個過程。他是在遇到「打遍天下無敵手」苗人鳳，並看他示範胡家刀法、講解刀法精要之後，才進入第一流高手的境界。書中寫道：

苗人鳳一路刀法使完，橫刀而立，說道：「小兄弟，以你刀法上的造詣，勝那田歸農是綽綽有餘，但等我眼睛好了，你要和我打成平手，卻尚有不及。」

胡斐道：「這個自然，晚輩怎是苗大俠的敵手？」

苗人鳳搖頭道：「這話錯了。當年胡大俠以這路刀法，和我鬥了五天，始終不分上下。他使刀之時，可比你緩慢得多，收斂得多。」胡斐一怔，道：「原來如此？」苗人鳳道：「是啊，與其以主欺客，不如以客犯主。嫩勝於老，遲勝於急。纏、滑、絞、擦、抽、截，強於展、抹、鉤、剁、砍、劈。」

原來以主欺客，以客犯主，均是使刀之勢，以刀尖開砸敵器為「嫩」，以近柄處刀刃開砸敵器為「老」；磕托稍慢為「遲」，以刀先迎為「急」，至於纏、滑、絞、擦等等，也都是使刀的諸般法門。

苗人鳳收刀還入，拿起筷子，扒了兩口飯，說道：「你慢慢悟到此理，他日必可稱雄武林，縱橫江湖。」

……（胡斐）扒了幾口飯，伸筷子到那盤炒白菜中去挾菜，苗人鳳的筷子也剛好伸出，輕輕一撥，將他的筷子擋了開去，說道：「這是『截』字訣。」胡斐道：「不錯！」舉筷又上，但苗人鳳的一雙筷子守得嚴密異常，不論他如何高搶低撥，始終伸不進盤子之中。

胡斐心想：「動刀子拚鬥之時，他眼睛雖然不能視物，但可聽風辨器，從兵刃劈風的聲音之中，辨明了敵招的來路。這時我一雙小小的筷子，伸出去又無風聲，他如何能夠察覺？」

兩人進退邀擊，又拆了數招，胡斐突然領悟，原來苗人鳳這時所使的招數，全是用的「後發制人」之術，要待雙方筷子相交，他才隨機應變，這正是所謂「以客犯主」、「遲勝於急」等等的道理。

胡斐一明此理，不再伸筷搶菜，卻將筷子高舉半空，遲遲不落，雙眼凝視著苗人鳳的筷子，自己的筷子一寸一寸的慢慢移落，終於碰到了白菜。那時的手法可就快捷無倫，一挾縮回，送到了嘴裡。苗人鳳瞧不見他筷子的起落，自是不能攔截，將雙筷往桌上一擲，哈哈大笑。

胡斐自這口白菜一吃，才真正踏入了第一流高手的境界……（第十一章）

這一段看起來有些玄乎，卻又在理，講的是武功及戰術，可說是「專業研究課」。前面苗人鳳所說的刀法，那是實打實的訣竅。後面一段「胡斐吃白菜」則是一種寓言。既是寓言，自然也就當真包含了武術的道理在內。這就由武術的「形似」過渡到了武術的「神似」，即由武術之「技」過渡到「藝」進而至「道」。

寫武俠小說，要做到武術的「形似」其實並不難。寫武術之「技」，拿些拳經劍譜，各家各派的內外功心法、身法，照抄便是了。可是那樣一來，武俠小說就失去了其小說味，失去了傳奇性和趣味性了。

金庸的作法，是點到為止，真傢伙也來一點，而十分之九，卻是靠自己想像和虛構，自創出五花八門的新招式、奇功法、妙武藝來。

金庸小說對武功與打鬥的描寫法門，共有四種。一種是按照已有的武術流派武功的套路招式進行摹寫；第二種是個性化的描寫，即按照「文如其人」的古理，推導並創作出「武如其人」的特殊武功來；第三種是藝術化的描寫，即純粹是為了好看，而將琴棋書畫詩詞歌舞等等藝術門類、與武術結合起來，寫出特殊的審美境界來。這一類最多；第四類是哲學化的描寫，即按照一定的「道」來寫出它應用於武功領域的藝或技。

以上這四種方法，其中的個性化與藝術化的描寫這兩條，因與我們通常的武術概念相去較遠，只是小說的藝術虛構，雖然說是發揮了武術的神韻，並充滿了文化氣息，但我們還是在其他的章節來討論，卻不好在這裡說。一句話，就是武藝之「藝」大大地超過了「武」。所以終究只能算是「藝」，而不能歸結為武。

第一種方法，我們在本章的前面已經引證過。金庸小說中當然不止那些，比如《倚天屠龍記》中有關於鴨形拳的描寫，其餘小說中還有關於鷹爪拳、蛇拳、螳螂拳、鶴形拳等等象形拳術的描寫，這些拳法都是中國武術中固有的。

現在我們要說最後一種，也是最重要的一種方法，即哲學化的方法。古人云：技進乎藝，藝進乎道。金庸是反過來用，「道生藝，藝生技」，即按照武術的哲學原理，生（創作）出新的武術技藝來。

武俠小說中的武功描寫，有兩大矛盾。一是觀賞性與實用性之間的矛盾；一是創造性與可能性之間的矛盾。

前一對矛盾是說，武俠小說中的武功與打鬥是要給人看的，因而越神奇越好；可是武術行家看起來不免要大搖其頭。

古龍有一個著名的觀點，是「武功是用來殺人的，不是用來給人看的」，所以他寫武功並不注重形式上的好看，而只注重實用。比如「小李飛刀，例不虛發」，至於他是怎麼發的，則不去寫。實際上，這一觀點對於武俠小說來說有些似是而非。武俠小說本來就是給人看的，而不是實用的拳經劍譜。何以不能寫出來呢？金庸基本上是以追求觀賞性為主，兼及實用性。話雖如此，有時為了觀賞性的效果，難免離實用性較遠。對此，金庸後來有所折衷。

例如「書法武功」在《神鵰俠侶》中寫來是神妙無比，而到了小說《笑傲江湖》中則退了一步，且由武術大行家任我行來對此作過一番評論，說：「要知臨敵過招，那是生死繫於一線的大事，全力相搏，尚恐不勝，哪裡還有閒情逸致，講究什麼鍾王碑帖？除非對方武功跟你差得太遠，你才能將他玩弄戲耍。但如雙方武功相若，你再用判官筆來寫字，那是將性命雙手獻給敵人了。」

又說：「要勝禿頭老三，那是很容易的，他的判官筆法本來相當可觀，就是太過狂妄，偏要在武功中加上什麼書法。嘿嘿，高手過招，所爭的只是尺寸之間，將自己性命來鬧著玩，居然活到今日，也算是武林中的一樁奇事。禿頭老三，近十多年來你龜縮不出，沒到江湖上行走，是不是？」（**第二十回**）金庸這麼寫，自然是要對以前的「藝術武功」的描寫作一個反思和糾偏，進而兼顧觀賞性與實用性。

另一方面，金庸在創造性與可能性之間，也是盡力兼顧，並且力求筆下武功——在理論上的——可能性，這一方面最突出的例子，是在小說《倚天屠龍記》中對「乾坤大挪移」這一神奇武功的描寫。這門武功是神教的「鎮教之寶」，只有教主才能練習，但前幾任教主，幾乎沒一人練到第四層以上（**一共七層**），而張無忌則在很短的半天內就練成了，此事看起來神奇，但書中卻寫出了其中的道理：

原來這「乾坤大挪移」心法，實則是運勁用力的一項極巧妙的法門，根本的道理，在於發揮人本身所蓄有的潛力。每人體內潛力原極龐大，只是平時使不出來，每逢火災等等緊急關頭，一個手無縛雞之力的弱者往往能負千斤。張無忌練就九陰神功後，本身所蓄的力道已是當世無人能及，只是他未得高人指點，使不出來，這時一學到乾坤大挪移心法，體內潛力便如山洪突發，沛然莫之能禦。

這門心法所以難成，所以稍一不慎便致走火入魔，全由於運勁的法門複雜巧妙無比，而練功者卻無雄渾的內力與之相副，正如要一個七八歲的小孩去揮舞百斤重的大鐵錘，錘法越是精微奧妙，越會將他們自已打得頭破血流，腦漿迸裂，但若舞錘者是個大力士，那便得其所哉了。以往練這心法之人，只因內力有限，勉強修習，變成心有餘而力不足。

昔日明教各位教主大都明白這其中關鍵所在，但既得身任教主，個個是堅毅不拔、不肯服輸之人，又有誰肯知難而退？大凡武學高手，都服膺「精誠所至，金石為開」的話，於是孜孜兀兀，竭力修習，殊不知人力有時而窮，一心想要「人定勝天」，結果往往飲恨而終。張無忌所以能在半日之間練成，而許多聰明才智、武學修為遠勝他之人，竭數十年苦修而不能練成者，其間的分別，便在於一則內力有餘，一則內力不足而已。（**第二十回**）

這一段話，已將張無忌為何能在半天之內練成「乾坤大挪移」神功的原因、道理說明白了，至少在理論上，完全存在這種可能性。

這門「乾坤大挪移」神功用起來果然神妙無比，首次施用，便使何太沖、班叔嫻夫婦及華山二老這四位高手措手不及、手忙腳亂。這四人的兩儀劍法、反兩儀刀法原本配合得天衣無縫：同時攻向張無忌，而張無忌開始時也是險象環生。直到他明白了其中的關竅，這才舉重若輕，將何太沖夫婦及華山派師兄弟的攻勢，「挪」成了夫婦相攻，「移」成了師兄弟相鬥，讓他們身不由己，手不應心。後來又讓武當派第三代弟子中武功第一的宋青書攻向張無忌的「花開並蒂」的招數，全都「挪」成了自己攻自己，自己點了自己的穴道，讓宋青書大丟其臉，而又輸得莫名其妙。其實說起來也不難理解，張無忌所運用的「乾坤大挪移」功法，無非是將「借力打力」及「四兩拔千斤」這些中國武術的基本原理，加以適當的誇張，讓它發揮到極致而已。

這「乾坤大挪移」的功法，其實並非金庸所創，而是從前輩作家還珠樓主的《蜀山劍俠傳》中「化」出來的。在《蜀山劍俠傳》中，周輕雲、李英瓊飛赴紫雲宮途中，經過玄龜殿時，與易鼎、易震等發生了衝突，眼見易氏兄弟不敵，其母綠鬢仙娘韋青青出面，暗用「顛倒乾坤五行挪移大法」，將殿前石台上預先設置好的大須彌正反九宮仙陣移了過來，將周輕雲、李英瓊困在陣中。在這裡，「顛倒乾坤五行挪移大法」所挪移的是山川樹木、地形地勢、房屋建築、陣勢陣法，真正能夠「挪移乾坤」。這乃是古代神仙法術的餘韻，以為仙家能做到「移山縮地」「移形換影」（**這些《蜀山劍俠傳》中都有描寫**），因而法術通神之人亦必能「挪移乾坤」。

金庸將「顛倒乾坤五行挪移大法」化簡為「乾坤大挪移」，不僅簡化了它的名稱，更重要的是，從根本上改變了它的性質。使之由一種神秘莫測的神仙法術，變成可以理解的人間武功。「乾坤大挪移」的根本原理，是「四兩拔千斤」，在理論上是完全可能的。因而金庸所寫的這門武功，實際上是將不可能的玄想之法術化成了可能的武學方法。金庸解決兩大矛盾的方法是二者兼顧，我們也就可以從其「兼顧」對武術道理的發揮，及對武學原則的把握。

筆者多次提及《書劍恩仇錄》中的「百花錯拳」看似神奇，在道理上卻是可以講得通的。如其「百花易敵，錯字難當」，「出其不意，攻其不備」，這些不但是與武術的道理相通，而且正是中國軍事思想的精華所在。再如《書劍恩仇錄》中的「庖丁解牛掌」，其意在若能將武功練到庖丁解牛那般「以神遇而不以目視」計所謂「遊刃有餘」的境界，豈不是神妙？

關於金庸小說中的學術——哲學與道、理——我在《金庸「武學」的奧秘》一書中有過專門的論證（**書中的第二卷《武功與學術》即是**），在其他的有關章節中也引述了不少，這裡就不一一重複了。

總之，金庸的武俠小說中的武功描寫，不僅包含了大量的藝術想像與虛構，創造出大量子虛烏有的武功；同時也包含了大量的學術思考與發揮，寫出合理推斷與生發的新招式來。

有些武功看似子虛烏有，其實只不過是某一種武學原理的變型或誇張，有心之人自可將它們「還原」為某種武學的方法論。諸如：（1）博與專的關係；（2）剛與柔的關係；（3）內力與招式的關係；（4）死與活的關係等等，金庸小說中都有很精到的論述。

博與專的關係，在金庸小說中論述較多，分為兩個層次，第一層次是專比博好。這是就一般的意義而言的。比如《書劍恩仇錄》中的那場陳家洛的比武，陳家洛的拳法層出不窮，眾人雖然都很納罕，但陳家洛並沒能取勝。書中寫道：「周仲英以不變應萬變，六路少林拳融會貫通，得心應手，門戶謹嚴，攻勢凌厲。他縱橫江湖數十年，大小數百戰，似陳家洛這般兼通各家拳術的對手雖然未曾會過，但也不過有如他數十年來以一套少林拳依次遍敵各門好手，拳法上並不吃虧，他素信拳術之道貴精不貴多，專精一藝，遠勝駁雜不純。」（第三回）

同樣意思的話，在《神鵰俠侶》中，金輪法王也對楊過說過：「人各有志，那也勉強不來。楊兄弟，你的武功花樣甚多，不是我倚老賣老說一句，博采眾家固然甚妙，但也不免駁雜不純。你最擅長的到底是哪一門功夫？要用什麼武功去對付郭靖夫婦？」（第十六回）這幾句話將楊過問得張口結舌，難以回答。他一生遭際不凡，性子又是貪多務得，全真派的、歐陽鋒的、古墓派的、《九陰真經》、洪七公的、黃藥師的，諸般武功著實都學了不少。這些功夫每一門都是奧妙無窮，以畢生精力才智鑽研探究，亦難以望其涯岸，他東摘一鱗，西取半爪，卻沒一門功夫練到真正第一流的境界。遇到次等對手之時，施展出來固然是五花八門，叫人眼花繚亂，但遭逢到真正高手，卻總是相形

見絀。所以楊過「低頭沉思，覺得金輪法王這幾句話實是當頭棒喝，說中了他武學的根本大弊。」（《神鵰俠侶》第十六回）

但是，在另一個層面上，要想成為真正的超一流的武功高手，那又非博不可。也就是說，博乃是達到更高層次的專的必由之路。因為真正的超一流的武功高手，都是能別闢蹊徑，獨具一格的創造者。金庸小說中的主人公，除韋小寶等少數例外，無不是博采百家而後卓然自立的。便是前面說到的楊過，後來創出「黯然銷魂掌」的武功，同樣也是與以前的博採百家分不開的。

關於剛與柔的關係，當然同樣也是相對而言。中國哲學（尤其是道家哲學）中一向以為「柔能克剛」，所以《射鵰英雄傳》中提到的華山論劍，五位絕世高手之中，以全真派創始人王重陽的內家功夫（以柔為主）為天下第一。後來老頑童周伯通對郭靖說：「你師父洪七公的功夫是外家中的頂兒尖兒，我雖然懂得一些全真派的內家功夫決竅，想來還不是他的敵手。只是外家功夫練到像他那樣，只怕已到了盡處，而全真派的武功卻是沒有止境，像做哥哥的那樣，只可說是初窺門徑而已。當年我師哥贏得『天下武功第一』的尊號，決不是碰運氣碰上的，若他今日尚在，加上這十多年的進境，再與東邪、西毒他們比武，決不須再比七日七夜，我瞧半日之間，就能將他們折服了。」（《射鵰英雄傳》第十七回）但另一方面，周伯通又承認「雖說柔能克剛，但若你的降龍十八掌練到了洪七公那樣，我又克不了你啦。這是在於功力的深淺。」（同上）

關於內力與招式的關係，道家哲學中主張大象無形、大巧若拙、大音稀聲，即重內力而輕招式，重「道」而輕「技」。金庸小說中的武功描寫，自也受了這一傳統哲學的影響。例如《神鵰俠侶》中楊過在發現獨孤求敗的劍塚之前，武功極盡繁複花巧，而獨孤求敗的劍塚的留言中卻說「大巧不工，重劍無鋒」；進而還有「不滯於物，竹木石皆可為劍」，最後進入了「無劍勝有劍之境」。

這些只能意會而不能言傳，楊過一開始也沒能理解，但與獨孤求敗的神鵰博擊數日之後，「楊過提著重劍時手上已不如先前沉重，擊刺揮掠，漸感得心應手。同時越來越覺以前所學劍術變化太繁，花巧太多，想到獨孤求敗在青石上所留：「重劍無鋒，大巧不工」八字，其中境界，遠勝世上諸般最巧妙的劍招。他一面和神鵰博擊，一面凝思劍招的去勢回路但覺平平無奇的劍招，對方越難抗禦。比如挺劍直刺，只要勁力強猛，威力遠比玉女劍法等變幻奇妙的劍招更大」（《神鵰俠侶》第二十六回）。

對此最為典型的說法，還是《笑傲江湖》中華山派的「氣宗」與「劍宗」之分，前者重視以氣為主，後者以劍為主；前者重內力，後者重招式。華山掌門人（氣宗）岳不群對弟子們說：「劍宗的功夫易於速成，見效極快。大家都練十年，定是劍宗占上風；如練二十年，那是各勝擅長，難分上下；要到二十年之後，練氣宗功夫的才漸漸地越來越強，到得三十年練劍宗功夫的便再也不能望氣宗之項背了。」（《笑傲江湖》第九回）

所謂「死」與「活」，當然是指練功、比武的方法，一種是死搬教條，一板一眼；另一種是順其自然，靈活機動。這兩者的關係很難把握。練功時講究穩和準，要下苦功夫和死功夫；而博擊時則講究靈和活，要隨機應變，爭取主動，出其不意，攻其無備。

但練死了，又怎能用得活？反過來，若一味地講究活，練功時無所謂，那又怎能練得好？所謂「運用之妙，存乎一心」；岳不群雖然見識不凡、武功也不弱，但卻不是良師，他的徒弟中除了令狐冲外，沒有真正出色的。而令狐冲生性活潑，則又為岳不群所不喜，以至於令狐冲一直未能踏入真正一流高手之境，直至遇到風清揚才悟到「活學活用」的真諦。

書中寫道：「他從師練劍十餘年，每一次練習，總是全心全意的打起了精神，不敢有絲毫怠忽。岳不群課徒極嚴，眾弟子練拳使劍，舉手提足之間只要稍離了尺寸法度，他便立加糾正，每一個招式總要練得十全十美，沒半點錯誤，方能得到他點頭認可。令狐冲是開山門的大弟子，又生來要強好勝，為了博得師父、師娘的贊許，練習招式時加倍的嚴於律己。不料風清揚教劍全然相反，要他越隨便越好，這正投其所好，使劍時心中暢美難言，只覺比痛飲數十年的美酒還要滋味無窮。」

原來風清揚對人說的是：「一切須當順其自然。行乎其不得不行，止乎其不得不止，倘若串不成一起，也就罷了，總之不可有半點勉強。」（第十回）

這風清揚是劍宗高手，重劍不重氣，在「認識論」上當不如氣宗高明；然而在具體運用時，借助「獨孤九劍」，在「方法論」上則比岳不群高明得多，後來令狐冲與劍宗高手封不平比劍，居然出現了「氣宗徒兒（令狐冲）劍法高，劍宗好手氣功強」的奇妙局面。這也表明認識與方法之間的差異，應該能給我們很深的啟發。

最後，順便說一句，西方人認為中國武術神秘，中國人更神秘，又以為中國人個個都會武術，其實是錯了。

金庸最後一部書《鹿鼎記》中，寫出一個全然不懂武功、也不想練武功的韋小寶來。他在揚州妓院中成長起來，卻也算得上是久經戰陣，他的「常規打法」有罵人、張口咬人、撒石灰壞人眼睛、地下打滾、抓人頭髮、鑽人褲襠、捏人陰囊、躲在桌底下剁人腳板，還有最後一招，是打不過時便大喊大叫或躺在地上裝死嚇人。他的理論是：「用刀子殺人是殺，用石灰殺人也是殺，又有什麼上流下流了？……人家用刀子剁你大腿，我用刀子剁人家腳板，大腿跟腳板，都是下身的東西，又有什麼分別？」（**《鹿鼎記》第二回**）這一段，我們也應該錄下，為中國的「武文化」聊備一格。

第十一章 醫

中國有一句古話，是「不為良相，便為良醫」，這是長期以來讀書人的理想目標。也可以說是「為國為民」的儒家精神文化的一種體現。

當「良相」不難理解，那是「達則兼濟天下」，或「克己復禮為仁」，有機會實現為國為民行仁義的儒家目標。要當「良醫」，是在救不了天下蒼生氣運之時，那就想辦法救人性命。所謂「懸壺濟世」當然也是「濟天下」的一種。

不能使人的精神上崇禮歸仁，那就救死扶傷，療救病痛同樣表現濟世惠人的仁人之心。

中國醫學有自己光榮的傳統，有一套與眾不同的知識體系。最突出的特點之一，是「天人合一」以及「陰陽和合」。我們在講述《易經》時已經提出這部經書包括了天、地、人三道（古稱「三才」），其中當然就有醫學的理論依據在。因為醫學不僅是「人道」的一個組成部分，而且又與「天道」與「地道」有著密切的關係。

這也就是說，只要讀熟了《易經》這樣的哲學或曰玄學的經典，就意味著掌握了醫學的某些基本原理，世界觀既已確定，剩下的就是術或技的問題，即更進一步地掌握一些必要的專業知識的問題了。所以，古人當「良相」與當「良醫」之間，並不是完全風馬牛不相及，而是有「道」相通的。

武俠小說作家要熟悉一些中醫的知識為好，原因是（1）寫人練武，至少要熟悉一下人體的經絡及其身體組織結構；（2）寫人比武，至少要熟悉一下人體的穴道（**因為武俠小說中的武功高手都要會點穴的，若不知穴道名稱，往哪兒點合適呢**）；（3）武俠小說中的人也難免生病患疾，更免不了要有跌打損傷，所謂刀槍無眼、拳腳無情，到那時候就需要有醫生——最好是名醫乃至神醫——出來才能解決問題。

話雖如此說，但並不是哪一位武俠小說作家都那麼老老實實地去念什麼醫書，學什麼醫學。練武就「神功」，點穴點「死穴」（**是什麼，可以不說**），醫傷痛的大夫是「神醫」（**既為神醫，自有妙術，凡人難懂，自不必說，作者亦不必知**）。

金庸不是這樣，他是老老實實地看了一些醫書，學了一些醫學的知識，又在小說中真實地傳達出來（**他其實也可以不這麼做的**）。

最突出的例子，莫過於《倚天屠龍記》的第十二回《針其膏兮藥其肓》（**這一回的回目就牽涉到古醫學知識：我國古代醫學上把心尖脂肪叫膏，心臟和隔膜之間叫肓，認為是藥力達不到的地方。而此回居然稱「針其膏兮藥其肓」那只能是神醫才能辦到**）。

這一回寫小主人公張無忌中了「玄冥神掌」的陰毒，且散入了五臟六腑，膠纏固結，來到安徽境內的蝴蝶谷找「醫仙」胡青牛醫治。後又隨胡青牛學醫，一老一少，一師一徒看似格格不入，後來卻結下深情厚誼。這且不說，只說其中的醫學知識。胡青牛雖名「醫仙」，卻另有一個外號叫「見死不救」，其實是非明教中人不救。原因且不多說，總之是他不願給張無忌治。但張無忌所中的玄冥神掌的寒毒，胡青牛一生之中從未遇到過，碰上了這等畢生難逢的怪症，有如酒徒見佳釀，老饕聞肉香，怎肯捨卻？尋思半天，終於想出一個妙法：「我先將他抬好，然後將他弄死。」——且看他如何治：

胡青牛思索了兩個多時辰，取出十二片細小銅片，運內力在張無忌丹田下「中板穴」、頸下「天突穴」、肩頭「肩井穴」等十二處穴道上插下。那「中極穴」是足之陰、任脈之會，「天突穴」是陰維、任脈之會，「肩井穴」是手足少陽、足陽明、陽維之會，這十二條銅片一插下，他身上十二經常脈和奇經八脈便即隔斷。人身心、肺、脾、肝、腎，是謂五臟，再加心包，此六者屬陰；胃、大腸、小腸、膽、膀胱、三焦，是謂六腑，六者屬陽，五臟六腑加心包，是為十二經常脈。任、督、沖、帶、陰維、陽維、陰蹻、陽蹻，這八脈不屬正經陰陽，無表裡配合，別遭奇行，是為奇經八脈。

張無忌身上常脈和奇經隔絕之後，五臟六腑所中的陰毒相互不能為用。胡青牛然後以陳艾炙他肩頭「雲門」、「中府」兩穴，再炙他自手臂至大拇指的天府、俠白、尺澤、孔最、列缺、經渠、大淵、魚際、少商各穴，這十一處穴道，屬於「手太陰肺經」，可稍減他深藏肺中的陰毒。……（**第十二回**）

這一段借胡青牛給張無忌療毒；介紹了人體的一些基本常識：五臟、六腑、正經十二脈、奇經八脈，以及「手太陰肺經」的各穴道等等，這些都是中規中矩的。療毒的方法原理，也大致上像模像樣，似乎無大錯。

進而，書中又寫道：「十二經常脈猶如江河，川流不息，奇經八脈猶如湖海，蓄藏積貯，因之要除去奇經八脈間的陰毒，卻又為難得多。胡青牛潛心擬了一張藥方，卻邪扶正，補虛瀉實，用的卻是『以寒治寒』的反治法。」這一段對奇經八脈與十二經的區別作了進一步的、形象的解釋。而其「卻邪扶正、瀉實補虛」則更是古代醫家常用之法。「以寒治寒」的「反治法」也是有的，那是中醫的神妙之處。

這胡青牛畢生成就並不在「醫術」而在於「醫學」。所以張無忌與他混熟了之後，胡青牛雖明知這小孩不明醫理，然他長年荒谷隱居，終究寂寞。所以當張無忌信口說出「有些人是沒有帶脈」之時，胡青牛不但對他詳加解釋，還將自己所著的《帶脈論》拿給他看。那上面所寫「十二經和奇經七脈皆上下周流。唯帶脈起小腹之間，季肋之下，環身一周，絡腰而過，如束帶之狀」。一機「沖、任、督三脈，同起而異行，一源而三歧，皆絡帶脈。」這些都是不錯的。胡青牛的著作中還評述了古代醫書中的錯誤之處，如《十四經發揮》中說帶脈只四穴，《針灸大成》中說帶脈凡六穴，其實帶脈共有十穴，其中兩穴忽隱忽顯，若有若無，最為難辨。這都並非無稽之談。進而，胡青牛又將自己的《子午針灸經》拿給張無忌看，書中有這樣一段：

張無忌大喜，當下細讀了一遍，文中對「截心掌」的掌力論述甚詳，但治法卻說得極為簡略，只說「當從『紫宮』、『中庭』、『關元』、『天池』四穴著手，御陰陽五行之變，視寒、暑、燥、濕、風五候，應傷者喜、怒、憂、思、恐五情下藥。」

須知中國醫道，變化多端，並無定規，同一病症，醫者常視寒暑、晝夜、剝複、盈虛、終始、動靜、男女、大小、內外……諸般牽連而定醫療之法，變化往往存乎一心，少有定規，因之良醫與庸醫判若雲泥。這其間的奧妙，張無忌自是全然不懂……

看了這一段之後，我們對中醫的方法、手段及其區別與奧妙應有所瞭解。

張無忌在胡青牛那兒不但讀了胡青牛的著作，還讀了古代醫學經典，如《黃帝內經》、《華陀內昭圖》、《王叔和脈經》、《孫思邈千金方》、《千金翼》、《王燾外台秘要》，為的是要療救送他來此而得罪了胡青牛的常遇春。上述醫書，確實都是中醫經典。

張無忌學了些醫術，給常遇春醫治，盲人瞎馬，居然給他治好了。只是張無忌用藥的份量簡直是重了好幾倍，又無別般中和調理之藥為佐，一味的急衝猛攻。他雖從胡青牛的醫書中找到了對症的藥物，但用藥的「君臣佐使」（**中醫用藥講究中和調理，因而分君（主藥）、臣（主要輔治藥）、佐（次要輔治藥）、使（專為配合醫治之藥）**）之道卻是不知道，若非常遇春體質強壯，雄健過人，早已抵受不住而一命嗚呼了。這可用作反面教材參考。張無忌後來才明白這一點，自此更加苦修醫學。

再看一段胡青牛給張無忌醫治：

如此過了數月，有一日胡青牛忽然發覺，張無忌無名指外側的「關沖穴」、彎臂上二寸的「清冷淵」、眉後陷中的「絲竹空」等穴道，下針後竟是半點消息也沒有。這些穴道均屬「手少陽三焦經」。三焦分上焦、中焦、下焦，為五臟六腑的六腑之一，自來醫書之中，說得玄妙秘奧，難以捉摸（**按：中國醫學的三焦，據醫家言，當即指人體的各種內分泌而言。今日科學昌明，西醫對內分泌之運用和調整仍是所知不多，自來即為醫學中一項極困難的部門。**）胡青牛潛心苦思，使了許多巧妙方法，始終不能將張無忌體內散入三焦的陰毒逼出，十多日中，累得他頭髮也白了十餘根。……（第十二回）

上面這一段，僅從那一條帶有一些學究氣的按語（**金庸所按**），便知作者是認真寫作，而且言之務求成理的。

胡青牛治不好張無忌的寒毒，卻輔導他讀了不少醫書，除前面所提及的之外，又讓張無忌讀了《黃帝蝦蟆經》、《西方子明堂灸經》、《太平聖惠》、《經灸甲乙經》及王好古所著醫書《此事難知》等等。張無忌的進步使胡青牛都覺得驚訝感歎：「以你的聰明才智，又遇我這個百世難逢的明師，不到二十歲，該當便能和華陀、扁鵲比肩，只是……唉，可惜，可惜！」意思是他即便能與古代大名醫華陀（東漢末名醫，以「麻沸散」麻藥給人動外科剖腹手術及發明「五禽之戲」而聞名）、扁鵲（戰國時醫學家，以善用各種方法如「針石」、「服湯」、「熨」等治病而聞名）相比，卻活不到那麼久。且看書中寫張無忌讀醫書的情形：

> 到第四日下午，張無忌坐在草堂之中，誦讀《黃帝內經》中那一篇《四氣調神大論》，讀到「是故聖人不治已病治未病，不治已亂治未亂，此之謂也。大病已成而後藥之，亂已成而後治之，譬猶渴而穿井，鬥而鑄錐，不亦晚乎？」不禁暗暗點頭，心道：「這幾句話說得真是不錯，口渴時再去掘井，要跟人動手時再去打造兵刃，那確是來不及了。國家擾亂後再去平變，雖然復歸安定，也已元氣大傷。治病也當在疾病未發作之時著手。但胡先生的天花是外感，卻不能未病先治。」又想到《內經．陰陽應象大論》中那幾句話：「善治者治皮毛，其次治肌膚，其次治經脈，其次治六腑，其次治五臟，治五臟者，半死半生也。」心道：「良醫見人疾病初萌，即當治理。病入五臟後再加醫治，已只一半把握了。似我這般陰毒散入五臟六腑，何止半死半生，簡直便是九死一生。」

《黃帝內經》相傳為華夏始祖黃帝所作，不論是與不是，都是中醫第一經典。上面引的幾段，都是出自此書，表明張無忌真的在讀。作者若不讀此書，又怎能引出？學以致用。醫道在學，更在於用。張無忌飽讀醫書，缺少的只是實踐的機會。恰好這一日蛇島金花婆婆要找胡青牛的麻煩（**當年胡青牛曾對她丈夫銀葉先生見死不救**），用了些離奇古怪的辦法將許多人打傷、致毒，讓他們來找胡青牛，看他是否真的見死不救。恰好胡青牛已有難言之隱，假裝發了天花，當然對這一干人不能施救。張無忌倒得到了一個實踐的機會，恰好來求醫的人中有一位他認識的峨嵋派弟子紀曉芙，張無忌聽她咳聲有異，便知她肺葉受到過重大震盪。這表明張無忌將中醫診治的「望、聞、問、切」四種技術都學到了不少，至少是一「聞」便知紀曉芙的病。書中說張無忌「於診斷病情、用藥變化諸道，限於見聞閱歷，和胡青牛自是相去尚遠，但針灸一門，卻已學到了這位醫仙的七八成本領。」

且看張無忌給其他人診治：

簡捷卻大聲道：「我頭皮癢死了，小兄弟，請你先替我治。」說罷便叮叮噹噹地拖著鐵鍊，走出門去。

張無忌沉吟半晌，到儲藥室中揀了南星、防風、白芷、天麻、羌活、白附子、花蕊石等十餘味藥物，命僮兒在藥臼中搗爛，和以熱酒，調成藥膏，拿出來敷在簡捷的光頭之上。藥膏著頭，簡捷痛得慘叫一聲，跳了起來，他不住口地大叫：「好痛，痛得命也沒了。嘿，還是痛得好，比那麻癢可舒服多了。」……

眾人見簡捷的頭癢立時見功，紛紛向張無忌求治。這時有一人抱著肚子，在地下打滾，大聲呼號，原來他是被逼吞服了三十餘條活水蛭。那水蛭入胃不死，附在胃壁和腸壁之上吸血。張無忌想起醫書上載道：「水蛭遇蜜，化而為水。」蝴蝶谷中有的是花蜜，於是命僮兒取過一大碗蜜來，命那人服了下去。……

書中點到為止，只寫了兩例。這兩例並非胡寫。可見張無忌是有些真功夫的。只是這些人的傷勢均是古怪複雜，單理外傷，反為治標，張無忌沒有辦法，只得請教他的老師胡青牛。但胡青牛對非明教中人是見死不救——

……張無忌靈機一動，說道：「假如有一位明教弟子，體外無傷，但腹內瘀血脹壅，臉色紅腫，昏悶欲死，先生便如何治法？」胡青牛道：「倘若是明教弟子，我便用穿山甲、歸尾、紅花、生地、靈仙、血竭、桃仁、大黃、乳香、沒藥，以水煎好，再加童便，服後便瀉出瘀血。」

張無忌又道：「假若有一明教弟子，被人左耳灌入鉛水，右耳灌入水銀，眼中塗了生漆，疼痛難當，不能視物，那便如何？」胡青牛勃然怒道：「誰敢如此加害我明教弟子？」張無忌道：「那人果是歹毒，但我想總要先治好那明教弟子的耳目之傷，再慢慢問他仇人的姓名蹤跡。」胡青牛思索片刻，說道：

「倘若那人是明教弟子，我便用水銀灌入他左耳，鉛塊溶入水銀，便隨之流出。再以金針深入右耳，水銀可附於金針之上，慢慢取出。至於生漆入眼，試以螃蟹搗汁敷治，或能化解。」

胡青牛自然明知張無忌的用意是要救那些人，但還是教以治法。這種表現與「見死不救」之號不合，大約是因為這些人的傷病太過離奇，使他不禁技癢，同時胡青牛既得醫仙之名，其實也還有隱藏得很深很深的仁人之心。若無醫家的仁人之心，他就不大可能成為醫仙了。

上面的那一段依然是點到為止，而其點也確實是到了。專家內行看了，挑不出明顯的漏洞出來。但若說金庸是一位醫學大行家，則又未免言過其實了，他也只能生搬硬套，點到為止而已。即便這樣，已是很了不起了。

金庸小說中，寫大夫的有不少，只是大多點到為止，如《書劍恩仇錄》中寫了一個曹司朋（**第六回**），《飛狐外傳》中的程靈素——她的名字取了《靈樞》與《素問》這兩大古代醫經的頭一字——精通藥性，是「毒手藥王」的關門弟子，並曾給苗人鳳療毒（**事見第十一章**），但那也是點到為止。《俠客行》中有兩位大夫，一位姓南，一位姓戴，但還沒有顯本領，就被白自在打死了（**事見第十七章**），那不能算。

真正出名的大夫，除《倚天屠龍記》中的胡青牛（**以及張無忌**）外，還有《天龍八部》中的「閻王敵」薛慕華（**他「慕」的當然是古代名醫華陀**），以及《笑傲江湖》中的

「殺人名醫」平一指。薛慕華雖然號稱「薛神醫」、「閻王敵」，本領大約不小，比如他只搭一搭脈，便知阿朱是受了什麼傷（**事見第十九回**），但他在小說中顯本領的機會不多。《笑傲江湖》中的平一指，號稱「醫一人，殺一人」，而「殺人、醫人都憑一指」（**醫人診治憑一根手指搭脈**）。此人性格怪僻，與胡青牛彷彿相若，想必是本事大了，脾氣也見長。岳不群與寧中則兩人曾見他將桃實仙開膛破腹，施行外科手術（**事見第十四回**），場面驚人，但對現代讀者而言，反倒不算什麼。此人大顯光彩，是在第十七回書中。——令狐冲體內有七種真氣相互衝突，既不能宣泄，亦不能降服。這不是中毒受傷，更不是風寒濕熱，因此非針灸藥石之所能治。

平一指先前曾給他切過脈，想出了一個治療的方案，不料在數日之內情況有變，平一指由切脈得知：「過去數日之間，又生四種大變。第一，公子服食了數十種大補的燥藥，其中有人參、首烏、芝草、伏苓等等珍奇藥物。這些補藥的練製之法，卻是用來給純陰女子服食的。……公子何以去服食這些補藥？想必是為庸醫所誤了……你身子並不氣虛，恰恰相反，乃是真氣太多，突然間又服了這許多補藥下去，那可如何得了？便如長江水漲，本已成災，治水之人不謀宣泄，反將洞庭、鄱陽之水倒灌入江，豈有不釀成大災之理？只有先天不足、虛弱無力的少女服這等補藥才有益處。偏偏是公子服了，唉，大害，大害！」這一段話，可為濫服補藥者戒。中醫、中藥的奧妙，也正在這裡。

接著平一指又說出了第二變是失血，第三變是服了「五仙大補藥酒」。書中寫道：

平一指向他瞪視半晌，點了點頭，說道：「……他媽的亂七八糟！他五毒教只不過仗著幾張祖傳的古怪藥方，藍鳳凰這小妞兒又懂什麼狗屁醫理、藥理了？他媽的攪得一塌糊塗！」

令狐沖聽他如此亂罵，覺得此人性子也太暴燥，但見他臉色慘澹，胸口不住起伏，顯是對自己傷勢關切之權，心下又覺歉仄，說道：「平前輩，藍教主也是一番好意……」平一指怒道：「好意，好意！哼，天下庸醫殺人，又有哪一個不是好意？你知不知道，每天庸醫害死的人數，比江湖上死於刀下的人可多得多了？」……

……平一指歎了口氣道：「倘若只不過是誤服補藥，大量失血，誤飲藥酒，我還是有辦法可治。這第四大變，卻當真令我束手無策了。唉，都是你自己不好！」令狐沖道：「是，都是我自己不好。」平一指道：「這數日之中，你何以心灰意懶，不想再活？到底受了什麼重大委屈？上次在朱仙鎮我跟你搭脈，覺察你傷勢雖重，病況雖奇，但你心脈旺盛，有一股勃勃生機。我先延你百日之命，然後在這百日之中，無論如何要設法治癒你的怪病。當時我並無十足把握，也不忙給你明言，可是現下卻連這一股生機也沒有了，卻是何故？」（第十七回）

平一指不愧為神醫，不是那種靠「祖傳秘方」混世的人，也不是那些拘泥不化的庸醫可以比擬的。他連令狐冲心理的資訊也能診查出來，不僅診出了令狐冲心灰意懶，而且還診出了令狐冲心中「情孽牽連」。這比那種頭痛醫頭、腳痛醫腳的醫生，真可謂不可同日而語。他要令狐冲戒酒、戒色、戒鬥，或許還能多活一二年，令狐冲卻哈哈大笑：「人生在世，會當暢情適意，連酒也不能喝，女人不能想，人家欺到頭上不能還手，還做什麼人？不如及早死了，來得爽快。」說著就出去喝酒去了。

待令狐冲喝了十來碗酒，想起了平一指，再回來要敬他酒時，只見平一指神色大變，細看之下，本來一頭烏髮竟已變得雪白，臉上更是皺紋深陷，幾個時辰之中，恰似老了一二十年，嘴裡喃喃有聲：「醫一人，要殺一人，醫不好人，我怎麼辦？」爾後又說：「醫不好人，那便殺我自己，否則叫什麼『殺人名醫』？」突然站起來，身子晃了幾晃，噴出幾口鮮血，撲地倒了。一代名醫就這樣自殺身亡。他雖是以身殉名，其實也是以身殉職。這種突然的結局，實在出乎意料。讓人對這位脾氣暴燥而醫術高明的「殺人名醫」不由得產生哀悼與崇敬之情。這也是他的特有風範。

此人死後，金庸小說中再無名醫了。不過，我們仍可在小說中看到許多傳統醫學的內容。例如穴道與經絡之學，小說中幾可說是俯拾即是。

比較集中的，有《俠客行》一書中，少年主人公得到了大悲老人的十八個小泥人，正在那裡玩耍，謝煙客隨手拿起了一個：

見泥人身上繪著湧泉、然谷、照海、太溪、水泉、大鐘、復溜、交信等穴道，沿足而上至壯腹上橫骨、大赫、氣穴、四滿、中注、盲俞、商曲而結於舌下的廉泉穴，那是「足少陰腎經」，一條紅線自足底而通至咽喉……

……他將一個個泥人都拿起來看，只見一十二個泥人身上分別繪的是手太陰肺經、手陽明大腸經、足陽明胃經、足太陰脾經、手太陰心經、手太陽小腸經、足太陽膀胱經、足少陰腎經、手厥陰心包經、手少陽三焦經、足少陽膽經、足厥陰肝經，那是正經十二脈；另外六個泥人身上繪的是任脈、督脈、陰維、陽維、陰蹻、陽蹻六脈；奇經八脈中最是繁複難明的沖脈、帶脈兩路經脈卻付闕如……（**第三章**）

這一段實際上是介紹穴道與經脈的一些基本常識。恰好書中的大悲老人沒有發現這些泥人的裡層乃是木質，還有一層更深奧的武功圖譜。所以書中的小主人公就借此以入門。而我們讀者也隨之而瞭解一些經脈的常識。這是中醫學的基礎，也是中醫與西醫最大的不同處之一。

石破天一開始是將這些泥人當成玩具的，謝煙客當然知道這是練習氣功的圖譜。這位謝煙客向來做事只憑一己好惡，雖然言出必踐，於「信」之一字看得極重，然而什麼仁義道德，在他眼中卻一文不值。所以他想出了一個惡主意，要教小主人公練功，卻又不教其正確的練功方法及順序，以便讓小主人公走火入魔而死，自己徹底地擺脫「玄鐵令之諾」的懸心。

謝煙客的具體做法是，從「足少陰腎經」開始教，再教「手少陰心經」，繼而依次是「足厥陰肝經」、「手厥陰心包經」、「足太陰脾經」、「手太陰腳經」，待此六陰經脈練成，又教「陰維」和「陰蹻」兩脈，少年主人公絲毫不知，當然更不會懷疑謝煙客每傳他一分功夫，便是引得他向陰世路多跨一步。練到後來，時時全身寒戰，冷不可耐。謝煙客卻說這是練功的應有氣象。哪料得到謝煙客居心險惡，傳給他的練功法門雖然不錯，次序卻全然顛倒了。書中寫道：

自來修學內功，不論是為了強身治病，還是為了作為上乘武功的根基，必當水火互濟，陰陽相配，練了「足少陰腎經」之後，必當練「足少陽膽經」，少陰少陽融會調和，體力便逐步增強。可是謝煙客卻一味叫他修習少陰、厥陰、大陰、陰維、陰蹻的諸路經脈，所有少陽、陽明等經脈卻一概不授。這般數年下來，那少年體內陰氣大盛而陽氣極衰，陰寒積蓄，已然凶險之極，只要內息稍有走岔，立時無救。

謝煙客見他身受諸陰侵襲，竟然到此時尚未斃命，詫異之餘，稍加思索，便即明白，知道這少年渾渾噩噩，於世務全然不知。心無雜念，這才沒踏入走火入魔之途，若是換作旁人，這數年中總不免有七情六欲的侵擾，稍有胡思亂想，便早已死去多時了……

心念一轉，已有了主意：「我教他再練九陽諸脈，卻不教他陰陽調和的法子。待得他內息中陽氣也積蓄到相當火候，那時陰陽不調而相克相沖，龍虎拚鬥，不死不休，就算心中始終不起雜念，內息不岔，卻也非送命不可。對，此計大妙。」

當下便傳他「陽蹻脈」的練法。這次卻不是自少陽、陽明、太陽、陽維而陽蹻的循序漸進，而是從次維的「陽蹻脈」起始。至於陰陽兼通的任督二脈，卻非那少年此時的功力所能練，抑且也與原意不符，便置之不理。（**第三章**）

這謝煙客當真是很歹毒。明知中國醫學最大的原則之一是「陰陽相配，水火互濟」，他卻一味地走偏鋒，教人練純陰之脈，不教陽脈。進而教陽脈卻又不教調和陰陽之法，再次又施第三重詭計，不按少陽、陽明、太陽、陽維、陽蹻這樣的順序教（**陰脈的順序是少陰、厥陰、太陰、陰維、陰蹻，然後是任、督二脈**），卻再次顛倒次序，大違氣學與醫學之理。

讀了這一段，我們再來看其他有關內氣、經脈及其內功方面的內容，就會容易理解得多了。比如《天龍八部》中大理段氏的「六脈神劍」。一開始聽上去神乎其神，似乎匪夷所思，但若是懂得些經絡學方面的知識，就沒那麼一頭霧水，不知所云了：「『六脈神劍』並非真劍，乃是以一陽指的指力化作劍氣，有質無形，可稱無形氣劍。所謂六脈，即手之六脈：太陰肺經、厥陰心包經、少陰心經、太陽小腸經、陽明胃經、少陽三焦經。」至於那「六脈神劍」又稱少商劍、商陽劍、中沖劍、關沖劍、少沖劍、少澤劍，那又與人體（手指）上的穴道有關；書中寫道：

枯榮大師道：「那大明輪王說不定今晚便到，本因，你將六脈神劍的秘奧傳於本塵。」本因道：「是！」指著壁上的經絡圖，說道：「本塵師弟，這六脈之中，你便專攻『手少陽三焦經脈』真氣自丹田而至肩臂諸穴，由清冷淵而至肘彎中的天井，更下而至四瀆、三陽絡、會宗、外關、陽池、中渚、液門，凝聚真氣，自無名指的『關沖』穴中射出。」

……本因道：「依這六脈神劍的本意，該是一人同使六脈劍氣，但當此末世，武學衰微，已無人能修聚到如此強勁渾厚的內力，咱們只好六人分使六脈劍氣。師叔專練拇指少商劍，我專練食指商陽劍，本觀師兄練中指中沖劍，本塵師弟練無名指關沖劍，本相師兄練小指少沖劍，本參師弟練左手小指少澤劍。事不宜遲，咱們這便起始練劍。」（第十回）

拇指有穴道少商，這一路劍就是少商劍，內力（無形劍氣）從少商穴衝出而傷敵。餘以此類推。世間有無此種神功，我們不妨將它看成是小說家言，不足為信，但書中的這些經脈穴道的知識卻是可信的。

那位本因和尚說當世並無一人有此深厚的內力，可以一人使出六脈神劍來，他不知道，此時在場的段譽，內力已深厚得驚人。他是靠「北冥神功」積聚的（他人的）內力，只因不會導氣歸虛之法，體內膻中穴中越塞越滿，胸膛似要爆炸一般。段譽正是為治此症才來到這天龍寺的。他在這兒學會了段氏導氣歸虛的內功法要，一經照做，四處流竄的真氣便逐一收入臟腑——作者在小說中解釋說：「中國醫書中稱人體內部器官為『五臟六腑』，『臟』便是『藏』，『腑』便是『府』，原有聚集積蓄之意。」——這為段譽的內功提供了醫學理論基礎。至於神功如何如何，那是另外一回事。

看了這些，再看諸如《笑傲江湖》中的桃谷六仙給令狐冲「聚氣」療傷，就真正明白這六個傢伙是不明醫理、各執一端、亂搞一氣了。桃根仙的法子是「以真氣遊走他足厥陰肝經諸經脈」；桃枝仙覺得「這小子的內傷，是屬於心包絡，須得以真氣通他腎絡三焦」；桃葉仙則認為「還是先治他足少陰腎經為是」；桃幹仙大怒，力主必須「通他商陽、合谷、手三里、曲池、迎香諸處穴道」；桃花仙主張「須得從手心經入手」……結果各幹各的。令狐冲「只覺得這六道真氣在自己體內亂衝亂撞，肝、膽、腎、肺、心、脾、胃、大腸、小腸、膀胱、心包、三焦，五臟六腑，到處成了六兄弟真氣激蕩之所，內功比拚之場」。

這桃谷六仙雖非墨守陳規的庸醫，卻又未免「善於發揮」得過了頭。用「想當然」的診斷來做治病療傷的依據，其結果只有比庸醫更差。這樣的糊塗醫生居然還不止他們六兄弟，小說中後來又出了一位不戒和尚，主觀武斷地為令狐冲再度療傷，比桃谷六仙是有過之而無不及。難怪殺人名醫平一指要大發雷霆，以為庸醫殺人比江湖上殺的人還要多。

第十二章 詩

中國是詩歌之國。詩歌藝術歷來十分發達。三千年前，風、雅之詩就已到處傳唱，流風不絕。到一代文化大師孔子將三百餘首詩歌編成《詩經》，成了儒家經典。

儒家的經典當然是歷代儒生學士的必修功課。如今我們談文化自然離不開詩。而說一個人（**中國人**）的文化修養也不應該離開詩（**中國古詩**）。

中國武俠小說的源頭是說話，而此「說話」的先聲應為講唱。——實際上，人類的敘事形式源頭也是詩。如著名的《荷馬史詩》、《印度史詩》（《**羅摩衍那**》**等**），我國藏族英雄史詩《格薩爾王》。金庸小說《書劍恩仇錄》中描寫回人習俗「以唱代講」（**香香公主喀絲麗初見陳家洛時便是唱歌代說話的**），也是一個例證。金庸的《射鵰英雄傳》的開頭，就是寫一位說書藝人在臨安牛家村的烏柏樹下說書（**又叫說話**），說的是金兵殘忍、漢人遭災的《葉三姐節烈記》的故事，可是開頭卻是唱：「小桃無主自開花，煙草茫茫帶晚鴉。幾處敗垣圍故井，向來一一是人家。」說一段，又唱兩句：「陰世新添枉死鬼，陽間不見少年人！」再說一段，又唱兩句：「花容月貌無雙女，惆悵芳魂赴九泉。」如此說一段，唱一段，直至最後，還是幾句詩：「為人切莫用欺心，舉頭三尺有神明。若還作惡無報應，天下凶徒人吃人。」這些詩雖然不怎麼高明，可是作為一種說話的規範，卻是必不可少的。

新派武俠小說當然可以無詩，規範與形式上有更大的自由。但恰好新武俠的開基人梁羽生自幼酷愛詩詞，且學養豐富，才氣不小，金庸也具有很深的詩歌藝術的修養，因而金、梁的武俠小說不僅保留了說書傳統講唱的痕跡，且將之提高到一個新的境界。

武俠小說中的詩，有的是書中人物吟唱的，有的是作者自編的（如回目、開篇、終篇）；大部分當然是摘引前人詩作，並且用得恰到好處。

應該說金庸的詩學與詩才都比不上梁羽生，但金庸在小說中玩出的「花樣」卻比梁羽生的小說多得多，因而金庸小說的「詩話」就比梁羽生的要豐富、有趣得多。

中國詩的名堂很多，分為詩、詞、曲、歌，這都是廣義的詩。而狹義的詩亦分為四言、五言、七言，以及古風、律詩、絕句等等。另外還有一個特殊的形式：聯。

下面我們就分開來說。

一、對聯

要先說對聯，有兩個原因，一是小說的回目多半是對聯，翻開古典小說，首先就看到它；二是對聯又稱「對字」，前人學詩，先從「對字」開始學起，如「天」對「地」；「紅」對「綠」；「春風」對「秋雨」等等，慢慢地由一字對、二字對發展到更長的聯語或對聯。

翻開金庸的小說處女作《書劍恩仇錄》，我們首先看到的是第一回的回目——正規的回目應是對聯——「古道騰駒驚白髮，危巒快劍識青翎」。《書劍恩仇錄》一共二十回書，每一回的回目都是規規矩矩的七字聯。比較好的幾聯，如第二回：「金風野店書生笛，鐵膽荒莊俠士心」；第七回：「琴音朗朗聞雁落，劍氣沉沉作龍吟」；第十二回：「盈盈彩燭三生約，霍霍青霜萬里行」；第二十回：「忍見紅顏墮火窟，空餘碧血葬香魂」等等。

金庸的第二部小說《碧血劍》的回目又改為五字聯。如「危邦行蜀道，亂世壞長城」（**第一回**）；「山幽花寂寂，水秀草青青」（**第五回**）等。《碧血劍》二十回書全都是五字聯。

可是，老實說，這些回目的聯語，好的較少。尤其是將它們與梁羽生小說的回目相比，難免相形見絀。梁羽生小說的回目更道地、更活潑、也更美妙。例如《七劍下天山》中的一些回目：

俠骨結同心　百尺樓頭飛劍影
幽蘭托知己　一生恨事向誰言
生死兩難忘　半世浮萍隨逝水

恩仇終解脫　一宵冷雨喪名花
牧野飛霜　碧血金戈千古恨
冰河洗劍　青蓑鐵馬一生愁
生死茫茫　俠骨柔情埋瀚海
恩仇了了　英雄兒女隱天山

上面隨便摘了幾聯，就比金庸的道地。也許是因為這個原因，也許是因為怕麻煩，又或許是金庸最善變花樣（自《碧血劍》之後，每部小說的回目都變點花樣），乾脆不用聯語作回目。《雪山飛狐》用一、二、三分段，連回也不用。《射鵰英雄傳》、《神鵰俠侶》則用四字一句作每回的題目，如「風雪驚變」、「江南七怪」、「大漠風沙」等等，倒也省事，而且排在一起也整齊好看。《飛狐外傳》、《俠客行》、《連城訣》三部書則更省事，用長短不一的大白話作每章（不叫回了）的題目，如《飛狐外傳》的題目，有三個字的「血印石」；四個字的「紫衣女郎」；五個字的「大雨商家堡」；六個字的有「風雨深宵古廟」等等。這樣更省事，年輕人當然能接受，但老派一點的讀者不免會覺得它的「味兒」少了一點。

金庸繼續「變法」。《倚天屠龍記》的回目，是每回一句，七個字，全部四十回，有四十句七言詩，合起來是一首古體詩，是學柏梁台體（**每句押韻**）。開頭幾句是這樣的：「天涯思君不可忘，武當山頂松柏長。寶刀百煉生玄光，字作喪亂意彷徨……」作為詩，未見得好，但四十句詩都與內容緊扣，而且押同一韻，實在不是一件容易的事。

《天龍八部》繼續出新花樣，這回還是每回一句，但長短不一，每一卷書（**十回**）的回目組成一首詞。如第一卷的回目是《調寄少年游・本意》：「青衫磊落險峰行，玉壁月華明。馬疾香幽，崖高人遠，微步縠紋生。誰家弟子誰家院，無計悔多情。虎嘯龍吟，換巢鸞鳳，劍氣碧煙橫。」第二卷的回目是《調寄蘇幕遮》，第三卷是《破陣子》，第四卷是《洞仙歌》，第五卷是《調寄水龍吟》。可見金庸善變。

《笑傲江湖》的回目又變成了兩個字，如「滅門」、「聆秘」、「救難」、「坐鬥」、「治傷」、「洗手」、「面壁」等。看起來簡單，但四十回，每一回都是兩個字，那又不簡單了。

《鹿鼎記》又像《書劍恩仇錄》一樣，用七字聯作回目。但這回不是自己作，而是「集句」（**在前人的詩作中找現成的句子集起來成聯或成詩**），並且是專門在清代大詩人查慎行的詩作中找出五十聯來作全書的回目。對此，金庸解釋道：「所以要集查慎行的詩，因為這些詩大都是康熙曾經見過的（「**獄中詩**」**自是例外**），康熙又曾為查慎行題過『敬業堂』三字的匾額。當然，也有替自己祖先的詩句宣揚一下的私意（**引者按：金庸原名查良鏞，祖籍浙江海寧，是查慎行的後人**）。當代讀書人知道查慎行是清代一位重要詩人，但他的詩作到底怎樣，恐怕很少人讀到過，畢竟，他不能和真正的大詩人相比。」[1]「這樣做的好處是讓人熟悉一下查慎行的詩，壞處是有些回目難免不很貼切。就一般的意義上講，以查慎行的詩句作回目不僅有創新意義，而且有文化韻味，但對於《鹿鼎記》這部傑作來說，卻有些近乎兒戲，多少對小說有所損失。如若自己作些更貼切的聯語，應該更有意思，且更完美。

上面說聯語說到金庸小說的回目上去了，於金庸小說自是扣題，於聯語的話題則有些跑調。聯語的作用當然不止於作小說的回目，它可以作學詩的「對字」，也可以作單獨的「對聯」——比如楹聯等等，中國的楹聯極為發達。還可以用作一種特殊的文字遊戲。

《書劍恩仇錄》中寫乾隆皇帝愛賣弄才學，到處吟詩題字，唐突勝景，作賤山水。眾臣恭頌句句錦鏞，篇篇珠璣，詩蓋李杜，字壓鐘王。沒想到在遊西湖時居然還受到了妓女玉如意的青睞（**實則是紅花會故意安排的**），喜不自勝，立命和珅賞黃金五十兩，又「沉吟半晌，成詩兩句：『才詩或讓蘇和白，佳曲應超李與王。』」這兩句話，應該稱為一聯（**因為只有兩句**）。

「蘇和白」指在杭州當過官的蘇軾和白居易，「李與王」應指唐代音樂家李龜年和元代作曲家王實甫（**《西廂記》作者**），金庸這麼寫，明擺著是要諷刺乾隆。寫這樣的「詩句」的人用什麼比蘇、白、李、王？

《射鵰英雄傳》中的桃花島，上面有一座積翠亭，兩邊有一幅對聯：「桃花影裡飛

1 見《鹿鼎記》修訂本第一回回末注。

神劍，碧海潮生按玉簫。」顯然是金庸作的，屬於楹聯一類。

《射鵰英雄傳》的第三十回書中，郭靖和黃蓉一道求見一燈大師，受到了一燈大師四個弟子的阻攔，最後一關是書生朱子柳，出了不少難題給黃蓉做，其中就有「對對字」。朱子柳出了一個上聯，讓黃蓉對出下聯，要求工整，結果黃蓉對出來了：

上聯：風擺棕櫚，千手佛搖折疊扇；
下聯：霜凋荷葉，獨腳鬼戴逍遙巾。
上聯：琴瑟琵琶，八大王一般頭面；
下聯：魑魅魍魎，四小鬼各自肚腸。

這兩幅對聯奇妙工整，堪稱絕對。當然不是黃蓉能一下子對得出來的。也不是金庸作的。而是出自明代馮夢龍的《古今笑》（又名《古今談概》或《古今笑史》）一書的「談資部第二十九」條中，前一聯稱為「仙對」，後一聯是「唐狀元對」。金庸將它們「化」在書中，恰到好處。

二、詩

詩有多種。已知最古的詩是《詩經》，是四言體。最早的詩大都是可以唱的，詩就是古人的歌。所以金庸的《倚天屠龍記》的開頭，寫小東邪郭襄遇到崑崙三聖何足道撫琴，郭襄應邀彈了一曲，就是《詩經》中的《考槃》，其詞是：「考槃在澗，碩人之寬，獨寐寤言，永矢無諼。考槃在陸，碩人之軸，獨寐獨宿，永矢勿告……」。此詩出自《詩經·衛風》，《詩集傳》說是讚美「賢者隱處澗谷之間。」考，扣也；槃，器名，扣之以成節拍。一說：考，成也；槃，盤桓之意。言自得其樂。不論是哪一種，郭襄在這兒奏、吟。都是再貼切不過的。既讚美了對方，又表達了自己的幽幽情懷。那何足道果然是知音雅人，回報了一曲《蒹葭》（《詩·秦風》），其辭是：「蒹葭蒼蒼，白露為霜，所謂伊人，在天一方。溯回從之，道阻且長，溯遊從之，宛在水中央……」表達了何足道對「伊人」郭襄的愛慕之情。且何足道天縱奇才，將《考槃》與《蒹葭》兩首詩歌合二而一，變成了一首新歌——這大約是金庸的創造——變成了「考槃在澗，碩人之寬。蒹葭蒼蒼，白露為霜，所謂伊人，在天一方……碩人之寬，碩人之寬……溯回從之，道阻且長，溯遊從之，宛在水中央……獨寐寤言，永矢勿諼，永矢勿諼……」據說有「說不出的奇妙動聽」。

唐代以後，詩以五言、七言為主。並且逐漸詩、歌分離，詩變成了純粹的書面文學（當然還可以「吟」——介乎唱和讀之間），而歌的功能則逐漸由詞代替。不過也還有可以唱的詩。例如明末清初的大詩人吳偉業（晚號梅村）就為美人陳圓圓作了一首長詩，並可以唱（吳偉業不僅長於詩文，而且熟諳音樂，擅長度曲填詞）。金庸在《鹿鼎記》中讓陳圓圓將此詩從頭到尾唱了一遍：「鼎湖當日棄人間，破敵收京下玉關。慟哭六軍俱縞素，衝冠一怒為紅顏……」（全詩見《鹿鼎記》第三十二回）韋小寶耳福不淺，聽到了陳圓圓唱《圓圓曲》。讀者聽不見曲子，不妨看詩，「妻子豈應關大計，英雄無奈是多情」就出自這首詩中。

詩不僅可以唱，可以讀，可以欣賞，而且還可以作詩謎。——《射鵰英雄傳》中的朱子柳不僅要黃蓉對對字，還要她猜詩謎，說是一首詩中藏有他的身世：「六經蘊籍胸中久，一劍十年磨在手。杏花頭上一枝橫，恐泄天機莫露口。一點累累大如斗，掩卻半床無所有。完名直待掛冠歸，本來面目君知否？」謎底是「辛未狀元」。這一詩謎也是從《古今笑》中引來的。

金庸小說在詩上作了不少的文章。不僅是用於文——如《射鵰英雄傳》的結尾詩：「兵火有餘燼，貧村才數家。無人爭曉渡，殘月下寒沙！」——而且還用於「武」。將詩句「化」為武功，這大約是金庸首創的。《連誠訣》中將《唐詩選輯》中的詩句，如「落日照大旗，鳥鳴風蕭蕭」；「孤鴻海上來，泄潰不敢顧」；「天花落不盡，處處鳥銜飛」……等等都化成了劍法的招式名稱，這套劍法就叫做「唐詩劍法」。

《鴛鴦刀》中的「夫妻刀法」亦是愛情詩：「女貌郎才珠萬斛，天教豔質為眷屬。清風引佩下瑤台，明月照妝成金屋。刀光掩映孔雀屏，喜結絲蘿在喬木。英雄無雙風流婿，卻扇洞房燃花燭。碧簫聲裡雙鳴鳳，今朝有女顏如玉。千金一刻慶良宵，占斷人間天上福……」每一句據說都是一招「刀法」。

《俠客行》更是不得了，將李白的《俠客行》一詩全都變成了超級武功。詩中「趙客縵胡纓，吳鉤霜雪明。銀鞍照白馬，颯遝如流星。十步殺一人，千里不留行。事了拂衣去，深藏身與名。閑過信陵飲，脫劍膝前橫。將炙啖朱亥，持觴勸侯嬴。三杯吐然諾，五嶽倒為輕。眼花耳熱後，意氣素霓生。救趙揮金錘，邯鄲先震驚。千秋二壯士，烜赫大梁城。縱死俠骨香，不慚世上英。誰能書閣下，白首太玄經。」據說有的是「內功」，有的是「劍法」，有的是威力無比的「拳法」，有的則是「輕功」。看武俠兼學詩，倒真是一舉兩得。

金庸小說中的詩非常多，如《射鵰英雄傳》中提及岳飛的詩詞《滿江紅》、《小重山》、《題翠光寺》、《贈張憲》等。郭靖在拿到岳飛遺著《武穆遺書》時，還讀過一首題為《題鄱陽龍居寺》的詩：「巍石山前寺，林泉勝復幽。紫金諸佛相，白雪老僧頭。潭水寒生月，松風夜帶秋。我來囑龍語，為雨濟民憂。」詩中表現岳飛念念不忘百姓疾苦，是真英雄大豪傑的胸懷，難怪郭靖極為欽佩。（第二十八回）

《射鵰英雄傳》中的丘處機能文能武，書中寫他赴漠北見成吉思汗時，念了三首詩。其一是：「自古中秋月最明，涼風屆候夜彌清。一天氣象沉銀漢，四海魚龍耀水精。吳越樓台歌吹滿，燕秦部曲酒肴盈。我之帝所臨河上，欲罷干戈致太平。」其二是：「天蒼蒼兮臨下土，胡為不救萬靈苦？萬靈日夜相凌遲，飲氣吞聲死無語。仰天大叫天不應，一物細瑣徒勞形。安得大千復混沌，免教造物生精靈。」其三：「嗚呼天地廣開闢，化生眾生千百億。暴惡相侵不暫停，循環受苦知何極。皇天后土皆有神，見死不救知何因？下士悲心卻無福，徒勞日夜含酸辛！」——老實說，這些詩寫得不怎麼樣，甚至不工整，但其悲天憫人之心，卻是感人至深。用在與殺氣極重的成吉思汗見面之時，也格外合適（**第三十七回**），與小說的氛圍及主題相吻合，且丘處機這樣在詩壇無名之人的詩作我們在別處還不易看見，倒是在金庸小說中讀到了，豈不快哉？

要讀著名詩人的詩，那也不少。《天龍八部》中不僅有詩，而且還有特殊的「詩話」。且看這一段：

> 朱丹臣道：「適才我坐在岩石之後，誦讀王昌齡詩集，他那首五絕『仗劍行千里，微軀敢一言。曾為大梁客，不負信陵恩。』寥寥二十字中，倜儻慷慨，真乃令人絕倒。」說著從懷中取出一卷書來，正是《王昌齡集》。段譽點頭道：「王昌齡以七絕見稱，五絕似非其長。這一首卻果是佳構。另一首《送郭司倉》，不也綢繆雅致麼？」隨即高吟道：「映門淮水綠，留騎主人心。明月隨良緣，春潮夜夜深。」朱丹臣一揖到地，說道：「多謝公子。」
>
> 段譽和木婉清適才一番親密之狀，纏綿之意，朱丹臣盡皆知聞，只是見段譽臉嫩害羞，便用王昌齡的詩句岔開了。他所引「曾為大梁客」云云，是說自當如侯嬴、朱亥一般，以死相報公子。段譽所引王昌齡這四句詩，卻是說為主人者不屬吏深情誠厚，以友道相待。兩人相識一笑，莫逆於心。（**第六回**）

王昌齡是唐代大詩人。朱丹臣是大理的朝臣，段譽更是王子，這兩人熟讀王昌齡的詩，並以詩代語，隱含深意，那是很自然的，頗符合兩人的身分，更符合當時的情況。

而小說中這麼一引一述一解，倒是對王昌齡這兩首詩寫了一段很不錯的詩話。

只是段譽不想回家，現在又有一個木婉清，那就更不好回去了。兩人半夜起來逃走，想擺脫朱丹臣的「保護」，不料朱丹臣早已料到，更先一步在前面路口等著，將他們截住，於是又有下面的一段：

> 朱丹臣一笑，向段譽道：「公子，你猜我是在讀什麼詩？」跟著高聲吟道：「古木鳴寒鳥，空山啼夜猿。既傷千里目，還驚九折魂。豈不憚艱險？深懷國士恩。季布無二諾，侯嬴重一言。人生感意氣，功名誰復論？」
>
> 段譽道：「這是魏徵的《述懷》吧？」朱丹臣笑道：「公子爺博覽群書，佩服，佩服。」段譽明白他所以引述這首詩，意思是說我半夜裡不辭艱險的追尋於你，為的是受了你伯父和父親的大恩，不敢有負重托；下面幾句已在隱隱說他既已答允回家，說過了的話可不能不算。（**第六回**）

魏徵是唐太宗的著名臣相，詩雖算不得第一流，卻與朱丹臣的身分更合，引在此處，亦是恰如其份。段譽明其心，再也不逃了。

木婉清同段譽一道回大理，見到了段譽的父母，不料段母刁白鳳正是木婉清的師父（**其實是她母親**）要她殺的人。鬧了半天，段正淳才明白木婉清乃是他的私生女。可是木婉清卻不知道師父就是她的母親，也不知道母親的名字叫木紅棉，只知道師父名叫

「幽谷客」：

……段正淳喃喃的道：「幽谷客，幽谷客……」驀地裡記起了杜甫那首《佳人》詩來，詩句的一個個字似乎都在刺痛他的心：「絕代有佳人，幽居在空谷。自云良家子，零落依草木。……夫婿輕薄兒，新人美如玉……但見新人笑，哪聞舊人哭……」（**第七回**）

唐代大詩人杜甫的詩，似專為木紅棉而作。當然這是金庸引詩的又一成功之例。限於篇幅，其他的例子不一一再引。讀者在金庸的小說中自可以找到。金庸引詩不如梁羽生多，卻比梁羽生引得更巧妙。

三、詞

詞源於唐，興於宋，又叫「詩餘」。從這一名稱上可以看出它一開始地位不高，頗不登大雅之堂。因為它不是寫而是填的，不是吟而是唱的，更主要的還因為它一開始不像詩那樣表現家國事業等重大主題，而只是兒女情懷、人生感歎之類的低吟淺唱。

自蘇軾而後，詞的內容與主題開始了變化，南宋時的辛棄疾感家國之悲，詞風更是沉鬱，自此詞的地位始得成為與詩並列的詩國之正宗，登上大雅之堂，且比詩更加興盛。

《書劍恩仇錄》的第一回，寫武當派名家陸菲青騎在馬上，同李可秀的家眷一道從西往東緩行，縱目四望，只見夜色漸合，長長的塞外古道上，除了他們這一大隊騾馬入夥外，惟有黃沙衰草，陣陣歸鴉。驀地裡一陣西風吹來，陸菲青感慨萬千，情不自禁，高聲長吟起來：「將軍百戰身名裂，向河梁，回首萬里，故人長絕。易水蕭蕭西風冷，滿座衣冠似雪。正壯士悲歌未徹……」他吟的正是南宋大詩人辛棄疾的詞句。其時陸菲青年近六十，九死之餘，正像辛棄疾當年一樣，眼見莽莽神州淪於夷狄，而虜勢方張，規復難期，百戰餘生，兀自慷慨悲歌。此詞正合書中意境，讓人一讀難忘。

《射鵰英雄傳》中的黃蓉，因為她父親黃藥師文才武略，也沾染了不少文氣，當她與郭靖相識，恢復女裝之後，在湖上蕩舟，待郭靖也上了船，她一定要唱一首「曲兒」給郭靖聽，這曲兒居然又是辛棄疾的詞《瑞鶴仙》：

> 雁霜寒透幕。正護月雲輕，嫩冰猶薄。溪奩照梳掠。想含香弄粉，靚妝難學。玉肌瘦弱，更重重龍綃襯著。倚東風，一笑嫣然，轉盼萬花羞落。寂寞！家山何在：雪後園林，水邊樓閣。瑤池舊約，麟鴻更仗誰托，粉蝶兒只解尋花覓柳，開遍南枝未覺。但傷心，冷淡黃昏，數聲畫角。

據黃蓉說，黃藥師常說辛棄疾是愛民愛國的好官，北方淪陷在金人手中，岳飛死後，只有辛大人仍在力圖恢復失地。所以黃藥師極喜歡同時代人辛棄疾的詞作，黃蓉也就跟著喜歡，因此，當郭、黃二人同遊太湖時，不免要好戲重唱，且唱的仍是辛棄疾的詞：

一陣輕風吹來，水波泊泊的打在船頭，黃蓉隨手蕩槳，唱起歌來：「放船千里凌波去，略為吳山留顧。雲屯水府，濤隨神女，九江東注。北客翩然，壯心偏感，年華將暮。念伊蒿舊隱，巢由故友，南柯夢，遽如許！」唱到後來，聲音漸轉淒切，這是一首《水龍吟》詞，抒寫水上泛舟的情懷，她唱了上半闋，歇得一歇。

郭靖見她眼中隱隱似有淚光，正要她解說詞中之意，忽然湖上飄來一陣蒼涼的歌聲，曲調和黃蓉所唱的一模一樣，正是這首詞的下半闋：「回首妖氛未掃，問人間英雄何處？奇謀復國，可憐無用，塵昏白扇，鐵鎖橫江，錦帆衝浪，孫郎良苦。但愁敲桂棹，悲吟梁父，淚流如雨。」……

……三人對飲了兩杯。那漁人道：「適才小哥所歌的那首《水龍吟》精緻鬱勃，實是絕妙好詞。小哥年紀輕輕，居然能領會詞中深意，也真難得。」黃蓉聽他說話老氣橫秋，微微一笑，說道：「宋室南渡之後，詞人墨客，無一不有家國之悲。」那漁人點頭稱是。黃蓉道：「張于湖的《六洲歌頭》中言道：『聞道中原，遺老常南望，翠葆霓旌。使行人到此，忠憤氣填膺，有淚如傾。』也正是這個意思呢。」那漁人拍几高唱：「使行人到此，忠憤氣填膺，有淚如傾。」連斟三杯酒，杯杯飲乾。

兩人談起詩詞，甚是投機。其實黃蓉小小年紀，又有什麼家國之悲？至於詞中深意，更是難以體會，只不過從前聽父親說過，這時便搬述出來，言語中見解精緻，頗具雅量高致，那漁人不住擊桌讚賞……（第十三回）

金庸做事小心，深怕將事情做過了，加了一番解釋。其時宋室南渡，偏安一隅，有血性之人自多家國之悲，寫詞的辛稼軒、張于湖（孝祥）固然為此奮鬥不已，即便是江湖人物如黃藥師、陸乘風之流，亦「有淚如傾」，正合了小說的主題及其特有的藝術氛圍。

陸乘風既認黃蓉為知己，自是要邀請他們到家裡做客，果然黃蓉又在陸乘風的書房中見到了一幅面，畫的左上角是一首詞——是抗金名將岳飛的《小重山》：「昨夜寒蛩不住鳴。驚回千里夢，已三更。起來獨自繞階行。人悄悄，簾外月朧明。白首為功名。舊山松竹老，阻歸程。欲將心事付瑤箏，知音少，弦斷有誰聽？」

岳飛的名字無人不知。他的事蹟和他的詞作《滿江紅》也家喻戶曉。這一首《小重山》只怕知道的人少些。有人懷疑說這不是岳飛的作品，不管怎麼說，岳飛的詩詞水準雖然比不上辛棄疾和張孝祥，但他們的情感是相通的。岳飛不得理解，更多一層憂憤之外的蒼涼。而小說中的人物陸乘風將它寫、畫出來，當然又是要表達自己的特殊胸臆。這一點，也達到了目的。

上面說的盡是豪放蒼涼、慷慨悲歌的詞，《射鵰英雄傳》中也還有另一種風格的詞。比如老頑童和劉瑛（瑛姑）當年相戀時經常吟詠的詞《四張機》：「四張機，鴛鴦織就欲雙飛。可憐未老頭先白。春波綠草，曉寒深處，相對浴紅衣。」這一首宋人無名氏的詞作，彷彿專為老頑童、劉瑛這一對「無情的情人」而作。劉瑛正是「可憐未老頭先白」，而且幾近偏執瘋狂，至《射鵰英雄傳》的結尾，這一對情人也未能「相對浴紅衣」。到《神鵰俠侶》中，兩人都達百歲之時，才最終走到一起，圓了一個世紀之久的情愛夢。

說到《神鵰俠侶》，除了開頭的一首歐陽修詞《蝶戀花》，描繪越女採蓮的情形，再加上另一首《蝶戀花》中的兩句「風月無情人暗換，舊遊如夢空腸斷」以點明「風月無情」的主題，其中最重要，也最感人的則是書中人物李莫愁經常吟唱的一首詞——金人元好問（**遺山**）的《邁陂塘》（**一名《買陂塘》，又名《摸魚兒》、《摸魚子》、《雙蕖怨》，屬唐代教坊曲**）——詞曰：

問世間，情是何物，直教人生死相許？天南地北雙飛客，老翅幾回寒暑。歡樂趣，別離苦，就中更有癡兒女。君應有語，渺萬里層雲，千山暮雪，隻影向誰去？

橫汾路，寂寞當年簫鼓，荒煙依舊平楚。招魂楚些何嗟及，山鬼暗啼風雨。天也妒，未信與，鶯兒燕子俱黃土。千秋萬古，為留待騷人，狂歌痛飲，來訪雁丘處。

元好問此詞寫於金章宗泰和五年，當時他到并州趕考，路上碰到一位獵雁人向人誇示自己的好運，說他今天打死了一隻雁，另一隻雁明明逃出了羅網，卻不肯離開死雁，最後居然撞到地上自殺了。打雁人一舉兩得。這個故事感動了年輕的元好問，他買了這兩隻感情深摯的雁兒，埋葬在汾河岸邊，堆起石頭作為標誌，稱為「雁丘」，並寫了這首傳唱千古的《邁陂塘・雁丘詞》。詞中最後「千秋萬古，為留待騷人，狂歌痛飲，來訪雁丘處」就正是由此而來。此詞、此事深深地感動了金庸，他不僅將此詞寫入書中，且將雁兒殉情的故事也改編為鵰兒殉情的故事寫進了《神鵰俠侶》一書之中（第三十九回）。

《神鵰俠侶》中的李莫愁唱此調始終只唱上半闕，即從「問世間情是何物」到「隻影向誰去」。這大約是因為：（1）本詞較長，吟上下兩闕太麻煩了，不僅怕李莫愁記不住，且還怕吟得太過（對她而言，只一句「問世間情是何物」足矣！）。（2）李莫愁始終只有一個人，不成雙，不成對，所以只能唱半闕，另外半闕只能空著；（3）李莫愁愛來愛去還是只愛她自己並沒有學會愛別人，更談不上對雁丘處的動情了。她這樣的人大約不會有那樣的情感。

只有楊過才有這樣的情感：十六年前小龍女從絕情谷的懸崖上跳下，要楊過謹守十六年之約。十六年的漫長時光絲毫沒有沖淡楊過對小龍女的深情，也從那裡跳了下去！惹得郭襄也被帶了下去，一對鵰兒在此殉情。

大約是寫《神鵰俠侶》時寫情寫到了極處，到《倚天屠龍記》時就已經「淡」下來了。這部書的開篇詞是長春真人丘處機的《無俗念》。即：「春遊浩蕩，是年年寒食，梨花時節。白錦無紋香爛漫，玉樹瓊苞堆雪。靜夜沉沉，浮光靄靄，冷浸溶溶月。人間天上，爛銀霞照通徹。渾似姑射真人，天姿靈秀，意氣殊高潔。萬蕊參差誰通道，不與群芳同列。浩氣清英，仙才卓犖，下土難分別。瑤台歸去，洞天方看清絕。」《詞品》說此詞時道：「長春，世之所謂仙人也，而詞之清拔如此。」看來丘處機的詞要比他的詩好得多。而金庸在小說中將此詞套到小龍女身上，倒也相當合適。

古人有諷刺詩，金庸卻有諷刺詞。在《書劍恩仇錄》中寫乾隆在杭州嫖妓，興師動眾，金庸寫道：「古往今來，嫖院之人何止千萬，卻要算乾隆這次嫖得最為規模宏大，當真好威風，好煞氣，於日後『十全武功』，不遑多讓焉。後人有《西江月》一首為證，詞曰：

> 鐵甲層層密佈，刀槍閃閃生光。忠心赤膽保君皇，護主平安上炕。
> 湖上選歌征色，帳中抱月眠香。刺嫖二客有誰防？屋頂金鉤鐵掌。（第十回）

金庸所作之詞，除此而外，還有《天龍八部》一書的回目五首，前面已經說過了。

四、曲

民間小曲大約早已有了。文人寫曲則較遲，興於元代。稱為「詞餘」，特徵是比詞更「俗」，且一定是要唱的。詞本來也是要唱的，但因有大量的文人參與，變成了一種文學形式，所以它原來的職責，便由曲來承擔。

曲又分為「套曲」（**組曲**）與「散曲」。散曲發源於北宋神宗熙寧、元豐年間，宋金時代就已開始在民間流傳。所以金庸在《射鵰英雄傳》中寫道：「那《山坡羊》小曲於宋末流傳民間，到處皆唱，調子雖一，曲詞卻隨人而作，何止千百？惟語調大都俚俗。」（**第二十九回**）在同一回書中，黃蓉上山求段皇爺（**一燈大師**）治傷，碰到段皇爺的四大弟子「漁樵耕讀」中的樵子唱那《山坡羊》小曲，自是不俗：

其一：「城池俱壞，英雄安在？雲龍幾度相交待？想興衰，苦為懷。唐家才起隋家敗，世態有如雲變改。疾，也是天地差！遲，也是天地差！」

其二：「天津橋上，憑欄遙望，春陵王氣都凋喪。樹蒼蒼，水茫茫，雲台不見中興將，千古轉頭歸滅亡。功，也不久長！名，也不久長！」

此人的曲子感慨世事興衰，大有深意。黃蓉見他容色豪壯，神態虎虎，舉手邁足間似是大將軍有八面威風，若非身穿粗布衣裳而在這山林間樵柴，必當他是叱吒風雲的統兵將帥。

只聽他又唱道：

峰巒如聚，波濤如怒，山河表裡潼關路。望西都，意踟躕。傷心秦漢經行處，宮闕萬里都做了土。興，百姓苦！亡，百姓苦！

聽到這裡，聰明的黃蓉已知此唱曲之人是何人了。於是一邊叫「好」，一邊也唱了一曲：

青山相待，白雲相反。夢不到紫羅袍共黃金帶。一茅齋，野花開，管什誰家興廢誰成敗？陋巷簞瓢亦樂哉。貧，氣不改！達，志不改！

黃蓉唱此曲大有拍馬屁的意思。這一首小曲兒果然唱得那將軍樵夫心中大悅，問都不問，就叫郭、黃二人「上去吧。」讓人鬆了一口氣之餘，不禁對此種韻事格外感覺生動。只不過他們唱的這些曲子都是元人散曲，奉金庸之命，樵夫與黃蓉在此提前發表。這沒什麼大不了的。金庸為此還作注說明了。讀者注意的是情境是否合適，是否恰如其分？這一點已在小說中得到了肯定性的證明。

曲大體上是俗的。不過在此俗曲之中，仍可分出雅、俗來。——當然是相對而言。且聽《書劍恩仇錄》中的妓女玉如意在西湖之上唱《一半兒》小曲給乾隆聽：「碧紗窗外靜無人，跪在床前忙要親，罵了個負心回轉身。雖是我話兒嗔，一半兒推辭一半兒肯！」再看下面的一段：

玉如意轉眸一笑，纖指撥動琵琶，回過頭來望著乾隆，又唱道：「幾番的要打你，莫當兒戲。咬咬牙，我真個打，不敢欺！才待打，不由我，又沉吟了一會，打輕了你，你又不怕我；打重了，我又捨不得你。罷，冤家也，不如不打你。」

乾隆聽得忘了形，不禁叫道：「你要打就打吧！」……（第七回）

乾隆生長深宮，妃嬪歌女雖多，誰敢這麼放肆，與皇帝打情罵俏？初見此江南名妓，眉梢眼角，風情萬種，歌聲婉轉，曲意纏綿，加上湖上波光月影，陣陣花香，怎能不叫這位風流皇帝聽得忘形？在小說中，這一情景為後面的乾隆被誘捉埋下了伏筆。

說到小曲，我們不能不提及《碧血劍》中袁承志、夏青青二人在南京秦淮河上聽兩個藝妓所唱的《掛枝兒》：「我教你叫我，你只是不應，不等我說就叫我才是真情。要你叫聲『親哥哥』，推什麼臉紅羞人？你口兒裡不肯叫，想是心裡兒不疼。你若疼我是真心也，為何開口難得緊？」（上為男性口氣）「俏冤家，但見我就要我叫，一會兒不叫你，你就心焦。我疼你哪在乎叫與不叫？叫是口中歡，疼是心想著。我若疼你是真心也，就不叫也是好。」（此為女性口氣）

金庸寫這一段，一是要展現秦淮河上的聲色，因為那是一種聞名的文化景觀；二是主人公袁承志與夏青青二人正處於「欲叫不叫」的階段，借此俗曲來展露情懷，觸動心事；三是此等小曲對古時男女有一種不可忽視的啟蒙作用，像袁承志這樣一生與刀劍為伍的青年哪裡懂得這樣的纏綿之意、綢繆之情？

這樣的曲子聽起來似俗不可耐，但比之小說《鹿鼎記》中的妓女韋春芳所唱、韋小喜聞樂見的《歎五更》、《十八摸》之類的淫詞濫曲，那又不知要風雅多少了。因為藝妓所唱的乃是一種朦朧或纏綿的情感，而《十八摸》之類則是赤裸裸的肉欲。

小曲也有不俗的。如《碧血劍》的最後，那位盲人所唱的「昨日的萬里長城，今日的一縷英魂」，這就是一首讓人感慨萬千的歷史悲歌。

還有《倚天屠龍記》中小昭所唱的那一首小曲，也頗不俗。使艱辛備嘗的張無忌聽得呆了。其辭為：「世情推物理，人生貴適意，想人間造物搬興廢。吉藏凶，凶藏吉。富貴哪能長富貴？日盈昃，月滿虧蝕。地下東南，天高西北，天地尚無完體。展放愁眉，休爭閒氣。今日容顏，老於昨日。古往今來，盡須如此，管他賢的愚的，貧的和富的。到頭這一身，難逃那一日。受用了一朝，一朝便宜。百歲光陰，七十者稀。急急流年，滔滔逝水。」（**第二十回**）此曲詞意豁達，顯是飽經憂患而又看破世情之人所作。

五、歌

詩、詞、曲在某種意義上說也是「歌」，因為它們可以唱。但有時則又有區別了，當它們不能唱的時候，那就詩是詩、歌是歌，一屬於文學，一屬於音樂。進而，詩、詞、曲逐漸經過文人的雅化之後，與歌的性質也就有了差別。前者多少有文人化、職業化、格律（**曲牌**）化的特點，而「歌」則真正屬於大眾化、自由化、通俗化的。

如《書劍恩仇錄》中，陳家洛過嘉峪關時聽到騎駱駝人所唱的「一過嘉峪關，兩眼淚不乾。前邊是戈壁，後面是沙灘」這樣的歌，想必是人人都懂，人人都會的。

再如小說中寫到香香公主發現陳家洛無意中看她在湖中洗澡，她一開口便是唱：「過路的大哥你回來，為什麼逃得快？口不開？人家洗澡你來偷看，我問你喲，這樣的大膽該不該？」（第十三回）這樣的歌顯然就是即興創作的，隨編隨唱，如同講話一般，這就更有市場了。這樣的歌，是香香公主她們的語言形式，是她們日常生活的一部分。

這樣的歌，當然不只少數民族有，漢族民間，也有許許多多生動的歌謠。如同小說中文泰來、駱冰夫婦在回疆與敵軍對陣間隙、大雪飄飛之時所唱的一首民歌：「上山砍柴唱山歌，不怕豹子不怕虎，窮人生來骨頭硬，錢財雖少仁義多。」唱得豪邁，連香香公主也大讚美妙好聽（第十四回）。

緊接著，香香公主又回報了一段歌唱的故事：「孔雀河畔鐵門關，兩岸垂柳拂水面，高山嶺上一個壇喲，葬著塔依爾與柔和娜……」當她唱到漫長淒切的輓歌時，駱冰和周綺雖不懂詞義，也不禁淚水盈眶（第十四回）。

美麗的情歌，任何民族都有。漢族自也不例外，小說《飛狐外傳》的第十章，寫到了王鐵匠放聲高唱的一首洞庭湖邊的情歌：

小妹子待情郎——恩情深，
你莫負了妹子——一段情。
你見了她面時——要待她好，

你不見她面時——天天要十七八遍掛在心！

那王鐵匠嗓音嘶啞，唱起來不一定好聽，但他是用自己的心靈在祝禱胡斐與程靈素的愛情，如此直白的縱聲高歌之中，卻有一股動人心魄的力量。胡斐、程靈素這樣的年輕人聽見自然感到其中纏綿不盡之意。這首歌在《飛狐外傳》中不止出現過一次，當程靈素為救胡斐而死，胡斐活過來之後，他的耳邊再一次迴響起那王鐵匠的情歌時，那是怎樣一種情境！

歌的功能是多種多樣的，有的抒情，有的敘事，有的則有鼓動宣傳的功能。例如《碧血劍》中寫到李岩曾為李自成起義軍作宣傳鼓動工作，就寫了不少歌謠。其中最為著名的當然是下面兩首：

其一：「吃他娘，穿他娘，開了大門迎闖王，闖王來了不納糧。」（第四回）

其二：「朝求升，暮求合，近來貧漢難求活，早早開門拜闖王，管教大家都歡悅。」（第四回）

這幾首歌雖未見得有怎樣的藝術性，但卻有極強的鼓動性。其時百姓正是饑不得食，官府又逼糧逼役，富人豪家並不開恩賑濟，老百姓一聽「闖王來了不納糧」，當然就「管教大家都歡悅」了。而這樣的歌，顯然是越通俗易懂，明白淺直越好。

像這樣悲天憫人的歌謠，並不因其缺乏藝術性而失色。小說《天龍八部》中也有這樣能夠傳唱千古的歌。書中寫道：

段譽策馬走近，聽到二人下半截的說法，喟然吟道：「峰火燃不息，征戰無已時。野戰格鬥起，敗馬號鳴向天悲。烏鳶啄人腸，銜飛上掛枯樹枝。士卒塗草莽，將軍空爾為。乃知兵者是兇器，聖人不得已而用之。」蕭峰讚道：「『乃知兵者是兇器，聖人不得已而用之。』賢弟，你作得好詩。」段譽道：「這不是我作的，是唐朝大詩人李白的詩篇。」

蕭峰道：「我在此地之時，常聽族人唱一首歌。」當即高聲而唱：「亡我祁連山，使我六畜不蕃息。亡我焉支山，使我婦女無顏色。」他中氣充沛，歌聲遠遠傳了出去，但歌中充滿了哀傷淒涼之意。

段譽點頭道：「這是匈奴人的歌。當年漢武帝大伐匈奴，搶奪了大片地方，匈奴人慘傷困苦，想不到這歌直傳到今日。」蕭峰道：「我契丹祖先，和當時匈奴人一般苦楚。」……（第五十回）

李白的詩和匈奴人的古歌，在這裡組成了特殊的「交響樂」，這正是小說《天龍八部》的主題歌，悲天憫人的情懷盡顯無遺。

金庸小說中的歌謠還有不少，如《白馬嘯西風》中李文秀和蘇普的對唱，《碧血劍》中溫儀講述她與金蛇郎君的情愛往事時夏青青唱起小時候聽熟了的（溫儀所唱）

歌……等等。最使我感動的，卻還是《倚天屠龍記》中殷離病中所唱的歌：「來如流水兮逝如風，不知何處來兮何所終，」歌詞只有兩句，卻洞透人生，餘韻無限。熟知黛綺絲故事的謝遜說這首歌是波斯詩人峨默所作，首相尼若牟臨終所唱（他是被師弟「山中老人」霍山派人刺殺身亡的），歌中意境，讓人永世難忘。

第十三章 琴

琴（古琴）是一種古老的中國樂器，可以說是中國音樂的象徵。

長期在中國歷史上佔據主流意識形態地位的儒家，「五經」之中就有《樂經》（即《樂記》）一部，表明中國的文治教化之中，音樂佔有重要的一席之地。當然，音樂有雅俗之分，只有那種「樂而不淫，哀而不傷」的音樂才具有雅音的資格。

有意思的是，自古以來中國文人雅士必須具備的修養技藝中，琴藝占了首位，棋、書、畫只能屈居其後。

因此，富有傳統文化特色的金庸武俠小說，自然也要寫到琴，並以此傳達出中國傳統文化的獨特資訊。當然，在漫長的中國音樂史上，琴雖佔有崇高的地位，卻並非唯一的樂器，其他如簫、箏、笛、笙，以及後來的琵琶……等等，也都有著各自的發展歷史及應有的地位。在金庸小說中，這些也大都被寫到了。

先聽琴

金庸小說寫到琴的地方很多，最重要而又最有特色的有三處，一在《書劍恩仇錄》中，一在《倚天屠龍記》中，一在《笑傲江湖》中。

《書劍恩仇錄》中寫到陳家洛遊西湖，正要走向上天竺觀音廟，忽聽山側琴聲朗朗，夾有長吟之聲，只聽有人吟道：「錦繡乾坤佳麗，御世立綱陳紀。四朝輯瑞徵師濟，盼皇畿，雲開雉扇移。黎民引領鑾輿至，安堵村村颺酒旗。恬熙，御爐靉靆瑞雲飛。」陳家洛聽那琴音平和雅致，曲詞中卻是滿篇歌頌皇恩，只有「村村颺酒旗」五個字不錯。與撫琴人見面，只覺親近，卻不相識。陳家洛不知道那人就是當朝皇帝乾隆，更不知道他就是自己的同胞哥哥，只以為是兩個文士相見。乾隆化名東方耳，陳家洛化名陸嘉誠。兩人客氣一番，乾隆（**東方耳**）要陳家洛彈奏一曲，說著便把那七弦琴推到陳家洛面前：

陳家洛伸指輕輕一撥，琴音清越絕倫，看那琴時，見琴頭有金絲纏著「來鳳」兩個篆字，木質斑爛蘊華，似是千年古物，心中暗吃一驚，自忖此琴是無價之寶，這人不知從何處得來，說道：「兄台珠玉在前，小弟獻醜了。」於是調弦按徵，鏗鏗鏘鏘的彈了起來，彈的是一曲「平沙落雁」。東方耳凝神傾聽。

一曲既終，東方耳道：「兄台是否到過塞外？」陳家洛道：「小弟適從回疆歸來，不知兄台何以得知？」東方耳道：「兄台琴韻平野壯闊，大漠風光，盡入弦中，聞兄妙奏，真如讀辛稼軒詞：『醉裡挑燈看劍，夢回吹角連營，八百里分麾下炙，五十弦翻塞外聲，沙場秋點兵。』這曲『平沙落雁』，小弟生平聽過何止數十次，但從未得若兄台琴引，如此氣象萬千。」陳家洛見他果是知音，心中也甚歡喜。

東方耳又道：「小弟尚有一事不明，意欲請教。不過初識尊範，交淺言深，似覺冒昧。」陳家洛道：「但問不妨。」東方耳道：「聽兄琴韻中隱隱有金戈之聲，似胸中藏有十萬甲兵。但觀兄相貌又似貴介公子，溫文爾雅，決非統兵大將。是以頗為不解。」陳家洛笑道：「小弟一介書生，落拓江湖。兄弟所言，令人汗顏。」……（**第七回**）

這位乾隆真不愧為風流天子，是知音之人。不僅從陳家洛的琴聲之中聽出了他到了大漠回疆，而且還聽出了他的胸中藏有十萬甲兵。可不麼，陳家洛剛當了紅花會的總舵主。古人相信「琴為心聲」，所以能從琴聲之中聽出人物的品格與心胸來。小說中寫到琴聲，讀者聽不到，加上了乾隆這麼一位「知音」的解說提示，相當於一段不錯的琴話。

上文中提到七弦琴，是因為琴在早期有五弦、十弦不等，到秦漢時才定型為七弦。而「來鳳琴」則是傳說中的名琴。

《倚天屠龍記》一開頭寫少女郭襄為尋找楊過，在少林寺惹了一場不痛快，之後在少室山與嵩山之間漫遊，忽聽得山坳後隱隱傳來一陣琴聲。她幼受母教，琴棋書畫無一不通，雖不能說有大成，卻往往有獨到之見。這時聽到有人在此偏僻之地操琴，自然要去聽一聽：

走出十餘丈，只聽得琴聲之中雜有無數鳥語，初時也不注意，但細細聽來，琴聲竟似和鳥語相互應答，間間關關，宛轉啼鳴，郭襄隱身花木之後，向琴聲發出處望去，只見三株大樹下一個白衣男子背向而坐，膝上放著一張焦尾琴，正自彈奏。他身周樹木上停滿了鳥雀、黃鶯、杜鵑、喜鵲、八哥，還有許多不知其名的，和琴聲或一問一答，或齊聲和唱，郭襄心道：「媽說琴調中有一曲『空山鳥語』，久已失傳，莫非便是此曲麼？」

聽了一會，琴聲漸響，但愈到響處，愈是和醇，群鳥卻不再發聲，只聽得空中振翼之聲大作，東南西北各處又飛來無數雀鳥，或止歇樹巔，或上下翱翔，毛羽繽紛，蔚為奇觀。那琴聲和平中正，隱然有王者之意。

郭襄心下驚奇：「此人能以琴聲集鳥，這一曲難道竟是『百鳥朝凰』？」心想「可惜外公不在這裡，否則以他天下無雙的玉簫與之一和，實可稱並世雙絕。」

那人彈到後來，琴聲漸低，樹上停歇著的雀鳥一齊起而盤旋飛舞。突然錚的一聲，琴聲止歇，群鳥飛翔了一會，慢慢散去。

那人隨手在琴弦上彈了幾下短音，仰天長歎；說道：「撫長劍，一揚眉，清水白石何離離？世間苦無知音，縱活千載，亦復何益？」……（第一回）

這人並不知道，躲在一旁偷聽的郭襄已經聽出了「空山鳥語」和「百鳥朝凰」的意境。這兩支曲子都是古曲。《空山鳥語》經現代民樂作曲家兼演奏家劉天華改編成了二胡獨奏曲，至今廣為流傳，而我國北方有一支由嗩吶吹奏主旋律的民樂曲目叫《百鳥朝鳳》，或是由那《百鳥朝凰》改編而來。現在我們聽到的二胡曲、嗩吶曲當然沒有那麼神奇，只是有那麼個意思罷了。古人相信妙音真能集鳥，多少有些音樂迷信的成份。經金庸這麼一寫，那就更加神乎其神了。

這位撫琴人正是號為「崑崙三聖」的何足道。以琴、棋、劍三藝出神入化而稱「三聖」。琴藝排在第一，當然非如此不可。而且，後面還有文章：「他不僅將《考槃》與《蒹葭》兩首詩曲合二而一（**我們在前文中曾提及**），而且還一邊與方天勞等三人打鬥，一邊彈琴。——「他右手彈琴，左手使劍，無法再行按弦，於是對著第五根琴弦聚氣一吹，琴弦便低陷下去，竟與用手按撩一般無異，右手彈奏，琴聲高下低昂，無不宛轉如意。」……這樣的「神技」，自然只有在武俠小說中才有可能，只有在金庸的武俠小說中才能看到。

小說《笑傲江湖》與琴的關係更大。

這部小說的題目就是由一支琴、簫合演曲的曲目而來。而小說的故事情節，亦有很大的一部分圍繞《笑傲江湖曲》的曲譜創作者及其傳人的故事展開。正派中人（**五嶽劍派之一的衡山派高手**）劉正風與邪派中人（**日月神教，又稱魔教**）曲洋，一個善簫，一個善琴，一見如故，結為至交。超越了門派政治的鬥爭，因而不被（**正統**）門派所容，終於家破人亡。臨終之時適逢令狐冲在場，遂委託令狐冲代為尋覓曲譜的傳人，而使令狐冲與日月教主任我行的女兒任盈盈相見、相識、相戀，從而導致了一系列的曲折坎坷、悲歡離合。最終兩人才得以合奏這一曲《笑傲江湖》。

在令狐冲第一次聽到這《笑傲江湖曲》時，書中有一大段美妙的描寫（**第七回，略**）。劉、曲兩人臨終之時，除向令狐冲委託後事之外，還談論了一段音樂理論，並講述了一個音樂史的佳話。那就是衡山派掌門人莫大先生不僅劍法驚人，同時也是一位音樂愛好者、二胡演奏家，一曲「瀟湘夜雨」成了他的保留曲目，也是他的代號。但莫大先生與劉正風雖都愛音樂，又是同門的師兄弟，兩人的關係卻一直不佳，江湖上傳說紛紜，大多是胡亂猜測和編造。誰也想不到他倆的不和是因為「音樂觀」的不同：

曲洋歎道：「劉賢弟，你曾說你師兄弟不和，沒想到他在你臨危之際，出手相救。」劉正風道：「我師哥行為古怪，教人好生難料。我和他不睦，決不是為了什麼貧富之見，只是說什麼也性子不投。」曲洋搖了搖頭，說道：「他劍法如此之精，但所奏胡琴一味淒苦，引人下淚，未免也太俗氣，脫不了市井的味兒。」劉正風道：「是啊，師哥奏琴往而不復，曲調又是儘量往哀傷的路上走。好詩好詞講究樂而不淫，哀而不傷，好曲子何嘗不是如此？我一聽到他的胡琴，就想避而遠之。」……（**第七回**）

令狐冲在一旁想：「這二人愛音樂入了魔，在這生死關頭，還在研討什麼哀而不傷，什麼風雅俗氣，幸虧莫大師伯及時趕到，救了我們的性命……」——這時的令狐冲還不懂得，劉曲二人是真正的把音樂看得比生命還重要，從而音樂觀念及審美趣味的異同又決定了音樂家之間關係的親疏。是以劉正風說他一聽到師兄莫大先生的胡琴「就想避而遠之」，而對知音者曲洋則是寧可犧牲全家人的生命也不願意說一句絕交之言。

這二人太熱愛音樂了，以至於有了下面的故事，一段值得記憶的千古佳話：

劉正風道：「令狐賢侄，這曲子不但是我二人畢生心血之所寄，還關聯到一位古人。這《笑傲江湖曲》中間的一大段琴曲，是曲大哥依據晉人嵇康的《廣陵散》而改編的。」

曲洋對此事甚是得意，微笑道：「自來相傳，嵇康死後，《廣陵散》從此絕響，你可猜得到我卻是從何處得來？」

……曲洋笑道：「嵇康這個人，是很有點意思的，史書上說他『文辭壯麗，好言老莊而尚奇任俠』，這性子很對我的脾味。鐘會當時做大官，慕名去拜訪他，嵇康自顧打鐵，不予理會。鐘會討了個沒趣，只得離去。嵇康問他『何所聞而來，何所見而去？』鐘會說：『聞所聞而來，見所見而去。』鐘會這傢伙，也算是個聰明才智之士了，就可惜胸襟太小，為了這件事心中生氣，向司馬昭說嵇康的壞話，司馬昭便把嵇康殺了。嵇康臨刑前撫琴一曲，的確很有氣度，但他說『廣陵散從此絕矣』，這句話卻未免把後世之人看得小了。這曲子又不是他作的。他是西晉時人，此曲就算西晉之後失傳；難道在西晉之前也沒有了嗎？」

令狐冲不解，問道：「西晉之前？」曲洋道：「是啊！我對他這句話挺不服氣，便去發掘西漢、東漢兩朝皇帝和大臣的墳墓，一連掘了二十九座古墓，終於在蔡邕的墓中，覓到了《廣陵散》的曲譜。」說罷哈哈大笑，甚是得意。……（第七回）

原來如此！稽康的故事我們熟悉，而曲洋為了《廣陵散》的曲譜居然連掘了二十九座古墓！此人此事雖屬小說家言，但這種思路及其「可能性」確實是存在的。愛琴愛樂之人，極愛成癡，什麼事想不到、做不出？因而臨死之前請令狐冲代覓傳人，並將他的「得意之事」表現一番，固然是愛樂成癡，更表現出一位真正的藝術家的純淨善良的心靈和寬廣高貴的胸懷。

令狐冲卻因此而招致了麻煩。林平之的外祖父王元霸一家、乃至令狐冲的師父岳不群等人都懷疑令狐冲武藝突飛猛進是因為藏匿了林家的「辟邪劍譜」，以為《笑傲江湖》的曲譜便是那劍譜！於是只得到洛陽的一條小巷裡找綠竹翁鑒定那曲譜的真偽。令狐冲再次聽到了這支《笑傲江湖曲》，並拜「婆婆」任盈盈為師，從此天天到小巷竹舍中學琴。

綠竹翁取出一張焦尾桐琴，授以音律，對他說：「樂律十二律，是為黃鐘、大呂、太簇、夾鐘、姑洗、中呂、蕤賓、林鐘、夷則、南呂、無射、應鐘。此是自古已有，據說當年黃帝命伶倫為律，聞鳳凰之鳴而制十二律。瑤琴七弦，具宮、商、角、徵、羽五音，一弦為黃鐘，三弦為宮調。五調為慢角、清商、宮調、慢宮及蕤賓調。」

不久，令狐冲便學會了彈奏簡單的曲目如《碧霄吟》，雖數音不準，指法生澀，卻洋洋然頗有青天一碧、萬里無雲的空闊氣象。以至於綠竹翁感歎令狐冲「琴中意象」比自己高，想是他胸襟豁達之故。或許令狐冲天生的有音樂才能。累了，任盈盈就撫一曲《清心普善咒》讓令狐冲入眠療傷解乏。

《笑傲江湖》中有關令狐冲與任盈盈的「琴事」與「情事」，「琴話」與「情話」，難以一一述及。

小說中還有一位愛樂成癡的人，即日月教徒、杭州孤山梅莊的大莊主黃鐘公——此人以樂律為號而不以名聞，可見其癡。——他將琴音與「殺氣」合二而一，在武功上或有獨創，在音樂上卻難說有什麼真正的絕技，不提。

只是上面提到綠竹翁對令狐冲解說「十二律」及「五音」，因令狐冲乃初學，而現代的讀者或許對古樂理不大清楚，需解釋一二。所謂「五音」（**又稱五聲**）是宮、商、角、徵、羽，亦即現代的 **Do**、**Re**、**Mi**、**Sol**、**La**（1、2、3、5、6），不包含 **Fa**（4）和 **Si**（7）兩個半音。古人稱五音稱為「正聲」。後來又發展出「變徵」（即 **Fa**）和「變宮」（即 **Si**）來，才與今日簡譜音階相同，稱為「七音」或「七律」。其他的變化還很多，不提。十二律是用三分損益法將一個八度分成十二個不完全相等的半音，即十二個半音，自低向高依次為黃鐘、大呂、太簇、夾鐘……這就是十二律。十二律又分陰、陽兩類，奇數為陽（為黃鐘、太簇、姑洗……），偶數為陰（如大呂、夾鐘、中呂……）。——金庸描寫樂曲或有傳奇虛構、誇張、神話之嫌，但通過綠竹翁教令狐冲的這些樂理知識倒是貨真價實的。當然是點到為止。這畢竟不是專業教科書，而是武俠小說。

除琴而外，金庸小說中還寫到了簫、笛、笙、笳、箏、琵琶……等等樂器，我們實在無法一一述及。只得有選擇地說一說。

再聽笛

先說《書劍恩仇錄》中「金笛秀才」余魚同的笛子。此人第一次露面，是在一家鄉村野店之中，一出場不久，便從身後包裹裡抽出一根笛子，悠悠揚揚地吹了起來，吹的是《天淨沙》的牌子。吹笛不奇，奇的是這根笛子乃是金笛（不然何以叫「金笛秀才」？）而我國民族樂器中的笛子多為竹笛，分為梆笛與曲笛等不同的種類。余魚同的金笛是要既當樂器，又當兵器。而在這野店之中吹笛，一來大約因為愛好，而更重要的則還是借笛聲通知同伴（文泰來夫婦），表示「紅花會十四弟余魚同到了」。

更精彩的是第四回書中，紅花會要救文泰來，適逢李可秀的家眷及護衛官兵，余魚同奉命阻攔這隊人馬。余魚同先是要找護衛軍官曾圖南「談談」，曾圖南叫他別在這兒

「發瘋」，進而余魚同又說：「在下粗識聲律，常歎知音難遇，官長相貌堂堂，必非俗人，就請下馬，待在下吹奏一曲，以解旅途寂寥，有何不可？」曾圖南還是不答應，於是：

余魚同道：「在下有十套大曲，一曰龍吟，二曰鳳鳴，三曰紫雲，四曰紅霞，五曰搖波，六曰裂石，七曰金谷，八曰玉關，九曰靜日，十曰良宵，或慷慨激越，或宛轉纏綿，各具佳韻。只是未逢嘉客，久未吹奏，今日邂逅高賢，不覺技癢，只好從頭獻醜一番。要讓路不難，待我十套曲子吹完，自然恭送官長上道。」說罷將金笛舉到口邊，妙音隨指，果然清響入雲，聲被四野。

曾圖南眼見今日之事不能善罷，舉槍捲起碗大槍花，「烏龍出洞」，向余魚同當心刺去。余魚同凝神吹笛，待槍尖堪堪刺到，突伸左手抓住槍柄，右手金笛在槍桿上猛力一擊，喀喇一響，槍桿立斷。

余魚同道：「我這十套曲子，你今日聽定了。在下生平最恨阻撓清興之人，不聽我吹笛子，便是瞧我不起。古詩有云：『快馬不須鞭，拗折楊柳枝。下馬吹橫笛，愁殺路旁兒。』古人真有先見之明。」橫笛當唇，又吹將起來。（**第四回**）

余魚同攔路要人聽他吹笛子，聽十套大曲，原來還有古詩為證。這一場景相信讀者亦很難忘。至少書中少女李沅芷非但沒有生氣，反而從此愛上了這位「下馬吹橫笛，愁殺路旁兒」的余魚同師兄。

余魚同吹笛子當然並不都是攔人去路，在徐天宏與周綺結婚喜慶之時，他就為這對新人奏樂，吹了一曲《鳳求凰》（第十二回）。在陳家洛與張召重決戰之時，余魚同的笛子又一次幫了大忙。那也是一種讓人難忘的情景：

陳家洛對余魚同道：「十四弟，煩你給我吹一曲笛子。」余魚同臉一紅，忙將李沅芷放在地下，橫笛口邊，問道：「吹什麼？」陳家洛微一沉吟，道：「霸王雖勇，終當命喪烏江，你吹《十面埋伏》吧！」余魚同不明他的用意，但總舵主有命，當下奮起精神，吹了起來。金笛比竹笛的音樂本更激越，這曲子尤其昂揚，一開頭就隱隱傳出兵甲金戈之音。

陳家洛雙掌一錯，說道：「上來吧！」身子一轉，虛踢一腳，猶如舞蹈一般。張召重見他後心露出空隙，遇上了這良機，手下那裡還肯容情，長劍直刺。眾人驚呼聲中，陳家洛忽地轉身，左手已牽住張召重的辮尾，配合著余魚同笛中節拍，把辮子在凝碧劍上一拉，一條油光漆黑的大辮登時割斷。……陳家洛合著曲子節拍，緩步前攻，趨進轉合，瀟灑異常，余魚同越吹越急，只聽笛中鐵騎奔騰，金鼓齊鳴，一片橫戈躍馬之聲。陳家洛的拳法初時還感生疏滯澀，這時越來越順，到後來猶如行雲流水，進退趨止，莫不中節，打到一百餘招之後，張召重全身大汗淋漓，衣服濕透。忽然間笛聲突然拔高，猶如一個流

星飛入半空，輕輕一爆，滿天花雨，笛聲緊處，張召重一聲急叫，右腕被雙指點中，寶劍脫手。……（第十八回）[12]

這一段笛子、武術、舞蹈完美地結合起來，創造出了《十面埋伏》的氛圍。不僅是一種前所未有的武功搏擊的場景，即便是對《十面埋伏》這支古曲，[13]也可以算得上是一次全新的「詮釋」，從而使讀者獲得了多重感受。

再聽簫箏

如果說余魚同吹笛子只能伴舞或伴武，那麼《射鵰英雄傳》中東邪黃藥師的玉簫則不但可以吹奏出美妙的音樂，也可以發出無形的內力傷人於無形之中。他的那首《碧海潮生曲》便是音樂、內功合二而一的。

西毒歐陽鋒代侄兒歐陽克赴桃花島向黃藥師之女黃蓉求婚，帶去了三十二名處女，都是色藝雙絕的西域佳人，要送給黃藥師。黃藥師拒納，歐陽鋒手掌拍擊了三下，只見：「八名女子取出樂器，彈奏了起來，餘下二十四人翩翩起舞。八件樂器非琴非瑟，樂音節奏甚是怪異。黃蓉見眾女前伏後起，左回右旋，身子柔軟已極，每個人與前後之

12 這一段引文，是金庸小說流行版中的。新修版的《書劍恩仇錄》中，作者已經將這一段余魚同吹笛、陳家洛舞蹈的打鬥場面徹底刪除了。

13 我不知道是否真有這支古曲，我只聽過劉德海先生演奏的琵琶曲《十面埋伏》。即使不存在這支古曲也沒有關係。我們還是可以將此曲當成古曲——在小說中——欣賞。實際上，在小說中，古曲的魅力更加神奇。

人緊緊相接，恍似一條長蛇，再看片刻，只見每人雙臂伸展，自左手指尖至右手指尖，扭扭曲曲，也如一條婉蜒遊動的蛇一般。

……這時眾女舞得更加急了，媚態百出，變幻多端，跟著雙手虛撫胸臀，做出寬衣解帶、投懷送抱的諸般姿態。驅蛇的男子早已緊閉雙眼，都怕看了後把持不定，心神錯亂。黃藥師只是微笑，看了一會，把玉簫放在唇邊，吹了幾聲，眾女突然間同時全身震盪，舞步頓亂，簫聲又再響了幾下，眾女已隨著簫聲而舞。歐陽鋒見情勢不對，雙手一拍，一名侍女抱著一具鐵箏走上前來。這時歐陽克漸感心旌搖動。八女樂器中所發生的音調節奏，也已跟黃藥師的簫聲伴和。驅蛇的眾男子已在蛇群中上下跳躍，前後奔馳了。歐陽鋒在箏弦上錚錚錚的撥了幾下，發出幾下金戈鐵馬的肅殺之聲，立時把簫聲中的柔媚之音沖淡了幾分。黃藥師笑道：「來，來，咱們合奏一曲。」——他們倆合奏，旁人要麼把耳朵堵上，要麼乾脆離得遠遠的。因為這樣的音樂合奏，同時又是內力的搏擊比拚。只有郭靖不知就裡，偷偷地躲在一旁，聽到了這一場空前絕後的音樂會：

歐陽鋒道：「兄弟功夫不到之處，要請藥兄容讓三分。」盤膝坐在一塊大石之上，閉目運氣片刻，右手五指揮動，鏗鏗鏘鏘的彈了起來。

秦箏本就聲調酸楚激越，他這西域鐵箏聲音更是淒厲。郭靖不懂音樂，但這箏聲每一聲都和他心跳相一致。鐵箏響一聲，他心一跳，箏聲漸快，自己心跳也逐漸加劇，只感胸口怦怦而動，極不舒暢。再聽少時，一顆心似乎要跳出腔子來了，陡然驚覺：「若他箏聲再急，我豈不是要給他引得心跳而死？」急忙坐倒，寧神屏思，運起全真派道家內功，心跳便即趨緩，過不多時，箏聲已不能再帶動他心跳。

只聽到箏聲漸急，到後來猶如金鼓齊鳴、萬馬奔騰一般，驀地裡柔韻細細，一縷簫聲幽幽的混入了箏音之中，郭靖只感心中一蕩，臉上發熱，忙又鎮懾心神。鐵箏聲音雖響，始終掩沒不了簫聲，雙聲雜作，音調怪異至極。鐵箏猶似巫峽猿啼、子夜鬼哭，玉簫恰如昆崗鳳鳴，深閨私語。一個極盡慘厲淒切，一個卻是柔媚宛轉。此高彼低，彼進此退，互不相下。

黃蓉原本笑吟吟地望著二人吹奏，看到後來，只見二人神色鄭重，父親站起來，邊走邊吹，腳下踏著八卦方位。她知這是父親平日修習上乘內功時所用的姿式，必是對手極為厲害，是以要出全力對付。再看歐陽鋒頭頂猶如蒸籠，一縷縷的熱氣直往上冒，雙手彈箏，袖子揮出陣陣風聲，看模樣也是絲毫不敢怠懈。

郭靖在竹林中聽著二人吹奏，思索這玉簫、鐵箏與武功有甚關係，何以這兩般聲音有恁大魔力，引得人心把持不定？當下凝守心神，不為樂聲所動，然後細細辨簫聲箏韻，聽了片刻，只覺一柔一剛，相互激蕩，或猱進以取勢，或緩退以待敵，正與高手比武一般無異。再想多時，終於領悟：「是了，黃島主和歐陽鋒正以上乘內功互相比拚。」

……這時郭靖只聽歐陽鋒初時以雷霆萬鈞之勢要將黃藥師壓倒。簫聲東閃西避，但只要箏聲中有些微間隙，便立時透了出來。過了一陣，箏音漸緩，簫聲卻愈吹愈是迴腸盪氣。

……只聽得雙方所奏樂聲愈來愈急，已到了短兵相接、白刃肉搏的關頭，再鬥片刻，必將分出高下，正自替黃藥師擔心，突然間遠處海上隱隱傳來一陣長嘯之聲。

黃藥師和歐陽鋒同時心地一震，簫聲和箏聲登時都緩了。那嘯聲卻愈來愈近，想是有人乘船近島。歐陽鋒揮手彈箏，錚錚兩下，聲如裂帛。遠處那嘯聲忽地拔高，與他交上了手。過不多時，黃藥師的洞簫也加入戰團，簫聲有時與長嘯爭持，有時又與箏音纏鬥，三股聲音此起彼伏，鬥在一起。郭靖曾與周伯通玩過四人相搏之戲，於這三國交兵的混戰局面並不生疏，心知必是又有一位武功極高的前輩到了。……（第十八回）

來人是與東邪、西毒齊名的北丐洪七公。這一場「音樂比武」更加熱鬧了。東邪、西毒、北丐均是絕世高人，比武的方式自然也是出人意料、高人一籌。

像這樣的場景，我們在《神鵰俠侶》的第十五回「東邪門人」中還可以看到。楊過、陸無雙及黃藥師的關門女弟子程英三人與李莫愁碰上了，程英持簫吹《流波》一曲，又撫琴奏《桃夭》之歌，李莫愁唱「問世間，情是何物」一詞，若非傻姑突然出現，並拍手嬉笑，高唱兒歌，什麼「天上一顆星，地上骨零丁」，什麼「寶塔尖，衝破天」，將李莫愁的歌聲衝斷，楊過、程英、陸無雙三人的性命難保。最後黃藥師及時趕到，在瑤琴僅剩的一根弦上（**其餘琴弦都被李莫愁以內力震斷**）奏出音樂來，差一點沒要了李莫愁的命。因篇幅所限，這一段不再引述。

據說金庸曾經學習過芭蕾舞，對西洋、中國的音樂自然不會陌生，所以在他的武俠小說裡出現音樂、音樂家應屬自然而然。只是因為他寫的是武俠小說，所以音樂漸漸地與武功、搏擊也有了奇妙的關係。這種關係當然是想像、誇張的產物。因而金庸小說中的音樂固是「不可全信」，卻也不可不信。上面的武功打鬥或是傳奇，下面的音樂心聲卻是值得認真傾聽：

> 過了半晌，只聽室外簫聲幽咽，從窗中送了進來。……這時辨出簫中吹的是「無射商」調子，卻是一曲《淇奧》，這首琴曲溫雅平和，楊過聽過幾遍，也並不喜愛。但聽她吹的翻來覆去總是頭上五句：「瞻彼淇奧，綠竹猗猗，有匪君子，如切如磋，如琢如磨。」或高或低，忽徐忽疾，始終是這五句的變化，卻頗具纏綿之意。楊過知道這五句也出自《詩經》，是讚美一個男子像切磋過的象牙那麼雅致，像琢磨過的美玉那麼和潤。（**《神鵰俠侶・第十五回》**）

那吹簫者便是程英，她的心事自然是「既見君子（**楊過**），云胡不喜」。她是愛上楊過啦。只是永遠不會直接說出來，只能這樣以簫音傳達她的心曲。那一晚月光淡淡，和風習習，四周十分幽靜。

關於簫笛、關於琴，關於音樂，我們權且說到這裡。

第十四章 棋

撫琴是雅事，下棋也是雅事。而且下棋大約比撫琴普及得多。相比之下，中國象棋比圍棋更加普及。

其實圍棋的歷史比象棋還早。有人認為早在夏商時代就出現了圍棋，當時的貴族以圍旗對壘、攻防、圍剿之術來教子弟軍事知識與技能。一開始是十一道，後來變為十三道，至三國時期變為十七道，至唐代就變成了十九道，從此基本上定型了。魏晉時期就已經常有圍棋比賽，並且按照當時社會的「九品中正制」（**當時社會等級森嚴，門閥觀念極強**）將圍棋棋手也分為「九段」，即守拙（**一段**）、若愚（**二段**）、鬥力（**三段**）、小巧（**四段**）、用智（五段）、通幽（**六段**）、具體（**七段**）、坐照（**八段**）、入神（**九段**）。

金庸喜歡圍棋，曾拜中國棋聖聶衛平為師，並曾擔任香港圍棋協會的名譽會長。他的棋力不知如何，棋學則顯然是相當的淵博。他的小說中，自然少不了有關棋（**圍棋**）的描寫。

同對琴的描寫一樣，對棋的描寫也是從第一部小說《書劍恩仇錄》就開始了。在小說的第二回，武當名宿陸菲青自告奮勇，替紅花會報訊，見到紅花會的少總舵主時，「只見板壁上刻著一只大圍棋盤，三丈外兩人坐在炕上，手拈棋子，向那豎立的棋局投去，一顆顆棋子都嵌在棋道之上。陸菲青見多識廣，可從未見過有人如此下棋。持白子的是個青年公子，身穿白色長衫，臉如冠玉，似是個貴介子弟。持黑子的卻是個莊稼人打扮的老者。……眼見黑子勢危，白子一投，黑子滿盤皆輸，那公子一子投去，準頭稍偏，沒嵌準棋道交叉之處。老者呵呵笑道：『你不成啦，認輸吧！』推棋而起，顯然是輸了賴皮……」

這裡寫的是陳家洛和他的師父下棋的情形。在這一段之後，作者特意寫了一個按語：「中國古來慣例，下圍棋尊長者執黑子，日本亦然，至近代始變。」這條按語向讀者傳授了一個圍棋史的小知識。至於陳家洛與他師父袁士霄將棋盤立起，放在三丈之外，下棋的同時練習暗器的功夫和手上的勁力，當然是因為練武之人在武俠小說中要下得與眾不同。

金庸的第二部小說《碧血劍》中又出現了一位嗜棋如命的人物，即鐵劍門高手木桑道長，他是主人公袁承志的師父穆人清的老友。他的第一次露面，是到華山頂上去找穆人清下棋。當穆人清問及「牛鼻子，你的棋藝……」一句話還沒說完，「木桑道長聽到『棋藝』兩字，臉上肌肉一跳，登時容光煥發，斗然間宛如年輕了二十歲。」並自吹自己的棋藝足可以做得穆人清的師父。此人的「棋癡」形象鮮明地凸現於讀者的眼前。他將「吃飯的傢伙」（**即棋盤、棋子**）隨身帶著，且棋盤是精鋼所鑄，黑棋子是黑鐵，白棋子是白銀。他這樣做，是為了隨時可以下棋，不僅可以與人下棋，且自己也可以隨時在車、馬之上打棋譜（**棋盤是磁鐵**）。此人棋癮太大，穆人清招架不住，幸而圍棋易學難精，袁承志看了幾盤，加上木桑道長的講解，很快就入了門。於是：

木桑大讚袁承志心思靈巧，讓他九子，與他下了一局。

袁承志雖然不懂前人之法，然而圍棋一道，最講究的是悟性，常言道：「二十歲不成國手，終生無望。」意思是說下圍棋之人如不在童年成名，將來再下苦功，也終是碌碌庸手。如蘇東坡如此聰明之人，經史文章、書畫詩詞，無一不通，無一不精，然而圍棋始終下不過尋常庸手，成為他生平一大憾事。他曾有一句詩道「勝固欣然敗亦喜」，後人讚他胸博，不以勝負縈懷。豈知圍棋最重得失，一子一地之爭，必須計算清楚，毫不放鬆，才可得勝。如老是存著「勝固欣然敗亦喜」的心意下棋，作為陶情冶性，消遣暢懷，固無不可，不過定是「欣然」的時候少，「亦喜」的時候多。……（**第三回**）

這一段講的是棋道、棋理，同時還有蘇東坡的棋壇逸事。穆人清性情淡泊，木桑道長與他下棋覺得搏殺不烈，不大過癮。而袁承志則似乎有圍棋天賦，加上童心好勝，千方百計地與木桑道長爭鬥。雖然木桑道長最後仍是贏，可是中間險象環生，並非一帆風順地取勝，因而使木桑道長這位老棋迷感到很過癮。從此天天拉著袁承志下棋。袁承志棋力飛速進步，木桑道長由讓九子，到讓八子，不到一月也只能讓三子才能互有勝敗。

這一來，袁承志練武就不免要被耽誤。木桑道長最後提出建議：「你陪我下棋，下完之後，我教你一門功夫。」——木桑道人外號「千變萬劫」。他年輕之時，因輕功卓絕，身法變幻無窮，江湖上送他個外號，叫做「千變萬化草上飛」。後來他耽於下棋。圍棋之道；講究「打劫」，無數變化俱從打劫而生。木桑對自己的武功高低並不太在乎（其實很高），棋藝不過中上，卻是相當自負，改了外號，叫做「千變萬劫棋國手」。旁人礙於他的面子，不便對他自改的外號全不理會，可是又知他棋藝和「國手」之境實在相去太遠。於是折衷簡化，稱之為「千變萬劫」。但如有人當面如此解釋，木桑定要大為生氣，並要逼著對方承認這外號是指他的棋藝而非武功才肯甘休。

穆人清佩服他的武功，卻又知此人一向不收徒弟，如今他既提出以武功來換袁承志下棋，哪有不應之理？木桑於是約定：「你讓承志每天和我下兩盤棋，我讓他三子。我贏了，那就是陪師伯消遣，算他的孝心。要是他贏得一局，我就教他一招輕功，連贏兩局，輕功之外再教一招暗器。」——於是，袁承志過起了「終年親劍俠，長日對楸枰」的日子，一邊學武，一邊學棋。

半年過後，木桑道長的一身輕功和打棋子（當暗器）的心法，差不多都毫無藏私地傳給了袁承志。好在他棋藝上雖然變化有限，武學上卻十分廣博，輸多少棋都有層出不窮的武功招數來還債。

數年之後，木桑道長與袁承志在南京相遇，「木桑解下背上棋盤，摸出囊中棋子，對袁承志道：『這些年來我老是牽掛著你，別的倒沒什麼，就是想你陪我下棋。』」於是兩人在棋盤上擺開了戰場：

……又下數子，木桑在西邊角上忽落一子，那本是袁承志的白棋之地，黑棋孤子侵入，可說是干冒奇險。他道：「承志，我這一手是有名堂的。老道過得幾天就要到西藏去。這一子深入重地，成敗禍福，大是難料。」袁承志奇道：「道長萬里迢迢的遠去西藏幹什麼？」木桑歎了口氣，說道：「去找一件東西，那是先師的遺物。這件物事找不到，本來也不打緊，但若給另一人得去了，那可大大的不妥。好比下棋，這是搶先手。老道若是失先，一盤棋就輸得乾乾淨淨。」

……說到這裡，屋頂上又竄下四個人來……廳外七人一齊躍了進來，手中都拿著兵刃。

木桑笑道：「你能不能一口氣吃掉七子？」袁承志會意，說道：「弟子試試。」……袁承志抓起一把棋子，撒了出去，只聽得蓬蓬聲響，七名敵人齊被打中穴道，嗆嗆啷啷的一陣響亮，兵刃撒了一地。木桑點頭道：「大有長進，大有長進！」

……這時木桑侵入西隅的黑棋已受重重圍困，眼見已陷絕境，袁承志忽然想起：「道長把這塊棋比作他西藏之行，若是我將他這塊棋子殺了，只怕於他此行不吉。」沉吟片刻，轉去東北角下了一子。木桑呵呵大笑，續在西隅下子，說道：「凶險之極！這著棋一下，那可活了。你殺我不了啦！」

又過了半個時辰，雙方官著下完，袁承志輸了五子。木桑得意非凡，笑道：「這些年來，你武功是精進了，棋藝卻沒什麼進展。」袁承志笑道：「那是道長妙著疊生，變化精奧，弟子抵擋不住。」木桑呵呵大笑，打從心裡喜歡出來，自吹自擂了一會，才轉頭對宛兒道：「你叫人搜搜他們。」……（**第九回**）

這一盤棋下得驚心動魄而又妙趣橫生。下棋中夾有武功搏擊，而且又有象徵性的棋著。袁承志之所以輸，是因為他近幾年專心練武，基本上沒下過棋，自然不會長進；這次與木桑道長下棋主要是報恩之舉，而非爭勝；當晚的環境很亂，他的心思並沒有放在棋上；最後又考慮到木桑的西域之行，放了他一著……這盤棋意味深長。木桑要到西藏去，是找他的師弟玉貞道人（**此人道德敗壞，是個貪名好色之徒**），袁承志為了讓他西行無險，故意將棋子投到了東北角，沒想到其後果然在東北瀋陽滿清皇太極的皇宮之中碰到了玉貞道人！此棋中之兆神秘莫測，不可多言。

木桑癡於棋，但並非棋呆子，實際上，他對天下大勢、蒼生氣運不僅關心，而且也看得比其他人透徹。也許是從圍棋中悟出來的。例如穆人清對他的門下弟子說到「眼下民怨如沸，闖王大事指日可成。將來四海宴安，天下太平，眾百姓安居樂業，咱們無事可為」時，木桑搖頭道：「未必，未必，舊劫打完，新劫又生，局中既有白子黑子，這劫就循環不盡。」這實在是深刻的棋理，也是透徹的史觀。

小說《倚天屠龍記》開頭所寫的崑崙三聖何足道，不僅是琴聖、劍聖，且是棋聖，自然有非同一般之處。

何足道的特別，是在幽谷之中彈罷瑤琴，又以劍劃地，畫出了一個縱橫十九道的棋盤，自己與自己下棋。這不僅表明他的寂寞，也表明他癡於棋、精於棋，而且還說明了他精於棋的原因——若非癡得自己與自己下棋，怎麼能精於棋呢？——只見：

那人劃完棋盤，以劍尖在左上角和右下角圈了一圈，再在右上角和左下角畫了個交叉。郭襄既已看出他畫的是一張圍棋棋盤，自也想到他是在四角布上勢子，圓圈是白子，交叉是黑子。跟著見他在左上角距勢子三格處圈了一圈，又在那圓圈下兩格畫了一叉，待得下到第十九著時，以劍柱地，低頭沉思，當是決不定該是棄子取勢，還是力爭邊角。

……那人想了一會，白子不肯甘休，當下與黑子在左上角展開劇鬥，一時之間妙招紛紜，自北而南，逐步爭到了中原腹地。郭襄看得出神，漸漸走近，但見白子佈局時棋輸一招，始終落於下風，到第九十三招上遇到了連環劫，白勢已然岌岌可危，但他仍在勉力支撐。常言道：「當局者迷，旁觀者清。」郭襄棋力雖然平平，卻也看出白棋若不棄子他投，難免在中腹全軍覆沒。忍不住脫口叫道：「何不徑棄中原，反取西域？」

那人一凜，見棋盤西邊尚自留著一大片空地，要是乘著打劫之時連下兩子，佔據要津，即使棄了中腹，仍可設法爭取個不勝不敗的局面。那人得郭襄一言提醒，仰天長笑，連說：「好，好！」跟著下了數子，忽然想起有人在旁，將長劍往地下一擲，轉身說道：「哪一位高人承教，在下感激不盡。」說著向郭襄藏身處一揖。……（**第一回**）

這一段「棋話」，其文眼當然是「何不徑棄中原，反取西域」。暗寓何足道這次到中原來（**他從西域來**）討不了好去，而返取西域才是正道。但這時郭襄並不知此人就是何足道，而他自與自下棋亦確實真切可感，當局者迷也在所難免，旁觀者清的事也時會發生。因而即便將這一段當成人物描寫、當成棋事來看也都是很道地的。這位西域棋聖的棋譜，那就不必問了。除了郭襄，誰也沒看見。何足道與郭襄在這部書中都是神龍一現，讓人好生掛懷。

「縱橫十九道，迷煞多少人。」下棋本是文雅之事，但既要爭勝，就難免夾雜著一些不雅的舉動，如面紅耳赤、死乞白賴乃至拳打腳踢等等。金庸小說中的一些弈棋的場景，就更是驚險奇觀。

《天龍八部》中大理拈花寺的黃眉僧與號稱天下第一大惡人的段延慶的一盤棋就是一例。

其時段延慶為爭取復辟而來到大理，將當朝皇室的繼承人段譽抓住，要誘逼他與同父異母的妹妹木婉清亂倫丟醜。當朝皇帝段正明為救段譽，特請黃眉僧前往與看守段譽的段延慶抗衡。黃眉僧抱著「不成功，便成仁」的決心來了。走到段延慶面前，用精鋼打就的木魚槌往大青石板上一劃，石板上頓時劃出了一條直線。要與段延慶下棋，當然既比棋力，又比武功勁力，棋盤要在石板上各劃一道，棋子也要在石板上或圈或叉。

黃眉僧此行的主要目的是要拖住段延慶，以便其他人去救段譽，因而勝敗榮辱倒在其次。所以黃眉僧在下棋之前，要段延慶讓他四子，段延慶不幹；再要他讓三子，段延慶還是不幹；繼而黃眉僧說要讓對方三子，段延慶仍是不幹。——「黃眉僧心下惕懼更甚：『此人不驕不躁，陰沉之極，實是勁敵，不管我如何相激，他始終不動聲色。』原來黃眉僧並無必勝把握，向知愛弈之人個個好勝，自己開口求對方饒個三子、四子，對方往往答允，他是方外之人，於這虛名看得極淡，倘若延慶太子自逞其能，答應饒子，自己大佔便宜，在這場拚鬥中自然多居贏面。不料延慶太子既不讓人佔便宜，也不占人便宜，一絲不苟，嚴謹無比。」——繼而兩人又爭誰先下，最終黃眉僧自殘一隻腳趾，才爭得先下之權。

這盤棋開始之前就有這麼多的曲折。段延慶知黃眉僧為爭一著之先，不惜出此斷然手段，可見這盤棋他是志在必勝，倘若自己輸了，他所提出的條款定是苛刻無比。書中寫道：

> 黃眉僧道：「承讓了。」提起小鐵槌在兩對角的四四路上各刻了一個小圈，便似是下了兩枚白子。青袍客伸出鐵杖，在另外兩處的四四路上各捺一下，

石上出現兩處低凹，便如是下了兩枚黑子。四角四四路上各落兩子，稱為「勢子」，是中國圍棋古法，下子白先黑後，與後世亦復相反。黃眉僧跟著在「平位」六三路下了一子，青袍客在九三路應以一子。初時兩人下得甚快，黃眉僧不敢絲毫大意，穩穩不失以一根小腳趾換來的先手。

到得十七八子後，每一著針鋒相對，角鬥甚劇，同時兩人指上勁力不斷損耗，一面凝思求勝，一面運氣培力，弈得漸漸慢了。

黃眉僧的二弟子破嗔也是此道好手，見師父與青袍客一上手便短兵相接，妙著紛呈，心下暗自驚佩讚歎。看到第二十四著時，青袍客奇兵突出，登起巨變，黃眉僧假使不應，右下角隱伏極大危險，但如應以一子堅守，先手便失。

黃眉僧沉吟良久，一時難以參決，忽聽得石屋中傳出一個聲音說道：「反擊『去位』，不失先手。」原來段譽自幼便即善弈，這時看著兩人枰上酣鬥，不由得多口。

……中國古法，棋局分為「早上去入」四格，「去位」是在右上角。（第八回）

於是，黃眉僧與段延慶一手比拚內力，一手下棋。武學之士修習內功，須得絕無雜念，所謂返照空明，物我兩忘。但下棋卻是著著爭先，一局棋三六一路，每一路均須想到，當真錙銖必較，務須計算精確。這兩者互為矛盾，大相鑿枘。黃眉僧禪定功夫雖深，棋力卻不如對方，潛運內力抗敵，便疏忽了棋局；要是凝神想棋，內力比拚卻又處於下風。眼見這盤棋的局勢十分凶險，黃眉僧雖下決心一死以報知己，不以一己安危為念，但結局如何實在難以預料。所謂「世事如棋」，我們在這裡看得相當的明顯。這盤棋下得很長，我們無法將它的全過程都抄錄下來。最後，段譽被救了出來，並用他的「北冥神功」使段延慶的勁力外泄，點死了自己一隻眼，從而以失敗告終。黃眉僧贏了，但不僅贏得艱難，且對最後的結局感到莫名其妙。

關於圍棋，《天龍八部》中還有一段華彩樂章。

逍遙派掌門人無崖子為了對付逆徒丁春秋，擺出了一個圍棋的「珍瓏」（**即圍棋的難題。那是一個人故意擺出來難人的，並不是兩人對弈出來的陣勢，因此或生或劫，往往極難推算**），給天下才俊解答，誰解開了便要收誰為弟子。但三十年來無人解開。無崖子的首徒蘇星河只得公開此珍瓏，廣邀天下高手前來拆解。尋常的珍瓏少則十餘子，多者也不過四五十子，但無崖子的這一個卻有二百餘子，一盤棋已下得接近完局，因而極難拆解。

蘇星河的弟子范百齡精研圍棋數十年，實是此道高手，見這一局棋劫中有劫，既有共活，又有長生，或反撲，或收氣，花五聚六，複雜無比。再看片時，忽覺頭暈腦脹，只計算了右下角一塊小小白棋的死活，已覺胸口氣血翻湧。定了定神，第二次再算，發覺原先以為這塊白棋是死的，其實卻有可活之道，但要殺卻旁邊一塊黑棋，牽涉卻又極多。再算得幾下，突然間眼前一團漆黑，喉頭一甜，噴出了大口鮮血。——這位圍棋高手還沒有下，就已敗下陣來了。可見此「珍瓏」之難。

接著段譽、慕容復、鳩摩智、段延慶——這些人武功才智均是一時之選，棋藝一流，且分處四方，可以說是天下才俊的代表——等人又都先後敗下陣來。慕容復、段延慶險些為此失魂自殺。若非虛竹眼見段延慶要自殺，慈悲之心大動，靈機一動，說他要來解這棋局，並真的拿起一粒白子，閉上眼睛，往棋局上一放，段延慶恐怕已經自殺身亡了，虛竹閉著眼睛瞎放一子，竟放在一塊已被黑棋圍得密不透風的白棋之中。所以他的眼睛還沒睜開，就聽到蘇星河的怒斥：「胡鬧，胡鬧，你自填一氣，自己殺死一塊白棋，哪有這等下棋的法子？」

這大塊白棋本來尚有一氣，雖然黑棋隨時可將之吃淨，但只要對方一時無暇去吃，總還有一線生機，苦苦掙扎，全憑於此，現在他自己將自己的白棋吃了，棋道之中，從無這等自殺的行徑。這一塊棋一死，白方眼看是全軍覆沒。

但世事複雜，變化紛紜，禍福相依。棋局亦復如此。豈知虛竹閉日落子而殺了自己一大塊白棋後，局面頓呈開朗，黑棋雖然大佔優勢，白棋卻已有迴旋的餘地，不再像以前那樣縛手縛腳，顧此失彼。這個新局面，蘇星河做夢也沒想到，其他人也想不到。——這個「珍瓏」的秘奧，正是要白棋先擠死自己一大塊，以後的妙著方能源源而生。棋中固有「反撲」、「倒脫靴」之法，自己故意送死，讓對方吃去數子，然後取得勝勢，但送死者最多也不過八九子，決無一氣奉送數十子之理。這等「擠死自己」的著法，實乃圍棋中千古未有之奇變。任你是如何超妙入神的高手，也決不會想到這一條路上去。任何人所想的，總是如何脫困求生，從來沒有人故意往死路上去想。若不是虛竹閉上眼睛、隨手瞎擺而下出這著大笨棋來，只怕再過一千年，這個「珍瓏」也沒人能解得開。

棋內之理是如此，棋外之事也是如此。虛竹是少林寺中的小和尚，心地慈悲，天性善良，而段延慶則是「天下第一大惡人」。這兩個人平日決然不是同道。而這一日下棋，虛竹為救人一命才想出了此等歪打正著的法子，段延慶又反過來幫他應付了危局，用腹語法傳音給虛竹，教他下完了這局棋。誰能想到這「珍瓏」是由虛竹和段延慶聯手而破？書中寫道：

這個珍瓏變幻百端，因人而施，愛財者因貪失誤，易怒者由憤壞事。段譽之敗，在於愛心太重，不肯棄子；慕容復之失，由於執著權勢，勇於棄子，卻說什麼也不肯失勢。段延慶生平第一恨事，乃是殘廢之後，不得不拋開本門正宗武功，改習旁門左道的邪術，一到全神貫注之時，外魔入侵，竟爾心神蕩漾，難以自制。……（**第三十一回**）

看來似乎神奇玄奧，但棋理確實如此。人生之理也是這樣。所以在一旁觀棋的少林寺高僧玄難大師在一旁喃喃自語：「這局棋本來糾纏於得失勝敗之中，以至無可破解，虛竹這一著不著意於生死，更不著意於勝敗，反而勘破了生死，得到解脫……」他隱隱似有所悟，卻又捉摸不定，自知一生耽於武學，於禪定功夫大有欠缺。又想：「聾啞先生（按：指蘇星河）與函谷八友（按：指蘇星河的八個徒弟）專鶩雜學，以致武功不如丁春秋，我先前還笑他們走入了歧路。可是我畢生專練武功，不勤參禪，不急了生死，豈不是更加走上了歧路？」想到此節，霎時之間全身大汗淋漓。

顯然，金庸借這局圍棋「珍瓏」，寫出了獨特的哲學深度和人生境界。

說到棋，不能不提到《笑傲江湖》中的一段故事。

日月教主東方不敗發動政變，將前教主任我行制住，關入了杭州西湖底下的地牢之中，派了四大高手看管。這四個人是結義兄弟，每人有一偏好，大哥愛琴，號黃鐘公；老二愛棋，號黑白子；老三愛書法，號禿筆翁；老四愛畫，號丹青生。四人住孤山梅莊，稱梅莊四友。任我行的心腹向問天終於打聽到了前教主被關在梅莊地牢的消息，針對梅莊四友的癡迷愛好，設下了一個特大的圈套，要救任我行脫困。恰好令狐冲在黑白兩道、正邪二派圍攻向問天時忍不住拔刀相助，終於與向問天結為兄弟，使向問天的圈套更加完善。令狐冲適逢其會，當了工具，而被蒙在了鼓中。

別的不說，只說向問天對付黑白子的情形：

向問天道：「……這酒一經冰鎮，去其火氣，便和二位高人的身分相配了。好比下棋，力鬥搏殺，那是第九流的棋品，一二品的高棋卻是入神坐照……」

黑白子輕眼一翻，抓住他肩頭，急問：「你也會下棋？」向問天道：「在下平生最喜下棋，只可惜棋力不高，於是走遍大江南北、黃河上下，訪尋棋譜。三十年來，古往今來的名局，胸中倒也記得不少。」黑白子忙問：「記得哪些名局？」向問天道：「比如王質在爛柯山遇仙所見的棋局，劉仲甫在驪山遇仙對弈的棋局，王積薪遇狐仙婆媳的對局……」

他話未說完，黑白子已連連搖頭，道：「這些神話，焉能信得？更哪裡真有棋譜了？」說著鬆手放開了他的肩頭。

向問天道：「在下初時也道這是好事之徒編造的故事，但二十五年前見到了劉仲甫和驪山仙姥的對弈圖譜，著著精警，實非常人所能，這才死心塌地，相信確非虛言。前輩於此道也有所好麼？」

黑白子道：「你當真見過劉仲甫和驪山仙姥對弈的圖譜？我在前人筆記之中，見過這則記載，說劉仲甫是當時國手，卻在驪山之麓給一個鄉下老媼殺得大敗，登時嘔血數升，這局棋譜便稱為：『嘔血譜』。難道世上真有這局嘔血譜？」他進室來時，神情冷淡，此刻卻是十分的熱切。

向問天道：「在下廿五年之前，曾在四川成都一處世家舊宅之中見過，只因這一局實在殺得太過驚心動魄，雖然事隔廿五年，全數一百一十二著，至今倒還著著記得。」

黑白子道：「一共一百一十二著？你倒擺來給我瞧瞧。來來，到我棋室中去擺局。」（**第十九回**）

如此，黑白子便進入圈套矣！向問天苦心積慮，倒也不是矇騙，若無棋譜，他又怎能騙得了黑白子這樣的棋道高手？向問天的圈套說起來其實簡單，無非是投其所好，以便讓對方利令智昏而已。對付黑白子這種棋癡，最好的自然莫過於古人的棋譜。而《爛柯譜》與《嘔血譜》這樣令人難以置信的「仙人譜」，更會使棋道中人為之神魂顛倒。前文中的王積薪是唐代棋手，提出過著名的「圍棋十訣」。劉仲甫為宋代棋聖，著有《棋訣》。《嘔血譜》與《爛柯譜》後世有傳。後面的故事不用多說，也應能猜到是向問天詭計得逞。黃鐘公、黑白子等人都是聰明之人，只因癡於琴棋，而淡於世務，因而吃虧上當，最終以悲劇收場。不能不讓人感慨萬千。

第十五章 書

書法藝術是中華文明所獨有的一門藝術，源遠流長，蔚為大觀，足可稱絕。

先秦以來的中國文字史，經歷了甲骨文、鐘鼎文（**金文**）等階段，有書而無法，是工具但稱不上藝術。至大篆稚拙而有力，書法藝術便初露端倪，秦漢之後始得發源而成流派。小篆古雅圓通，隸書精緻超逸，楷書端嚴瑰麗，行書流暢風行，草書自由狂放，魏碑樸實沉厚，各盡奇妙，為中國書法藝術史增添無數光彩。至於各家各派，變化多端，絢麗多彩的風格品式，就更加豐富複雜了。

金庸先生本人少年時雖然沒有在書法方面下過太大的功夫，但成名之後卻愛好書法，不斷勤學苦練，他的書法藝術修養毋庸置疑。在他的小說中，我們可以看到許多關於書法藝術的精彩敘述。

還是從《書劍恩仇錄》說起，書中寫到杭州名士在西湖點「花國狀元」，檢視眾妓女受贈的禮品，玉如意得到了三卷書畫，第一卷是明代大書法家祝允明所書的李義山（**商隱**）兩首無題詩，第二卷軸是明代畫家唐寅的一幅簪花仕女圖，第三幅：

眾人把那卷軸打開，見是一幅書法，寫的是：「西湖清且漣漪，扁舟時蕩晴暉。處處青山獨住，翩翩白鶴迎歸。昔年曾到孤山，蒼藤古木高寒。想見先生風致，畫圖留與人看。」筆致甚為秀拔，卻無圖章落款，只題著「臨趙孟頫書」五字。

鄭板橋道：「微有秀氣，筆力不足！」沈德潛低聲道：「這是今上御筆。」大家嚇了一跳，再也不敢多說。……（第十回）

原來這幅書法是「今上」乾隆的。鄭板橋是人稱詩書畫三絕的清代大藝術家，他說乾隆的書法「微有秀氣，筆力不足」，應該是權威性的評價。趙孟頫是我國元代書畫大師和文學家，所畫山水、木石、花竹、人馬都十分精緻。書法則能篆、籀、分、隸、真、行、草，尤其正、行和小楷，圓轉遒麗，有「趙體」之稱。乾隆學他，恐難神似。

《碧血劍》的第九回書中，寫到袁承志與洪勝海比武，洪勝海擺好了架子，袁承志卻不理會，磨墨拈毫，攤開一張白紙，要一邊寫字，一邊與洪勝海比武。袁承志說：「你只要把我推得幌了一幌，我寫的字有一筆扭曲抖動，就算你贏了，立刻放你走路。要是我寫滿了一張紙；你還是推不動我，那怎麼說？」……結果袁承志真的寫滿了一張紙，而洪勝海卻沒能推動他。焦宛兒「見這一百多字書法甚是平平，結構章法，可以說頗為拙劣，但一筆一劃，力透紙背」。袁承志武功厲害，書法卻不內行。因而這一段只能說比武、寫字，與書法藝術關係不大。

《倚天屠龍記》中的一段，寫武當七俠中的「銀鉤鐵劃」張翠山在西湖邊見到殷素素，適逢下雨，殷素素送給他一把傘。張翠山伸手接住，見是一柄油紙小傘，張將開來，見傘上畫著遠山近水，數株垂柳，一幅淡雅的水墨山水畫，題著七個字道：「斜風細雨不須歸。」杭州傘上多有書畫，自來如此，也不足為奇。傘上的繪畫書法出自匠人手筆，便和江西的瓷器一般，總不免帶著幾分匠氣。豈知這把小傘上的書畫竟然甚為精緻，那七個字微嫌勁力不足，當是出自閨秀之手，但見頗為清麗脫俗。張翠山一邊走一邊看傘上書畫，險些一腳踏空踩進了小溝，幸而他武功了得才有驚無險。書中接著寫道：

那少女道：「傘上書畫，還能入張相公法眼麼？」張翠山於繪畫向來不加措意，留心的只是書法，說道：「這筆衛夫人名姬帖的書法，筆斷意連，筆短意長，極盡簪花馬韻之妙。」那少女聽他認出自己的字體，心下甚喜，說道：「這七字之中，那個『不』字寫得最不好。」張翠山細細凝視，說道：「這『不』字寫得很自然啊，只不過少了含蓄，不像其餘的六字，餘韻不盡，觀之令人忘倦。」那少女道：「是了，我總覺得這字寫得不愜意，卻想不出是什麼地方不對，經相公一說，這才恍然。」……（**第五回**）

這一段才算是入了書法之道。張翠山的外號是「銀鉤鐵劃」，向來精研書法，品評起來，自然能一語中的。要說書法藝術的華彩之章，讀者朋友自會想到《神鵰俠侶》中朱子柳以獨特的「書法功夫」與蒙古王子霍都決戰的經典性場面。

朱子柳是天南第一書法名家，雖然學武，卻未棄文。後來武學愈練愈精，竟自觸類旁通，將一陽指與書法融為一爐。這路功夫是他所獨創，旁人武功再強，若是腹中沒有文學根底，實難抵擋他這一路文中有武、武中有文，文武俱達高妙境界的功夫。他與霍都比武時，所用的兵器居然是一根毛筆。但見「毛筆搖晃，書法之中有點穴，點穴之中有書法，當真是銀鉤鐵劃，勁峭凌厲，而雄偉之中又蘊有一股透逸的書卷氣」。

他的第一路功夫是唐初四大書法家之一，與歐陽詢、虞世南、薛稷齊名的褚遂良的書法名帖《房玄齡碑》。小說中寫道：

原來「房玄齡碑」是唐朝大臣褚遂良所書的碑文，乃是楷書精品。前人評褚書如「天女散花」，書法剛健婀娜，顧盼生姿，筆筆凌空，極盡抑揚控縱之妙。朱子柳這一路「一陽書指」以筆代指，也是招招法度嚴謹，宛如楷書般的一筆不苟。霍都雖不懂一陽指的精奧，總算曾臨寫過「房玄齡碑」，預計得到他那一橫之後會跟著寫那一直，倒也守得井井有條。

朱子柳見他識得這路書法，喝一聲采，叫道：「小心！草書來了。」突然

> 除下頭頂帽子，往地下一擲，長袖飛舞，狂奔疾走，出招全然不依章法。但見他如瘋如癲、如酒醉、如中邪，筆意淋漓，指走龍蛇。
>
> ……原來他這時所書，正是唐代張旭的「自言帖」。張旭號稱「草聖」，乃草書之聖。杜甫《飲中八仙歌》詩云：「張旭三杯草聖傳，脫帽露頂王公前，揮毫落紙如雲煙。」黃蓉勸他三杯酒，一來切合他使這路功夫的身分，二來是讓他酒意一增，筆法更具鋒芒，三來也是挫折霍都的銳氣。
>
> 只見朱子柳寫道：「擔夫爭道」的那個「道」字，最後一筆鉤將上來，直劃上霍都的衣衫。群豪轟笑聲中，霍都踉蹌後退。（**第十二回**）

草書是朱子柳的第二路功夫。張旭之書法與李白的詩歌、斐旻的劍舞在當時並稱為詩、書、劍「三絕」。金庸引述杜甫寫的《飲中八仙歌》中的「脫帽露頂王公前」便也讓朱子柳脫帽；「張旭三杯草聖傳」，便也讓黃蓉給朱子柳送上三杯酒。不過脫帽云云，多少有些著相生硬。但小說中能將書法、武功融為一體，似說武功又似說書法，相得益彰，使讀者眼界大開。

小說的第十二回書完了，這一場比武卻還沒有完，原因是霍都的師父金輪法王不斷出言指點。朱子柳的第三路功夫是魏碑《褒斜道石刻》，——只見「朱子柳一篇『自言帖』將要寫完，筆意斗變，出手遲緩，用筆又瘦又硬，古意盎然」。黃蓉在一旁感歎道：「古人言道『瘦硬方通神，這一路『褒斜道石刻』當真是千古未有之奇觀。」「這時朱子柳用筆越來越是醜拙，但勁力卻也逐步加強，筆致有似蛛絲絡壁，勁而復虛。」可是仍未能取勝。迫使朱子柳又變出第四路功夫：

……忽然間筆法又變，運筆不似寫字，卻如拿了斧斤在石頭上鑿打一般。

這一節郭芙也瞧出來了，問道：「朱伯伯在刻字麼？」黃蓉笑道：「我的女兒倒也不蠢，他這一路指法是石鼓文。那是春秋之際用斧鑿刻在石鼓上的文字，你認認看，朱伯伯刻的是什麼字。」郭芙順著他筆意看去，但見所寫的每一字都是盤繞糾纏，倒像是一幅幅的小畫，一個字也不識得。黃蓉笑道：「這是最古的大篆，無怪你不識，我也認不全。」（**第十三回**）

連黃蓉也認不全，霍都自然更不認識了。朱子柳在他的扇上寫下「爾乃蠻夷」四個大字，他只認識（**猜出**）草書「蠻夷」，古篆「爾乃」他認成了「網月」。最後霍都被朱子柳點中穴道。這一場比武別開生面，精彩的程度不必多說。我們還可以將此看成是中國書法史及書法藝術的一次展覽。從中可以學到不少的知識，得到文化的薰陶。

類似的情形，我們在《笑傲江湖》中還可以看到。

向問天知道梅莊四友的脾性，既然給黃鐘公帶來了琴譜《廣陵散》，給黑白子帶來棋譜《嘔血譜》，自然也給老三禿筆翁——丹青生介紹他時說：「這位是我三哥禿翁，他取此外號，是因他性愛書法，寫禿了千百支筆，卻不是因為他頭頂光禿禿地。這一節千萬不可弄錯。」——帶來了足以使他心神迷醉之物：唐朝張旭的書法精品《率意帖》真跡。果然，禿筆翁走近一看「突然雙目直瞪，呼呼喘氣」，繼而「伸出右手食指，順著率意帖中的筆路一劃一劃的臨空鉤勒，神情如醉如癡，對向問天和令狐冲二人固是一眼不瞧，連丹青生的說話也顯然渾沒聽在耳中。」見向問天將卷軸收起，先是愕然而視，過了好一會才說要用「二十八招石鼓打穴筆法」來換《率意帖》。黑白子與丹青生連說「不行」。禿筆翁仍堅持己見，並對黑白子說道：「韓愈品評張旭道：『喜怒窘窮，憂悲愉佚，怨恨思慕，酣醉無聊。不平有動於心，必於草書焉發之。』此公正是我輩中人，不平有動於心，發之於草書，有如仗劍一揮，不亦快哉！」

禿筆翁對書法的愛好至癡，以及他對書法藝術的鑽研造詣，與《神鵰俠侶》中的朱子柳相比，只怕有過之而無不及。因而不難想見，他與人比武搏鬥，自然也要以筆為兵器，以名家筆帖為武功招式。只是這一次他碰上了令狐冲。令狐冲自學「獨孤九劍」之後，劍法之精，少有對手，但他識字不多，對書法藝術可以說是一竅不通。禿筆翁碰到他，並不是好事，完全是「秀才遇到了兵，有理講不清」。

禿筆翁聽說令狐冲不懂書法，特意向他解釋道：「我這一套筆法，叫做《裴將軍詩》，是從顏真卿所書詩帖中變化出來，一共二十三字，每字三招至十幾招不等，你聽好了：『裴將軍！大軍制六合，猛將清九垓。戰馬若虎龍，騰陵何壯哉！』」——誰知令狐冲心裡早已打定了主意：管你什麼詩詞、書法，反正我一概不懂，還是按照自己的辦法行事，察敵破綻，制敵機先。因而禿筆翁的每一個字都只能使出半招，立即就被令狐冲的利劍逼了回去。

禿筆翁不明就裡，還以為令狐冲知道了他的筆順才處處制了機先。於是他又換了一套筆帖，這回情形如下：

他大喝一聲，筆法登變，不再如適才那麼恣肆流動，而是勁貫中鋒，筆致凝重，但鋒芒角出，劍拔弩張，大有磊波磔意態。令狐冲自不知他這路筆法是取意於蜀漢大將張飛所書的「八蒙山銘」，但也看出此時筆路與先前已大不相同。他不理對方使的什麼招式，總之見他判官筆一動，便攻其虛隙。禿筆翁哇哇大叫，不論如何騰挪變化，總是只使得半招，無論如何使不全一招。

禿筆翁筆法又變，大書「懷素自敘帖」中的草書，縱橫飄忽，流轉無方，心想：「懷素的草書本是十分難以辨認，我草中加草，諒你這小子識不得我這自創的狂草。」他哪知令狐冲別說草書，便是端端正正的真楷也識不了多少，他只道令狐冲能搶先制住自己，由於揣摸到了自己的筆路，其實在令狐冲眼中所見，純是兵刃的路子，乘瑕抵隙，只是攻擊對方招數中的破綻而已。

禿筆翁這路狂草每一招仍然只能使得半招，心中鬱怒越積越甚，突然大叫：「不打了，不打了！」向後縱開，提起丹青生那桶酒來，在石几上倒了一灘，大筆往酒中一蘸，便在白牆上寫了起來，寫的正是那首「裴將軍詩」。二十三個字筆筆精神飽滿，尤其那個「如」字直猶破壁飛去。他寫完之後，才鬆

了口氣，哈哈大笑，側頭欣賞壁上鮮紅如血的大字，說道：「好極！我生平書法，以這幅字最佳。」……（第十九回）

論比武，禿筆翁無疑是輸了。論書法，卻又寫出了生平最得意的作品。

禿筆翁比武之所以會輸，主要不是因為令狐冲的劍法好，而是因為作者金庸對「書法武功」這事進行了反思。並借書中人物任我行之口說了出來：

「要知臨敵過招，那是生死繫於一線的大事，全力相搏，尚恐不勝，哪裡還有閒情逸致，講究什麼鐘王碑帖？除非對方武功跟你差得太遠，你才能將他玩弄戲耍。但如武功相若，你再用判官筆來寫字，那才是將自己的性命雙手獻給敵人了。將自己的性命來鬧著玩，居然活到今日，也算是武林中的一樁奇事。（第二十回）」

禿筆翁的這一戰，算是從理論上結束了書法武功的實踐價值。就武俠小說的武打而言，是那麼回事。而就武俠小說的文化藝術價值而言，這一戰仍稱得上是精彩絕倫，而且有輝煌成就。這一戰不僅介紹了——且形象地摹擬了——大書法家顏真卿的《裴將軍詩帖》、張飛的《八蒙山帖》（看慣了《三國演義》中的「莽張飛」的讀者勢必要大吃一驚）及與張旭齊名的草書大師懷素的《自敘帖》，更主要的還有，讓禿筆翁完成了一次絕妙的書法藝術的創作，是純粹的書法創作。據他說「便是顏魯公（真卿）復生，也未必寫得出」。

禿筆翁之所以這回寫得那麼好，原因正如他對令狐冲所言：「兄弟，全靠你逼得我滿肚筆意，無法施展，這才突然間從指端一湧而出，成此天地間從所未有的絕構。」這話乍聽起來似乎有些神奇，實則深入書法藝術的秘奧。正如韓愈說張旭的草書是「喜怒窘窮，憂悲愉佚」，「不平有動於心，必於草書焉發之」。禿筆翁的創作過程，是韓愈這幾句話的最好注腳。對於我們理解書法藝術及其創作奧妙，有很好的啟發作用。禿筆翁是性情中人，真誠爽快，輸就是輸，贏就是贏，沒有二話。他對令狐冲說：「你的劍法好，我的書法好，這叫做各有所長，不分勝敗。」這話決無抵賴不認輸的意思，而是說出了一個事實：他的書法確實精妙，正如令狐冲的「獨孤九劍」。

任我行的那一段話，從實用武術與搏擊的角度看，當然是對的。而從武俠小說的角度看則只有「半對」。武俠小說中的武功一半是武術，一半是藝術。因而固然有一半是實戰實說，亦有一半是供人欣賞。因而「書法武功」之創，仍是一個了不起的藝術成就。不能因為任我行（**或者是批評者，甚至金庸先生本人**）的那一段話，就將禿筆翁、朱子柳等人的藝術成就否定掉。

武功與書法看起來風馬牛不相及，但二者之間仍有一些不被常人所瞭解的密切的內在關係。唐代大書法家張旭從當時的劍術名家公孫大娘的劍舞之中悟出了草書之道，傳為千古佳話。劍術——舞劍——劍舞——書法，就這樣聯繫起來了，外在之「形」與內在之「神」，其實都有一定的關係。

或許是受了張旭的故事的影響，金庸在小說《倚天屠龍記》中反其道而行之，讓筆下人物張三丰由書法想到武功，創出一路全新的書法功夫來。這與朱子柳、禿筆翁等臨摹名家碑帖相比，是進了一大步，即由摹仿發展到獨創。

讓我們源源本本地說。在金庸的筆下，張三丰文武兼資，吟詩舞劍、寫字練功，無一不通。不僅是一代武術宗師，也是一位書法造詣很深的老人。張三丰開創了武當一派，在武林中地位崇高之極。七位弟子個個成材。不料到了他九十歲壽辰之時，他的三弟子俞岱岩居然被人將手、足等各處關節全都捏碎，從此成了一位廢人，而仇家是誰，為什麼要這麼對待俞岱岩，則一點兒也不知道，只知或與屠龍刀有關。

張三丰的心情可想而知。

這天夜裡，俞岱岩的五師弟張翠山滿懷傷痛惱怒，難以成眠。在床上躺了一個多時辰，悄悄起身，決心要去打都大錦一頓出口氣（**因為都大錦受人之托卻沒有忠人之事，自以為是地將俞岱岩交給了歹人，以致傷殘**）。沒料到看見了師父張三丰在大廳中不停地走來走去。過了一會，張三丰忽然伸出右手，在空中一筆一劃地寫起字來。先寫的是「喪亂」兩字，連寫了幾遍，跟著又寫「荼毒」兩字。張翠山心中一動：「師父是在空臨『喪亂帖』。」書中寫道：

……這時見師父指書的筆致無垂不收，無往不復，正是王羲之「喪亂帖」的筆意。

這「喪亂帖」張翠山兩年前也曾臨過，雖覺其用筆縱逸、清剛峭拔，總覺不及「蘭亭詩序帖」、「十七帖」各帖的莊嚴肅穆，氣象萬千，這時他在柱後見師父以手指臨空連書「羲之頓首：喪亂之極，先墓再遭荼毒，追惟甚酷」這十八個字，一筆一劃之中充滿了怫鬱悲憤之氣，登時領悟了王羲之當年書寫這「喪亂帖」的心情。

王羲之是東晉時人，其時中原板蕩，淪於異族。王謝高門，南下避寇，於喪亂之餘，先人墳墓慘遭毒手，自是說不出的滿腔傷痛。這般深沉的心情，盡數隱藏在「喪亂帖」中。張翠山翩翩年少，無牽無慮，從前怎能領略到帖中的深意。這時身遭師兄存亡莫測的大禍，方懂得了「喪亂」兩字、「荼毒」兩字，「追惟甚酷」四字。

張三丰寫了幾遍，長長歎了口氣，步到中庭，沉吟半晌，伸出手指，又寫起字來。這一次寫的字體又自不同。張翠山順著他手指的走勢看去，但見第一個字是個「武」字，第二個寫了個「林」字，一路寫下來，共是二十四個字，正是適才提到過的那幾句話：「武林至尊，寶刀屠龍。號令天下，莫敢不從。倚天不出，誰與爭鋒？」想是張三丰正自琢磨這二十四個字中所含的深意，推想俞岱岩因何受傷？此事與倚天劍、屠龍刀這兩件傳說中的兵器到底有什麼關連？

只見他寫了一遍又是一遍，那二十四個字翻來覆去地書寫，筆劃越來越長，手勢卻越來越慢，到後來縱橫開闔，宛如施展拳腳一般。張翠山凝神觀看，心下又驚又喜，師父所寫的二十四個字合在一起，分明是一套極高明的武功，每一字包含數招，便有數般變化。「龍」字和「鋒」字筆劃甚多，「刀」

> 字和「下」字筆劃甚少，但筆劃多的不覺其繁，筆劃少的不見其陋，其縮也凝重，似尺蠖之屈，其縱也險勁，如狡兔之脫。淋漓酣暢，雄渾剛健，俊逸處如風飄、如雪舞；厚重處如虎蹲、如象步。張翠山於目眩神馳之餘，隨即潛心記憶。這二十四個字中共有兩個「不」字，兩個「無」字，但兩字寫來形同而意不同，氣似而神不似，變化之妙，又是另具一功。
>
> ……這一晚兩人更是心意相通，情致合一，以遭喪亂而悲憤，以遭荼毒而怫鬱。張三丰情之所至，將這二十四個字演為一套武功。他書寫之初原無此意，而張翠山在柱後見到更是機緣巧合。師徒倆心神俱醉，沉浸在武功與書法相結合、物我兩忘的境界之中。
>
> 這一套拳法，張三丰一遍又一遍地翻覆演展，足足打了兩個多時辰，待到月湧中天，他長嘯一聲，右掌直劃下來，當真是星劍光芒，如矢應機，霆不暇發，電不及飛，這一直乃是「鋒」字的最後一筆。……（**第四回**）

這一段文字，幾乎不必再多說什麼。該說的小說作者都說了。張三丰心懷怫鬱憤懣，寫王羲之《喪亂帖》以釋胸懷；進而又考慮「武林至尊，寶刀屠龍」的秘密及與俞岱岩受傷的關係，不知不覺地寫出了那二十四個字來；繼而又因為張三丰乃一代武術宗師，一舉手、一投足莫不有規有範、合武術之旨，因此書法漸漸地與武功合二而一了：筆劃越來越長，手勢越來越慢，便是因此而來。這是因緣巧合、即興而來，如有意要創或許反倒不能；而事機湊巧，便有此絕技誕生。修養、心情、功夫、時機缺一不可，這就是張三丰創此武功的由來。

其實也是一切藝術創造的真實寫照。

總之，這一段，是很好的書法藝術的教材。武功什麼的，只是一種誘餌而已。或者說是一種「藥引」，真正的「主藥」還是書法之藝而非武功之技。要從哲學——道——的意義上來講，當然二者又可以相通。

這一段將書法藝術寫絕了。

關於書法，《鹿鼎記》中還有不少奇文，讀者諸君不可不知。

且說韋小寶為脫身逃命，曾對神龍教的胖頭陀說他認識普濟寺中的古老石碣上的篆文文字，知道八部《四十二章經》的下落。胖頭陀信以為真，想方設法將他騙到了神龍島，由陸高軒負責接待。陸先生將他帶入書房：

陸先生……指著一幅立軸，道：「韋公子，你瞧這幅石鼓文寫得如何？」韋小寶見這些字彎彎曲曲，像是畫符一般，點頭道：「好，很好！」陸先生指著另一幅大字，道：「這一幅臨的是秦瑯琊台刻石，韋公子以為如何？」

韋小寶心想一味說好，未免無味，搖頭道：「這一幅寫得不太好。」陸先生肅然起敬，道：「倒要請韋公子指點，這幅字弱點敗筆，在於何處。」韋小寶道：「敗筆很多，勝筆甚少！」他想既有「敗筆」，自然也有「勝筆」了。

陸先生乍聞「勝筆」兩字，呆了一呆，道：「高明，高明。」指著西壁一幅草書，道：「這幅狂草，韋公子以為如何？」韋小寶側頭看了一會，搖頭道：「這幾個字墨乾了，也不醮墨。嗯，這些細線拖來拖去，也不擦乾淨了。」陸先生一聽，臉色大變。草書講究墨法燥濕，筆潤為濕，筆枯為燥，燥濕相間，濃淡有致，因燥顯濕，以濕襯燥，陰陽映帶，如雲霞障天，方為妙書。至於筆劃相連的細線，書家稱為「遊絲」，或聯數筆，或聯數字，講究賓主合宜，斜角變幻，又有飄帶、摺帶種種名色。韋小寶數言之間，便露了底。……**（第十九回）**

韋小寶的「底」很簡單，就是除「小」字等極有限的三五個字**（數字）**之外，其他的字一概不識。更哪裡懂什麼「敗筆」、「燥濕」、「遊絲」之類？他當時對胖頭陀說認識石碣上的古篆文，只不過是尋機求脫之計罷了，胖頭陀信以為真了。

上面說了韋小寶識字、評論書法，下面再說一段韋小寶寫字。——那是在歸辛樹夫婦要去皇宮刺殺康熙，韋小寶勸阻不住，又脫身不得，只得勉為其難，走進書房**（這位韋大人酷愛賭博，忌諱「輸」字，而「書」與「輸」同音，二者都是他不喜歡的東西，所以「書房」或「輸房」平時決計是不進的）**要人磨墨——

伯爵大人從不執筆寫字，那親隨心中納罕，臉上卻露欽佩之色，當下抖擻精神，在一方王羲之當年所用的蟠龍紫石古硯中加上清水，取過一錠褚遂良用剩的唐朝松煙香墨，安腕運指，屏息凝氣，磨了一硯濃墨，再從筆筒中取出一枝趙孟頫定造的湖州銀鑲斑竹極品羊毫筆，鋪開了一張宋徽宗敕制的金花玉版箋，點起了一爐衛夫人寫字所焚的龍腦溫麝香，恭候伯爵大人揮毫。這架子擺出來，有分教：

鐘王歐褚顏柳趙
皆慚不及韋小寶。（**第四十二回**）

韋小寶或許壓根兒不知王羲之、褚遂良、趙孟頫、宋徽宗、衛夫人為何人，不識幡龍紫石古硯、唐朝松煙香墨、湖州銀鑲斑竹極品羊毫筆、敕制金花玉版箋……為何物，但卻不妨礙他能擁有這些大師們遺下的寶物。他是伯爵，擁有它們，卻不喜歡它們。在這一點上，鍾繇、王羲之、歐陽詢、顏真卿、褚遂良、柳公權、趙孟穎，再加上鍾繇的女弟子、王羲之的女老師衛夫人……這些書法史上的大宗師，只怕真的不如韋小寶，也未可知。至於韋小寶要寫些什麼、怎麼寫、寫得怎麼樣，因跨了書、畫的邊界，我們且留待下一章中再說。

第十六章 畫

上一章我們說到了金庸小說《鹿鼎記》中的韋小寶寫字，架式擺開了，大有「鍾王歐褚顏柳趙，皆愧不及韋小寶」之勢。韋小寶究竟是怎樣寫的呢？書中寫道：

> 韋小寶掌成虎爪之形，指運擒拿之力，一把抓起筆桿，飽飽的蘸上了墨，忽地拍的一聲輕響，一大滴墨汁從筆尖上掉將下來，落在紙上，登時將一張金花玉版箋玷污了。
>
> 那親隨心想：「原來伯爵大人不是寫字，是要學梁楷潑墨作畫。」卻見他在墨點右側一筆直下，畫了一條彎彎曲曲的樹幹，又在墨點的左側輕輕一點，既似北宗李思訓的斧劈皴，又似南宗王摩詰的披麻皴，實集南北二宗之所長。
>
> 這親隨常在書房伺候，肚子裡倒也有幾兩墨水，正讚歎間，忽聽伯爵大人言道：「我這個『小』字，寫得好不好？」那親隨嚇了一跳，這才知道伯爵大人寫了個『小』字，忙連聲讚好，說道：「大人的法書，筆順自右至左，別創一

格，天縱奇才。」

韋小寶道：「你去傳張提督進來。」那親隨答應了出去，尋思：「不知伯爵大人下面寫一個什麼字。」可是他便猜上一萬次，卻也決計猜不中。

原來韋小寶在「小」字之下，畫了個圓圈，在圓圈之下，畫了一條既似硬柴，又似扁擔的一橫，再畫一條蚯蚓，穿過扁擔。這蚯蚓穿扁擔，乃是一個「子」字。三個字串起來，是康熙的名字「小玄子」。「玄」字不會寫，畫個圓圈代替。

想當日他在清涼寺為僧，康熙曾畫圖傳旨，韋小寶欣慕德化，恭效聖行，今日事勢緊急，便畫圖上奏。寫了小玄子的名字後，再畫一劍，劍尖直刺入圓圈。這一把刀不似刀，劍不像劍之物，只畫得他滿頭是汗，剛剛畫好，張勇已到。……（第四十二回）

韋小寶本來是要寫「小玄子（康熙之名，限於韋小寶稱呼），有人要刺殺你」這麼幾個字，但除了「小」字之外，其他的字基本上都不會寫，因而只能以圖畫來代替。而那位肚裡頗有幾兩墨水的親隨，看到韋小寶寫字之時，無意中又透露了梁楷潑墨、南宗北宗、斧劈披麻等等畫史與畫派、畫技的內容，所以韋小寶寫字很自然地應該歸入畫這一類。還有一個更主要的原因，是康熙與韋小寶之間的通訊，時常是以圖畫代文字。例如韋小寶在少林寺之時，就曾接到康熙的密旨，那上面一個字也沒有，只有四幅圖畫，是讓韋小寶到五台山清涼寺去做住持並保護順治。另有一回韋小寶在通吃島賦閑，康熙想召他回去，密旨中又是六幅圖畫，畫的是韋小寶的六件大功勞。

只不過，康熙也好，韋小寶也罷，其圖畫與我們要說的繪畫藝術扯不上真正的關係。繪畫雖然並非中國獨有，但「中國畫」卻是風格獨特，與眾不同。水墨、丹青、工筆、寫意等等，不僅有悠久的歷史、特殊的技法，而且還有獨特的審美意蘊和藝術境界。金庸小說中提到畫的地方很多，寫得雖然沒有書法那麼神奇，但精彩的地方也有不少。

例如《射鵰英雄傳》一書中，就有不少很有意思的段落。第一處是黃蓉與郭靖相伴遊太湖，划船至湖心，談談說說，不再划槳，任由小舟隨風飄行，不覺已離岸十餘里。只見數十丈外一葉扁舟停在湖中，一個漁人坐在船頭垂釣，船尾有一個小童——

> 黃蓉指著那漁舟道：「煙波浩淼，一竿獨釣，真像是一幅水墨山水一般。」郭靖道：「什麼叫水墨山水？」黃蓉道：「那便是只用黑墨，不著顏色的圖畫。」郭靖放眼但見山青水綠，天藍雲蒼，夕陽橙黃，晚霞桃紅，就只沒有黑墨般的顏色，搖了搖頭，茫然不解其所指。（第十三回）

要領略水墨山水畫的意境，沒有一定的修養不行。郭靖不明究竟，實屬情有可原。黃蓉家學淵源，自然大不一樣。身處畫境之中，忍不住要說出來。那「畫」中的釣叟，就是他們不久就要相識的「五湖廢人」陸乘風。此人是黃藥師的徒弟，文武兼資。所以他將郭、黃兩位新認識的小友帶回家中，又有下面的場景：黃蓉見書房中琳琅滿目，全是詩書典籍，几上桌上擺著許多銅器玉器，看來盡是古物，壁上掛著一幅水墨畫（**這就是水墨畫！**），畫的是一個中年書生在月明之夜中庭佇立，手按劍柄，仰天長吁，神情寂寞。左上角題著一首岳飛的《小重山》，又見下款寫著「五湖廢人病中塗鴉」八字，想來這「五湖廢人」必是那莊主的別號了：

> ……但見書法與圖畫中的筆致波磔森森，如劍如戟，豈但力透紙背，直欲破紙飛出一般。
>
> 陸莊主見黃蓉細觀圖畫，問道：「老弟，這幅畫怎樣，請你品題品題。」黃蓉道：「小可斗膽亂說，莊主別怪。」陸莊主道：「老弟但說不妨。」黃蓉道：「莊主這幅圖畫，寫出了岳武穆作這首《小重山》詞時壯志難伸，彷徨無計的心情。只不過岳武穆雄心壯志，乃是為國為民，『白首為功名』這一句話，或許是避嫌養晦之意。當年朝中君臣都想與金人議和，岳飛力持不可，只可惜無人聽他的。「知音少，弦斷有誰聽？」這兩句，據說是指此事而言，那是一番無可奈何的心情，卻不是公然要和朝廷作對。莊主作畫寫字之時，卻似是一腔憤激，滿腹委屈，筆力固然雄健之極，但是鋒芒畢露，像是要與大仇人拚個你死我活一般，只恐與岳武穆憂國傷時的原意略有不合。小可曾聽人說，書畫筆墨

若是過求有力，少了圓渾蘊藉之意，似乎尚未能說是極高的境界。」

陸莊主聽了這番話，一聲長歎，神氣淒然，半晌不語。……（第十三回）

黃蓉的這番「品題」，與韋小寶的胡說八道自是不可同日而語。她的父親曾對她說過岳飛及書畫之道，所以她在此處論及詩、書、畫之時，還能兼及人、世、心態，將岳飛的心境及《小重山》的詞意說得透徹，也將這幅書畫的弱點說了個明白。連陸莊主也歎道：「我這番心情，今日才被你看破，老弟真可說是我生平第一知己。至於筆墨過於劍拔弩張，更是我改不過來的大毛病。承老弟指教，甚是甚是。」

黃蓉的父親黃藥師才智超人，文韜武略、琴棋書畫乃至算數工藝、醫卜星相無所不通。他的弟子常尋書畫佳作去孝敬師父。本書的第一回就曾寫到黃藥師之徒曲靈風（曲三）到皇宮大內偷盜珠寶書畫，得到了道君皇帝（宋徽宗）所畫的兩幅畫及一幅字，並讚歎宋徽宗的「翎毛丹青」和「瘦金體法書」。……多年以後，曲靈風已死，黃藥師和黃蓉來到他家，撿點他的遺物時，還發現了這些未及奉獻給師尊的書、畫作品，其中還包括了一幅特殊的畫：

黃藥師打開鐵箱，一層層的看下去，寶物愈是珍奇，心中愈是傷痛，待看到一軸軸的書畫時，歎道：「這些物事用以怡情遣興固然極好，玩物喪志卻是不可。徽宗道君皇帝的花鳥人物畫得何等精妙，他卻把一座錦繡江山拱手送給了金人。」一面說，一面舒卷卷軸，忽然「咦」的一聲，黃蓉道：「爹，什麼？」黃藥師指著一幅潑墨山水，道：「你瞧！」

只見畫中是一座陡峭突兀的高山，共有五座山峰，中間一峰尤高，筆立指天，聳入雲表，下臨深壑，山側生著一排松樹，松梢積雪，樹身盡皆向南彎曲，想見北風極烈。峰西獨有一棵老松，卻是挺然直起，巍巍秀拔，松樹下朱筆劃著一個迎風舞劍的將軍。這人面目難見，但衣袂飄舉，姿形脫俗。全幅畫都是水墨山水，獨有此人殷紅如火，更加顯得卓犖不群。那畫並無書款，只題著一首詩云：「經年塵土滿征衣，特特尋芳上翠微，好山好水看不足，馬蹄催趁月明歸。」

黃蓉前數日在臨安翠微亭中見過韓世忠所書的這首詩，認得筆跡，叫道：「爹，這是韓世忠寫的，詩是岳武穆的。」黃藥師道：「不錯。只是岳武穆這首詩寫的是池州翠微山，畫中這座山卻形勢險惡，並非翠微。這畫風骨雖佳，但少了含蘊韻致，不是名家手筆。」（**第二十六回**）

黃蓉知道郭靖喜歡岳飛的詩、韓世忠的書跡，就將這幅「不是名家手筆」的畫討來送給了郭靖。事有湊巧，後來兩人遇雨，將這幅畫淋濕了，才發現此畫還有一層，內層中指明了《武穆全書》藏在鐵掌山中指峰第二指節的山洞中。

《天龍八部》中的虛竹，因緣巧合，竟由少林寺的小和尚被迫而成為逍遙派掌門人無崖子的弟子、少掌門。無崖子才智過人，棋琴書畫無所不通，臨終之時交給虛竹一個卷軸，要虛竹到大理無量山中去找一個人教他武功。無崖子的首徒蘇星河問及虛竹，虛竹便將無崖子臨終時的言行一一轉告，並將那個卷軸打開。卷軸一展開，兩人同時一呆，不約而同的「咦」的一聲，原來卷軸中所繪的既非地理圖形，又非山水風景，卻是一個身穿宮裝的美貌少女。虛竹以為這是王語嫣的畫像，但這卷軸絹質黃舊，少說也有三四十年之久，圖中丹青墨色也頗有脫落，顯然是幅陳年古畫，比之王語嫣的年紀無論如何是大得多了。居然有人能在數十年甚或數百年前繪就她的形貌，實令人匪夷所思。圖畫筆致工整，卻又活潑流動，畫中人栩栩如生，活色生香，便如將王語嫣這個人縮小了、壓扁了，放入畫中一般。

虛竹看到這幅畫倒還沒什麼，至多不過覺得頗為驚奇。而多才多藝的蘇星河就不同了，只見「他伸出右手手指一筆一劃的摹擬畫中筆法，讚歎良久，才突然從夢中驚醒，說道：『師弟，請勿見怪，小兄的臭脾氣發作，一見到師父的丹青妙筆，便又想跟著學了。唉，貪多嚼不爛，我什麼都想學，到頭來一事無成，在丁春秋手中敗得那麼慘。』」——蘇星河武功不及丁春秋，敗在了他的手中，這話不錯。但若要說他「一事無成」卻過份謙虛了，除武功「一事」成就稍小外，其他的本領他可是一等一級的高手（**這可以從他的八個徒弟的水準看出：高徒必有名師**）。也就是說，蘇星河那麼癡迷的一幅畫，自然是水準極高的。這幅畫不僅出現在這裡（**第三十二回**），以後我們還會看到。

《天龍八部》的第四十六回，西夏公主招駙馬，天下才俊齊集靈州城。在見到公主之前，自然有不少的過場。其中之一，是讓眾人來到公主的內書房：「這廳堂比之先前喝茶的凝香堂大了三倍有餘，顯然本是山峰中一個天然洞穴，再加上偌大人工修飾而成。廳堂壁打磨得十分光滑，到處掛滿了字畫。」——只可惜不知道是哪些字、哪些畫，作者對此進行了虛寫：

……只有包不同信口雌黃，對壁間字畫大加譏彈，不是說這幅畫佈局欠佳，便說那幅書法筆力不足。西夏雖僻處邊陲，立國年淺，宮中所藏字畫不能與大宋、大遼相比，但帝皇之家，所藏精品畢竟也不在少。公主書房中頗有一些晉人北魏的書法，唐朝五代的繪畫，無不給包不同說得一錢不值。其時蘇黃法書流播天下，西夏皇宮中也有若干蘇東坡、黃山谷的字跡，在包不同的口中，不但顏柳蘇黃平平無奇，即令是鐘王張褚，也都不在他眼下。

……段譽對牆上字畫一幅幅瞧將過去，突然見到一幅古裝仕女舞劍圖，不由得大吃一驚，「咦」的一聲。畫中美女竟與王語嫣的容貌一模一樣，只衣飾全然不同，倒有點像無量山石洞中那個神仙姊姊。圖中美女右手持劍，左手揑了劍訣，正在湖畔山邊舞劍，神態飛逸，明豔嬌媚，莫可名狀。段譽霎時之間神魂飛蕩，一時似乎到了王語嫣身邊，一時又似到了無量山的石洞之中……（第四十六回）

熟悉《天龍八部》的讀者應該知道，這一幅畫也像虛竹身邊的那一幅畫一樣，不是王語嫣的畫像，而應該是王語嫣的外祖母李秋水的畫像。

說「應該是」，其實卻又不是，大家都以為是李秋水的畫像，連畫者自己也以為是李秋水，直到天山童姥和李秋水本人臨死之前才發現：畫中人物不是李秋水，而是李秋水的妹妹。這兩人長得十分相似，只是妹妹有酒窩，且右眼旁有一個小小黑痣，而李秋水則沒有。這裡面包含了一樁錯綜複雜、糾纏不清的愛情故事。

逍遙子當年與李秋水熱戀，不知不覺中卻又愛上了李秋水的妹妹，因而在繪李秋水畫像的時候，又不知不覺地將姊姊畫成了妹妹。

且聽李秋水臨終時給虛竹講述的故事：「當年我和你師父住在大理無量山劍湖之畔的石洞中，逍遙快活，勝過神仙。我給他生了一個可愛的女兒。我們二人收羅了天下各門各派的武功秘笈，只盼創一門包羅萬有的奇功。那一天，他在山中找到一塊巨大的美玉，便照著我的模樣雕刻一座人像，雕成之後，他整日價只是望著雕像出神，從此便不大理睬我了。我跟他說話，他往往答非所問，甚至是聽而不聞，整個人的心思都貫注在玉像身上。你師父的手藝巧極，那玉像也雕刻得真美，可是玉像終究是死的，何況玉像依照我的模樣雕成，而我明明就在他身邊，他為什麼不理我，只是癡癡的瞧著玉像，目光中流露出愛戀不勝的神色？那為什麼？那為什麼？」——為什麼？——李秋水看到了妹妹的畫像，這才明白：

……過了一會，李秋水又輕輕地說道：「師哥，你聰明絕頂，卻又癡得絕頂，為什麼愛上了你自己手雕的玉像，卻不愛那個會說、會笑、會動、會愛你的師妹？你心中把這玉像當成了我小妹子，是不是？」

她提起那幅畫像又看了一會，說道：「師哥，這幅畫你在什麼時候畫的？你只道畫的是我，因此叫你徒弟拿了畫兒到無量山來找我。可你不知不覺之間，卻畫成了我的小妹子，你自己也不知道罷？你一直以為畫中人是我。師哥，你心中真正愛的是我小妹子，你這般癡情的瞧著那玉像，為什麼？為什麼？現下我終於懂了。」……（**第三十七回**）

讀者也應該明白，這是一樁糾纏不清、不知不覺的愛情故事。讀者更應該深思：無崖子創作玉石雕像及人物畫像時，怎麼會對著這一個，而雕、畫成了另一個？其中有著多深奧的「繪畫藝術創作之秘」？

古人說，言為心聲，文如其人。繪畫作為一門獨特的藝術語言，也能夠表達人的心聲，也能夠「畫如其人」。上面的無崖子畫人物是這樣的，《笑傲江湖》中的丹青生畫畫也是這樣的。——小說中寫到向問天與令狐冲二人化名來到孤山梅莊（**這當然是向問天的主意**）；求見梅莊的四位莊主。來到大廳之中，莊中僕傭丁堅進去通報，施令威請二人就座，自己站著相陪。向問天知施令威往年是江湖中成名的人物，自己踞坐，未免對他不敬，但他在梅莊身為僕役，卻又不能請他也坐。便急中生智，對令狐冲（**化名風二中**）說道：「風兄弟，你瞧這一幅畫，雖只寥寥數筆，氣勢可著實不凡。」一面說，一面站起身來，走到懸在廳中的那幅大中堂之前。——

令狐冲和他同行多日，知他雖十分聰明機智，於文墨書畫卻並不擅長，這時忽然讚起畫，自是另有深意，當即應了一聲，走到畫前。見畫中所繪的是一個仙人的背面，墨意淋漓，筆力雄健，令狐冲雖不懂畫，卻也知確是力作。又見畫上題款是：「丹青生大醉後潑墨」八字，筆法森嚴，一筆筆便如長劍的刺劃。令狐冲看了一會，說道：「童兄，我一見畫上這個『醉』字，便十分喜歡。這字中畫中，更似乎蘊藏著一套極高明的劍術。」他見到這八個字的筆法，以及畫中仙人的手勢衣折，想到了思過崖後洞石壁上所刻的劍法。

向問天尚未答話，施令威在他二人身後說道：「這位風爺果然是劍術名家。我家四莊主丹青生先生說道：那日他大醉之後繪此一畫，無意中將劍法蘊蓄於內，那是他生平最得意之作，酒醒之後再也繪不出來了。風爺居然能從此畫中看出了劍意，四莊主定當引為知己。我進去告知。」說著喜孜孜的走進去。……（**第十九回**）

令狐冲並不懂畫，但他精通劍法，而且心裡想著的也是劍法，見畫中有些手勢衣折很像是他在思過崖後洞石壁上看到的劍法，所以他隨口而出。倒真準確無誤。向問天並不懂畫，但他對名畫還是略知一二的，而且懂得投人所好。這回他就給丹青生帶來了一幅古人名畫：

向問天道：「倘若我們輸了，這一幅圖送給四莊主。」說著解下負在背上的包袱，打了開來，裡面是兩個卷軸，他打開一個卷軸，乃是一幅極為陳舊的圖畫，右上角題著「北宋范中立溪山行旅圖」十字，一座高山沖天而起，墨韻凝厚，氣勢雄峻之極。令狐冲雖然不懂繪畫，也知這幅山水實是精絕之作。但見那山森然高聳，雖是紙上的圖畫，也令人不由自主的興高山仰止之感。

丹青生大叫一聲：「啊喲！」目光牢牢釘住了那幅圖畫，再也移不開來，隔了良久，才道：「這是北宋范寬的真跡，你……你……卻從何處得來？」（第十九回）

這幅畫可算是真正的名人名作。北宋畫家范中立（**字仲立，人稱范寬**）初學李成，繼學荊諾，後自成一家。擅長畫雪山，山頂多作密林，水際作突兀大石，落筆雄健凝煉，對後世影響很大。《溪山行旅圖》正是他存世的佳作之一。不知怎樣被向問天訪求到了，用以引誘酷愛繪畫的丹青生。

只不過，武俠小說中像黃藥師、丹青生這樣的真正行家不多。所以金庸展示名畫真跡的機會相對也就不多。江湖中人生性好武，且文化藝術水準不高，興趣不大，便有大量的書畫精品擺在他們的面前，也多半不會欣賞。

前面曾提到《天龍八部》中的西夏公主的書房掛滿了字畫，但看畫的人卻不多。書中寫道：「蕭峰、虛竹武功雖高，於藝文一道卻均一竅不通，兩人並肩往地下一坐，留神觀看旁人動靜。蕭峰的見識經歷比虛竹高出百倍，他神色漠然，似對壁上掛著的書法圖畫感到索然無味，其實眼光始終不離那綠衫宮女左右。他知這宮女是關鍵所在，倘若西夏國暗中伏有奸計，定是由這嬌小靦腆的宮女發動。……鄧百川察看每具畫架，有無細孔可以放出毒氣，西夏的『悲酥清風』著實厲害，中原武林人物早聞其名。巴天石則假裝觀賞字畫，實則在細看牆壁、屋角，查察有無機關或出路。只有包不同信口雌黃，對壁間字畫大加譏彈……（第四十六回）這樣，有名書名畫也同沒有差不多。

武俠小說畢竟是寫江湖、武林中人的小說。書法藝術還可化為武功的招式套路，大展一番，繪畫卻難以在比武搏鬥中派上用場了。金庸卻不死心，硬是另闢蹊徑，將繪畫與武功圖譜合二而一。這樣，繪畫終於有了一種獨特的功能。

最典型的例子當然是《俠客行》中的俠客島上的「俠客行詩畫武功」。李白的《俠客行》一共有二十四句詩，島上有二十四間石窟，寫著詩句、注解並配以相應的圖畫。除石破天之外，所有的人都只是看字、看詩、思考它的意義、企圖破解它的蘊含。只有石破天，因為目不識丁，只好別人看字他看畫，且還不是看畫圖本身，而是看它的筆劃形式：

舉目向石壁瞧去，只見壁上密密麻麻的刻滿了字，但見千百文字之中有些筆劃宛然便是一把長劍，共有二三十把。這些劍形或橫或直，或撇或捺，在識字之人眼中，只是一個字中的一筆，但石破天既不識字，見到的卻是一把把長長短短的劍……

……他在第二室中觀看二十四柄劍形，發覺長劍的方位指向，與體內經脈暗合，這第一圖中卻只一個青年書生，並無其他圖形。看了片刻，覺得圖中人右袖揮出之勢甚是飄逸好看，不禁多看了一會，突然間只覺得右肋下「淵腋穴」上一動，一道熱線沿著「足少陽膽經」，向著「日月」、「京門」二穴行去。他心中一喜，再細看圖形，見構成人身上衣褶、面容、扇子的線條，一筆筆均有貫串之意，當下順著氣勢一路觀將下來，果然自己體內的內息也依照線路運行。

……當下尋到了圖中筆法的源頭，依勢練了起來。這圖形的筆法與世上書畫大不相同，筆劃順逆頗異常法，好在他從來沒學過寫字，自不知不論寫字畫圖，每一筆都該自上而下、自左而右，雖然勾挑是自下而上，曲撇是自右而左，然而均係斜行而非直筆。這圖形中卻是自下而上、自右向左的直筆甚多，與書畫筆意往往截然相反，拗拙非凡。他可絲毫不以為怪，照樣習練。換作一

> 個學寫過幾十天字的蒙童，便決計不會順著如此的筆路存想了。
>
> ……石破天看了一會，轉頭去看壁上的圖形，見畫的是一匹駿馬，昂首奔行，腳下雲氣瀰漫，便如是在天空飛行一般。他照著先前法子，依著那馬的去勢存想，內息卻毫無動靜，心想：「這幅圖中的功夫，和第一二室中的又自不同。」
>
> 再細看馬足下的雲氣，只見一團團雲霧似乎在不斷向前推湧，直如意欲破壁飛出，他看得片刻，內息翻湧，不由自主地拔足便奔。他繞了一個圈子，向石壁上的雲氣瞧了一眼，內息推動，又繞了一個圈……（**第二十章**）

石破天就這樣「破譯」了「俠客行武學之謎」，學到了一身空前絕後的相容內功、劍法、輕功、拳法的神奇武功。那在俠客島（**原是無名島，因有《俠客行》詩及武學，便成了俠客島**）上寫字、繪圖的前輩，可真不知道是出於何等樣的心思？

看了這樣的字、畫、武功，對於其他的武功圖譜，比如《連誠訣》中的「血刀刀法圖譜」（**狄雲照此練功**），《天龍八部》中的「逍遙派武功圖譜」（**分別見於西夏公主書房牆上及天鷲山縹緲峰石洞中，虛竹由後者觀照練功**）、「易筋經武功圖譜」（**游坦之照此練功**），[14]以及《笑傲江湖》中華山思過崖後洞石壁上刻的「魔教十大長老破五嶽劍法

---

14 在《天龍八部》的新修版中，游坦之所練已經不是《易筋經》，而是古天竺的《神足經》，即瑜伽功夫。

圖」……那就有小巫見大巫之感了。《俠客行》中連古蝌蚪文也蘊藏著武功圖譜，這在任何一部書中也是見不到的。

《俠客行》倒真是詩書畫——再加上武學——不可分了。

這當然也是中國文化的一種突出的表現。

第十七章 花

花是大自然的造化，按說與文化這個題目無關。但自然的花枝、花朵，一旦被人類欣賞、栽培、記載、介紹和吟詠、傳播，就與人類文化有了密切的關係。我們一方面欣賞大自然的傑作，另一方面又按照人類的審美習慣及民族的心理特徵賦予自然之花以某些特殊的意蘊，以至於花在某種意義上說也變成了文化的一種代碼。例如一提到蓮花，我們就會想到「出污泥而不染」；提到梅花，就會想到清冷高潔、傲雪凌霜；想到牡丹會想到富貴榮華；提到菊花會想到「我花開來百花殺」；提到桃花會想到春天、想到風流韻事……

日本人愛櫻花，中國人愛蓮花或梅花，情人喜歡玫瑰的鮮豔美麗，這種趣味愛好都有其文化的烙印。國有國花，族有族花，市有市花，當然與國家、民族、城市的文化有密切的關係。

武則天「貶牡丹至洛陽」的傳說，當然是帶有民族文化心理特點的故事。而北宋歐陽修的《洛陽牡丹記》記載一百零九種洛陽牡丹，且又將其中二十四種名品排列名次、記敘其來歷與相關的風俗，這就明擺著是文化行為了。

金庸喜歡花。他在第一部小說《書劍恩仇錄》中，就將反滿抗清的漢人英雄群體定名為「紅花會」，並以紅花做為會中識別的標誌。陸菲青代紅花會報訊，到了安西城時，只要把文泰來給他的花插在襟頭，立即就有人來熱情接待，並知道他是文泰來請來的朋友，因為文泰來的花有四片綠葉相襯（文泰來在紅花會中排行第四）。陳家洛到了杭州，一旦把總舵主的紅花佩戴起來，杭州城裡的紅花會徒眾便不顧一切地熱情歡呼、鞠躬致意，連綠營士兵中也有許多人離隊拜見總舵主，弄得乾隆及李可秀等人目瞪口呆。這一場景可以說是紅花會的一次「精神勝利」，那朵大紅花自有莫大的功勞。

金庸愛花的第二個表現，是將筆下最美的少女喀絲麗——香香公主——寫成有食花之好。

喀絲麗從小以鮮花為食，難怪她不僅像花兒一般的美麗，而且還有花兒一般的幽香，更有花兒一般自然美妙的氣質。陳家洛第一次見到她時，「只見湖邊紅花樹下，坐著一個全身白衣如雪的少女，長髮垂肩，正拿著一把梳子慢慢梳理。她赤了雙腳，臉上髮上都是水珠。陳家洛一見她的臉，一顆心又是怦怦而跳，暗想：『天下哪有這般美女？』只見她舒雅自在的坐在湖邊，明豔聖潔，儀態不可方物，白衣倒映水中，落花一瓣一瓣的掉在她頭上、衣上、影子上。他平時瀟灑自如，這時竟吶吶的說不出話來。」……人就是花，花就是人。這還不算，兩人一同尋找大隊人馬本部途中，又遇到了難得一見的「天山雪中蓮」，開在半山腰裡峭壁之上。花瓣碧綠的雪蓮四周都是積雪，白中映碧，加上夕陽金光映照，嬌豔華美，奇麗萬狀，而且奇香撲鼻、芬芳馥郁。見喀絲麗露出愛慕的顏色，陳家洛便想也不想，利用自己的一身輕功，爬崖走壁，將它摘了下來，給了美麗如花的少女，這才使名花美人，相得益彰，喀絲麗——雪中蓮一同疊映在陳家洛及讀者的眼裡、心中。

將名花喻美人，大概是人類的共性。《白馬嘯西風》中的哈薩克少女阿曼，就被她的族人稱為「會走路的花」。

提到吃花的少女，我們自然會想到《神鵰俠侶》中的公孫綠萼和她經常食用的絕情谷中的奇異情花。絕情谷中草木青翠，繁花似錦，最奇異的莫過於情花，此花「入口香甜，芳甘似蜜，更微有醺醺然的酒氣，正感心神俱暢，但嚼了幾下，卻有一股苦澀的味道，要待吐出，似覺不捨，要吞入肚內，又有點難以下嚥。」

這就是了。細看花樹，見枝葉上生滿小刺，花瓣的顏色卻是嬌豔無比，「似芙蓉而更香，如山茶而增豔」。此花雖美，果實卻「或青或紅，有的青紅相雜，還生著茸茸細毛，就如毛蟲一般，而「情花的果實是吃不得的，有的酸，有的辣，有的更加臭氣難聞，中人欲嘔……有些長得極醜怪的，味道倒甜，可是難看的又未必一定甜，只有親口試了才知。十個果子九個苦，因此大家從來不去吃它」。這花還有一個要命的地方，是「身上若給情花的小刺刺痛了，十二個時辰不能動相思之念，否則苦楚難當。」（**第十七回**）據說這是上古之花，原已絕跡，不意竟出現在絕情谷中，如若中了情花之刺，解毒須得用花畔的毒草斷腸草……

顯然，這情花與其說是自然之物，不如說是文化心理的象徵。它的一切特點，都是人們對情的隱喻。

如果說《神鵰俠侶》中的情花是出於作者的想像和創造，那麼《連誠訣》中丁典與凌霜華的「菊花會」的故事，則有更多的生活依據。

丁典在臨終之時，對狄雲敘述了他的愛情往事：

「那是九年多之前，九月上旬，我到了漢口，向藥材店出賣從關外帶來的老山人參。藥材店主人倒是個風雅之人，做完了生意，邀我去看漢口出名的菊花會。這菊花會中名貴的品種倒真不少，嗯，黃菊有都勝、金芍藥、黃鶴翎、報君知、御袍黃、金孔雀、側金盞、鶯羽黃。白菊有月下白、玉牡丹、玉寶相、玉玲瓏、一團雪、貂嬋拜月、太液蓮。紫菊有碧江霞、雙飛燕、剪霞綃、紫玉蓮、紫霞杯、瑪瑙盤、紫羅傘。紅菊有美人紅、海雲紅、醉貴妃、繡芙蓉、胭脂香、錦荔枝、鶴頂紅。淡紅色的有佛見笑、紅粉團、桃花菊、西施粉、勝緋桃、玉樓春……」

他各種各樣菊花品種的名稱隨口而出，倒似比武功的招式更加熟悉。狄雲有些詫異，但隨即想起，丁大哥是愛花之人，因此那位凌小姐的窗檻上鮮花不斷。他熟知諸般菊花的品種名稱，自非奇事。

丁典說到這些花名時，嘴邊帶着微笑，神色甚是柔和，輕輕地道：「我一面觀看，一面讚賞，說出這些菊花的名稱，品評優劣。當我觀賞完畢，將出花園時，說道：『這菊花會也算是十分難得了，就可惜沒綠菊。』」

「忽聽得一個小姑娘的聲音在我背後說道：『小姐，這人倒知道綠竹菊花。我們家裡的「春水碧波」、「綠玉如意」，平常哪裡輕易見得？』」

「我回過頭來，只見一個清秀絕俗的少女正在觀賞菊花，穿一身嫩黃衫子，當真是人淡如菊，我一生之中，從未見過這般雅致清麗的姑娘。她身旁跟著一個十四五歲的丫鬟。那位小姐見我注視她，臉上登時紅了，低聲道：『對不起，先生別見怪，小丫頭隨口亂說。』我霎時間呆住了，什麼話也說不出來。……」

（**第三章**）

這位「人淡如菊」的小姐，名叫凌霜華，——凌霜之花正是菊——她的那位小丫頭叫菊友，人名與花名恰好對應，形成了廣義的「菊花之會」。丁典從此愛上了凌霜華，凌霜華也一樣愛上了丁典，兩人的愛情是以花為媒，而且丁典下獄之後仍以花為信號及精神支柱。丁典與凌霜華的愛情故事，在金庸小說中算不上出色，由丁典臨終之前來說這些，也不是十分合適。只是因為菊花之會而起，又因「金波旬花」之毒而終，此一段「花事」，比較特別，所以讓人難忘。

《連誠訣》中寫漢口的「菊花之會」，而《天龍八部》則提及過洛陽的「牡丹花會」，只可惜對此盛會的情形，作者並未仔細描繪，只從丐幫副幫主馬大元的夫人康敏在臨終之際與蕭鋒的對話中曾提及。康敏說在牡丹花會上，「天下的男子以你為首，天下的女子以我為首」，但英雄之首領蕭峰（當時稱喬峰）卻看都不看她一眼，從此她就懷恨在心，欲將蕭鋒置於死地而後快。

牡丹花會的情形怎樣固是沒寫，但《天龍八部》卻以濃墨重彩寫到了山茶花，這是金庸小說中關於花的敘事最重要的段落。大理王子段譽被鳩摩智抓到江南，被慕容家的婢女阿朱、阿碧相救脫險。來到了慕容氏的姻親王夫人居住的曼陀山莊。段譽知道「山茶花又名玉茗，另有個名字叫作曼陀羅花」。

此莊叫做曼陀山莊，想必有不少山茶名種。山茶花以雲南大理所產最為著名，世間稱為「滇茶」，並有「大理茶花甲天下」之說。而段譽家中的茶花名種更是不可勝數，他從小就看慣了，暇時聽府中十餘名花匠談論講評，山茶的優劣習性自然爛熟於胸。那是不習而知，猶如農家子弟必辨菽麥、漁家兒女必識魚蝦一般。這時見到曼陀山莊，自有一種「他鄉遇故知」的親切。只可惜曼陀山莊的茶花雖多，放眼都是紅白繽紛的尋常茶花，並無佳品。

曼陀山莊的主人王夫人突然歸來，帶回了四盆頗為難得的名種，段譽不由得精神一振。但不一會兒又有些失望，原來這王夫人極愛茶花，不惜重資，到處收購佳種，可是移植到曼陀山莊後，竟沒一本名貴茶花能欣欣向榮，往往長得一年半載便即枯萎，要不然便奄奄一息。其原因是這王夫人雖愛花卻不懂茶花之道，比如眼前這四盆不同的茶花，她都稱之為「滿月」，且又說「湖中風大，這四盆花在船艙裡放了幾天，不見陽光，快拿到日頭裡曬曬，多上些肥料。」不免讓段譽這位行家感到可笑。——

段譽道：「王夫人，你說這四本白茶都叫做『滿月』，壓根兒就錯了。你連花也不識，怎說得上懂花？其中一本叫作『紅妝素裹』，一本叫作『抓破美人臉』」。王夫人奇道：「『抓破美人臉』？這名字怎地如此古怪？是哪一本？」

……王夫人陪著段譽穿過花林，過石橋，穿小徑，來到一座小樓之前。段譽見小樓簷下一塊匾額，寫著「雲錦樓」三個墨綠篆字，樓下前後左右種的都是茶花。但這些茶花在大理都不過是三四流貨色，和這精緻的樓閣亭榭相比，未免不襯。

王夫人卻甚有得意之色，說道：「段公子，你大理茶花最多，但和我這裡相比，只怕猶有不如。」段譽點頭道：「這種茶花，我們大理人確是不種的。」王夫人笑吟吟道：「是麼？」段譽道：「大理就是尋常鄉下人，也懂得種這些俗品茶花，未免太過不雅。」王夫人臉上變色，怒道：「你說什麼？你說我這些茶花都是俗品？你這話未免……欺人太甚。」

段譽道：「夫人既不信，那也只好由你。」指著樓前一株五色斑斕的茶花，說道：「這一株，想來你是當作至寶了，嗯，這花旁的玉欄杆，乃是真正的和闐美玉，很美，很美。」他嘖嘖稱賞花旁的欄杆，於花朵本身卻不置一詞，就如

品評旁人書法，一味稱讚墨色烏黑、紙張名貴一般。（第十二回）

段譽狠狠地挖苦了一通王夫人，為那被她殘酷迫害的無辜的大理唐姓青年小小地出了一口氣。但段譽熱愛茶花，卻是由衷而發，對於王夫人這樣喜好茶花之人，總還有幾分好感。於是就問王夫人管那株有紅有白、有紫有黃、繁富華麗的茶花叫什麼？王夫人極鍾愛此花，但卻不知有什麼特別的名字，平常只叫它「五色茶花」。而段譽則說叫「落第秀才」——

王夫人「呸」的一聲，道：「這般難聽，多半是你捏造出來的。這株花富麗堂皇，哪裡像個落第秀才了？」段譽道：「夫人你倒數一數看，這株花的花朵共有幾種顏色。」王夫人道：「我早數過了，至少也有十五六種。」段譽道：「一共是十七種顏色。大理有一種茶花，叫做『十八學士』，那是天下的極品，一株上共開十八朵花，朵朵顏色不同，紅的就是全紅，紫的便是全紫，決無半分混雜。而且十八朵花形狀朵朵不同，各有各的妙處，開時齊開，謝時齊謝，夫人可曾見過？」王夫人怔怔的聽著，搖著道：「天下竟有這種茶花！我聽也沒聽過。」

段譽道：「比之『十八學士』次一等的，『十三大保』是十三朵不同顏色的花生於一株；『八仙過海』是八朵異色同株；『七仙女』是七朵；『風塵三俠』

是三朵，『二喬』是一紅一白兩朵。這些茶花必須純色，若是紅中帶白，白中帶紫，便是下品了。」王夫人不由悠然神往，抬起了頭，輕輕自言自語：「怎麼他從來不跟我說。」

段譽又道：「『八仙過海』中必須有深紫和淡紅的花各一朵，那是鐵拐李和何仙姑，要是少了這兩種顏色，雖然八花異色，也不能算『八仙過海』，那叫作『八寶妝』，也算是名種，但比『八仙過海』差了一級。」王夫人道：「原來如此。」

段譽又道：「再說『風塵三俠』，也有正品和副品之分，凡是正品，三朵花中必須紫色者最大，那是虬髯客，白色者次之，那是李靖，紅色者最嬌豔而最小，那是紅拂女。如果紅花大過紫花、白花，便屬副品，身分便差得多了。」有言道是「如數家珍」，這些名種茶花原是段譽家中珍品，他說起來自是熟悉不過。王夫人聽得津津有味，歎道：「我連副品也沒見過，還說什麼正品。」

段譽指著那株五色茶花道：「這一種茶花，論顏色，比十八學士少了一色，偏又是駁而不純，開起來或遲或早，花朵又有大有小。它處處東施效顰，學那十八學士，卻總是不像，那不是半瓶醋的酸丁麼？因此我們叫它作『落第秀才』。」王夫人不由得噗哧一聲，笑了出來，道：「這名字起得忒也尖酸刻薄，多半是你們讀書人想出來的。」（**第十二回**）

王夫人這句話算是說對了，什麼「落第秀才」，乃至「十八學士」、「十三太保」、「七仙女」、「風塵三俠」、「二喬」、「八寶妝」等等，無不是讀書人想出來的。

這就是文化。

到了這一步，王夫人於段譽熟知茶花習性自是全然信服。她只有向他請教的份兒。於是將段譽請上了雲錦樓。樓上陳設富麗，一幅中堂繪的是孔雀開屏，兩旁一幅木聯，寫的是「漆葉雲差密，茶花雪爐妍」（**還是離不開茶花**）。

至此，王夫人的態度大不同前了：

> 王夫人出神半晌，轉過話題，說道：「適才聞公子暢說茶花品種，令我茅塞頓開。我這次所得的四盆白茶，蘇州城中花兒匠說叫作『滿月』，公子卻說其一叫作『紅妝素裹』，另一本叫作『抓破美人臉』，不知如何分別，願聞其詳。」
>
> 段譽道：「那本大白花而微有隱隱黑斑的，才叫作『滿月』，那些黑斑，便是月中的桂枝。那本白瓣上有兩個橄欖核兒黑斑的，卻叫作『眼兒媚』。」王夫人喜道：「這名字取得好。」
>
> 段譽又道：「白瓣而灑紅斑的，叫作『紅妝素裹』。白瓣而有一抹綠暈、一絲紅條的，叫作『抓破美人臉』，但如紅絲多了，卻又不是『抓破美人臉』了，那叫作『倚欄嬌』。夫人請想，凡是美人，自當嫻靜溫雅，臉上偶爾抓破一條血絲，總不會自己梳妝時粗魯弄損，也不會給人抓破，只有調弄鸚鵡之

時，給鳥兒抓破一條血絲，卻也是情理之常。因此花瓣這抹綠暈，是非有不可的，那就是綠毛鸚哥。倘若滿臉都抓破了，這美人老是與人打架，那還有什麼美之可言？」

王夫人本來聽得不住點頭，甚是歡喜，突然間臉色一沉，喝道：「大膽，你是譏刺於我麼？」……（**第十二回**）

段譽臨場發揮，說什麼「這美人老是與人打架，那還有什麼美之可言」，這話刺中了王夫人的心病。因為她這美人動不動就要與人打架，尤其是她的那些情敵，以及除她的情郎——即段譽之父段正淳——之外的拈花惹草的「臭男人」們，她是非打不可的。甚至只要是大理人、又或是姓段的，她碰上了便非殺了不可。段譽今日見到她，既是大理人，又複姓段，本來雙倍的要殺。只因他懂得山茶之道，這才破格優待俘虜。現在居然在言語之中對「打架的美人」乃至「學武功的女子」有不敬之辭，可真是叫在老虎頭上拍蒼蠅，不要命了。

於是，段譽立即由座上賓，變成了階下囚。死罪暫時寄下，罰他在莊前莊後照料茶花，尤其是今日取來的四盆白茶，更要小心在意。「這四盆白花倘若死了一株，便砍去你一隻手；死了兩株，砍去雙手；四株齊死，你便四肢齊斷。」若是四株都活了——「你再給我培養其他名種茶花。什麼十八學士、十三太保、八仙過海、七仙女、風塵三俠、二喬這些名種，每一株我都要幾本。倘若辦不到，我挖了你的眼珠。」

大理國的皇太子，到江南的曼陀山莊做了一名花匠。幸好他天性活潑快樂，遇到挫折逆境，最多沮喪得一會兒，不久便高興起來。何況蒔花原是文人韻事，總比動刀搶槍的學武要高雅得多了。而且「在曼陀山莊多耽些時候，總有機緣能見到那位身穿藕色衫子的姑娘一面，這叫做：段譽種花，焉知非福！」於是段譽種花。——

……心道：「王夫人叫我種活那四盆白茶。這四盆花確是名種，須得找個十分優雅的處所種了起來，方得相襯。」一面走，一面打量四下景物，突然之間，哈哈哈的大聲笑了出來，心道：「王夫人對茶花一竅不通，偏偏要在這裡種茶花，居然又稱莊子為曼陀山莊。卻全不知茶花喜陰不喜陽，種在陽光烈照之處，縱然不死，也難盛放，再大大的施上濃肥，什麼名種都給她坑死了，可惜，可惜！好笑，好笑！」

他避開陽光，只往樹蔭深處行去，轉過一座小山，只聽得溪水淙淙，左首一排綠竹，四下裡甚是幽靜。該地在山丘之陰，日光照射不到，王夫人只道不宜種花，因此上一株茶花也無。段譽大喜，說道：「這裡最妙不過。」

回到原地，將四盆白茶逐一搬到綠竹叢旁，打碎瓷盆，連著盆泥一起移植在地。他雖從未親手種過，但自來看得多了，依樣葫蘆，居然做得極是妥貼。不到半個時辰，四株白茶已種在綠竹之畔，左首一株「抓破美人臉」，右首是「紅妝素裹」和「滿月」，那一株「眼兒媚」則斜斜的種在小溪旁一塊大石之後，自言自語：「此所謂『千呼萬喚始出來，猶抱琵琶半遮面』也，要在掩掩映映之中，才增姿媚。」中國歷來將花比作美人，蒔花之道，也如裝扮美人一般。段譽出身皇家，幼讀詩書，於這等功夫自然是高人一等。（第十二回）

看來這位段王子不僅能說，而且能做，並做得很道地。這就是所謂「雅人做俗事，俗事也雅；俗人做雅事，雅事也俗」了。段譽種花，本是迫不得已的一種懲罰，但他不僅高高興興地去做了，而且不僅是體力勞作，進而成了真正的藝術創造。

段譽是真正的愛花之人。《鹿鼎記》中的韋小寶卻是鏟花之人。

揚州芍藥花聞名天下，一如大理山茶，洛陽牡丹。而揚州禪智寺前的芍藥圃尤其壯觀，名種千百，花大如碗。而韋小寶當日在揚州之時所抱的雄心大志，除了開幾家大妓院之外，便是要將禪智寺前芍藥圃中的芍藥花盡數連根拔起。韋小寶在十歲那一年上，曾和一群頑童前去遊玩，見芍藥開得美麗，折了兩朵在手中玩耍，給廟中和尚見到了，奪下花朵，還打了兩個耳括子。韋小寶自是又踢又咬，跟那個和尚打鬧起來，給那胖大和尚推在地下，踢了幾腳。眾頑童一哄而前，亂拔芍藥。那和尚叫嚷起來，寺中湧出一大群和尚和火工，手執棍棒，將眾頑童趕開。韋小寶因是禍首，身上著實吃了不少棍棒，頭上腫起了一大塊。回到麗春院，又給母親罰一餐飯沒吃。雖然他終於到廚房中偷吃了一個飽，但對「禪智寺採花受辱」這一役卻引為奇恥。次日來到寺前，隔得遠遠的破口大罵，從如來佛的媽媽直罵到和尚的女兒，宜稱：「終有一日，老子要拔光這廟前的芍藥，把你這座臭廟踏為平地，掘成糞坑」，直罵到廟中的和尚追將出來，他拔足飛奔為止。

所謂受辱，原因採花而起。多年以後，韋小寶在京都飛黃騰達，衣錦還鄉之際，終於到了他可以報仇雪恨、實現諾言之時。韋小寶回到揚州，要覓地作為行轅，他想住進禪智寺去，並對道台說了。那道台怕將佛門勝地、千年古剎攪得一塌糊塗，苦勸他住進著名鹽商富宅何園。並說明「已挑了不少善於彈琴唱曲的美貌妞兒，供大人鑒賞。和尚廟裡硬床硬板凳，只怕煞風景得很。」韋小寶這才勉強同意了。

可是揚州知府吳之榮善於逢迎，以為韋小寶要在禪智寺設行轅，必是喜歡賞花，於是命高手匠人以不去皮的松樹在芍藥圃上搭成一個花棚，樹上枝葉一仍如舊，棚內桌椅皆用天然樹石，棚內種滿花木青草再以竹節引水，流轉棚周，淙淙有聲，端的極見巧思，要在這裡設宴為欽差韋小寶大人洗塵，以便在飲宴其間如置身山野一般。哪知韋小寶周身沒有半根雅骨，來到花棚，第一句便問：「怎麼有個涼棚？啊，是了，定是廟裡和尚搭來做法事的，放了焰口，便在這裡施飯給餓鬼吃。」不一會，韋小寶編出話來，故意問同來的王進寶：「王將軍，你曾說戰馬吃了芍藥那就特別雄壯，是不是？」又說：「皇上選用名種好馬，什麼蒙古馬、西域馬、川馬、滇馬，皇上都吩咐咱們要小心飼養，是不是？」

這頂大帽子一下來，在場的官員們這才明白韋小寶不僅不會賞花，而且定要將此芍藥圃剷除才罷。眼見這千餘株名種芍藥要盡毀於他手，揚州從此少了一個名勝，卻不知這位韋大人何以如此痛恨這些芍藥？人人面面相覷，說不出話來——

知府吳之榮道：「韋大人學識淵博，真是教人佩服。這芍藥本叫做赤芍，《本草綱目》中是有的，說道功能去瘀活血。芍藥的名稱中有個『藥』字，可見古人就知它是良藥。馬匹吃了芍藥，血脈通暢，自然奔馳如飛。大人回京之時，卑職派人將這裡的芍藥花都掘了，請大人帶回京城。」眾官一聽，心中都暗罵吳之榮卑鄙無恥，為了逢迎上官，竟要毀去揚州的美景。韋小寶拍手笑道：「吳大人辦事幹練，好得很，好得很。」

……布政司慕天顏走出花棚，來到芍藥叢中，摘了一朵碗口大的芍藥花，回入座中，雙手呈給韋小寶，笑道：「請大人將這朵花插在帽上，卑職有個故事說給大人聽。」

韋小寶一聽又有故事，便接過花來，只見那芍藥瓣作深紅，每一瓣花瓣攔腰有一條黃線，甚是嬌豔，便插在帽上。

慕天顏道：「恭喜大人。這芍藥有個名稱，叫做『金帶圍』，乃是十分罕見的名種。古書中記載得有，見到這『金帶圍』的，日後會做宰相。」

韋小寶笑道：「哪有這麼準？」慕天顏道：「這故事出於北宋年間。那時韓魏公韓琦鎮守揚州，就在這禪智寺前的芍藥圃中，忽有一株芍藥開了四朵大花，花瓣深紅，腰有金線，便是這金帶圍了。這種芍藥從所未有，極是珍異。

下屬稟報上去，韓魏公駕臨觀賞，十分歡喜，見花有四朵，便想再請三位客人一同賞花。」韋小寶從帽上將花取下再看，果覺紅黃相映，分外燦爛。那一條金色橫紋，更是百花所無。

慕天顏道：「那時在揚州有兩位出名人物，一是王矽，一是王安石，都是大有才學見識之人。韓魏公心想，花有四朵，人只三個，未免美中不足，另外請一個人罷，名望卻又配不上。正在躊躇，忽有一人來拜，卻是陳升之，那也是一位大名士。韓魏公大喜，次日在這芍藥圃前大宴，將四朵金帶圍摘了下來，每人頭上簪了一朵。這故事叫做『四相簪花宴』，這四人後來都做了宰相。」

……慕天顏道：「韓魏公封了魏國公，那不用說了。王安石封荊國公，王矽封岐國公，陳升之封秀國公。四位名臣不但都做宰相，而且都封國公，個個既富貴，又壽考。韋大人早達，眼下已封了伯爵，再升一級，就是侯爵，再升上去，就是公爵了。就算封王，封親王，那也是指日間的事。」韋小寶哈哈大笑，說道：「但願如慕大人金口，這裡每一位也都升官發財。」眾官一齊站起，端起酒杯，說道：「恭祝韋大人加官晉爵，公侯萬代。」……（**第三十九回**）

一個故事，再加一頓馬屁，挽救了揚州花圃名勝。韋小寶雖然不學無術，又俗不可耐，但官場的訣竅卻十分精通，知道「花花轎子人抬人」之術，大家過得去才好，也就不再提要鏟芍藥餵馬之事。大家升官發財，皆大歡喜。

第十八章 酒

喝酒大約稱得上是人類的共性，本身算不得什麼。而曹操吟了兩句詩「何以解憂，唯有杜康」以後，就大不一樣了。唐朝大詩人李白的「人生得意須盡歡，莫使金樽空對月」乃至「古來聖賢皆寂寞，唯有飲者留其名」，那就更有意思。大詩人杜甫的《飲中八仙歌》那更名人與名篇相得益彰。

說李白：「李白斗酒詩百篇，長安市上酒家眠。天子呼來不上船，自稱臣是酒中仙。」說大書法家張旭：「張旭三杯草聖傳，脫帽露頂王公前，揮毫落紙如雲煙。」——後者我們在金庸小說之中已看到。——寫者是名人，被寫者亦是大名人，「酒中仙」之名傳揚開去，如是形成了中國獨特的文化傳統。

酒與俠的關係也非同一般，李白的《少年行》一詩寫道：「五陵少年金市東，銀鞍白馬度春風。落花踏盡遊何處，笑入胡姬酒肆中。」說的就是少俠與酒的傳說。至於綠林好漢，則向來是以「大秤分金，大塊吃肉，大碗喝酒」而著稱。

中國的武術中還有因喝酒而產生的「醉拳」與「醉

劍」，金庸的武俠小說自然有不少關於酒的篇章段落。《書劍恩仇錄》中有乾隆與陳家洛在杭州西湖喝酒聽曲的場景；《碧血劍》中有袁承志和夏青青在南京秦淮河聽曲喝酒的場景。其他作品中提及飲酒之處，更是隨處可見。例如《射鵰英雄傳》中有這麼一段：

郭黃二人回到岳陽樓時，天已大明，紅馬和雙鵰都好好候在樓邊。

黃蓉舉首遠眺，只見一輪紅日剛從洞庭湖連天波濤中踴躍而出，天光水色，壯麗之極，笑道：「靖哥哥，范文正公文章中說得好：『銜遠山，吞長江，浩浩蕩蕩，橫無際涯。朝暉夕陰，氣象萬千。』如此景色，豈可不賞？咱們上去再飲幾杯。」郭靖道好。兩人上得樓來，見到昨日共飲之處，想起夜來種種驚險，不禁相視一笑。

岳陽並無佳釀，但山水怡情，自足暢懷……（第二十八回）

這是觀美景而飲酒。《神鵰俠侶》中這麼一段：

黃藥師笑道：「楊老弟，你新創的這路掌法可高明得緊啊，老夫意欲一睹全豹，以飽眼福。」楊過道：「正要向前輩請教。」當下身形晃動，將那路「黯然銷魂掌法」施展開來，長袖飄動，左掌飛揚，忽而一招「拖泥帶水」，忽而一招「神不守舍」，將瀟湘子、尹克西和黑臉漢子一起裹在掌風之中。那三人猶如身陷洪濤巨浪，跌跌撞撞，隨著插過的掌風轉動，別說掙扎，竟連站定腳步也是不能，到了全然身不由主的境地。黃藥師舉酒乾杯，歎道：「古人以漢書下酒，老夫今日以小兄弟的掌法下酒，豪情遠追古人矣。」……（三十七回）

要論金庸小說中人物的酒量，雖然《倚天屠龍記》中有一個人物叫做「醉不死」司徒千盅，卻也恐怕比不上《天龍八部》中的主人公蕭峰。

小說中有一回的回目是「劇飲乾杯男兒事」，專寫蕭峰（那時叫喬峰）喝酒。那是段譽第一次見到他，也是他在小說中第一次露面。

段譽在酒樓上看見他「桌上放著一盤熟牛肉，一大碗湯，兩大壺酒，此外更無別物，可見他便是吃喝，也是十分的豪邁自在。」段譽見了，心裡不能不十分的佩服，暗暗喝了一聲采：「好一條大漢！這定是燕趙北國的悲歌慷慨之士。不論江南或是大理，都不會有這等人物。包不同自吹自擂什麼英氣勃勃，似這條大漢，才稱得上『英氣勃勃』四字！」接著兩位不知對方底細的人物一同喝起酒來。段譽靠「六脈神劍」的功夫，將酒逼出指尖，而蕭峰則是實打實地喝了下去，兩人一氣喝了三十大碗，最後將四十斤酒喝完，一場真正的豪飲過後，兩人結為知己兄弟。

《天龍八部》中寫到蕭峰喝酒的地方太多，不過最讓人難以忘懷的，除上面那次與段譽對飲以外，還有兩次。其中，一次是阿朱受傷，蕭峰明知聚賢莊英雄聚會是為了對付他，但因要請薛神醫治療阿朱，所以不得不去。因而小說中出現了這樣的場景：

喬峰說道：「兩位游兄，在下今日在此遇見不少故人，此後是敵非友，心下不勝傷感，想跟你討幾碗酒喝。」

眾人聽他要喝酒，都是大為驚奇。游駒心道：「且瞧他玩什麼伎倆。」當即吩咐莊客取酒。聚賢莊今英雄之宴，酒菜自是備得極為豐足，片刻之間，莊客便取了酒壺、酒杯出來。

喬峰道：「小杯何能盡興？相煩取大碗裝酒。」兩名莊客取出幾隻大碗，一罈新開封的白酒，放在喬峰面前桌上，在一大碗中斟滿了酒。喬峰道：「都斟滿了！」兩名莊客依言將幾隻大碗都斟滿了。

喬峰端起一碗酒來，說道：「這裡眾家英雄，多有喬峰往日舊交，今日既有見疑之意，咱們乾杯絕交。哪一位朋友要殺喬某的，先來對飲一杯，從此而後，往日交情一筆勾銷。我殺你不是忘恩，你殺我不算負義。天下英雄，俱為證見。」

眾人一聽，都是一凜，大廳上一時鴉雀無聲。各人均想：「我如上前喝酒，勢必中他暗算。他這劈空神拳擊將出來，如何能夠抵擋？」

一片寂靜之中，忽然走出一個全身縞素的女子，正是馬大元的遺孀馬夫人。她雙手捧起酒碗，森然說道：「先夫命喪你手，我跟你還有什麼故舊之情？」將酒碗放在唇邊，喝了一口，說道：「量淺不能喝盡，生死大仇，有如此酒。」說著將碗中灑水都潑在地下。

……其次是丐幫宋長老、奚長老等過來和他對飲。丐幫的舊人飲酒絕交已畢，其餘幫會門派中的英豪，一一過來和他對飲。

眾人越看越是駭然，眼看他已喝了四五十碗，一大罈烈酒早已喝乾，莊客又去抬了一罈出來，喬峰卻兀自神色自若。除了肚腹鼓起外，竟無絲毫異狀。眾人均想：「如此喝將下去，醉也將他醉死了，還說什麼動手過招？」

殊不知喬峰卻是多一分酒意，增一分精神力氣，連日來多遭冤屈，鬱悶難伸，這時將一切都拋開了，索性盡情一醉，大鬥一場。……（**第十九回**）

這一場景，讓人難以忘懷。小說中還有一個場景可以與此比美。那是在少林寺附近，天下英雄再次聚會，蕭峰為救阿紫而來，不意適逢其會，陷入重圍。慕容復為了收買人心，公然與蕭峰對敵，與丁春秋、游坦之幾位高手圍攻蕭峰一人：

蕭峰於三招之間，逼退了當世的三大高手，豪氣勃發，大聲道：「拿酒來！」一名契丹武士從死馬背上解下一隻大皮袋，快步走近，雙手奉上。蕭峰拔下皮袋塞子，將皮袋高舉過頂，微微傾側，一股白酒激瀉而下。他仰起頭來，骨嘟骨嘟的喝之不已。皮袋裝滿酒水，少說也有二十來斤，但蕭峰一口氣不停，將一袋白酒喝得涓滴無存。只見他肚子微微脹起，臉色卻黑黝黝的一如平時，毫無酒意。群雄相顧失色之際，蕭峰右手一揮，餘下十七名契丹武士各持一隻大皮袋，奔到身前。

蕭峰向十八名武士道：「各位兄弟，這位大理段公子，是我的結義兄弟。今日咱們陷身重圍之中，寡不敵眾，已然勢難脫身。」……他拉著段譽之手，說道：「兄弟，你我生死與共，不枉了結義一場，死也罷，活也罷，大家痛痛快快的喝他一場。」

段譽為他豪氣所激，接過一隻皮袋，說道：「不錯，正要和大哥喝一場酒。」

少林群僧中突然走出一名灰衣僧人，朗聲說道：「大哥，三弟，你們喝酒，怎麼不來叫我？」正是虛竹。他在人叢之中，見到蕭峰一上山來，頓即英氣逼人，群雄黯然無光，不由得大為心折；又見段譽顧念結義之情，甘與共死，當日自己在縹緲峰上與段譽結拜之時，曾將蕭峰也結拜在內，大丈夫一言既出，生死不渝，想起與段譽大醉靈鷲宮的豪情勝慨，頓時將什麼安危生死、清規戒律，一概置之腦後。

蕭峰從未見過虛竹，忽聽他稱自己為「大哥」，不禁一呆。

段譽搶上去拉著虛竹的手，轉身向蕭峰道：「大哥，這也是我的結義哥哥。他出家時法名虛竹，還俗後叫虛竹子。咱二人結拜之時，將你也結拜在內了。二哥，快來拜見大哥。」虛竹當即上前，跪下磕頭，說道：「大哥在上，小弟叩見。」

蕭峰微微一笑，心想：「兄弟做事有點呆氣，他和人結拜，竟將我也結拜在內。我死在頃刻，情勢凶險無比，但這人不怕艱危，挺身而出，足見是個重義輕生的大丈夫、好漢子。蕭峰和這種人相結為兄弟，也不枉了。」當即跪倒，說道：「兄弟，蕭某得能結交你這等英雄好漢，歡喜得緊。」兩人相對拜了八拜，竟然在天下英雄之前，義結金蘭。

蕭峰不知虛竹身負絕頂武功，見他是少林寺中的一名低輩僧人，料想功夫有限，只是他既慷慨赴義，若教他避在一旁，反而小覷他了。提起一隻皮袋，說道：「兩位兄弟，這一十八位契丹武士對哥哥忠心耿耿，平素相處，有如手足，大家痛飲一場，放手大殺吧。」拔開袋上塞子，大飲一口，將皮袋遞給虛竹。

虛竹胸中熱血如沸，哪管他什麼佛家的五戒六戒、七戒八戒，提起皮袋便即喝了一口，交給段譽。段譽喝一口後，交給了一名契丹武士，眾武士一齊舉袋痛飲烈酒。……（**第四十一回**）

這樣的情景，看了實在痛快淋漓，而且熱淚盈眶。若無烈酒，便沒有這種境界了。蕭峰英雄豪邁，乃至被不少讀者朋友推舉為金庸筆下的第一英雄，與他能豪飲恐怕不無關係。在這一場景中，段譽、虛竹也一改文弱癡呆之氣，變得豪氣干雲，義重如山，讓人景仰敬佩。

《射鵰英雄傳》的第二回，寫到丘處機與江南七怪在嘉興南湖畔的醉仙酒樓上喝酒論理，丘處機將法華寺中用來焚燒紙錠表章的大銅缸拿來洗淨，裝滿了酒，單手托著上了酒樓。雙方談不攏時，丘處機要以銅缸向江南七怪一人敬一次酒，喝了酒才有資格管閒事。那一場景倒也讓人驚訝，只不過是借喝酒來比武，雖然花樣百出，顯出的乃是各人的武功，而不是酒量如何。所以比起蕭峰的豪飲，就算不上什麼了。

說到酒文化，金庸小說當首推《笑傲江湖》。

如果說《天龍八部》中的蕭峰是豪飲第一，則令狐冲堪稱好飲第一。令狐冲之好飲酒，在金庸小說的主人公中無人能比。

蕭峰第一次露面，就在酒樓中豪飲，這已經是好酒之人最好的出場方式了。而令狐冲還未在小說中正式露面之前，就有關於他飲酒的消息傳來了：一是他與一位乞丐坐在地下喝那「猴兒酒」（**說是湘西的猴子採果子釀的酒，故稱「猴兒酒」**），不僅用氣功將乞丐的酒全部喝完，而且連他的猴子也買來了；二是令狐冲與採花淫賊田伯光在衡陽回雁樓上飲酒，還有恒山派的小尼姑儀琳在一旁……若說令狐冲惡名先至，後來證明是不確；但令狐冲酒氣醺人，那可是貨真價實。

田伯光被不戒和尚所逼，去華山請令狐冲與儀琳相會，田伯光知道令狐冲好酒，居然專門從長安城挑了兩大罈酒上了華山。說道：「聽說令狐兄在華山頂上坐牢，嘴裡一定淡出鳥來，小弟在長安謫仙酒樓的地窖之中，取得兩罈一百三十年的陳酒，來和令狐兄喝個痛快。」令狐冲一看，月光下只見兩隻極大的酒罈之上，果然貼著「謫仙酒樓」的金字紅紙招牌，招子和罈上篦箍均已十分陳舊，確非近物，忍不住一喜。田伯光將罈上的泥封開了，一陣酒香直透出來，醇美絕倫。酒未沾唇，令狐冲已有醺醺之意，待喝過一口，不由讚道：「真好酒也！」

將一碗喝乾，又大拇指一翹道：「天下名酒，世所罕有！」——

田伯光笑道：「我曾聽人言道，天下名酒，北為汾酒，南為紹酒。最好的汾酒不在山西而在長安。而長安醇酒，又以當年李太白時時去喝得大醉的『謫仙樓』為第一。當今之世，除了這兩大罈酒之外，再也沒有第三罈了。」

令狐冲奇道：「難道『謫仙樓』的地窖之中，便只剩下這兩罈了？」

田伯光笑道：「我取了這兩罈酒後，見地窖中尚有二百餘罈，心想長安城中的達官貴人、凡夫俗子，只須腰中有錢，便有上『謫仙樓』去喝到這樣的美酒，又如何能顯得華山派的令狐大俠的矯矯不群，與眾不同？因此上乒乒乓乓，希哩嘩啦，地窖中酒香四溢，酒漲及腰。」

令狐冲又是吃驚，又是好笑，道：「田兄竟把二百餘罈美酒都打個稀巴爛？」

田伯光哈哈大笑，道：「天下只此兩罈，這份禮才有點貴重啊，哈哈哈哈！」……

……田伯光豎起右手拇指，大聲道：「大丈夫，好漢子！」

令狐冲問道：「田兄為何讚小弟？」

田伯光道：「田某是個無惡不做的淫賊，曾將你砍得重傷，又在華山腳邊犯案累累，華山派上下無不想殺之而後快。今日擔得酒來，令狐兄卻坦然而飲，竟不怕酒中下毒。也只有如此胸襟的大丈夫，才配喝這天下名酒。」

令狐冲道：「取笑了。小弟與田兄交手兩次，深知田兄品行十分不端，但暗中害人之事卻不屑為。再說，你武功比我高出甚多，要取我性命，拔刀相砍便是，有何難處？」……（第九回）

令狐冲還有一個更重要的原因沒有說，那就是他極其好酒，而面對從長安謫仙樓來的名酒，便是裡面有毒，也要喝上一點試試。若不然酒香撲鼻之時，何以解癮？

那時的令狐冲，至多不過是一個酒徒，而不是一位酒師。因為他雖喜歡喝酒，但關於酒的學問卻很少。他雖能馬馬虎虎地辨出酒的好壞，但畢竟是江湖中人，又是「君子劍」岳不群的弟子，平時既沒多少錢可以買酒，亦沒多少機會可以喝到真正的天下佳釀。一般的情況下只能有酒便喝。

在洛陽認識綠竹翁和他的「姑姑」（任盈盈）之後，情形開始不同了。他不僅跟綠竹翁學琴，而且跟他學習酒的學問。綠竹翁酒量雖不甚高，備的酒卻是上佳精品，他對於酒道所知極多，於天下美酒不但深明來歷，而且年份產地，一嘗即知。令狐冲先是聞所未聞，後來便近朱者赤，「深覺酒中學問，比之劍道琴理，似乎也不遑多讓」。自此之後，令狐冲於酒道才算是真正入了門。

真正的大成，還是以後的事。

——令狐冲離開洛陽之後，任盈盈、綠竹翁傳出話去，自有日月神教的一些英雄處處照應。知道他喜歡喝酒，便有人給他送酒。這一日忽然有人給令狐冲送來十六罈陳年美酒，酒罈上有的寫著「極品貢酒」，有的寫著「三鍋良汾」，還有的寫著「紹興狀元紅」，十六罈酒竟似各不相同。令狐冲與桃谷六仙不問三七二十一，有酒就喝。連稱「好酒！」

這時只聽得岸上也有人大聲讚道：「好酒，好酒！」

令狐冲舉目望去，只見柳樹下有個衣衫襤褸的落魄書生，右手搖著一柄破扇，仰頭用力嗅著從船上飄去的酒香，說道：「果然是好酒！」

令狐冲笑道：「這位兄台，你並沒有品嘗，怎知此酒美焉？」

那書生道：「你一聞酒氣，便該知道這是藏了六十二年的鍋頭汾酒，豈有不好之理？」

令狐冲自得綠竹翁悉心指點，於酒道上的學問已著實不凡，早知這是六十年左右的三鍋頭汾酒，但要辨出不多不少恰好是六十二年，卻所難能。一開始，令狐冲還以為此是誇張其辭，後來才知道這位自稱「姓祖名宗，字千秋」的人是真正的酒國之「祖宗」，前輩高人。令狐冲於是請他喝酒：

祖千秋見令狐冲遞過酒碗，卻不便接，說道：「令狐兄雖有好酒，卻無好器皿，可惜啊可惜。」令狐冲道：「旅途之中，只有些粗碗粗盞，祖先生將就著喝些。」祖千秋搖頭道：「萬萬不可，萬萬不可。你對酒具如此馬虎，於飲酒之道，顯是未明其中三昧。飲酒須得講究酒具，喝什麼酒，便用什麼酒杯。喝汾酒當用玉杯，唐人有詩云『玉碗盛來琥珀光』。可見玉杯玉碗，能增酒色！」

令狐冲道：「正是。」

祖千秋指著一罈酒，說道：「這一罈關外白酒，酒味是極好的，只可惜少了一股芳冽之氣，最好是用犀角杯盛而飲之，那就醇美無比，須知玉杯增酒之色，犀角杯增酒之香，古人誠不我欺。」

令狐冲在洛陽聽綠竹翁談論講解，於天下美酒的來歷、氣味、釀造之法，已十知八九，但對酒具一道卻一竅不通，此刻聽得祖千秋侃侃而談，大有茅塞頓開之感。

只聽他又道：「至於飲葡萄酒嘛，當然要用夜光杯了。古詩云：『葡萄美酒夜光杯，欲飲琵琶馬上催』。要知葡萄美酒作豔紅之色，我輩鬚眉男兒飲之，未免豪氣不足。葡萄美酒盛入夜光杯之後，酒色便與鮮血一般無異，飲酒有如飲血。岳武穆詞云：『壯志饑餐胡虜肉，笑談渴飲匈奴血』，豈不壯哉！」

令狐冲連連點頭，他讀書甚少，聽得祖千秋引證詩詞，於文義不甚了了，只是「笑談渴飲匈奴血」一句，確是豪氣干雲，令人胸懷大暢。

祖千秋指著一罈酒道：「至於這高粱美酒，乃是最古之酒。夏禹時儀狄作酒，禹飲而甘之，那便是高粱酒了。令狐兄，世人眼光短淺，只道大禹治水造福後世，殊不知治水什麼的，那也罷了，大禹真正的大功，你可知道麼？」

令狐冲和桃谷六仙齊聲道：「造酒！」祖千秋道：「正是！」八人一齊大笑。

祖千秋又道：「飲這高粱酒，須用青銅酒爵，始有古意。至於那米酒，上佳米酒，其味雖美，失之於甘，略稍淡薄，當用大斗飲之，方顯氣概。」

令狐冲道：「在下草莽之人，不明白這酒漿和酒具之間，竟有這許多講究。」

祖千秋拍著一只寫著「百草美酒」字樣的酒罈，說道：「這百草美酒，乃採集百草，浸入美酒，故酒氣清香，如行春郊，令人來飲先醉。飲這百草酒須用古藤杯。百年古藤雕而成杯，以飲百草酒則大增芳香之氣。」令狐冲道：「百年古藤，倒是很難得的。」祖千秋正色道：「令狐冲言之差矣，百年美酒比之百年古藤，更是難得。你想，百年古藤，盡可以求之於深山野嶺，但百年美酒，人人想飲，一飲之後，就沒有了。一隻古藤杯，就算飲上千次萬次，還是好端端的一隻古藤杯。」令狐冲道：「正是。在下無知，承先生指教。」……（第十四回）

這位祖先生的學問的確很驚人，難怪令狐冲要甘拜下風，虛心受教了。在說完「百草酒」與「古藤杯」之後，他接著又說：「飲這紹興狀元紅須用古瓷杯，最好是北宋瓷杯，南宋瓷杯勉強可用，但已有衰敗氣象，至於元瓷，則不免粗俗了。」

這就不僅是說「杯」，而且兼說「瓷」，足可見其精細之處。接著又說：「飲這罈梨花酒呢？那該用翡翠杯。白樂天杭州春望詩云：『紅袖織綾夸柿葉，青旗沽酒趁梨花。』你想，杭州酒家賣這梨花酒，掛的是滴翠也似的青旗，映得那梨花分外的精神，飲這梨花酒，自然也當是翡翠杯了。飲這玉露酒，當用玻璃杯。玉露酒中有如珠細泡；盛在透明的玻璃杯中而飲，方可見其佳處……」

若不是岳不群之女岳靈珊不耐煩地打斷了他，祖千秋的這番「論杯」恐怕還會無休止地講下去。對於醉心於酒和酒道的令狐冲，是一次難得的機會。連岳不群都不得不說這人說得大有道理。岳靈珊淺薄無知，以為「成日成晚的喝酒，又有這許多講究，豈是英雄好漢之所為！」祖千秋忍不住要駁斥她：「這位姑娘，言之差矣。漢高祖劉邦，是不是英雄？當年他若不是大醉之後劍斬白蛇，如何能成漢家數百年基業？樊噲是不是好漢？那日鴻門宴上，樊將軍盾上割肉，大斗喝酒，豈非壯士哉？」

難能可貴的是，祖千秋並非說說而已。而是居然隨身帶著：

一句話沒說完，只見祖千秋伸手入懷，掏了一隻酒杯出來，光澤柔和，竟是一隻羊脂白玉杯。桃谷六仙吃了一驚，便不敢再說下去，只見他一隻又一隻，不斷從懷中取出酒杯，果然是翡翠杯、犀角杯、青銅爵、夜光杯、玻璃杯無不具備。他取出八隻酒杯後，還繼續不斷取出，金光燦爛，鏤刻精緻的銀盃，花紋斑爛的石杯，此外更有象牙杯、虛齒杯、牛皮杯、竹筒杯、紫檀杯等等，或大或小，種種不一。

眾人只瞧得目瞪口呆，誰也料想不到這窮酸懷中，竟然會藏了這許多酒杯。（第十四回）

僅是這些酒杯，足可以開一個小型「酒杯文物展」了。他說的那些固然讓人佩服不已，而這些杯子更讓人眼界大開。祖千秋平時當然不至於隨身帶上這麼多杯子，這一次情況特殊，他找到了八種藥物，要騙得令狐冲隨口喝下，所以必須預備許多酒杯，若非新鮮稀奇，又怎能讓令狐冲相信？至於這一次他好心辦了壞事，那就是另一回事了。

酒道無窮，祖千秋論杯的第二日，令狐冲又遇到了雲南五毒教（**自稱五仙教**）的教主藍鳳凰，居然又給他喝了一種見所未見、聞所未聞的酒：「五寶花蜜酒」：「只見酒色極清，純白如泉水，酒中浸著五條小小的毒蟲，一是青蛇，一是蜈蚣，一是蜘蛛，一是蠍子，另有一隻小蟾蜍。」藍鳳凰請令狐冲喝，自己先喝了一口，笑道：「我們苗人的規矩，倘若請朋友喝酒吃肉，朋友不吃不喝，那朋友就不是朋友啦。」所以令狐冲不得不骨嘟骨嘟的把一碗酒喝下肚中，連那五條毒蟲也一口吞下，只是不敢咀嚼其味。

有了這酒道的修養，令狐冲差不多可以稱為酒國高人了。遇到志同道合者，便也有了新的共同話題。令狐冲見丹青生就是一例。雖然令狐冲從丹青生的畫中看出了劍法，使丹青生說「這人眼光可了不起啊」，但真正見面，丹青生卻仍沒把令狐冲和向問天放在眼裡，一出來便說：「你懂得畫？會使劍？」顯然頗為無禮。

令狐冲見丹青生手中拿的是一隻翡翠杯，又聞到杯中所盛的是梨花酒，自然想起祖千秋在黃河舟中所說的話來。不免要搬用一下：「白樂天杭州春望詩云，『紅袖織綾夸柿葉，青旗沽酒趁梨花。』飲梨花酒當用翡翠杯，四莊主果然是喝酒的大行家。」話剛出口，丹青生一聽，態度立即不同，雙眼睜得大大的，突然一把抱住令狐沖，大叫：「啊哈，好朋友到了。來來來，喝三百杯去。風兄弟（令狐沖化名風二中），老夫好酒、好畫、好劍，人稱三絕，以酒為首，丹青次之，劍道居末。」

怎麼說呢？令狐沖與丹青生應該稱為知音，還是「知味」（當然是酒味，乃至酒氣）？令狐沖被丹青生帶進了丹青生的酒房，立即就辨出了「這兒有三鍋頭的陳年汾酒。唔，這百草酒只怕已有七十五年，那猴兒酒更是難得。」一下子將丹青生酒室中三種最特別的好酒報了出來。進而，連封在木桶中四蒸四釀的西域吐魯番的葡萄酒也給他嗅了出來。丹青生就請他喝這種葡萄酒：

……丹青生神色惴惴，似乎生怕這位酒中行家覺得他這桶酒平平無奇。

令狐沖閉目半晌，睜開眼來，說道：「奇怪，奇怪！」丹青生問道：「什麼奇怪？」令狐沖道：「此事難以索解，晚輩可當真不明白了。」丹青生眼中閃動著十分喜悅的光芒，道：「你問的是……」令狐沖道：「這酒晚輩生平只在洛陽城中喝過一次，雖然醇美之極，酒中卻有微微的酸味。據一位酒國前輩言道，那是由於運來之時沿途顛波之故。這四蒸四釀的吐魯番葡萄酒，多搬一次，便減色一次。從吐魯番來到杭州，不知有幾萬里路，可是前輩此酒，竟然絕無酸味，這個……」

丹青生哈哈大笑，得意之極，說道：「這是我的不傳之秘。我是用三招劍法向西域劍豪莫花爾徹換來的秘訣，你想不想知道？」……

……丹青生……笑咪咪的道：「我再考你一考，你可知這酒已有多少年份？」

令狐冲將杯中酒喝乾，辨味多時，說道：「這酒另有一個怪處，似乎已有一百二十年，又似乎只有十二三年。新中有陳，陳中有新，比之尋常百年以上的美酒，另有一股風味。」

向問天眉頭微蹙，心道：「這一下可獻醜了。一百二十年和十二三年相差百年以上，怎可相提並論。」他怕丹青生聽了不愉快，卻見這老兒哈哈大笑，一部大鬍子吹得筆直，笑道：「好兄弟，果然厲害。我這秘訣便在於此。我跟你說，那西域劍豪莫花爾徹送了我十桶三蒸三釀的一百二十年吐魯番美酒，用五匹大宛良馬馱到杭州來，然後我依法再加一蒸一釀，十桶美酒釀成一桶。屈指算來，正是十二年半以前之事。這美酒歷關山萬里而不酸，酒味陳中有新，新中有陳，便在於此。」（**第十九回**）

原來如此。若非真正懂得酒的人，決計辨別不出。若非真正愛酒之人，也就不會那麼不怕麻煩。至於令狐冲提出的「冰鎮葡萄酒」的飲法，在現代倒不算難事了。故不多說。總之，令狐冲好飲、善飲已經到了很深的境界了。

請續看《陳墨文化金庸》下

陳墨文化金庸(上)

作者：陳墨
發行人：陳曉林
出版所：風雲時代出版股份有限公司
地址：10576台北市民生東路五段178號7樓之3
電話：(02) 2756-0949
傳真：(02) 2765-3799
執行主編：劉宇青
美術設計：吳宗潔
行銷企劃：林安莉
業務總監：張瑋鳳

初版日期：2021年8月
版權授權：陳墨
ISBN：978-986-352-974-3

風雲書網：http://www.eastbooks.com.tw
官方部落格：http://eastbooks.pixnet.net/blog
Facebook：http://www.facebook.com/h7560949
E-mail：h7560949@ms15.hinet.net
劃撥帳號：12043291
戶名：風雲時代出版股份有限公司

風雲發行所：33373桃園市龜山區公西村2鄰復興街304巷96號
電話：(03) 318-1378
傳真：(03) 318-1378
法律顧問：永然法律事務所 李永然律師
北辰著作權事務所 蕭雄淋律師

行政院新聞局局版台業字第3595號 營利事業統一編號22759935

定價：340元

國家圖書館出版品預行編目資料

陳墨：文化金庸 / 陳墨著. -- 初版. -- 臺北市：風雲時代出版股份有限公司, 2021.03　冊；　公分

ISBN 978-986-352-974-3 (上冊：平裝). --
1.金庸 2.武俠小說 3.文學評論

857.9　　109022279